Du même auteur, chez le même éditeur

Hors série

Sous la surface
S.A.S.H.A.
Quand j'étais Théodore Seaborn

Enquêtes de Victor Lessard

Il ne faut pas parler dans l'ascenseur
La chorale du diable
Je me souviens
Violence à l'origine

www.kenneseditions.com
Dépôt légal : mars 2018 | D/2018/13.105/13
ISBN 978-2-8758-0501-0 | NUART 80-1248-5

Publié avec les autorisations des Éditions Goélette,
St-Bruno-de-Montarville, Québec, Canada et de Martin Michaud

Imprimé en Espagne sur les presses de CPI Black Print

Quand j'étais Théodore Seaborn

Kennes

Avant-propos

À l'épicentre de ma démarche de romancier, repose le désir d'ancrer mes histoires dans la réalité et d'être, à travers mes fictions, un témoin des dérives de notre époque.

Mais il arrive parfois dans la carrière d'un auteur que la réalité dépasse la fiction.

J'avais entrepris l'écriture de *Quand j'étais Théodore Seaborn* au moment où sont survenus les attentats visant *Charlie Hebdo* et l'Hyper Cacher…

Dégoûté et troublé, j'ai pris une pause, me demandant s'il était légitime de poursuivre. Je me suis finalement décidé à le faire parce que mon intention première était de placer l'humain au cœur du récit.

La réalité allait toutefois frapper de nouveau avec violence : le roman a atterri sur les tablettes des librairies québécoises une semaine avant les effroyables attentats du 13 novembre, à Paris…

Seaborn n'est pas tant un roman sur le terrorisme qu'un roman sur l'humanité. En effet, plus Théodore côtoie l'horreur, plus il redevient humain.

Cette humanité, il ne faut jamais la perdre de vue.

Mes pensées les plus sincères vont aux victimes de ces tragé dies, à leurs proches et au peuple français, dont le courage et la résilience me touchent droit au cœur.

Amitiés,
M

Aux miens, et à tous ceux
qui rêvent d'un monde meilleur.

L'humanisme, ce n'est pas dire :
« Ce que j'ai fait, aucun animal ne l'aurait fait »,
c'est dire : « Nous avons refusé ce que voulait
en nous la bête. »

André Malraux, *Les voix du silence*

La nature ignore l'imperfection :
l'imperfection est une notion de l'homme qui perçoit
la nature. Dans la mesure où nous faisons partie
de la nature, nous sommes également parfaits ;
c'est notre humanité qui est imparfaite.

Heinz Pagels, *L'univers quantique*

La civilisation est une lutte contre la peur.

Gaston Bouthoul, *La paix*

FEUX CROISÉS

RÉSURRECTION

Racca, Syrie

Jour n° 10

Tout le monde me croit mort à présent, et j'y ai cru moi aussi. J'y ai cru parce que je pensais être en vie quand j'étais Théodore Seaborn, mais je sais maintenant que je me trompais, que cet homme avait déjà rendu l'âme et qu'un autre a jailli de ses cendres, s'est levé sous la brûlure âpre du soleil et s'est mis à avancer dans la suie et la poussière.

Ce qu'il a enduré, Théodore Seaborn n'aurait jamais pu le supporter. Les périls qu'il a affrontés, Théodore Seaborn n'aurait jamais pu s'y mesurer.

Pourtant, le voyage le plus risqué et le plus insensé qu'il ait entrepris est celui qui l'a mené au bout de lui-même. On ne revient jamais indemne d'un tel voyage.

Je sais ce qui précède, car c'est de l'homme que je suis devenu qu'il s'agit. Et si aujourd'hui les ténèbres murmurent à mon oreille et que l'ombre du soir tombant lèche mes paupières aux cris du muezzin, j'ai la certitude que ce que j'ai subi au cours des derniers jours ne sera pas vain.

Enfermé et seul, j'ai ressassé les questions qui me hantent jusqu'à en mordre le ventre de la terre pour qu'elle me libère de son emprise et que je puisse enfin me regarder en face, sous mon vrai jour.

Qui est-on vraiment ? Que sont le nom et l'identité d'un homme ? À quel point l'imminence de la mort transforme-t-elle l'idée qu'on se faisait de soi ?

Et qui est l'autre ? Celui qu'on voit en sortant de chez soi sans le remarquer, celui à qui on sourit poliment dans l'ascenseur, celui qui nous prend dans son taxi ou nous sert au restaurant.

Nous vivons sur la même planète et partageons le même espace-temps, mais chaque réalité en cache une autre et ces mondes s'entrechoquent parfois avec violence. Nous exerçons au quotidien des choix sans nous douter de leur résonance à l'échelle de notre vie, sans nous apercevoir qu'ils mettent en mouvement des forces qui fluctuent à l'épicentre d'un futur irréalisé.

Qu'est-ce qui fait que des trajectoires se croisent sans heurt, alors que d'autres entrent en collision ? Et quelle part peut-on imputer au hasard ?

On s'étonne rarement de la façon dont les personnes qu'on côtoie apparaissent dans notre vie. On n'a pas conscience des millions de possibilités qui doivent se fixer pour que ces rencontres surviennent. On croit, souvent à tort, qu'elles sont dues au hasard ou à des éléments extérieurs. Mais quand on y réfléchit et qu'on remonte le fil d'une relation, on découvre que chaque contact résulte d'une succession de choix.

En apparence, plusieurs d'entre eux semblent triviaux : ce qu'on décide de manger, l'heure à laquelle on sort, la rue qu'on emprunte ou le café qu'on fréquente par habitude.

Or, à la lumière des événements qui sont advenus, je sais désormais qu'il n'y a pas de choix anodins et que chacun d'eux a une incidence sur notre trajectoire. Je sais aussi que la mienne découle de ceux-ci plutôt que du hasard. Je sais enfin que c'est la somme de mes choix et de ceux de l'inconnu qui a placé celui-ci sur ma route.

J'aime penser que, tout compte fait, j'ai tracé ma voie. Que le futur, alors qu'il était encore en mutation pour incarner le présent, a eu une influence sur moi. Et que, à la fin, ce qui m'est arrivé a modifié ma trajectoire parce que je l'ai voulu.

Théodore Seaborn est mort – je l'ai abandonné derrière – et quand il a poussé son ultime soupir, c'est moi qui suis ressuscité.

Et si je dois mourir de nouveau, je le ferai en laissant la lumière du jour danser sur mon visage et en pensant aux miens, la tête haute, et sans regret. Parce que si j'ai acquis une certitude au cours des derniers jours, c'est que je suis enfin devenu moi-même. Alors, je peux mourir en paix.

Maintenant, je sais qui je suis.

1.

Sortir du lit

Montréal, deux semaines plus tôt

Sa tunique blanche était mouchetée de sang à la poitrine, une méduse rouge étendait ses tentacules sur le tissu plaqué contre la peau de son ventre. Son hijab à fines rayures dorées s'était défait et une mèche de ses cheveux noirs se balançait devant ses yeux exorbités. Les bombes pleuvaient du ciel en sifflant, explosaient dès qu'elles percutaient le sommet des édifices. Déchiquetés, ceux-ci crachaient une pluie de verre, de gravats et de cendres sur la marée humaine affolée qui, en contrebas, se ruait vers les abris. Fauchés en plein élan, des corps désarticulés jonchaient la rue.

À genoux dans la poussière, elle a porté les mains à sa blessure et ouvert la bouche, mais le cri s'est éteint dans sa gorge. Je me suis penché sur elle, et j'ai glissé mes bras sous ses aisselles. Mais j'avais beau la tirer vers le haut de toutes mes forces, je ne parvenais pas à la redresser.

Puis j'ai senti son corps se ramollir, devenir plus lourd encore. Incapable de la retenir, j'ai lâché prise et elle s'est affaissée sur le sol. Je me suis laissé choir à ses côtés, j'ai attiré son corps contre le mien et l'ai bercé en pleurant.

Je ne pouvais détacher mon regard de son visage et mes larmes ricochaient contre ses joues.

Après un moment, une main a surgi du chaos et m'a fermement agrippé l'épaule. J'ai tourné la tête, désorienté. Derrière moi, Nayla essayait de me forcer à me relever. Il fallait recommencer à courir, il fallait survivre.

Une voix insistante s'est mise à bourdonner dans mes oreilles. Une petite voix lointaine, ténue. Flous à l'origine, les mots se sont ensuite précisés jusqu'à devenir intelligibles.

— Papa ? Papa ?

Je voulais me dégager de l'emprise de Nayla, revenir en arrière pour porter secours à la femme voilée, mais cette voix m'entraînait ailleurs, s'efforçant de m'arracher aux ténèbres.

— Papa ? Réveille-toi, papa !

J'ai senti une main se poser avec douceur sur mon cou, le contact de doigts menus sur mon épiderme. Une main d'enfant. J'ai cligné des paupières pour tenter de m'extirper du sommeil qui m'engluait. L'image de la femme au hijab s'est estompée, puis j'ai fini par remonter à la surface et trouver assez d'énergie pour ouvrir un œil.

Au-delà du visage de ma fille, j'ai fouillé la pièce du regard. Un chandail des Ravens de Baltimore était suspendu à un crochet derrière une porte entrebâillée. Ce chandail, que m'a offert mon père, m'est précieux. Sur le plancher, à droite du lit, des emballages de Coffee Crisp parsemaient la pile de linge sale que je n'avais pas eu la force de jeter dans le panier à lessive. Retourné à l'envers, mon MacBook Pro faisait une tache métallique sur le tas. Je n'y avais pas touché depuis des semaines.

Si les réminiscences des bombardements hantaient mes nuits, l'espace entre mon côté de lit et le mur ressemblait à un champ de bataille.

J'ai essayé d'avaler ma salive. Ma langue avait la consistance d'un croûton de pain. Rien de nouveau. La sécheresse buccale était l'un des effets secondaires des médicaments que je prenais depuis le début de ma chute libre.

Mon œil est revenu se fixer sur le visage de ma fille, qui m'observait avec tendresse. Son joli minois flottait à présent à quelques centimètres du mien. Caressant mes cheveux, Jade murmurait d'un ton compatissant :

— Tu es encore fatigué ? Repose-toi, papa. Chut, chut, chut…

L'air était sec dans la chambre, et mes narines picotaient. Sentant que j'allais éternuer, j'ai étiré le bras vers ma droite pour prendre un papier-mouchoir. Alors que ma main tâtonnait entre les flacons d'anxiolytiques, d'antidépresseurs et de somnifères, j'ai heurté par mégarde un verre d'eau posé sur ma table de nuit.

J'ai éternué au moment où le verre a touché le sol, mais, par chance, il ne s'est pas cassé. Jade a pris un t-shirt sale dans le tas pour éponger le liquide qui se répandait sur les lattes de bois. Puis elle est revenue à mon chevet et m'a tapoté doucement la joue.

— C'est pas grave, papa. C'est juste de l'eau. Tu feras plus attention la prochaine fois.

Ma fille répétait les paroles de réconfort qu'elle m'avait si souvent entendu prononcer quand elle renversait son lait. J'étais à fleur de peau. Jade n'avait que cinq ans, mais elle était la seule qui semblait me comprendre, la seule à me témoigner de l'empathie.

Ma gorge s'est serrée et j'ai eu envie de l'étreindre, puis d'éclater en sanglots. Pour elle, la vie n'était encore qu'un jeu, un feu d'artifice, une fête. Comme je l'enviais !

Jade a reniflé bruyamment. Ma fille est un incubateur à microbes sur deux pattes. Son nez coulait et de vilaines stries rouges marquaient la peau à vif sous ses narines.

J'ai attrapé deux papiers-mouchoirs. Jade se dandinait d'une jambe à l'autre en secouant la tête quand j'ai essuyé son nez. Je venais moi-même de me moucher lorsque, tête penchée sur le côté, une femme est entrée dans la pièce d'un pas rapide.

Grande, élancée, elle avait de longs cheveux roux qui ondulaient avec élégance sur ses épaules. Ses yeux verts pétillaient d'intelligence et ses lèvres charnues donnaient envie de mordre dedans.

Après avoir mis sa deuxième boucle d'oreille, la femme a tiré sur les pans de son tailleur. Puis, sans me regarder, elle m'a demandé d'une voix neutre :

— Bien dormi ?

Cette femme magnifique, c'était Alice Archambault, mon amour et la mère de ma fille.

J'avais gagné son cœur à l'école secondaire que nous fréquentions à l'adolescence. J'étais alors l'un des meilleurs joueurs de l'équipe de football – je rêvais de devenir professionnel –, et elle, l'étudiante la plus douée de notre promotion.

J'ai fait signe que oui. Elle a consulté l'écran de son cellulaire et soupiré :

— Jade, va te brosser les dents, ma cocotte. Il faut partir dans deux minutes, sinon on va être en retard.

À en juger par l'urgence dans la voix d'Alice, il devait être autour de 7h15. Avant ma chute, j'étais celui qui conduisait Jade au service de garde le matin. Mon état actuel chamboulait donc l'horaire de ma femme, laquelle se faisait un point d'honneur de toujours arriver à 8h précises dans le grand cabinet du centre-ville où elle travaillait comme avocate.

J'ai rendu son sourire à Jade, qui s'est dirigée vers la salle de bains, puis j'ai reporté mon attention sur Alice. Son côté de lit était impeccable, mais elle a quand même pris la peine de replacer la pile de romans sur sa table de nuit avant de poursuivre :

— As-tu quelque chose au programme aujourd'hui ?

Je me suis tu. Alice savait que je n'avais rien au programme et comment je passerais ma journée. Depuis que j'avais perdu mon travail dans des circonstances peu glorieuses, elle ne m'avait fait aucun reproche, mais n'avait jamais entamé de dialogue ni ouvert la porte jusqu'à prononcer le mot honni : dépression. En gros, ses interventions tournaient autour de quatre questions :

« As-tu vu ton thérapeute ? »

« Es-tu allé à ton rendez-vous chez le médecin ? »

« As-tu pris tes médicaments ? »

« As-tu quelque chose au programme aujourd'hui ? »

Je soupçonnais que, aux yeux d'Alice, mon mal-être relevait davantage du caprice que de la maladie. Je ne lui en voulais pas ; cependant, je sentais peser sur mes épaules le poids de son jugement : elle ne l'aurait avoué pour rien au monde, mais elle avait hâte que je redevienne fonctionnel.

Elle a soufflé sur une mèche de cheveux qui lui tombait sur le front et m'a gratifié de ce genre de regard qui m'empêchait de lui refuser quoi que ce soit.

— Le médecin a dit qu'il faut que tu sortes un peu, Théo. Fais un effort, s'il te plaît.

Je savais ce qui allait suivre. Alice allait me demander de faire quelque chose de ma journée, n'importe quoi sauf écouter la télé.

— Lâche la commission Charbonneau aujourd'hui, veux-tu ? Et promets-moi d'aller prendre l'air.

J'ai forcé un sourire. Mains sur les hanches, elle a insisté :

— Alors, c'est promis ?

Parfois, j'appréhendais le jour où elle marchanderait son sexe. Je redoutais de l'entendre dire, sur un ton concupiscent : « Si tu fais ce que je te demande, mon chéri, je te promets que, ce soir, tu ne le regretteras pas. »

Mais elle n'aurait pas à aller jusque-là : gracieuseté du cocktail de médicaments que j'avalais chaque jour, ma libido était à son niveau le plus bas. Je ne bandais même pas mou : j'avais une chenille morte dans le caleçon. Je n'aurais jamais cru dire ça un jour, mais ça me faisait un bien énorme d'avoir évacué le sexe de ma vie.

Au moment où j'allais attraper un autre mouchoir, Alice, les yeux brillants, m'a asséné le coup de grâce :

— Fais-le pour toi. Fais-le pour Jade… et pour moi aussi.

J'aimais profondément ma femme et ça me brisait le cœur de savoir que je la décevais. Je savais également que je finirais par la perdre si je ne me ressaisissais pas.

Alice et Jade constituaient les dernières amarres qui me rattachaient à la vie.

Cependant, j'arrivais à peine à me supporter, ce matin-là comme tous les autres, et j'avais envie qu'elles partent pour la journée. Et un peu envie de mourir aussi.

Pour acheter la paix, j'ai acquiescé d'un signe. Je lui faisais la même promesse silencieuse tous les jours depuis plusieurs mois. Les voix qui me tenaient compagnie se sont mises à tourbillonner dans ma tête :

« Si Alice trouve quelqu'un d'autre, ce sera bien fait pour toi. Tu ne la mérites pas. »

« Tu es chanceux d'avoir Alice dans ta vie. C'est tout ce qu'il te reste. »

Jade est revenue de la salle de bains en trottinant. Alice a essuyé les traces de dentifrice qui maculaient la commissure des lèvres de notre fille.

— Va donner un bisou à papa. Vite, vite, vite, il faut partir. On est en retard !

Ma fille est venue embrasser son bon à rien de père. Je l'ai étreinte trop fort.

— Bonne journée, ma puce. Je t'aime.

Tandis que Jade se ruait vers l'escalier, Alice m'a touché la joue d'un geste tendre.

— Une douche te ferait du bien aussi…

Elle avait raison : mon hygiène laissait à désirer. J'avais les cheveux longs, je ne m'étais pas rasé la barbe une seule fois en deux mois et ne me douchais plus qu'aux trois jours.

J'ai attendu que le bruit de leurs voix et de leurs pas s'estompe, puis que la porte d'entrée claque. Quand j'ai été certain qu'elles étaient parties, j'ai mis un oreiller sur ma tête. Honorer ma promesse et sortir était au-dessus de mes forces. J'étais dans un piètre état et je n'avais pas envie qu'on me voie ainsi.

J'imagine que j'avais déjà, à ce moment, décidé inconsciemment de toucher le fond. Quoi qu'il en soit, j'étais sur le point de me rendormir lorsque la sale roulette entre mes deux oreilles s'est remise en marche. Une bouffée d'angoisse m'a aussitôt envahi.

J'ai attrapé une boîte sous le lit. Ça peut paraître idiot, mais j'ai toujours gardé à portée de main les objets que j'ai conservés au fil des ans pour me souvenir de ma jeunesse, comme si celle-ci n'existait qu'à travers eux.

Je me suis redressé et j'ai calé un coussin entre mon dos et la tête du lit. Puis j'ai soulevé le couvercle et glissé une main dans la boîte.

À côté du chiffon blanc gonflé par un renflement, mes doigts ont effleuré une carte de hockey de la saison recrue de Saku Koivu, un billet du concert de Radiohead au parc Jean-Drapeau, en 2001, un morceau d'étoffe turquoise déchiqueté, mon vieux lecteur de CD portatif Sony et une photo de moi dans l'uniforme des Carabins de l'Université de Montréal, où j'avais joué au poste de secondeur, en défensive. Il y avait également une chaînette en or brisée avec, à un bout, la moitié d'un pendentif.

Je connais par cœur le contenu de cette boîte et Alice le connaît aussi. Toutefois, quelques semaines auparavant, j'y avais placé autre chose. Un objet plus lourd de signification que son propre poids et que tous mes autres souvenirs réunis.

J'ai retiré le chiffon blanc, que j'ai déposé sur mes cuisses. Le chrome du pistolet avec lequel papa s'est enlevé la vie me renvoyait le reflet déformé de mon visage. J'ai pris l'arme chargée à bloc et je l'ai soupesée. Mon index a ensuite caressé le cran de sûreté et je me suis mis à jouer avec.

Verrouillé, déverrouillé. Verrouillé, déverrouillé.

Les voix dans ma tête grondaient :

« Tu es une mauvaise personne. Un bon à rien. »

« Tu n'es qu'un fardeau pour ceux qui t'entourent. »
« Alice et Jade seraient mieux sans toi. »

Et tandis que les voix enflaient, mon index continuait de chatouiller le cran de sûreté.

Verrouillé, déverrouillé. Verrouillé, déverrouillé.

Sans savoir si la sûreté était enclenchée ou non, j'ai enfourné le pistolet dans ma bouche. Et pour faire taire les voix, j'ai appuyé sur la détente.

2.

La commission Charbonneau

La sûreté était enclenchée, le pistolet, verrouillé. J'allais devoir vivre un jour de plus.

Laissant le pistolet sur le lit, j'ai gagné la fenêtre et relevé le store. La lumière du jour s'est engouffrée dans la pièce. Nous étions à la mi-juin et le soleil pétillait dans l'azur. J'ai mis deux doigts sur ma carotide. Mon pouls était régulier.

Je sais que ça peut paraître morbide, mais ce n'était pas la première fois que ce manège se produisait. Et il se reproduirait sans doute encore. Lorsque le spleen m'envahissait, j'attrapais le pistolet, je jouais avec le cran de sûreté et j'enfonçais le canon dans ma bouche. Puis j'appuyais froidement sur la détente.

Je n'allais pas très bien, j'en conviens. J'ignore pourquoi j'agissais de cette façon, car j'ai toujours pensé qu'on ne peut pas se suicider quand on a des enfants. Je le sais mieux que quiconque : une personne qui s'enlève la vie laisse ses proches brisés. Pourtant, même si mon père avait posé ce geste de désespoir, je ne pouvais m'empêcher de tenter le diable.

Avais-je hérité de cette inclination dans mon bagage génétique ? L'avais-je transmise à mon tour à Jade ?

J'étais le seul survivant de ma famille, mais j'avais parfois l'impression que nous étions tous morts pendant la guerre.

Ceux qui ne comprennent pas pourquoi on peut avoir envie de se suicider n'ont pas connu de véritable détresse. Ça me dégoûtait de penser ainsi, mais avais-je le droit de vouloir partir, de vouloir abréger mes souffrances ? Je me sentais si seul et si loin quand j'étais près des autres.

Un geai bleu est passé dans mon champ de vision et s'est posé sur une branche. Je l'ai observé jusqu'à ce qu'un écureuil qui courait comme un dératé sur un fil électrique le fasse fuir. J'ai par la suite attrapé mon pantalon de jogging dans la pile de linge sale, enfilé un t-shirt qui n'empestait pas la sueur et examiné les médicaments sur ma table de chevet. La tablette d'antidépresseurs était vide.

J'ai marché d'un pas lourd jusqu'à la salle de bains et, détournant la tête, j'ai ouvert la pharmacie. J'évitais les miroirs, car je savais très bien que ce que j'y verrais me déplairait – cernes violacés sous mes yeux marron, cheveux noirs en bataille, joues creuses mangées par la barbe –, je connaissais le visage de la dépression.

À l'aube de mes trente-trois ans, je n'étais plus que l'ombre de moi-même. À l'époque où je jouais au football pour les Carabins, je pesais environ cent dix kilos pour un mètre quatre-vingt-quinze, avec un indice de gras corporel de douze pour cent. J'étais une machine, un bloc de muscles et de tendons capable de franchir dix verges en une seconde trois pour aplatir le quart-arrière adverse.

Sans m'entraîner avec assiduité, j'avais tout de même conservé la forme pendant la période où je travaillais à l'agence. Sauf que, depuis des semaines, je ne bouffais plus que des Coffee Crisp. On pourrait croire que ce régime à base de barres chocolatées m'avait fait prendre du poids. Or, c'était plutôt le contraire. Les médicaments et la dépression qui me rongeait me coupaient l'appétit et provoquaient des nausées me rendant souvent incapable d'ingurgiter autre chose. Au final, je devais avoir perdu une quinzaine de kilos.

J'ai saisi une nouvelle tablette d'antidépresseurs, libéré un comprimé que j'ai avalé avec une gorgée d'eau, puis je suis descendu au rez-de-chaussée. L'horloge de la cuisinière marquait 8 h 20 quand j'ai posé le pistolet de papa sur le comptoir. En démarrant la cafetière, j'ai eu envie d'engloutir une première Coffee Crisp pour calmer mon anxiété. Cependant, comme un alcoolique qui ne s'autorise à boire qu'à partir d'une certaine heure, je m'astreignais à n'en pas consommer avant le coup de midi.

Armé de mon pot de café, je me suis installé sur le canapé du salon et j'ai allumé le téléviseur plasma. J'avais tout d'abord déposé devant moi, sur la table basse, le pistolet et les instruments que j'utilisais pour le nettoyer.

Après avoir siroté quelques gorgées de café brûlant, j'ai lancé l'enregistreur numérique. Éclairé d'un mince sourire goguenard, le visage de la juge Charbonneau est apparu à l'écran.

Ma routine était immuable : chaque jour, je démontais, nettoyais et remontais le pistolet en écoutant la commission Charbonneau qui était devenue, depuis mon congédiement, l'ennemi public numéro un de ma vie de couple.

La commission avait mis fin à ses travaux en 2014. N'ayant pas encore perdu mon emploi à cette époque, j'avais enregistré la retransmission de ses audiences afin d'en regarder plus tard les bouts les plus intéressants. Quand elle avait su que je passais mes journées à les écouter dans leur intégralité, Alice avait explosé :

— Peux-tu trouver quelque chose de plus minable pour perdre ton temps ? T'es plus pathétique qu'Elvis Gratton !

Elle faisait évidemment référence au personnage du film de Pierre Falardeau qui rejouait des enregistrements sonores de vieilles parties de baseball des Expos de Montréal.

Si je m'intéressais aux travaux de cette commission d'enquête, ce n'était pas parce qu'ils représentaient une tranche capitale de l'histoire récente du Québec. En vérité, un de mes camarades de classe du secondaire en avait été un des témoins-vedettes.

J'avais donc commencé à écouter les audiences, victime d'une curiosité malsaine. En fait, ça me fascinait de savoir que Richard Petit, cet étudiant modèle vénéré par le corps professoral du Collège Notre-Dame à l'époque, avait trempé dans des affaires de corruption.

Tout au long de cet exercice, j'étais devenu si obsédé par le phénomène que je voyais de la vermine partout. J'avais toutefois cessé d'en parler à Alice, qui me croyait atteint de paranoïa.

La « loi du moins pire » a ceci de particulier qu'elle vous permet de vous dédouaner de votre propre condition et de trouver du réconfort dans l'idée que la vie des autres va plus mal que la vôtre. En clair, j'avais déniché en Richard Petit quelqu'un que j'avais connu et qui, à mes yeux, était descendu plus bas que moi.

J'ai mis l'enregistrement sur pause, puis j'ai contemplé un moment les pièces du pistolet que j'avais posées sur le chiffon. Après avoir retiré le chargeur, la glissière, le ressort et le canon, j'ai nettoyé et lubrifié chaque composante. Dans mes meilleures journées, j'arrivais à remonter le pistolet en trente secondes.

N'ayant pu faire mieux que cinquante secondes, j'ai hoché la tête de dégoût.

« Tu rates vraiment tout ce que tu entreprends, Théodore. »

« Tire-toi une balle dans la bouche, c'est ce qu'il te reste de mieux à faire. »

À côté du canapé, posé sur une table d'appoint, il y avait un cadre qui contenait un portrait de ma mère et de Nayla pris au Liban. Le Liban de mon enfance. Le regard de maman m'a tout à coup semblé chargé de reproches. Je sentais le sang battre à mes tempes et j'avais mal partout, au cœur, au crâne, au ventre.

Verrouillé, déverrouillé. Verrouillé, déverrouillé.

Cette fois, j'ai été incapable d'approcher le pistolet de mon visage, comme si une force invisible bloquait mes mouvements. J'ai reposé l'arme sur mes genoux.

« Pathétique… Même ça, tu en es incapable. »

Une colère sourde s'est emparée de moi. J'ai hurlé ma rage et balancé le cadre à l'autre bout de la pièce. Il s'est finalement écrasé sur le plancher de la cuisine dans un fracas de verre brisé.

Je me suis laissé glisser par terre devant le canapé et, tête enfouie dans les paumes, genoux ramenés sous le menton, j'ai éclaté en sanglots.

Certains jours, je ne me supportais plus et ne supportais plus l'humanité. Enfant, j'avais vu trop de morts, de violence et de désespoir. Mais je n'en parlais jamais et quand j'essayais, les mots demeuraient suspendus au bord de mes lèvres.

Une seule vie nous est donnée, ni plus, ni moins. Et cette vie, ce fil fragile qui risque de se rompre à tout instant, combien de personnes peuvent se targuer, quand elles se regardent bien en face, de ne pas être en train de la gaspiller ? Certainement pas moi.

Notre esprit magnifie nos souvenirs les plus heureux, en modifie d'autres en les rendant plus exceptionnels qu'ils ne l'ont été, et enfouit les plus laids, ceux qu'on ne voudrait pour rien au monde revivre ou montrer aux autres.

Dissimulés dans un recoin sombre de mon cerveau, je possédais quelques tiroirs pleins à ras bord de ces souvenirs hideux. Mais une chose m'apparaissait dans toute sa limpidité et agitait chaque jour davantage ses tentacules visqueux dans ma tête.

Je détestais l'homme que j'étais devenu.

3.

El Matador

Me traînant sur les genoux jusqu'à la cuisine, j'ai récupéré la photo à travers les éclats de verre. Du bout des doigts, j'ai effleuré les visages de ma mère et de Nayla. Cette photo ravivait tant de souvenirs, à la fois lumineux et tragiques.

J'ai mis un moment à m'apaiser. Après avoir essuyé mes larmes du dos de la main, je me suis relevé. En attrapant le balai et le porte-poussière pour ramasser les débris qui jonchaient le plancher, je n'ai pu m'empêcher de songer à cette époque pas si lointaine où j'avais cru m'être reconstruit, où tout semblait me sourire. Car je n'ai pas toujours été le ver que je suis devenu, cette sombre limace qui se traîne dans sa coulée baveuse.

À la fin de mes études en marketing à l'Université de Montréal, j'avais été engagé par une des agences de publicité les plus prestigieuses de la métropole, où j'avais gravi les échelons jusqu'au poste de vice-président principal, que j'occupais avant d'être dégommé.

J'avais vécu une épiphanie à mon entrée chez Red|Rider. Dès les premières semaines, Cyril Taillefer, le président de la boîte, m'avait demandé de l'accompagner avec une équipe de créatifs pour un *pitch* chez un client potentiel, une firme d'importation de vin qui avait créé une application grâce à laquelle ses abonnés pouvaient passer des commandes avec leur téléphone intelligent.

Étienne Beaulieu, le directeur de la société que nous venions courtiser, était un type particulièrement coriace, avais-je appris de la bouche des créatifs de l'agence. Pendant les conversations préparatoires, ceux-ci le surnommaient « le Taureau ». J'avais fini par comprendre que c'était autant à cause de l'épaisseur de son cou qu'en raison de sa façon radicale d'exprimer ses désaccords, marquée par une singulière propension aux attaques frontales.

Beaulieu n'avait pas fait mentir sa réputation ce matin-là. D'un air dubitatif, il avait parcouru le cahier des charges et interrompu mes collègues au beau milieu de leur présentation avant de rendre une sentence sans appel :

— Je vous rappelle que l'objectif de la campagne est de créer une proximité entre la firme, ses produits et ses clients. L'application n'est que le conduit, une passerelle.

À ce moment précis, il avait relevé la tête et dévisagé mon patron.

— J'ai aimé votre approche par le passé, mais ce que vous proposez là est une campagne fade et sans envergure, avec un slogan médiocre. Meilleure chance la prochaine fois, Cyril.

Penché sur le plancher de la cuisine, j'ai ramassé avec les doigts un éclat de verre que je peinais à faire glisser dans le porte-poussière avec le balai. La lumière du jour le faisait scintiller différemment quand je bougeais la paume. Chaque reflet me semblait représenter une possibilité distincte, et j'ai songé que tout était affaire de perspective, que cet objet aussi tranchant qu'une lame était tout à la fois un rebut et une arme avec laquelle je pourrais m'entailler les poignets et mettre fin à mes jours.

Cyril Taillefer avait tenté de redresser la situation, mais, faute d'argument massue, il avait été contraint de jeter l'éponge. Pour ma part, je ne participais à la rencontre qu'en qualité d'observateur. Aussi, monsieur

Taillefer et les créatifs de Red|Rider s'étaient-ils figés lorsqu'ils m'avaient entendu lancer, d'une voix assurée :

— À portée de vin.

Le Taureau, qui consultait ses textos, s'était interrompu.

— Qui a dit ça ?

J'avais levé la main en m'efforçant d'affecter une confiance dont je ne possédais pas la moitié. Sans dire un mot, le Taureau m'avait dévisagé. Puis, après m'avoir demandé mon nom, il avait repris :

— Sachez que votre slogan est aussi simple que brillant, Seaborn.

Beaulieu s'était alors tourné vers mon patron.

— Articulons donc la campagne autour de ce slogan, Cyril, voulez-vous ? Refaites vos devoirs et revenez avec une nouvelle présentation la semaine prochaine. Et j'insiste pour que ce soit Seaborn qui gère le compte.

La main tremblante, j'ai approché le fragment de verre des veines de mon poignet. Une pression soutenue et la peau céderait, du sang se répandrait sur mon avant-bras et une lente agonie s'ensuivrait. J'ai secoué la tête en pensant à Alice et à Jade. Je n'avais pas le droit de leur faire ça.

Monsieur Taillefer avait acquiescé avec enthousiasme et la réunion s'était terminée dans la bonne humeur. En marchant vers l'ascenseur, j'avais craint que mon patron ne soit piqué dans son orgueil de ne pas avoir trouvé lui-même l'idée qui nous avait valu ce mandat.

J'avais en outre eu peur de la réaction de mes collègues, peur qu'ils me tiennent rigueur d'avoir obtenu ce succès inespéré alors que j'étais une recrue.

Tandis que les portes de la cabine se refermaient sur nous, j'avais appris que Cyril Taillefer, bien qu'il fût un employeur exigeant et parfois même dur, était également un homme juste qui tirait une grande satisfaction de la réussite de ses collaborateurs.

— Bravo, Théodore ! C'était un vrai coup de génie !

J'avais aussi constaté que mes collègues m'étaient reconnaissants de leur avoir évité le courroux du patron, lequel pouvait être terrible, comme je devais plus tard l'apprendre à mes dépens. Peter Williams, un des créatifs qui allait par la suite devenir un ami, m'avait donné de grandes claques dans le dos.

— T'as dompté le Taureau, *bro* !

Un autre s'était écrié :

— Il n'a pas dompté le Taureau, il l'a tué ! Théodore le matador !

Dès lors, ce surnom m'avait collé à la peau et avait contribué à construire ma légende chez Red|Rider. Pour mes collègues, j'étais devenu « El Matador ». Comme le torero chargé de la mise à mort de la bête, j'étais celui sur qui on comptait pour asséner le coup de grâce, pour prononcer la phrase qui ferait basculer le client dans l'univers que l'agence avait créé pour lui, là où une seule chose importait : faire croire à tout le monde, à commencer par le client lui-même, que son produit était le meilleur. Et, pendant quelques années, nous avions été infaillibles, nous étions devenus les meilleurs.

Voilà pour les détours de la mémoire, car tout ça, c'était avant ma chute, avant que je me permette d'épeler mon malheur. Je ne me doutais pas à l'époque que le Taureau, celui qui venait de propulser ma carrière, poserait quelques années plus tard la question qui serait à l'origine de ma déchéance.

Cette chute devait me coûter non seulement mon équilibre mental, mais aussi ce que je chérissais comme mon bien le plus précieux, ce qui définissait ma place dans l'Univers et constituait ma véritable raison de vivre : mon travail.

Je n'ai toujours pensé qu'à moi : j'étais un sale égoïste.

Après avoir jeté les débris de verre et le cadre disloqué, j'ai rangé le balai et le porte-poussière. Ma montre indiquait 12 h 11 et une affreuse démangeaison courait le long de ma colonne vertébrale. Je n'aimais pas ce que je m'apprêtais à faire, mais j'allais avoir besoin d'une béquille pour me donner le courage de passer à travers cette journée.

Ignorant le déluge des voix qui me réprimandaient, j'ai marché jusqu'à mon bureau, enlevé un tiroir de ma table de travail et enfoncé ma main dans l'espace vide. J'ai tâtonné un instant avant que mes doigts ne touchent l'un des sachets de plastique scotchés à la paroi intérieure. Sur le sous-main, je me suis fait deux lignes que j'ai tassées avec une carte de souhaits que j'avais achetée pour l'anniversaire de Jade, qui aurait lieu quelques jours plus tard.

Fouillant dans le porte-crayons, j'ai attrapé un portemine dont j'ai dévissé l'embout et retiré le mécanisme. Au moment de remettre le tiroir en place, j'allais de nouveau fixer le sachet sur la paroi intérieure quand j'ai plutôt décidé de le glisser dans ma poche.

J'avais honte et je m'en voulais de faire ça, mais je me suis enfilé un peu de bonheur dans les narines avec le cylindre de plastique du portemine. Si j'avais su à cet instant que la mort viendrait murmurer à mon oreille quelques semaines plus tard, j'aurais couru à en perdre haleine jusqu'à la garderie de Jade et j'aurais emmené ma fille là où nous aurions pu lancer un cerf-volant dans le bleu du ciel.

Mais on ne refait pas son futur. On le façonne petit à petit, à la lumière de nos choix. Et à mesure qu'on avance, de nouvelles cicatrices s'impriment sur notre cœur.

DISPARITION

Racca, Syrie, quinze jours plus tard

Paupières mi-closes, les yeux sombres de la jeune femme avalent la morsure du soleil. Sous son niqab, la masse de ses cheveux d'un noir bleuté est relevée en chignon. Elle est assise sur le siège du passager d'une fourgonnette blanche anonyme. Lancé à toute vitesse dans les rues dévastées par cinq ans de guerre civile, c'est en fait un véhicule muni d'un blindage léger et de vitres pare-balles.

Le paysage défile sur les rétines de la jeune femme tandis que la fourgonnette s'engage dans un quartier de Racca ravagé par les raids aériens du gouvernement syrien et de la coalition internationale contre les positions de l'État islamique[1]. Des palmiers sont couchés sur le sol, les façades des édifices sont éventrées, des blocs de pierre et des débris jonchent les rues. Ne tient plus debout que l'ossature de béton des immeubles.

La jeune femme lève les yeux. Au troisième étage d'un bâtiment, elle aperçoit la carcasse d'un lit. Elle se tourne vers le chauffeur, qui a une joue gonflée par une chique de tabac, et s'adresse à lui en arabe :

---

[1] L'État islamique (ÉI), une organisation armée terroriste islamiste djihadiste, a instauré en juin 2014 un califat sur les territoires irakiens et syriens qu'elle contrôlait. Abou Bakr al-Baghdadi en est alors devenu le calife autoproclamé.

— Plus vite, Ammar.

L'homme au visage buriné hausse les épaules. Il roule déjà à fond de train. Le regard de la jeune femme s'attarde ensuite sur une femme vêtue d'une burqa qui marche sur le bord du trottoir crevé, une kalachnikov à la main.

Lorsque la femme disparaît de son champ de vision, les yeux de la passagère reviennent se poser sur la route qui s'étale devant. Ayant brièvement séjourné à Racca avant que l'État islamique ne s'en empare au terme de violents combats contre les forces armées syriennes, elle n'y a remis les pieds que quelques mois plus tôt.

Elle consulte sa montre et ne peut s'empêcher d'espérer que l'information obtenue par son contrôleur est fondée et, surtout, qu'ils arriveront à temps. De nouveau, son regard se perd dans la rue. Cette ville qu'elle connaissait autrefois comme un endroit paisible, qui comptait quelques centaines de milliers d'habitants avant la guerre civile, est devenue la capitale autoproclamée de l'État islamique, le point d'ancrage de son califat, qui contrôle aujourd'hui l'ensemble de ses services, de la distribution de l'électricité aux tribunaux en passant par les mosquées.

Soulevant un nuage de poussière sur son passage, la fourgonnette contourne la carcasse d'une voiture incendiée. La jeune femme baisse le pare-soleil et, dans le miroir, observe les trois membres des forces spéciales françaises assis sur la banquette arrière. Vêtus de manière à pouvoir se fondre parmi les djihadistes de l'État islamique, les hommes gardent le silence. Seuls les doigts qui tambourinent sur les crosses des fusils d'assaut trahissent une certaine nervosité. Puis le véhicule s'immobilise devant une maison en ruine.

Le chauffeur la désigne du menton :

— C'est là.

La jeune femme enlève la sûreté, arme son pistolet et sort de la fourgonnette. En arrière-plan, elle entend des tirs sporadiques de mortier et des rafales d'armes automatiques. Sur sa droite, quelques rues plus loin, le drapeau noir aux inscriptions blanches de l'ÉI flotte sur le toit d'un édifice. Elle est consciente qu'elle et ses compagnons offrent une cible de choix à un éventuel tireur embusqué.

Derrière son volant, le chauffeur se penche par la fenêtre, crache un long jet de salive noirci et lui fait un signe de tête. Pour avoir travaillé avec lui par le passé, elle sait qu'Ammar ne bougera pas avant leur retour, quitte à devoir payer son courage de sa vie.

Déjà, les commandos ont enfilé leurs cagoules et se déploient furtivement, leurs HK416 en position de tir. Après avoir replacé la veste pare-balles qu'elle porte sous sa tunique, la jeune femme leur emboîte le pas. Malgré leur véhicule anonyme et des treillis qui, à première vue, peuvent évoquer ceux des djihadistes, ils ne pourront donner le change longtemps en cas d'accrochage. Condition du succès de l'opération : ils doivent faire vite.

De la main, le chef des commandos – il s'appelle Vernes – exécute une série de signes à l'intention de ses hommes, puis il pénètre dans la maison. Un par un, les autres le rejoignent au pied de l'escalier. Le cœur de la jeune femme bondit dans sa poitrine ; son souffle est court. Mais elle a l'habitude des situations périlleuses.

Elle promène son regard au rez-de-chaussée. À travers les débris et les éclats de verre, elle voit une sandale tachée de sang près d'une chaise fracassée. Dans un coin, des lambeaux de vêtements sont entassés. Des canettes de boisson aux fruits, des emballages de barres d'énergie et des ustensiles de plastique recouvrent le sol.

Afin d'éviter tout bruit qui pourrait révéler leur présence, les commandos choisissent avec précaution l'endroit où poser le pied sur le sol. Rapidement, ils sécurisent le rez-de-chaussée.

Un trou dans le mur de béton et des sacs de sable empilés autour indiquent l'emplacement d'un nid de tireur embusqué. La jeune femme s'approche et remarque plusieurs douilles éparpillées sur le plancher, devant le trou.

Elle les compte machinalement et se demande combien d'entre elles représentent la mort d'un homme.

Nouveaux signes de Vernes. Un commando se détache du groupe et entreprend de grimper l'escalier pour sécuriser l'étage. Vernes en tête, les autres s'engagent dans les marches étroites qui descendent à la cave. Les deux hommes allument les lampes Surefire fixées à leurs fusils d'assaut pour percer l'obscurité. Derrière eux, son pistolet en position de tir, la jeune femme retient son souffle.

Une fois en bas, ils débouchent dans un espace semi-circulaire suintant l'humidité, qui donne sur une pièce fermée par une porte d'acier. Vernes pousse le battant entrouvert, et le pinceau de sa lampe balaie un réduit dans lequel un soupirail laisse filtrer une pâle lueur. Le plafond est si bas qu'ils doivent s'accroupir pour y entrer.

Au centre, une barre de fer est fichée dans la terre compacte du sol. De lourdes chaînes traînent dans la poussière, et des miasmes d'urine et d'excréments flottent dans l'air. Un bassin de métal contenant une substance brunâtre repose près de la porte. Une nausée saisit la jeune femme, autant à cause de l'odeur insupportable que parce qu'ils arrivent trop tard.

Dans le meilleur des cas, l'homme qu'ils cherchent a été déplacé. Au pire, il a été torturé, puis sauvagement exécuté. Elle serre les dents. Non ! Elle refuse d'envisager ce dernier scénario. Immobile et silencieuse, elle reste quelques instants à contempler la cellule. Elle pense aux conditions inhumaines dans lesquelles le prisonnier a vécu. Et elle se sent responsable.

En retrait, les deux commandos s'impatientent. Vernes finit par briser le silence :

— Il faut y aller.

La jeune femme attrape le téléphone satellite accroché à sa ceinture. Alors qu'elle est sur le point d'appuyer sur la touche qui lui permettra de joindre son contrôleur, une voix qui les glace tous résonne dans leur dos :

— *Ma hada*[2] ?

Déjà, Vernes s'est retourné. Un djihadiste pointe une mitraillette dans leur direction. Le chef des commandos lève la main dans un geste d'apaisement.

— *Hal youmkin an atakallam maεak*[3] ?

Un des hommes de Vernes garde le djihadiste en joue. Celui-ci presse le bouton du talkie-walkie qu'il porte à l'épaule et lance :

— Amir ?

Puis il répète d'un ton plus menaçant :

— *Ma hada ?*

L'équilibre des choses ne tient alors qu'à un fil et tout peut basculer en une fraction de seconde, mais Vernes conserve son sang-froid :

— *Ma smouk*[4] ?

Les deux hommes se jaugent, leurs regards rivés l'un à l'autre. Puis le fil se brise et l'index du djihadiste se crispe sur la détente. Au même moment, une détonation assourdie par un silencieux retentit.

Les yeux agrandis par la surprise et l'affolement, le djihadiste lâche sa mitraillette, recule d'un pas et tombe assis dans l'encoignure du mur. Il porte les mains à la plaie que le projectile tiré à bout portant a ouverte dans sa gorge. Il n'a jamais entendu s'approcher le troisième commando, celui que Vernes avait envoyé à l'étage.

Le jeune djihadiste tente de comprimer la blessure avec ses doigts ; cependant, le sang bouillonne en sortant de sa trachée. Il essaie de prononcer quelques mots, mais ne réussit qu'à émettre un gargouillis.

Le gardant en joue, le commando qui l'a atteint écarte sa mitraillette du bout du pied. Peine perdue : le menton du djihadiste est tombé sur son thorax. Il a rendu l'âme. À son épaule, le talkie-walkie grésille :

---

[2] Qu'est-ce que c'est ?

[3] Est-ce que je peux te parler ?

[4] Comment t'appelles-tu ?

— *Abdel ? Chnowa theb*[5] *? Abdel ?*

Vernes s'approche du corps et éteint l'appareil. Il se tourne alors vers la jeune femme, qui se tient toujours près de la barre de métal. Le chef des commandos parle d'une voix calme mais résolue :

— Il faut sortir du périmètre avant que les autres arrivent. Allons-y !

La jeune femme lève la main.

— Attendez. Il était ici…

Vernes revient sur ses pas.

— Qui ? L'homme que vous cherchez ?

Elle acquiesce d'un signe de tête. Il poursuit :

— Comment le savez-vous ?

La lampe du cellulaire de la jeune femme éclaire la barre de fer. De l'index, elle montre des marques sur le sol. Vernes se penche en avant et plisse les yeux. Quand il voit les lettres, le chef des commandos comprend.

Le prisonnier a gravé son prénom dans la terre durcie.

---

[5] Qu'est-ce que tu veux ?

4.

Ma dépendance

J'ai de nouveau fouillé les armoires de la buanderie. Un sentiment de panique me nouait la gorge. Comment était-ce possible ? J'étais pourtant convaincu d'y avoir rangé la dernière boîte. J'ai descendu à toute vitesse l'escalier menant au sous-sol. Là, j'ai ouvert la porte du débarras et parcouru les étagères, sans trouver ce que je cherchais. L'angoisse qui m'étreignait s'est ajoutée à la colère qui montait en moi.

Poing fermé, j'ai martelé la cloison jusqu'à en perdre haleine. Lorsque j'ai arrêté, un cratère de trente centimètres carrés couvert de sang s'y était formé. Sans me préoccuper de la blessure que je m'étais faite, je me suis assis sur les marches et me suis enfoui la tête dans les mains.

Je n'avais plus la moindre Coffee Crisp. Deux cent soixante calories de pur bonheur.

Les choses pouvaient-elles aller plus mal ?

J'ai grimpé l'escalier comme un somnambule. En entrant dans la cuisine, frappé par le ridicule de la situation, j'ai éclaté de rire. Comment en étais-je arrivé là, comment une circonstance tout à fait anodine pouvait-elle me plonger dans un tel désarroi ?

J'ai vécu trop de deuils dans ma vie. D'abord et surtout la perte des personnes qui m'étaient les plus chères. Ensuite, ceux reliés à mon abandon du football universitaire et à l'explosion en fines particules de la météorite qu'avait été ma carrière en publicité. Ces deux derniers échecs m'avaient propulsé vers la face sombre des choses, et ma vie n'était devenue qu'une vaste succession d'excès et de dépendances.

J'avais subi une blessure au genou alors que je m'alignais pour les Carabins. Après une opération, j'avais dû, à mon retour au jeu, prendre de puissants analgésiques. Par la suite, les doses que le personnel médical de l'équipe me prescrivait ne suffisant plus, j'avais dû me résoudre à falsifier des ordonnances pour conserver ma place.

À compter de ce moment, la situation était partie en vrille : j'avais besoin de consommer toujours davantage pour être en mesure de performer. Sans même prendre conscience des conséquences, j'avais développé une accoutumance aux médicaments. Je m'étais accroché jusqu'au jour où, la douleur étant insupportable, j'avais dû, non sans amertume, cesser de jouer. Du même coup, mes espoirs d'entrer dans la Ligue canadienne de football avaient été réduits en poussière.

Muré dans un état second, j'ai marché de long en large dans la cuisine. Je tenais mon poing ensanglanté dans la paume de mon autre main. La maison me paraissait lugubre, les souvenirs de ma déchéance affleuraient un à un et je n'arrivais pas à mettre de l'ordre dans mes idées.

Mon genou me faisant toujours souffrir plusieurs mois après la fin de ma carrière de joueur, j'avais continué à consommer de l'Oxycodon. Plus tard, alors que je terminais mes études, d'autres drogues avaient fait leur apparition dans ce que j'appelais mon cocktail de réconfort, dont la grande dame blanche : la cocaïne.

J'ai été toxicomane fonctionnel pendant plusieurs années. À l'agence, on tolérait mes sautes d'humeur parce que j'étais El Matador, le meilleur dans mon domaine, l'as du *pitch*.

Toutes ces années, j'ai été prisonnier d'un milieu d'apparences où dépressions et suicides sont légion. Pourtant, je n'aurais changé de place avec personne. J'adorais ma vie, le pouvoir que m'apportait mon travail, la griserie de toujours vivre à cent à l'heure, la pédale au plancher.

Dans la salle d'eau, j'ai ouvert le robinet et plongé ma main blessée sous le jet d'eau froide. Un hématome sombre se dessinait autour de mes jointures endolories. Une vilaine coupure me barrait l'index. J'avais sans doute frappé une vis ou un clou en martelant la cloison. En y regardant de plus près, je me suis rendu compte que des éclisses de bois s'étaient logées dans la plaie. J'ai fouillé dans la pharmacie au-dessus du lavabo et attrapé une pince à épiler avec laquelle j'ai retiré les morceaux visibles à l'œil nu.

Puis j'ai savonné la blessure et l'ai rincée à fond. Elle aurait probablement nécessité des points de suture, mais il était hors de question que je me rende à la clinique. Aussi, j'ai pris un paquet de gaze avec ma main valide, déchiré l'emballage avec mes dents et enroulé le tissu clair autour de ma main meurtrie.

J'ai hoché la tête. Il y avait du sang dans le lavabo blanc et sur la céramique, que je nettoierais à mon retour. Il faudrait également que je répare le trou que j'avais fait dans la cloison avant qu'Alice ne s'en aperçoive. Je voulais éviter de lui donner des munitions qui lui permettraient de mettre davantage le nez dans mes affaires.

On peut devenir accro non seulement à l'alcool et aux drogues, mais aussi à presque n'importe quoi : au sexe, au jeu, aux relations humaines malsaines, au boulot, au drame et même au sucre. J'avais flirté avec plusieurs de ces dépendances et continuais de sniffer des rails de coke de temps à autre. Mais comment étais-je devenu accro aux Coffee Crisp ?

Simple : quand on travaille dans une agence de pub, c'est un peu comme si on devait prêter serment d'allégeance. On ne peut, par exemple, garder dans le frigo que les marques de bière dont l'agence fait la promotion. Si un client arrive au bureau à l'improviste et vous surprend en train de consommer le produit d'un concurrent, la relation d'affaires peut se terminer de façon abrupte. Si par contre il vous aime, vous avez droit à votre lot de petites faveurs.

Une campagne pour le fabricant de montres Rolex, destinée au Grand Prix de Formule 1 de Montréal, m'avait valu une Daytona Chronographe à cadran noir et à boîtier en acier. Un joujou de plus de dix mille dollars que j'arborais en permanence depuis.

Très souvent, la récompense était beaucoup moins prestigieuse. Nestlé figurait parmi les comptes importants de Red|Rider et j'avais piloté, l'année précédente, le lancement d'une campagne nationale pour la tablette de chocolat Coffee Crisp. Par la suite, mon contact chez Nestlé avait fait livrer à la maison plusieurs caisses du produit-vedette.

Jade trépignait d'excitation, mais Alice, qui menait depuis toujours un combat contre le grand Satan du sucre, avait à cet égard une politique de tolérance zéro. Ce genre de cadeau ne se refusant pas sous peine que le client vous en tienne rancune, j'avais fait descendre le stock au sous-sol et l'avais rangé dans le débarras.

C'est en allant y récupérer le pistolet de papa peu de temps après mon congédiement que je m'étais souvenu du chocolat. Sans même que je m'en rende compte, ma nouvelle dépendance avait commencé.

J'avais également dissimulé une boîte dans l'armoire de la buanderie. Il s'agissait de ma réserve de sécurité, celle que j'étais à présent incapable de retrouver. À un rythme de six barres par jour, parfois plus, j'avais épuisé mon stock en quelques semaines.

Par conséquent, j'allais devoir sortir pour la première fois depuis ma visite chez mon médecin, quelques jours plus tôt. Il était en effet au-dessus de mes forces d'envisager traverser la journée sans Coffee Crisp.

Après m'être aspergé le visage d'eau froide, je me suis dirigé vers la porte d'entrée. Et c'est à compter de ce moment en apparence banal qu'a commencé la spirale d'événements qui allait bouleverser ma vie de façon irréversible.

Les choses se seraient-elles passées différemment, les catastrophes survenues et les morts qui en ont découlé auraient-elles pu être évitées s'il m'était resté du chocolat ?

Ne devais-je qu'à mes propres choix le fait d'être sorti ce jour-là ? Le fait de manger une tablette de chocolat de moins par jour aurait-il modifié le cours des choses ?

Je ne connaîtrai jamais avec certitude les réponses à ces questions. Mais, parfois, je ne peux m'empêcher de penser qu'il aurait mieux valu que le coup parte, ce matin-là.

5.

L'INCONNU

Le soleil m'a cueilli comme un coup de poing au plexus. Il devait faire dans les quarante degrés avec le facteur humidex. Et tandis que, happé par la lumière, je descendais avec mauvaise humeur les marches qui menaient à l'allée, une pensée tournoyait dans ma tête.

Alice avait-elle caché ma dernière boîte de Coffee Crisp pour me forcer à sortir ?

J'ai remonté l'avenue Oxford et rejoint l'avenue Monkland. Au coin, j'ai hésité. Ç'aurait été plus rapide d'aller à la pharmacie ou à l'épicerie, mais la possibilité d'y rencontrer quelqu'un que je connaissais m'effrayait. Je n'avais pas envie qu'on me voie dans cet état, pas envie de sourire par politesse ou, pire encore, de faire la conversation.

Alors, j'ai pris à droite pour aller au Monoprix, un dépanneur situé plus loin, à l'angle de l'avenue Girouard. J'ai inspiré profondément. Avec un peu de chance, je serais rentré chez moi dans quinze minutes sans avoir croisé un ami ou une connaissance.

D'instinct, j'ai voulu presser le pas pour revenir aussi vite que possible, mais la chaleur et l'humidité me forçaient à ralentir. Et plus je marchais, plus je sentais mes membres se détendre et mes poings se décrisper.

La cocaïne exacerbant mes sens, je me suis mis à observer la rue avec plus d'attention : le soleil étincelait sur le capot des voitures et, sur ma droite, j'ai entrevu une jeune serveuse par les portes-fenêtres ouvertes du Lucille's. Tandis qu'elle préparait les tables pour la clientèle m'as-tu-vu du soir, le bas de sa robe courte flottait dans la brise légère, dévoilant ses cuisses galbées.

De l'autre côté de la rue, la terrasse du Saint-Viateur Bagel était bondée ; la rumeur des conversations enflait dans l'air. Plus loin, je suis passé devant le Melk, un petit café hipster quand il n'était pas envahi par les baby-boomers du quartier. Devant le Ben & Jerry's, une femme tenait un cornet dégoulinant du bout des doigts et, de l'autre main, tentait d'essuyer la bouche couverte de chocolat de son enfant.

Même si la rue fourmillait d'activité et que je désirais y circuler incognito, j'avais le curieux sentiment d'être connecté à la vie autour de moi. En fait, je n'avais pas ressenti une telle sérénité depuis longtemps. Et, sans que j'en prenne conscience, mes lignes de défense reculaient, j'étais moins sur mes gardes. Même la tour d'habitation qui défigurait le paysage urbain me semblait à sa place.

En entrant dans le Monoprix, je me suis dirigé directement vers le comptoir, j'ai pris la boîte de Coffee Crisp déjà entamée qui se trouvait dans l'étalage du dessous et l'ai posée devant le patron avec un sac d'oursons en gelée. Le vieil homme ratatiné regardait un match de soccer sur un poste télé d'une autre époque.

Je me suis éclairci la voix et, tout en pointant la boîte du menton, j'ai demandé :

— Vous en avez d'autres ?

Tournant la tête dans ma direction, il m'a examiné d'un drôle d'air par-dessus ses lunettes en demi-lunes. J'étais le seul client dans le magasin à ce moment et j'avais la nette impression de déranger. Comme il ne répondait pas, j'ai répété ma question.

Le propriétaire du dépanneur a serré les lèvres, a jeté un coup d'œil à l'écran, puis, sans dire un mot, est parti vers l'arrière-boutique en grommelant. Il a reparu quelques secondes plus tard en tenant à deux mains une boîte complète de Coffee Crisp. En la posant sur le comptoir, il m'a lancé, sur un ton de reproche teinté d'un fort accent russe :

— Voilà ! Vous être contente ? Je ne plus avoir de Caffee Crunch à vendre maintenant. Moi devoir commander de nouveaux boîtes de Caffee Crunch.

J'ai enfoncé ma carte dans le terminal sans relever la remarque et empoché les oursons en gelée. Je voulais simplement obtenir mon *fix* et libérer le plancher.

Je traversais la rue avec mes deux boîtes de barres chocolatées sous le bras lorsque j'ai aperçu l'enseigne du Second Cup où j'avais l'habitude de m'arrêter tous les matins avant de me rendre à l'agence. Ayant brusquement envie d'un latté, j'ai observé la devanture. D'ordinaire pleine à craquer, la terrasse en rénovation était déserte.

Enhardi par cette absence inusuelle de clients, je me suis engagé dans l'allée. L'idée de rencontrer quelqu'un que je connaissais revenait m'angoisser. Pour me rassurer, j'ai regardé à l'intérieur par les grandes baies vitrées.

Puisqu'il n'y avait presque personne, j'ai tiré sur la poignée avec ma main valide. La porte a sifflé comme un sas en libérant la brise glacée de l'air climatisé. Quand je me suis aperçu que la barista derrière le comptoir était celle qui travaillait à l'époque où je venais régulièrement, j'ai voulu rebrousser chemin.

Mais il était déjà trop tard : elle m'avait vu et un large sourire illuminait son visage.

— Bonjour ! Comme d'habitude ? Un double allongé avec un peu de lait chaud ?

Je l'ai observée à la dérobée avant de replonger mon regard dans l'étalage vitré où s'alignaient les pâtisseries et c'était comme si je la voyais pour la première fois. Elle avait de longs cheveux blonds ramenés en chignon, un visage adorable porté par un cou majestueux, un cou de cygne, et son sourire était si contagieux que j'aurais dû me forcer pour ne pas le lui rendre.

Conscient de son regard, j'ai relevé la tête. Perdu dans mes pensées, je n'avais pas entendu ce qu'elle m'avait demandé.

J'ai souri de nouveau tandis qu'elle répétait :

— Un double allongé avec un peu de lait chaud, c'est ça ?

Je commandais toujours la même chose, mais jamais d'expresso. Je savais pourtant que cette fille possédait une mémoire hors du commun, puisque chaque matin elle m'accueillait en annonçant à voix haute ce que j'avais l'habitude de prendre. J'ai attribué sa méprise au fait que je n'avais pas mis les pieds dans ce café depuis plusieurs semaines.

— Non, un latté, s'il vous plaît.

Elle a paru hésiter, m'a longuement dévisagé, puis a attrapé un gobelet de carton.

— Vous faites déjà des provisions pour l'Halloween ?

Elle venait de baisser les yeux sur les boîtes de Coffee Crisp que je tenais sous le bras, main enfoncée dans la poche de mon pantalon de jogging. Du sang avait percé à travers le tissu clair de la gaze et je voulais éviter toute question à propos de ma blessure.

— Non, je suis diabétique et j'ai décidé de finir en beauté sur une surdose de sucre.

La barista s'est esclaffée de bon cœur. Faisant monter de la vapeur de la machine, elle a poursuivi :

— Vous êtes un peu plus tôt aujourd'hui, non ?

Ma Rolex marquait 14 h 50. J'ai haussé les épaules en guise de réponse. Je ne saisissais pas, mais qu'importe. Café en main, je retournerais ensuite à la maison, où je pourrais m'adonner en paix à un de mes vices : avaler ma dose de Coffee Crisp.

Au moment où elle me tendait mon latté, la barista m'a dévisagé. Son regard perçant ancré dans mes yeux me donnait l'impression de fouiller mes chairs.

— Mon Dieu ! Mais je vous reconnais maintenant ! Vous veniez le matin ! Excusez-moi, je vous ai confondu avec mon client régulier de 15 h. C'est incroyable !

Surpris, je n'ai pas su quoi dire. De toute manière, elle était lancée.

— Vous vous êtes laissé pousser la barbe ? C'est ça, c'est à cause de la barbe ! Mon Dieu, mais vous avez un sosie ! C'est incroyable ! Vous pourriez être des jumeaux !

Embarrassé, j'ai baissé la tête. La barista parlait avec tant d'enthousiasme qu'elle attirait l'attention sur nous. D'un geste sec, j'ai pris le latté qu'elle venait de poser devant moi et j'ai grimacé un sourire. J'aurais aimé qu'elle se taise, mais ses paroles jaillissaient d'une source qui ne semblait pas vouloir se tarir :

— Faudra que je prenne garde de ne pas vous confondre de nouveau si vous revenez souvent à cette heure !

Puis, s'avançant au-dessus du comptoir, elle m'a glissé sur le ton de la confidence :

— C'est un vrai métronome, ce gars-là. Il passe chaque jour à 15 h précises.

Mortifié par les regards qui convergeaient dans ma direction, j'ai déposé un billet de cinq dollars sur le comptoir et me suis rué vers la sortie. Mais la barista continuait à parler seule. Quand j'ai franchi le seuil, j'ai même cru l'entendre répéter les mots « incroyable » et « sosie ».

Dehors, une fille en camisole moulante, shorts et bottes de cow-boy grillait une cigarette sur le trottoir devant l'établissement. J'ai pris une pièce de un dollar de ma poche et, tout en la lui offrant, je lui ai quémandé une clope. Refusant mon argent, elle m'a tendu le paquet, puis elle a allumé la cigarette coincée entre mes lèvres avec son briquet.

Je n'ai jamais été un fumeur régulier, mais puisque je suis excessif en tout, j'ai aspiré la première bouffée comme un prisonnier du couloir de la mort à qui on vient d'accorder sa dernière faveur. Après avoir exhalé, j'ai regardé la fumée danser dans l'air et s'évanouir. Immobile sur mon bout de trottoir, j'ai savouré l'instant. Pour moi, le tabac avait le pouvoir de suspendre le temps.

Si j'avais ressenti un certain malaise à cause de son exubérance, les propos de la barista me semblaient par ailleurs sans conséquence. Qui ne s'est pas déjà fait dire : « Est-ce toi que j'ai vu à tel endroit aujourd'hui ? » Et, dans la négative : « J'ai aperçu quelqu'un qui te ressemblait tellement que j'étais sûr que c'était toi ! »

Ma cigarette étant presque entièrement consumée, j'ai tiré une dernière bouffée et je l'ai jetée dans la rue d'une chiquenaude. Je m'apprêtais à retourner à la maison, mais je suis plutôt resté cloué sur place, retenant mon souffle.

Un homme marchait dans ma direction sur le trottoir. Me rappelant les paroles de la barista, j'ai par réflexe consulté ma Rolex : 15 h précises.

Et tandis qu'un frisson me parcourait l'échine, j'ai été envahi d'une étrange sensation. C'était une impression irréelle, tant la ressemblance était saisissante.

On n'en mesure pas toujours l'impact sur le coup, mais on croise parfois une personne qui change irrémédiablement le cours de notre existence. Une personne qui n'était pas dans notre vie un instant plus tôt mais qui, une fois nos trajectoires entrées en collision, n'en ressortira jamais plus. C'est ce qui m'est arrivé ce jour-là.

Cet homme qui s'approchait, c'était moi.

6.

L'INCIDENT

J'en conviens, « sosie » est un bien grand mot. Mais l'homme qui venait de s'engouffrer dans le Second Cup me ressemblait au point que j'en étais troublé et que j'avais détourné la tête pour éviter qu'il aperçoive mon visage. Trop interloqué pour réfléchir, je me balançais d'une jambe à l'autre sur le trottoir. Tout en me regardant drôlement, une femme m'a contourné pour emprunter l'allée menant à l'entrée du café. Avec mes boîtes de Coffee Crisp sous le bras et mes longs cheveux plaqués sur mon front par la sueur, j'avais sans doute l'air d'un de ces pauvres hères qui inspirent la pitié.

Une fois la surprise passée, j'ai tenté de secouer ma torpeur. Après tout, je n'avais qu'à retourner chez moi, à oublier cette apparition, mais je n'arrivais pas à me décider à partir. Pire encore, je me suis approché de la baie vitrée pour épier l'inconnu. Les mains sur le comptoir, il discutait avec la barista, qui lui préparait un café en souriant.

J'ai honte de l'avouer, mais j'ai essayé de lire sur leurs lèvres. Puisque j'en étais incapable, mes pensées se sont mises à s'entrechoquer. Je m'imaginais qu'elle lui disait avoir rencontré son sosie et ça me rendait mal à l'aise :

nous avons tous, dans notre petit monde égocentrique, l'impression d'être uniques.

Déconnecté de la faune environnante, je suis demeuré prostré à la fenêtre à remâcher cette idée. Et c'est à ce moment précis que ça s'est produit pour la première fois. Je n'y ai pas prêté attention sur le coup, mais quelque chose clochait dans mon reflet sur la vitrine : on aurait dit que j'étais vêtu d'une vareuse orange.

Après avoir pris le café que lui tendait la barista, l'inconnu s'est retourné et s'est dirigé vers la sortie. Le sourire qu'il affichait un instant plus tôt s'était éteint. D'un bond, je me suis réfugié sur le bord de l'édifice. Je ne voulais pas qu'il me voie. De mon poste d'observation, j'ai eu tout le loisir de l'étudier alors qu'il traversait la rue Old Orchard.

Ses cheveux étaient sensiblement de la même couleur et un peu plus courts que les miens; sa barbe, aussi dense, quoique mieux taillée. Me concédant quelques centimètres – comme ça, à vue d'œil, j'aurais dit quatre ou cinq tout au plus –, il était moins costaud que moi lorsque je jouais pour les Carabins. Mais j'avais tellement maigri depuis que nos silhouettes s'apparentaient.

Cette inspection en règle aurait dû dissiper le malaise. Pourtant, il persistait. L'inconnu avait-il quelques années de plus ou de moins que moi? Son teint était-il un ton plus clair que le mien, ses iris bruns, plus opaques? Un examen plus minutieux de nos morphologies aurait sans doute révélé des différences. Toutefois, même un de nos proches aurait pu s'y méprendre.

C'était une chose ridicule à faire, mais après l'avoir regardé s'éloigner pendant un instant, je lui ai emboîté le pas. Qu'est-ce qui me poussait à agir ainsi? Mon état psychologique, de la curiosité mal placée ou encore le cocktail de médicaments et les rails de cocaïne qui circulaient dans mon organisme?

Qu'importe, c'était hors de ma volonté. Une force à la fois mystérieuse et irrésistible m'attirait dans le sillage de cet homme.

L'inconnu a traversé la rue Girouard et s'est engouffré dans le parc Paul-Doyon. Il ne s'agissait pas d'un de ces parcs majestueux qui constituent le cœur et les poumons du quartier de Notre-Dame-de-Grâce. De dimensions modestes, celui-ci ne payait pas de mine : du gazon parsemé de mauvaises herbes, une poubelle qui régurgitait, des arbres faméliques et quelques bancs.

Une expression sévère sur son visage crispé, l'inconnu s'est assis au bout de l'un d'eux. Je me suis réfugié sur le côté de la façade de la boulangerie Première Moisson. De là, j'allais pouvoir l'observer à ma guise.

Un homme de type moyen-oriental occupait l'autre extrémité du banc. Un livre entre les mains, ses lèvres remuaient au rythme de sa lecture. Tout en sirotant son café, l'inconnu a jeté un regard à la station Bixi adossée au parc, pour ensuite revenir le poser sur les passants qui déambulaient dans la rue.

Il y avait là des mères de famille à l'air épuisé, promenant leur progéniture dans une poussette, quelques vieux qui traînaient leur carcasse parcheminée sous le soleil de plomb et des élèves en uniforme qui se dirigeaient vers le collège Villa Maria.

Pour ma part, les voix dans ma tête maugréaient :

« Qu'est-ce que tu fais là, Théodore, à regarder cet homme comme un abruti ? »

« Peut-être que tu exagères votre ressemblance. Peut-être même qu'elle n'existe que dans ton imagination. »

J'ai fait non de la tête. Je n'en aurais rien su si la barista du Second Cup ne l'avait pas remarquée, mais je n'avais pas rêvé cette similitude entre nos apparences. Toutefois, il me fallait stopper cette ridicule mascarade qui m'embrouillait. C'était décidé : j'allais me présenter et serrer la main de l'inconnu. Je ne savais pas encore ce que je lui dirais, mais qu'importe, j'improviserais.

Sans doute serait-il aussi surpris que je l'avais été en l'apercevant ; peut-être échangerions-nous quelques mots sur nos vies respectives, puis je regagnerais la maison. L'esprit en paix, je passerais le reste de l'après-midi à manger des Coffee Crisp et à écouter mes enregistrements des audiences de la commission Charbonneau. Et quand Alice rentrerait avec Jade, je lui raconterais en riant que j'avais fait la conversation avec mon sosie.

Mais les choses ne se sont pas déroulées ainsi.

Je traversais la rue pour rejoindre l'inconnu quand l'homme qui partageait son banc a fermé son livre et jeté un coup d'œil à la ronde. Je l'ai détaillé machinalement : début trentaine, cheveux noirs bouclés, il portait une veste de treillis sable trop chaude pour la saison et un chèche enroulé autour du cou. En se levant, il a enfoncé la main dans une poche de son treillis. Puis, alors qu'il passait devant l'inconnu, il a retiré la main de sa poche et lui a tendu un objet qui ressemblait à un cellulaire.

L'inconnu l'a aussitôt empoigné et glissé à l'intérieur de sa veste. J'ai secoué la tête pour m'assurer que mon imagination ne me jouait pas de tour. Je n'avais pas un point de vue idéal de l'endroit où je me trouvais ; pourtant, j'étais certain de ce que j'avais vu.

Le hurlement d'un klaxon m'a fait sursauter.

Une voiture venait de m'éviter en zigzaguant. Au moment où l'inconnu avait accepté le téléphone, je m'étais arrêté au milieu de la rue. Effrayé, j'ai laissé tomber les boîtes de Coffee Crisp sur l'asphalte brûlant. L'une d'elles s'est ouverte en touchant le sol et des barres chocolatées se sont répandues sur la chaussée.

Je me suis penché à la hâte pour les ramasser. Mes mains tremblaient si fort que je n'y arrivais pas. Une voiture s'est arrêtée en catastrophe à quelques mètres de moi, faisant crisser ses pneus. D'autres bruits de freinage et un concert de klaxons ont retenti. Sur les trottoirs, plusieurs passants s'étaient immobilisés pour observer la scène.

La chaleur me clouait sur place, le soleil fouillait mes rétines avec violence, et respirer était douloureux. Pendant que mes mains palpaient le bitume, je regardais ces gens, et tout ce que je voyais, c'était une agglomération d'atomes. J'avais envie de tuer ou de mourir.

J'ai cependant réussi à récupérer le contenu de la boîte et à rallier le trottoir. Mais quand je suis arrivé au parc, l'inconnu s'était volatilisé. Pivotant sur mes talons, j'ai jeté des regards dans toutes les directions, convaincu d'avoir perdu sa trace. En désespoir de cause, je me suis hissé sur la pointe des pieds, puis je suis monté sur un banc.

C'est là que je l'ai repéré.

Ayant plusieurs mètres d'avance sur moi, il marchait sur le trottoir en direction de la station de métro Villa-Maria. Mes boîtes de Coffee Crisp sous le bras, je me suis lancé à sa poursuite sans comprendre quelle était mon intention. Alors que je me frayais un chemin à travers la masse compacte de piétons qui remontait le trottoir, des cernes humides s'étaient formés sous mes aisselles, et un essaim de gouttelettes glissait le long de mon front et de mes joues.

Sur le viaduc surplombant l'autoroute Décarie, happé par le vrombissement sourd du flot incessant de voitures qui filait en contrebas, je me suis senti aspiré par le vide, mais j'ai gardé les yeux sur mon objectif. Et lorsque l'inconnu a traversé la rue au feu vert, j'ai foncé avant que celui-ci ne passe au jaune.

Dans ma hâte, j'ai bousculé au passage deux garçons qui traînaient les pieds. Puis, tandis que j'étais convaincu que l'inconnu se dirigeait vers la station de métro, il a franchi la grille du collège Villa Maria et s'est engagé dans la longue allée bordée d'arbres.

Enseignait-il au collège ? Avait-il une fille qui y faisait ses études ? En arrivant à la grille, j'ai hésité. Où me trimballait-il ?

Les voix, des chuchotements, se sont remises à tournoyer dans mon esprit :

« Tu n'as rien de mieux à faire que de suivre cet homme ? Rentre chez toi, Théodore. »

« Pourquoi tu le suis ? Pour combler le vide de ton existence ? Tu me fais pitié. »

J'ai secoué la tête pour que les voix battent en retraite et, l'esprit englué, j'ai franchi la grille. Jalonnée d'arbres matures, l'allée s'ouvrait sur un parc majestueux. Le bruissement du feuillage dans la brise de l'après-midi couvrait la rumeur de la circulation.

Et là, je me suis senti arraché au chaos et transporté hors du temps. Il me semblait que l'inconnu et moi étions liés par une destinée commune, que plus rien n'existait autour de nous. Il trottinait devant moi, je peinais à tenir la cadence pour ne pas le perdre de vue, mais il m'est apparu clairement que je n'avais pas d'autre choix : je devais savoir qui il était.

Un groupe de jeunes filles en uniforme est passé. Elles étaient sept ou huit, jacassaient en se coupant la parole et l'une d'elles riait à gorge déployée en disant qu'elle allait sûrement couler son examen du Ministère.

Au rythme imprimé par l'inconnu, nous avons mis deux minutes pour atteindre le bout de l'allée, où s'alignaient plusieurs bâtiments de bonne proportion. Comme je ne m'étais jamais aventuré sur le terrain du collège, j'ai levé les yeux et observé l'ensemble. Certains édifices étaient reliés entre eux par des passerelles vitrées. Je ne suis pas un expert en architecture, mais les plus anciens me semblaient dater d'une ou deux centaines d'années.

J'ai pressé le pas et reporté mon attention sur l'inconnu, dont l'avance ne s'amenuisait pas. Il marchait à présent vers un bâtiment de pierre grise que coiffait une rangée de lucarnes rongées de vert-de-gris. Couverts de lierre, les cinq étages de la façade monumentale laissaient supposer qu'il s'agissait d'un des bâtiments principaux, mais je n'avais aucune idée de sa fonction.

L'inconnu a traversé le terrain de stationnement où deux personnes discutaient devant la portière entrouverte d'une voiture. Il a ensuite franchi les derniers mètres qui le séparaient de l'escalier et s'y est engagé sans hésiter. Quelques secondes plus tard, j'y étais aussi. J'ai tiré la poignée et la porte a pivoté sur des gonds bien huilés.

Je me suis avancé dans un couloir sombre. L'endroit semblait désert. À quelques jours de la fin des classes, ça ne m'a pas étonné outre mesure. Sur ma gauche, un escalier de bois patiné menait à une mezzanine, puis aux étages supérieurs. J'ai fait quelques pas dans le hall. Mais où l'inconnu était-il donc passé ? Alors que je m'apprêtais à emprunter les marches, un bruit assourdissant m'a fait sursauter.

Une déflagration.

DISPARITION

Les projectiles hurlent en fendant l'air, ricochent avec fracas sur la carrosserie de la fourgonnette, lézardent les vitres sans pénétrer dans l'habitacle. Derrière son volant, Ammar pousse la mécanique à fond en sifflant *Don't Worry, Be Happy*. Le véhicule blindé file à vive allure dans les rues de Racca, sous le feu nourri des tireurs embusqués. La jeune femme appuie sur une touche de son téléphone satellite, puis le porte à son oreille. Quelque part en Turquie, son contrôleur, le directeur adjoint de la DGSE[6], prend la communication.

La jeune femme annonce simplement :

— Il a probablement été détenu à cet endroit, mais il n'y est plus.

Son interlocuteur répète l'information qu'elle vient de lui divulguer à voix basse. Elle sait qu'il s'adresse à ses collaborateurs.

Après avoir marqué une brève pause, il demande :

— Qu'est-ce qu'on entend en bruit de fond ?

La fourgonnette fait une embardée, mais le chauffeur réussit à reprendre le contrôle du véhicule et à le remettre dans l'axe de la route. La jeune femme jette un regard par la vitre. Des traits de feu s'allument et s'éteignent aux fenêtres des immeubles avoisinants.

---

[6] Direction générale de la sécurité extérieure. La DGSE est le service de renseignement extérieur de la France, qui mène les actions antiterroristes hors des frontières de l'État français.

Elle dit d'un ton neutre :

— On nous tire dessus.

De l'inquiétude perce dans la voix de son interlocuteur :

— Que s'est-il passé ?

Elle observe le chauffeur du coin de l'œil. Ammar est aussi calme que s'il jouait aux échecs. Tant qu'il ne cède pas à la panique, c'est signe qu'ils vont s'en tirer.

— Plus tard, Paul. Ça va aller.

L'homme de la DGSE semble hésiter ; il cherche ses mots pendant quelques secondes.

— Écoutez, je sais ce qu'il représente pour vous… Nous allons le retrouver.

La jeune femme crispe les poings.

— Il comptait sur moi, Paul. Je l'ai laissé tomber… Donnez-moi une autre adresse. Et vite !

L'homme soupire.

— Je vous rappelle.

Istanbul, Turquie

Dans une cave sombre et fraîche située sous le Grand Bazar d'Istanbul, Paul Berthomet balance son téléphone satellite sur une table de bois mal équarri et se retourne. Derrière lui, un homme est couché sur le dos, attaché à une planche de bois posée sur des blocs de pierre, à soixante centimètres du sol. Une odeur douceâtre de zeste d'orange flotte dans la pièce.

Berthomet s'approche et se penche sur le prisonnier.

— Tu vas devoir nous donner une autre adresse, Saïd. La bonne, cette fois-ci.

Il n'y a ni haine ni animosité dans le ton du directeur adjoint de la DGSE, mais la menace est claire. Devant le mutisme du captif, Berthomet fait un signe aux deux agents des services secrets turcs qui se tiennent en retrait. L'un d'eux place une serviette mouillée sur le visage du prisonnier qui, se tortillant dans tous les sens pour briser ses entraves, hurle :

— Je vous ai dit tout ce que je savais ! Vous aviez promis !

Berthomet pince les lèvres et hoche lentement la tête.

— Il n'était plus là. Réfléchis, Saïd. Il doit bien exister un autre endroit…

De la panique éraille la voix tremblante du prisonnier :

— Je ne sais pas ! Je vous le jure ! Je ne sais pas !

D'un geste qui se veut empathique, Berthomet lui touche l'épaule et murmure :

— Je te donne une dernière chance, Saïd. Où se trouve-t-il ?

— Vous ne comprenez pas ! Si je parle, ils vont s'en prendre à ma famille.

L'homme de la DGSE grimace. Son ton se durcit :

— Je t'ai déjà dit que nous allons nous occuper de ta famille, Saïd. Ça suffit, maintenant !

Berthomet attrape une orange dans une des centaines de caisses entreposées dans la cave. Il en retire lentement l'écorce, puis il fait un signe aux deux agents.

— Allez, on remet ça.

Un des agents saisit un bidon de plastique rempli d'eau et commence à en verser sur la serviette tandis que l'autre appuie les épaules du prisonnier contre la planche de bois. Alors que Berthomet mord dans un quartier d'orange et que de fines gouttelettes sucrées explosent dans l'air, le prisonnier, suffocant, émet des gargouillis de lavabo.

7.

Se volatiliser

J'ai réalisé en recouvrant mes esprits que j'avais pris pour une déflagration l'impact d'un sac de recyclage rempli de papiers qu'on avait laissé tomber depuis la mezzanine. Après avoir scruté le haut de l'escalier pour tenter de voir qui avait pu balancer le sac, j'ai monté les marches avec prudence et me suis retrouvé sur le palier, qui s'ouvrait sur un espace en forme de croix.

Du bruit provenait d'une pièce sur ma gauche. Je me suis avancé et j'ai passé la tête dans l'embrasure. J'ai tout de suite compris que je venais de démasquer le responsable de ma frayeur. Un casque d'écoute sur les oreilles, un homme qui portait une combinaison d'entretien empoignait des piles de papiers sur une étagère et les enfournait dans un nouveau sac de recyclage. Je me préparais à le questionner lorsque j'ai entendu la sonnerie d'un cellulaire.

Guidé par ce bruit, j'ai emprunté le corridor qui menait à l'arrière de l'immeuble. De chaque côté du couloir, deux portes ouvertes donnaient sur des pièces vides. À l'évidence, je me trouvais à un étage inoccupé.

La sonnerie s'était interrompue, mais j'ai rejoint d'instinct le mur du fond. Là, j'ai jeté un coup d'œil à la cour par la fenêtre entrouverte, et je crois qu'un sourire s'est dessiné sur mes lèvres. L'inconnu marchait de long en large sur la pelouse et parlait à voix basse dans son cellulaire en cachant sa bouche avec sa main. J'avais souvent vu mes entraîneurs de football faire la même chose pour éviter que l'équipe adverse n'intercepte leurs conversations.

Mon estomac s'est noué et je me suis demandé si un homme ordinaire aurait agi ainsi. J'étais trop loin pour distinguer les mots, mais j'ai eu l'impression que l'inconnu s'exprimait en arabe.

Dès qu'il a mis fin à l'appel, je me suis précipité dans le couloir, puis j'ai dévalé l'escalier à toute allure. Je ne voulais pas perdre sa trace encore une fois. Quand je suis arrivé dans la cour, l'inconnu se dirigeait d'un bon pas vers la clôture qui sépare le terrain du collège des immeubles d'habitation du chemin de la Côte-Saint-Luc.

Après l'avoir escaladée, il s'est retrouvé dans un stationnement. Mon genou ne me permettait plus de courir dix verges en une seconde trois, mais j'ai piqué un sprint vers la clôture, que j'ai franchie tant bien que mal. Même si ma main blessée et ma cargaison gênaient mes mouvements, il était hors de question de me défaire des Coffee Crisp.

Alors que l'inconnu continuait à avancer vers la rue, il m'a semblé le voir jeter un objet dans un des conteneurs à déchets adossés au mur arrière de l'édifice. Je n'étais plus qu'à trente mètres de lui lorsqu'il s'est engagé sur le trottoir et que je l'ai perdu de vue. J'ai couvert la distance en quelques secondes, au pas de course.

Quand j'ai atteint le trottoir à mon tour, j'ai tout de suite compris que quelque chose n'allait pas. Aussi improbable que cela puisse paraître, l'inconnu s'était volatilisé. Ma logique était peut-être bancale, mais je ne voyais que deux possibilités.

La première : il avait sauté dans une voiture, auquel cas je ne retrouverais jamais sa trace. La deuxième : il était entré dans l'immeuble. Toutefois, compte tenu du peu de temps qui s'était écoulé, chaque option m'apparaissait mathématiquement improbable.

Qu'importe, je ne suis pas resté à m'appesantir sur le sujet. Déjà, j'ouvrais la porte vitrée du Montebello, un immeuble que je connaissais pour y avoir été fréquemment invité à des cocktails alors que j'étais toujours El Matador. En effet, Cyril Taillefer y avait habité pendant quelques années avant de s'acheter une maison hors de prix à l'Île-des-Sœurs.

Datant des années 1960, l'édifice avait été entièrement rénové en appartements de luxe. Avec ses dix étages, il devait bien abriter une centaine de logements. Si l'inconnu avait eu le temps de prendre l'ascenseur, aussi bien dire que je cherchais une aiguille dans une botte de foin.

La porte permettant de pénétrer dans le hall était verrouillée. J'ai jeté un coup d'œil par la paroi de verre. Une seule personne se trouvait dans le hall : une femme qui lisait un livre, confortablement calée dans un fauteuil.

J'ai tapé contre la vitre pour attirer son attention. Elle s'est levée et, sourcils froncés, m'a scruté des pieds à la tête. Même si j'arborais mon plus beau sourire, elle n'a pas daigné m'ouvrir la porte :

— Qu'est-ce que vous voulez ?

— Pardon, madame. Vous avez vu quelqu'un entrer, il y a quelques secondes ? Quelqu'un qui me ressemble…

J'ai lu dans son regard de la crainte et de l'incompréhension. Puis j'ai réalisé que je tirais sur la poignée avec ma main blessée, ce qui faisait claquer le loquet contre le chambranle à chaque secousse. Rien pour la mettre en confiance.

— Personne n'est entré depuis au moins cinq minutes, monsieur.

— Vous en êtes certaine ?

Elle a acquiescé d'un signe de tête. À son air alarmé, j'ai compris qu'il ne servirait à rien d'insister. J'ai levé la main en l'air en guise de remerciement et j'ai tourné les talons.

Une fois ressorti dans l'atmosphère humide de cette fin d'après-midi, j'ai imaginé toutes sortes de scénarios, mais une idée se distinguait des autres : m'ayant repéré, l'inconnu m'avait délibérément semé. Une telle hypothèse peut sembler invraisemblable, puisque ç'aurait signifié qu'il avait été entraîné à reconnaître et à déjouer les filatures. Mais j'avais beau examiner la situation sous tous ses angles, aucune autre explication ne me paraissait plus plausible.

L'inconnu n'avait aucune raison de se méfier de ma présence. À mes yeux, quelqu'un qui n'avait rien à se reprocher n'aurait pas agi de cette façon. De là à envisager qu'il se livrait à des activités illicites, il n'y avait qu'un pas à franchir. Et à la lumière de ce retournement et de l'incident dont j'avais été témoin dans le parc, ce pas, je l'avais déjà franchi.

Ruminant ces pensées, j'ai commencé à marcher pour revenir chez moi. À l'intersection de Côte-Saint-Luc et de Décarie, des files de véhicules se pressaient dans toutes les directions. Les doutes m'ont envahi alors que je traversais le carrefour. Mon écoute assidue des audiences de la commission Charbonneau avait-elle exacerbé ma propension à imaginer des complots ?

Dans ma tête, les voix ont repris leur travail de sape :

« C'est un concours de circonstances, Théodore. Il n'a pas essayé de t'échapper. »

« Tu te fais des idées. Il n'a pas disparu. Tu l'as simplement manqué dans la rue. »

J'ai haussé les épaules. Je ne savais plus quoi penser.

Je dépassais le Domino's Pizza lorsque j'ai pris conscience que mon estomac se contractait et me faisait souffrir. Un voile noir est passé devant mes yeux et j'ai senti que mes jambes allaient se dérober sous mon poids : je n'avais rien mangé depuis mon réveil. Je me suis assis sur les marches d'un immeuble et j'ai attrapé une Coffee

Crisp dans une des boîtes. Ayant déchiré l'emballage avec les dents, j'ai mordu dans la tablette de chocolat.

Des larmes me sont montées aux yeux. Et là, pendant un bref instant, je me suis senti heureux. Du bout des doigts, j'ai touché le sachet dans la poche de mon pantalon de jogging, mais j'ai abandonné l'idée. La cocaïne coupe l'appétit et je préférais savourer une deuxième Coffee Crisp.

***

Dissimulé derrière une voiture garée à cinquante mètres du Montebello, l'inconnu avait regardé Théodore Seaborn quitter l'immeuble et redescendre le chemin de la Côte-Saint-Luc, mais il était trop loin pour distinguer les traits de son visage. L'air préoccupé, il était sorti de sa cachette bien après que Théodore eut disparu de son champ de vision.

8.

Retour à la réalité

Il y a de ces idées qui vous fracassent l'esprit, des idées d'une puissance si absolue qu'elles vous empoisonnent l'existence pour peu qu'elles commencent à prendre forme dans vos neurones. Et dès lors qu'elles s'y déposent, elles ne cessent de vous hanter.

Après avoir perdu la trace de l'inconnu, j'avais erré quelques heures au hasard des rues et fini par m'enfiler quelques rails de cocaïne dans les toilettes du parc Notre-Dame-de-Grâce.

Pourtant, quand je suis arrivé devant la maison, en début de soirée, j'étais armé d'une conviction et prêt à jurer qu'il ne s'agissait pas des divagations d'un esprit irrationnel ou drogué : l'inconnu n'avait pas accepté le cellulaire de l'homme au treillis et essayé de m'échapper sans raison. Il avait quelque chose à cacher.

Lorsque j'ai poussé la porte d'entrée, une odeur de poisson grillé et de légumes bouillis m'a indiqué qu'Alice et Jade avaient déjà mangé. Je m'attendais à ce que ma fille se précipite dans mes bras en criant « papa », mais la maison était aussi silencieuse que la chambre d'un mort. J'aurais dû entendre du vacarme, des rires d'enfant, j'aurais dû voir des jouets traîner sur le plancher et sentir des crayons de couleur rouler sous mes semelles.

Mais, au lieu de tout cela, le salon et la salle à manger étaient rangés avec soin. Tout était trop calme. Et j'accueillais les lumières tamisées comme le présage d'une catastrophe.

J'ai rentré la tête dans les épaules et me suis avancé dans le hall.

— Alice ?

Je posais les boîtes de Coffee Crisp sur la table de la salle à manger lorsqu'elle est sortie de la pénombre de la cuisine. Livide, elle me dévisageait sans parler, comme si j'étais une apparition. À sa décharge, je ne devais pas payer de mine.

— As-tu une idée de l'heure qu'il est ? J'étais morte d'inquié tude.

J'ai feint la surprise. Alice n'a pour sa part pas pris la peine de masquer sa colère, mais elle s'est efforcée de continuer sur un ton placide :

— Je peux savoir où tu étais ?

J'ai désigné les boîtes de Coffee Crisp du menton.

— J'étais sorti pour faire une petite course.

— Une petite course ? Tu sais que tu avais laissé la porte entrouverte ?

Elle a plongé son regard courroucé dans le mien. Lorsque je consommais, mes yeux devenaient vitreux, leur blanc brillait avec plus d'éclat et mes pupilles se dilataient. Avec le temps, j'avais appris à réprimer les tics nerveux, mais Alice savait reconnaître les signes les plus infimes.

— Tu t'es fait des rails ? T'as ressorti la locomotive, Théo ?

C'était notre code. Plus efficace qu'un chien renifleur, elle m'avait percé à jour.

J'ai affiché un air offusqué :

— Quoi ? Mais pour qui tu me prends ? Tu sais très bien que c'est fini, tout ça.

Dans la poche de mon pantalon de jogging, ma main blessée s'est refermée sur le sachet de plastique. Alice a demandé :

— Tu peux m'expliquer pourquoi il y avait du sang sur le plancher de la cuisine et dans la salle d'eau ?

J'ai brandi ma main dans les airs.

— Je me suis coupé avant de sortir.

Elle a hoché la tête, pincé les lèvres. Elle se retenait pour ne pas exploser.

— Tu t'es coupé sur le mur défoncé du débarras, c'est ça ?

— Laisse-moi t'expliquer…

Elle a posé l'index sur sa bouche pour m'empêcher de poursuivre.

— Fais voir…

Alice s'est radoucie. Elle a pris mon poing et s'est mise à dérouler la gaze imbibée de sang. En découvrant le segment qui touchait la peau, elle a grimacé.

— C'est collé. Viens avec moi.

Je l'ai suivie jusqu'à la salle d'eau où, avec des ciseaux, elle a sectionné la gaze le plus près possible de la blessure. Puis elle a fait couler un filet d'eau tiède et m'a tenu la main dessous. Avec moult précautions, elle a réussi à séparer le bout de tissu de ma peau.

— Ça fait mal ?

J'ai tenté de détendre l'atmosphère en blaguant :

— Seulement quand je tousse.

Sans broncher, Alice a empoigné une serviette propre et épongé la plaie couverte d'une plaque de sang séché. Elle a ensuite attrapé un pansement adhésif dans une armoire, qu'elle a appliqué avec soin.

— Voilà… Tu faisais quoi dehors ?

— J'étais sorti acheter du chocolat. Et après, je me suis promené. C'est bien ce que tu voulais, non ?

— C'est parfait, Théo. Mais ta promenade a duré des heures. J'ai essayé de t'appeler plusieurs fois pendant la journée, pour savoir comment tu allais. Je t'ai laissé des tas de messages.

J'ai haussé les épaules.

— Ça ne m'a pas paru si long que ça.

Alice a insisté :

— T'es allé où, exactement ?

— Un peu partout.

Sa voix a baissé d'une octave.

— Théo…

J'avais un peu honte de lui raconter ce qui s'était passé, mais il ne servait à rien de chercher à me défiler. Alice savait lire en moi comme dans un livre ouvert. Et lorsqu'elle se lançait dans un interrogatoire, l'avocate en elle traquait la vérité sans relâche. À ce jeu, je perdais toujours.

Je lui ai narré les événements à partir du moment où j'avais aperçu l'inconnu au Second Cup. Dans la foulée, j'ai parlé du téléphone qu'un homme lui avait donné dans le parc et décrit comment il avait déjoué ma filature.

Un mélange de surprise et de contrariété est apparu sur son visage.

— Entrer comme ça dans la vie privée des gens, ça m'étonne de toi, Théodore Seaborn.

J'ai regardé le bout de mes chaussures comme un gamin pris en faute. Alice ne croyait pas une seule seconde au bien-fondé de mes faits et gestes.

Elle a marqué une courte pause avant de reprendre :

— Au fait, depuis quand as-tu obtenu ton permis de détective privé ?

J'ai ouvert la bouche pour protester, mais elle ne m'en a pas laissé le temps :

— Et même s'il te ressemblait à ce point, ce ne serait pas une raison valable.

Ayant compris ce qui était en train de se jouer, j'ai objecté :

— Pourquoi tu dis « *même* s'il te ressemblait à ce point » ?

Elle a levé les yeux au plafond et soupiré d'exaspération.

— Théodore, sois raisonnable, s'il te plaît…

Qu'elle remette ainsi mon jugement en question touchait une corde sensible. À fleur de peau, j'ai haussé le ton :

— Tu crois que j'invente ça ? On est plus de sept milliards sur la planète. Si ça se trouve, il y a probablement des dizaines de personnes qui se ressemblent entre elles ! Alors, dis-moi pourquoi ce ne serait pas possible que j'en aie croisé une ?

— Là n'est pas la question. Toi et ta foutue commission Charbonneau ! Tu ne te rends pas compte que c'est ça qui te pourrit l'esprit, Théodore ? Tu vois des complots partout !

J'ai baissé la tête et fixé ses mains. Les mains d'Alice sont délicates et d'une infinie douceur. En m'attardant à ses doigts effilés, j'ai remarqué qu'elle ne portait pas son alliance. Elle qui ne la retirait pourtant jamais.

J'ai accusé le coup en silence tandis qu'elle poursuivait :

— Tu t'es *imaginé* qu'il te ressemblait, puis tu as interprété ses gestes sans connaître le contexte. Dis-moi, tu avais pris tes médicaments, Théo ?

Le sous-entendu était explicite ; sa logique, implacable. À ses yeux, ma dépression et le fait d'avoir ressorti la locomotive m'enlevaient toute crédibilité. N'étant pas dans mon état normal, j'avais fabulé.

— Ah, tu crois que je dérape, c'est ça ? Très bien. Mais tu sauras que je ne suis pas le seul. La barista du Second Cup dit que cet homme, c'est mon sosie !

Alice me scrutait à présent d'un air suspicieux.

— Quelle barista ?

J'étais trop contrarié pour lui expliquer de qui il s'agissait. J'ai coupé au plus court.

— Peu importe, laisse tomber… Je te dis que cet homme me ressemble et qu'il n'est pas *clean* ! Merde, Alice !

Elle s'est emparée du téléphone sans fil.

— Qui appelles-tu ?

— Ton thérapeute. Je pense que c'est une bonne idée que tu devances ton prochain rendez-vous. Je vais laisser un message en demandant qu'il te voie d'urgence demain.

D'abord le jugement, ensuite la sentence. À ce point, mon esprit s'est replié sur lui-même et un voyant rouge s'est allumé quelque part dans ma tête. Alice entrait dans une zone de danger. Il fallait à tout prix l'empêcher de parler à mon thérapeute.

D'un geste sec qui m'a moi-même surpris, je l'ai empoignée par le coude. J'allais la forcer à me remettre le combiné lorsqu'un homme est apparu dans l'escalier qui menait à l'étage et à nos chambres. Il était vêtu d'un jean et d'un t-shirt noir, et ses cheveux ramenés vers l'arrière encadraient un visage juvénile aux joues glabres.

Cet homme, je le connaissais depuis plusieurs années. Il s'agissait de Peter Williams, un de mes anciens collaborateurs chez Red|Rider et mon meilleur ami.

— Peter ? Qu'est-ce que tu fais là ?

Il m'a souri, mais Alice est intervenue avant qu'il ne puisse ouvrir la bouche :

— C'est moi qui lui ai demandé de venir. J'étais trop inquiète.

Peter a foulé la dernière marche et s'est dirigé vers moi.

— Salut, Théo. J'étais en train de lire une histoire à Jade.

Voilà pourquoi la maison était si calme. Peter m'a pris dans ses bras et m'a attiré contre lui. Puis il m'a donné quelques claques dans le dos. Cette accolade sonnait faux.

— Alors, quoi de neuf, *bro* ?

— Bof… pas grand-chose. Et toi ?

Il a ignoré ma question et pointé ma main blessée de l'index :

— Qu'est-ce qui s'est passé ?

Le plus sérieusement du monde, j'ai crâné :

— Oh ! ça ? Un mur qui ne voulait pas se tasser.

Mal à l'aise, Peter a enchaîné :

— Il y a un match des Alouettes à la télé. Ça te dirait qu'on le regarde ensemble ?

Alice avait sans doute pensé qu'il pourrait me remonter le moral. Et que, du coup, ça lui permettrait à elle de prendre congé de mon mal-être l'espace de quelques heures. Je la comprenais parfaitement. À cause de ma dépression, elle avait des responsabilités accrues. Non seulement je ne conduisais plus Jade au service de garde et n'assurais plus ma part des tâches domestiques, mais nos économies s'amenuisaient.

J'étais devenu un boulet, le conjoint qui embarrasse et qui ne fait qu'écouter la commission Charbonneau, s'empiffrer de chocolat et se complaire dans sa médiocrité. El Matador, l'homme qu'elle admirait, avait disparu.

— Théo va d'abord monter pour souhaiter bonne nuit à Jade. D'accord, Théo ?

Ce n'était pas une question, mais un ordre, que je n'avais aucunement envie de contester. Alice a gagné la cuisine sans ajouter un mot.

Peter lui a emboîté le pas :

— Je vais t'aider à ranger.

Jade m'attendait sagement sous les couvertures, mains croisées sur la poitrine. Après m'être assis sur le lit, j'ai commencé à lui caresser les cheveux. D'ordinaire si enjouée, ma fille paraissait songeuse.

— T'étais où, papa ? Qu'est-ce que tu faisais ?

— Il faisait beau, aujourd'hui. Papa était sorti marcher.

— C'est vrai que tu vas partir sans nous ?

Jade semblait être au bord des larmes. J'ai eu l'impression qu'un couteau me fouillait les entrailles. J'ai approché mon visage du sien. Elle a posé ses petites mains contre mes joues, et ses doigts ont presque complètement disparu dans l'épaisseur de ma barbe.

— Mais non, ma puce. Où es-tu allée chercher ça ?

Elle a haussé les épaules. Sa lèvre inférieure s'est mise à trembler.

— Est-ce que tu as entendu quelqu'un dire ça ?

— Je sais pas. Je t'aime, papa.

Elle s'est blottie contre moi.

— Moi aussi, je t'aime, ma puce. Tu es triste ?

Ma fille s'est mise à pleurer contre mon épaule. Désemparé, j'ai sorti de ma poche le sac d'oursons en gelée que j'avais acheté pour elle au Monoprix. Jade a relevé son visage baigné de larmes, et l'esquisse d'un sourire s'est dessinée sur ses lèvres.

— C'est pour moi ? a-t-elle chuchoté.

J'ai fait signe que oui et murmuré :

— Mais c'est notre secret, d'accord ?

Ma fille m'a regardé d'un air complice et m'a serré dans ses bras de toutes ses forces. Je n'étais pas mieux que mort si sa mère apprenait que je lui avais donné des sucreries.

Je ne saurais dire combien de temps j'ai fixé le visage d'ange endormi de Jade, observé sa poitrine qui se soulevait et s'abaissait à un rythme régulier, mais je suis descendu au rez-de-chaussée avec un plan précis : j'allais demander à Alice qui avait bien pu mettre l'idée que j'allais partir dans la tête de ma fille.

M'approchant de la cuisine, j'ai entendu des chuchotements à travers le bruit des assiettes qui s'entrechoquaient. Lorsque Peter a prononcé mon nom, je me suis glissé dans l'encoignure du mur de la salle à manger.

— Tu es certaine qu'il ne fait rien de ses journées ?

— Rien, à part écouter la commission Charbonneau et manger des Coffee Crisp.

— Et il va toujours à ses réunions des Narcotiques Anonymes ?

— Je ne sais pas, Peter. Mais je veux qu'il voie son thérapeute demain. Il délire et devient paranoïaque.

Alice s'est mise à sangloter. J'allais sortir de ma cachette pour la consoler, mais j'ai été stoppé net par ce qu'elle a ajouté en reniflant :

— Je ne peux tout de même pas le quitter maintenant. Pas dans l'état où il est…

— Je comprends. Rien ne presse, mon amour.

Un malaise m'a étreint et mon cœur s'est emballé. Peter a semblé hésiter, comme s'il cherchait les bons mots. Puis il a demandé :

— Tu penses qu'il pourrait être violent avec toi ou Jade ?

— Non, je ne crois pas, mais… le pistolet de son père n'est plus dans le débarras.

J'ai étiré le cou et passé la tête dans l'entrebâillement. Devant l'évier, Peter tenait le visage de ma femme entre ses mains.

— Surtout, ne t'inquiète pas. Je vais lui parler.

Se hissant sur la pointe des pieds, Alice a fermé les yeux et s'est approchée de lui. Lorsque leurs lèvres se sont trouvées, j'ai été trop déstabilisé pour réagir. Ce salaud avait sa langue dans la bouche de ma femme et je ne bronchais pas.

Ayant soin de ne pas faire craquer le parquet, je suis reparti vers le salon. C'est en montant les premières marches de l'escalier que j'ai pris la pleine mesure de la situation, et une rage incontrôlable s'est emparée de moi.

J'allais revenir affronter Alice et donner à Peter la raclée qu'il méritait lorsqu'une pensée m'a assailli avec une fulgurance telle qu'elle a supplanté toutes les autres. Dans ma tête, j'ai revu l'inconnu jeter un objet dans le conteneur à déchets derrière l'immeuble du chemin de la Côte-Saint-Luc.

C'est là que les choses ont basculé. Cédant à une pulsion irraisonnée, je me suis précipité vers l'entrée et j'ai ouvert la porte. Sous la force du mouvement, le battant s'est s'écrasé avec fracas contre le mur.

Je ne me suis pas donné la peine de refermer. Et tandis que je venais d'apprendre que la femme de ma vie me trompait avec mon meilleur ami, j'ai couru comme un halluciné sur le trottoir de l'avenue Monkland, en direction du Montebello.

DISPARITION

Le visage couvert de sueur, Ammar engouffre le véhicule dans une enfilade de ruelles. Une camionnette chargée de djihadistes de l'État islamique les a pris en chasse. Des balles ricochent sur le blindage en piaulant.

Par les vitres arrière entrouvertes, Vernes et un des commandos des forces spéciales échangent des tirs avec l'ennemi. Les HK416 tressautent entre leurs mains gantées. Plus rapide, la camionnette gagne du terrain, ce que confirme Vernes d'une voix calme :

— Ils se rapprochent.

L'avertissement est superflu. Ammar ne siffle plus. Sa chique de tabac est coincée dans le creux de sa joue. Le chauffeur a les mains crispées sur le volant et jette des regards inquiets dans le rétroviseur.

Il murmure entre ses dents :

— Je roule déjà à fond.

La jeune femme se ronge les ongles. Elle comprend, à l'attitude du chauffeur, que la situation est critique. Heureusement, le blindage les protège des rafales d'armes automatiques. La tension et la peur commencent néanmoins à l'envahir, mais elle les repousse. Elle ne peut se permettre d'échouer.

Ils arrivent à un virage serré. Pour réussir à le prendre, Ammar doit ralentir l'allure. Et c'est là que l'irréparable se produit. La jeune femme voit un panache de fumée se découper dans le cadre d'une fenêtre d'un immeuble voisin et un trait blanc arriver à toute vitesse sur eux.

— Attention, Ammar ! Tourne !

Trop tard. Une déflagration assourdissante fait faire un tête-à-queue au véhicule. Une boule de feu embrase l'habitacle. Ils ont été atteints par un tir de roquette.

9.

Il faut qu'on se parle, Théo

La lumière blanche du matin filtrait à travers le feuillage des arbres. Dissimulé derrière le bac de recyclage du voisin d'en face, j'observais la Volkswagen qui reculait dans l'entrée de notre maison. Par la vitre entrouverte, j'ai aperçu Jade dans son siège d'enfant, sur la banquette arrière. J'étais trop loin pour distinguer avec netteté l'expression de son visage ; cependant, Alice m'a semblé préoccupée. Ce n'est sans doute pas un sentiment qui m'honore, mais j'ai éprouvé une forme de soulagement de la savoir inquiète.

Mon absence n'avait toutefois pas fait dévier ma femme de sa trajectoire. Ma montre indiquait 7 h 25 lorsque notre voiture a disparu au bout de l'avenue Oxford. La routine immuable du matin venait de nouveau d'être respectée. D'une régularité sans faille, Alice incarnait l'essence même de la discipline. On pourrait croire que je m'en plains, mais c'est le contraire. Je lui suis redevable d'être la mère qu'elle est, le pilier inébranlable sur lequel s'appuie notre fille, qui ne peut malheureusement pas en espérer autant de son bon à rien de père.

Je suis sorti de ma cachette et me suis dirigé vers la porte d'entrée. La veille, je n'avais pas pris mes clés avant de m'éclipser, mais, ne sachant pas où je me trouvais,

Alice n'avait pas verrouillé la porte. J'ai poussé le battant. Un silence oppressant régnait dans la maison.

Après avoir fouillé le conteneur à déchets, derrière le Montebello, j'avais décidé de ne pas rentrer dormir. Traînant dans le quartier, je n'avais pas fermé l'œil de la nuit, sniffant un rail ici et là quand je sentais le sommeil me gagner.

Ma décision de découcher était autant motivée par le malaise que j'éprouvais à l'idée qu'Alice entretenait une liaison avec Peter que par l'excitation qui ne m'avait plus quitté depuis la découverte que j'avais faite.

Car dès lors que je l'avais tenu dans ma main, il n'avait plus fait aucun doute dans mon esprit que le iPhone trouvé dans le conteneur appartenait à l'inconnu.

Dans la salle à manger, un message m'attendait, appuyé contre les boîtes de Coffee Crisp qui trônaient toujours au centre de la table.

L'écriture fine de ma femme y figurait :

« *Il faut qu'on se parle, Théo.* »

Près de la note, un dessin fait par Jade m'a attendri. Ma fille avait esquissé un portrait de nous deux. Avec ma barbe, mes cheveux hirsutes et mes chaussures de course, j'avais l'air d'un géant à côté d'elle. Des lettres tracées avec maladresse barraient le bas du dessin.

« *Je t'aime, papa.* »

Ma fille avait sans doute demandé à sa mère d'écrire la phrase et l'avait ensuite recopiée. J'ai sorti le iPhone de ma poche et l'ai posé à côté du dessin.

Puisque j'avais une faim de loup et nullement envie d'avaler une Coffee Crisp, je me suis confectionné un sandwich au thon, que j'ai mangé en quelques bouchées, en l'arrosant d'un expresso. Je suis monté à l'étage après avoir rangé la cuisine.

En entrant dans la chambre, j'ai attrapé mon propre cellulaire sur ma table de chevet et je l'ai branché pour recharger la pile. Par la suite, j'ai pris une douche brûlante. Une serviette enroulée autour de la taille, j'ai songé à me raser, mais ma barbe était si longue et si drue que j'ai abandonné l'idée. Mes ablutions terminées, je me suis glissé entièrement nu dans mon lit. Le sommeil m'a happé presque aussitôt.

Je me suis réveillé en sursaut à 14 h, au son de l'alarme que j'avais programmée sur mon cellulaire. Encore englué, j'ai repoussé les couvertures et me suis assis sur le bord du matelas. C'est là que je l'ai remarqué : le monticule de linge sale qui s'amoncelait de mon côté du lit avait disparu. Je me suis traîné jusqu'à ma commode et j'ai ouvert un tiroir. À la vue des vêtements pliés avec soin, les voix dans ma tête ont recommencé à gronder :

« Alice est extraordinaire, Théodore. Tu l'as perdue par ta faute. »

« Tu devrais l'appeler, lui dire que tu l'aimes. »

J'ai enfilé à la hâte un caleçon, un polo Lacoste marine qui embaumait la lessive fraîche et un jean. Ensuite, j'ai mis des chaussettes et mes chaussures de course. Posant le regard sur mes médicaments, j'ai hésité, puis décidé que je n'en avais plus besoin.

Après avoir empoché mon cellulaire – l'icône indiquait maintenant une pleine charge –, je suis redescendu. L'horloge de la cuisinière marquait 14h20. Sur le comptoir, l'afficheur de messages du répondeur clignotait. J'ai appuyé sur la touche de lecture.

La voix douce de ma femme s'est fait entendre :

— Salut, mon chéri… Euh… je ne sais pas ce qui s'est passé hier soir. J'ai entendu la porte claquer, puis tu étais parti. Appelle-moi si tu prends ce message. Je… je t'aime.

« Mon chéri. » Il y avait des mois qu'Alice ne m'avait pas appelé ainsi, des mois qu'elle ne m'avait pas dit qu'elle m'aimait. Une seule chose pouvait expliquer cette attitude inattendue : elle se doutait que je l'avais surprise en train d'embrasser Peter. Ayant conclu que je m'étais sauvé pour cette raison, elle voulait sonder le terrain, connaître l'étendue des dommages.

Contre toute attente, elle n'avait rien dit à propos de mon thérapeute, que je n'avais pas consulté depuis plusieurs semaines. Estimant qu'il était un parfait imbécile, j'avais en effet cessé d'avoir recours à ses services.

Posté devant le répondeur, j'ai réfléchi un moment à la signification du message d'Alice. Puis, secouant ma torpeur, j'ai appelé mon fournisseur de téléphonie sans fil. Après avoir navigué à travers le menu interactif, j'ai parlé à un conseiller technique qui m'a procuré les informations dont j'avais besoin.

Saisi d'un profond dégoût, j'ai attrapé les boîtes de Coffee Crisp sur la table et suis allé les jeter dans la poubelle du garage. Enfin, j'ai récupéré le dernier sachet de cocaïne dissimulé dans la paroi intérieure de mon bureau. Avant de sortir, je me suis arrêté devant la table de la salle à manger et, sous la phrase qu'avait écrite Alice, j'ai griffonné :

« *Je ne suis pas encore prêt.* »

Cette réponse me permettrait de gagner du temps afin de manœuvrer à ma guise. J'ai aussi écrit un mot pour Jade et, pliant son dessin, je l'ai glissé dans ma poche.

Une casquette des Ravens enfoncée sur le crâne, les yeux dissimulés derrière de grosses lunettes fumées, je suis sorti dans la touffeur de l'après-midi. Et malgré le soleil qui faisait bouillir mon sang et mon cerveau, je me suis dirigé d'un pas décidé vers l'avenue Monkland.

À ce stade, cela ne relevait plus du domaine du rationnel et j'avançais sans m'interroger sur mes motivations profondes. J'étais en fait investi d'une mission, animé par une pulsion : je *devais* à tout prix retrouver l'inconnu. Et si je m'entêtais à le poursuivre, c'était peut-être parce que j'éprouvais un sentiment depuis trop longtemps oublié : celui d'être en vie.

L'inconnu avait une tête de revendeur de drogue. Je le savais : je voyais la même tous les matins dans le miroir en me levant. Et maintenant que j'avais une pièce à conviction qui suggérait qu'il cachait quelque chose, je n'allais pas abandonner avant d'être allé au fond de cette histoire.

Voulant éviter de le manquer, je suis arrivé au Second Cup en avance. Sitôt entré, j'ai remarqué que la barista n'était pas à son poste derrière le comptoir. J'ai commandé un latté à sa collègue, laquelle m'a appris que c'était son jour de congé.

La table que j'avais choisie me permettait de voir à la fois la porte et l'intérieur du café. Gardant casquette et lunettes de soleil, je faisais semblant de lire un journal. Mais, dès que la porte s'ouvrait, je relevais la tête et examinais le nouveau venu.

La barista avait affirmé que l'inconnu passait chaque jour à 15 h. Dès 14 h 45, le sachet de cocaïne a commencé à me démanger dans la poche de mon jean. À 14 h 55, j'avais presque fini de me ronger les ongles des dix doigts, et ma jambe droite ne cessait de sautiller.

À 15 h 11, j'étais taraudé par l'angoisse. Rien pour me calmer, je consultais ma Rolex toutes les trente secondes. Mais où donc l'inconnu restait-il ? De l'endroit où je me trouvais, il était impossible que je l'aie manqué. Pourtant, le doute s'est insinué dans mon esprit, si bien que le tourbillon des voix est reparti :

« Incapable de surveiller une porte ? Du grand n'importe quoi, Théo ! »

« Si t'avais baisé Alice correctement, elle ne coucherait pas avec Peter. »

À 15 h 30, les doutes avaient fait place à l'indécision. Plusieurs dizaines de personnes avaient franchi la porte, mais toujours aucune trace de l'inconnu. À l'évidence, il s'était produit quelque chose qui avait modifié sa routine.

À 15 h 45, je nageais en plein désespoir et j'avais furieusement envie de m'enfiler un rail.

Pour passer mes nerfs, je me suis approché du comptoir et j'ai commandé un autre café. Puisque la barista avec qui j'avais discuté était en congé, j'ai tenté ma chance auprès de sa collègue. Elle avait probablement déjà servi l'inconnu, elle aussi. Hélas, elle ne voyait pas de qui je parlais.

Le moral dans les talons, je me suis rassis à ma place et j'ai siroté mon café en souhaitant un miracle. Comme mon double ne se pointait pas, je me suis résigné à quitter les lieux aux environs de 16 h.

Mû par une impulsion irrépressible, j'ai décidé de marcher jusqu'au parc Paul-Doyon. Même si je me rendais compte de son absurdité, mon raisonnement était simple. Puisque j'avais été témoin de l'incident entre l'inconnu et l'homme au treillis, peut-être allais-je tomber sur l'un d'eux ? Le cas échéant, j'espérais que croiser le second me permettrait de remonter la piste jusqu'au premier.

En traversant la rue Girouard, j'ai rejoué dans ma tête le film des dernières heures. Je voyais dans l'absence de l'inconnu un aveu de culpabilité : il m'avait repéré quand je l'avais pris en filature et voulait éviter de recroiser ma route. Bien entendu, le fait qu'il n'était pas venu au Second Cup ne constituait pas une preuve que j'avais raison de le soupçonner, mais, à mes yeux, le iPhone repêché dans le conteneur avait changé la donne. Et, n'en déplaise à Alice, cette découverte me confortait dans la certitude que mon état mental n'affectait pas mon jugement.

Cent mètres plus loin, j'étais au parc. Puisque l'inconnu et l'homme au treillis brillaient par leur absence, j'ai pris place sur le banc où ils s'étaient assis le jour précédent. Et là, je me suis mis à inspecter le siège avec attention, songeant que j'y trouverais peut-être un message codé, un indice. Mais la recherche s'est avérée vaine. Je n'avais réussi qu'à m'attirer les regards interloqués d'une vieille dame qui fumait un gros cigare.

J'ai observé sans les voir les gens qui profitaient de l'espace vert. Puis, petit à petit, je me suis perdu dans mes pensées. Quand j'ai refait surface, je n'avais pas résolu la seule question qui me préoccupait : comment allais-je m'y prendre pour retrouver l'inconnu ? Mis à part retourner au Second Cup le lendemain en espérant qu'il s'y présenterait, je n'en avais aucune idée.

Quoi qu'il en soit, je réalisais que mon entêtement à vouloir le retracer virait de plus en plus à l'obsession. Et si je demeurais convaincu qu'il dissimulait une part d'ombre, c'est de ma motivation à le pourchasser que je commençais à douter.

Après avoir tergiversé un moment, je me suis résigné à rentrer à la maison. J'allais me mettre en route lorsqu'une jeune femme exécutant de curieux mouvements est apparue dans mon champ de vision. Je n'ai pas prêté attention à elle sur le coup, mais quand elle s'est tournée et que j'ai aperçu son visage encadré par ses cheveux blonds, les battements de mon cœur se sont accélérés.

Cette jeune femme, je la reconnaissais ! Et c'est là que – mal lui en a pris – la trajectoire de Phoebe Yates a de nouveau croisé la mienne.

10.

Taï-chi

On aurait dit que la barista du Second Cup faisait du taï-chi sur l'acide. Paupières closes, prenant appui sur ses jambes fléchies, elle exécutait les mouvements amples et souples typiques de cette discipline, fendant l'air du plat de la main, bougeant avec grâce au ralenti. Puis elle se mettait à frapper des poings comme une possédée, en expirant avec force après chaque coup. Fébrile, je me suis approché d'elle. Un bandeau blanc noué autour de la tête façon joueuse de tennis, elle portait un kimono chinois rose et un cuissard de vélo jaune. Sur une autre personne, l'ensemble aurait pu paraître psychédélique, mais elle était ravissante.

Conscient que j'allais sans doute l'importuner, je me suis néanmoins planté devant elle. Une seconde lui a suffi pour détecter ma présence et ouvrir les yeux.

J'ai esquissé un sourire repentant et levé la main.

— Bonjour. C'est du taï-chi ?

Son visage s'est illuminé quand elle m'a reconnu, mais elle s'est aussitôt remise à faire des mouvements des bras.

— Non. Du fibi-chi.

Je n'étais pas particulièrement versé dans le domaine et n'avais jamais entendu parler d'un art martial portant ce nom.

— Ah bon… En passant, je m'appelle Théodore. Théodore Seaborn.

Elle s'est arrêtée de taper dans le vide le temps de serrer ma main tendue.

— Phoebe Yates. Enchantée.

Sans attendre, elle a repris ses enchaînements. A-t-elle remarqué ma mine perplexe ou entendu tourner les rouages de mon cerveau ? Quoi qu'il en soit, elle a fini par préciser :

— Phoe-be-chi, c'est mon adaptation du taï-chi.

Je me suis frappé le front de la paume et j'ai esquissé un sourire.

— Bien sûr !

Nous nous sommes regardés avec gêne, puis elle a dit :

— C'est mon jour de congé.

J'allais répondre que j'étais au courant, mais je me suis ravisé. La dernière chose dont j'avais besoin, c'était de passer pour un harceleur.

Dans ma tête, les voix m'admonestaient :

« Dégèle, Théodore. Tu as l'air d'un imbécile. »

« C'est toi qui es venu la déranger. Poursuis ! »

Je me demandais comment aborder la question qui me préoccupait de façon anodine lorsqu'elle m'a pris de vitesse :

— Et alors ? Vous avez revu votre sosie ?

J'ai bredouillé, ne sachant pas de quelle manière exprimer la chose sans avoir l'air ridicule.

— Euh… en fait, j'étais au Second Cup tout à l'heure et…

Ma tentative de corriger le tir a été pitoyable :

— J'étais là par hasard ! Vraiment par hasard ! Mais hier, vous m'avez dit que mon… qu'il venait presque chaque jour, n'est-ce pas ? Au Second Cup, je veux dire…

Après s'être accroupie, Phoebe a fait le grand écart. Puis elle a incliné le tronc vers une de ses jambes en pleine extension. J'ai grimacé. Il aurait fallu me casser des os pour que je sois en mesure d'arriver à pareil résultat.

La jeune femme a recommencé le même manège, amenant le tronc vers son autre jambe.

— La semaine, il se passe rarement une journée sans qu'il vienne.

— Et quand il vient, c'est généralement autour de…

— Toujours à 15 h. À la seconde près !

Phoebe s'est redressée et m'a décoché un clin d'œil.

— Personnellement, je trouve ça un peu maniaque, une telle ponctualité…. Mais dites-moi, découvrir qu'on a un frère jumeau quelque part sur Terre, ça doit être excitant, non ?

L'ouverture que j'espérais. J'ai dit :

— Justement, je…

Phoebe m'a coupé la parole :

— C'est dommage qu'il déménage, vous n'aurez peut-être pas la chance de le recroiser.

Prenant appui sur ses mains, elle s'est relevée avec grâce. Elle se tenait à présent devant moi, me concédant seulement une dizaine de centimètres. Jusque-là, je n'avais pas remarqué à quel point elle était grande.

— Il déménage ? Vous savez où il habite ?

Je n'avais pu réprimer ma surprise. Phoebe a éclaté de rire. Ses pommettes avaient rosi et de la sueur lustrait son visage et le haut de sa poitrine.

— Mais bien sûr ! On vit sur la même rue. Je le rencontre de temps en temps quand je vais faire des courses. Tout à l'heure, j'ai vu un camion de déménagement devant chez lui.

— Vous ne connaîtriez pas son nom, par hasard ?

Elle me répondait que non lorsque j'ai lu un texto qui venait d'entrer. Après une brève hésitation, j'ai accepté le rendez-vous qu'on me proposait et réglé l'alarme de mon cellulaire pour ne pas l'oublier.

J'ai ensuite reporté mon attention sur Phoebe :

— Vous pourriez me dire où se trouve sa maison ?

La singularité de mon intérêt pour l'inconnu ne lui avait pas échappé.

— Je peux savoir pourquoi il vous intéresse à ce point ?

J'ai haussé les épaules.

— C'est étrange, quelqu'un qui nous ressemble autant...

Un sourire narquois s'est dessiné sur ses lèvres.

— Ce n'est pas seulement la ressemblance, n'est-ce pas ?

J'ai répondu à sa question par une autre :

— Vous avez déjà remarqué quelque chose de particulier à propos de cet homme ?

Phoebe m'a dévisagé longuement.

— C'est drôle que vous me demandiez ça, parce que...

Elle s'est arrêtée en plein milieu de sa phrase, et ses yeux se sont rétrécis.

— Si vous me disiez pourquoi vous posez toutes ces questions, Théodore Seaborn...

Je me suis mordu la joue d'hésitation. Je craignais qu'elle me prenne pour un fou. Mais peut-être parce que Phoebe elle-même me semblait originale, je me suis laissé convaincre. Après tout, qu'avais-je à perdre ? Alors, sans m'appesantir sur les détails, je lui ai parlé de la scène dont j'avais été témoin dans le parc, de ma filature avortée et de mon escapade nocturne.

Quand j'ai eu terminé, Phoebe s'est écriée :

— Vous avez vraiment trouvé un cellulaire dans le conteneur à déchets ?

J'ai fait signe que oui. J'avais à présent toute son attention. Les mains sur les hanches, elle a réfléchi un instant avant de reprendre :

— Mais rien ne prouve que c'est le téléphone que votre sosie a reçu dans le parc, ni que c'est l'objet qu'il a jeté aux ordures quand vous l'avez suivi.

— C'était la seule chose de tout le conteneur qui n'était pas dans un sac à ordures fermé.

Avec vigueur, Phoebe s'est remise à frapper des poings et des pieds un adversaire imaginaire. Cette fille mélangeait la boxe, le karaté et le taï-chi.

— Et alors ? C'est peut-être seulement quelqu'un de l'immeuble qui s'est débarrassé d'un vieux téléphone.

J'ai sorti l'appareil et le lui ai tendu :

— Vous connaissez beaucoup de gens qui se débarrasseraient d'un iPhone 6 neuf ?

Phoebe a arrêté de se battre contre des ombres. Une flamme de convoitise est apparue dans ses yeux tandis qu'elle tournait et retournait l'objet dans sa main.

— Wow ! Un iPhone 6 Plus ! Il fonctionne ?

Elle m'a rendu le téléphone.

— La carte a été retirée, mais il s'allume. Le problème, c'est que l'accès est protégé par un mot de passe. Sinon, je m'en serais servi pour essayer d'identifier son propriétaire.

La carte pouvait être facilement remplacée. Mais le conseiller technique à qui j'avais parlé plus tôt m'avait confirmé qu'à moins d'être un *hacker* ou encore de travailler pour la police, il était quasiment impossible d'accéder aux données stockées dans l'appareil sans en connaître le mot de passe.

Phoebe me détaillait à présent avec attention. À l'évidence, mon histoire ne la laissait pas indifférente. Après un moment, elle a rejeté ses cheveux en arrière et lancé :

— Pas besoin de mot de passe. Je vais vous indiquer où il habite.

Ne sachant trop comment la remercier, je me suis contenté de sourire. Elle s'est tournée et a montré un arbre derrière nous.

— Juste le temps de prendre mes affaires.

Lorsqu'elle s'est penchée pour récupérer un sac à dos rose appuyé contre l'arbre, une partie de notre conversation m'est revenue en mémoire.

— Tout à l'heure, je vous ai demandé si vous aviez remarqué quelque chose d'inhabituel à propos de mon sosie…

Elle a passé les bretelles de son sac sur ses épaules et hoché la tête.

— Oui. Je l'ai vu s'engueuler, devant sa maison, avec un autre homme. Ils se sont bousculés. À ce moment-là, une voiture noire est arrivée et votre sosie est monté à bord.

Phoebe s'est mise à marcher en direction nord. Je lui ai emboîté le pas.

— Il a grimpé dans la voiture de son plein gré ou on l'a forcé ?

— Votre sosie a poussé l'autre homme, comme s'il était en colère. Après, il est monté de lui-même.

Nous avons traversé Monkland au feu vert et continué d'arpenter Girouard.

— C'est arrivé quand exactement ?

Phoebe a coincé ses pouces sous les bretelles de son sac à dos.

— Il y a deux ou trois jours, je dirais…

L'altercation avait donc eu lieu avant l'incident que j'avais surpris dans le parc.

— À quoi ressemblait l'autre homme ?

Sans m'arrêter, j'ai quitté le trottoir pour céder le passage à une femme qui promenait son chien, puis j'ai repris ma place aux côtés de Phoebe.

— Euh… je ne sais plus… La trentaine, je dirais. Des cheveux foncés, il me semble.

J'ai pincé les lèvres. Pouvait-elle me donner une description plus précise ?

— Vous souvenez-vous de ce qu'il portait ?

Elle a semblé fouiller dans ses souvenirs.

— Pas vraiment, non. Ah oui ! Il avait une espèce de veste militaire…

L'excitation m'a envahi si brusquement que j'ai effleuré le sachet de coke du bout des doigts dans ma poche. La gorge nouée par l'appréhension d'être déçu, j'ai néanmoins posé ma question d'une voix calme :

— Avec un chèche ?

Elle a froncé les sourcils.

— Un quoi ?

— Un foulard. Il portait un foulard autour du cou ?

Nous nous sommes arrêtés et Phoebe m'a regardé d'un drôle d'air.

— Ça vous dirait de m'expliquer ?

11.

PHOEBE PHONE HOME

Le bruit de la circulation s'est estompé, le panorama qui encadrait le visage de mon interlocutrice est devenu hors champ, puis tout s'est comprimé. Phoebe et moi nous tenions immobiles, l'un en face de l'autre, et tout ce qui se passait autour de nous avait cessé d'exister. Elle me fixait de ses grands yeux bleus et, dans le miroir de son regard, je voyais ma figure gonflée d'excitation. Mon air triomphant a semblé l'amuser. Et quand elle a souri, j'ai eu l'impression que le soleil explosait.

En l'empoignant par les épaules, je me suis exclamé :

— L'incident dont je vous ai parlé, dans le parc…

Sachant à quoi je faisais allusion, elle a opiné du chef.

— Eh bien, l'homme qui a remis le cellulaire à mon double portait une veste de treillis et un foulard.

Phoebe s'est tapé dans les mains.

— Mais c'est tellement palpitant, votre histoire ! Ça me fait un peu penser à *Rear Window*…

Puisque je ne comprenais pas de quoi il retournait, elle a repris :

— C'est un vieux film d'Alfred Hitchcock avec James Stewart et Grace Kelly. Vous ne l'avez jamais vu ? C'est l'histoire d'un photographe qui, après un accident, se retrouve en fauteuil roulant. Il passe son temps à observer ses voisins et, petit à petit, devient obsédé à propos de l'un d'eux, qu'il soupçonne de meurtre.

J'ai froncé les sourcils tandis que nous recommencions à marcher.

— Vous me trouvez obsédé ? Vous croyez que je délire ?

C'était sorti presque malgré moi. Elle a émis un petit rire cristallin et lancé :

— « *First, you smash your leg, then you get to looking out the window, see things you shouldn't see. Trouble.* »

Voyant que sa remarque m'avait plongé dans la perplexité la plus profonde, la jeune femme a de nouveau volé à mon secours :

— C'est une réplique de *Rear Window*... Mais pour répondre à votre question, non, je ne crois pas que vous soyez obsédé. C'est normal que vous ayez envie d'en savoir davantage. À propos, je me demandais...

J'ai relevé la tête, attendant la suite.

— ... ça vous embêterait qu'on passe chez moi avant que j'aille vous montrer la maison ? J'aimerais me changer. C'est juste à côté.

Je n'avais pas réalisé que la curiosité de Phoebe était piquée au point qu'elle désirait m'accompagner jusqu'au domicile de l'inconnu, mais je ne voyais aucune raison de m'y opposer. J'ai haussé les épaules.

— Si vous voulez...

La main en visière pour me protéger du soleil de fin d'après-midi, je suivais celle qui m'entraînait vers un immeuble de cinq étages avenue Clanranald, vingt mètres au nord de l'intersection du chemin de la Côte-Saint-Luc.

— C'est ici que j'habite !

Dans le hall, alors que nous passions devant l'ascenseur sans nous arrêter, elle a précisé que c'était une invention pour les paresseux. Puis juste avant que nous nous engouffrions dans la cage d'escalier, elle s'est mise à trépigner d'impatience.

— J'ai trop hâte. Je me sens comme dans *Secret Agent* !

L'altercation dont Phoebe avait été témoin, qui plaçait l'homme au treillis devant le domicile de l'inconnu quelques jours plus tôt, venait prêter foi à mes suppositions. Le fait que les deux hommes se connaissaient jetait un nouvel éclairage sur leur interaction au parc. À mes yeux, on n'agit pas ainsi à moins de se livrer à des activités illicites ou clandestines.

La jeune femme semblait quant à elle considérer notre escapade comme une scène de film trépidante. Et tandis qu'elle gravissait les marches, je n'arrivais pas à détacher le regard de ses hanches, qui se balançaient avec grâce.

« Elle te plaît, Théo ? Et Alice, elle ? Tu as pensé à Alice ? »

« Tu te crois autorisé à tromper Alice parce qu'elle a embrassé Peter ? Logique ! »

J'ai hoché la tête pour faire taire les voix.

— C'est encore un film de Hitchcock ?

Phoebe s'est retournée sans s'arrêter et la lumière a cueilli son visage. Elle avait retiré son bandeau et ses cheveux cascadaient sur ses épaules. Elle était magnifique.

— Oui. Tourné en 1936. Avec la fabuleuse Elsa Carrington. C'est une honte qu'elle n'ait pas eu une plus grande carrière.

Nous venions de franchir deux étages coup sur coup. J'étais en nage et hors d'haleine. Une invention pour les paresseux, hein ? Décidément, j'avais perdu la forme.

— Mais vous êtes une experte !

— Oh, vous savez, je n'ai pas de mérite, j'ai fait un bac en cinéma. Et après, j'ai commencé une maîtrise sur Hitchcock, mais j'ai abandonné.

Dans la poche de mon jean, le sachet de cocaïne me carbonisait la cuisse. Un rail ou deux me remettraient en selle, mais j'ai chassé cette idée et agrippé la rampe d'escalier. L'ascension se poursuivait.

— Pourquoi ? Mauvaises perspectives d'emploi ?

J'ai pensé que ma question pourrait l'importuner, mais j'avais envie d'en savoir plus. Phoebe était ce genre de personne avec qui il est facile d'établir un contact.

— Non. Il fallait que j'arrête de coucher avec mon directeur de mémoire. C'était en train de me tuer. Je devenais complètement folle.

J'ai attendu la suite, mais elle n'est pas venue. J'avais d'abord pensé qu'elle blaguait, puis j'ai compris que ce n'était pas le cas. Nous arrivions sur le palier lorsque la chose la plus improbable s'est produite : à notre vue, un oiseau s'est mis à sautiller en direction inverse sur le sol dallé. Nullement surprise, Phoebe s'est avancée vers le volatile d'un pas assuré.

— Tu as encore réussi à te sauver, Marie-Mai ? Madame Tournesol a laissé la porte ouverte trop longtemps ?

Je croyais que l'oiseau allait s'envoler, mais la jeune femme est parvenue à le coincer. Puis elle a posé la main à plat sur le sol, et la bestiole a aussitôt grimpé dessus.

Une fois Marie-Mai perchée sur un de ses doigts, Phoebe s'est tournée vers moi.

— C'est un inséparable à collier noir. Elle a les ailes coupées. Approchez.

Je déteste les oiseaux mais, ne voulant pas paraître mauvais joueur, j'ai tendu la main et la bestiole est passée sur mon index tandis que Phoebe appuyait sur la sonnette. Coiffée d'un foulard, une vieille dame enveloppée dans une tunique crème a ouvert.

— Bonjour, madame Tournesol. La pauvre Marie-Mai s'est encore sauvée.

La vieille triturait les colliers de toc autour de son cou.

— Bonjour, Phoebe ! Quoi ? Non, je n'ai pas envie d'un café.

Il ne fallait pas être exégète de Tintin pour comprendre l'origine du surnom que Phoebe avait donné à la vieille. La jeune femme a souri tendrement.

— Il faudrait la mettre dans sa cage avant de sortir le matin.

— Vous avez faim ? Un instant !

La vieille a disparu dans les entrailles de son appartement pour reparaître au bout de quelques secondes avec une boîte métallique qu'elle nous a tendue.

— J'ai fait des carrés aux dattes ! Allez, prenez-en, jeune homme !

Phoebe a posé une main sur mon épaule.

— Je vous présente Théodore.

— C'est votre fiancé ? Enfin, c'est pas trop tôt ! Je vous voyais déjà finir vieille fille !

J'ai esquissé un sourire à l'intention de madame Tournesol. Sans baisser la voix, Phoebe s'est tournée vers moi et a lancé :

— Prenez-en un, mais ne le mangez surtout pas, c'est du vrai poison mortel. Je vais vous préparer autre chose si vous avez faim.

Déconcerté, j'ai tendu le bras et saisi un morceau de ma main libre.

— Prenez-en un autre, jeune homme. Remplissez-moi cette grande carcasse là. Vous êtes maigre comme un clou !

Je me suis retenu pour ne pas pousser un cri. Marie-Mai m'avait mordu le pouce. Phoebe a remis la sale bestiole à sa propriétaire et nous avons pris congé de madame Tournesol. En réponse à une de mes questions, la jeune femme m'a appris que le bouton de la sonnette actionnait un voyant lumineux. La vieille était sourde, mais pas aveugle.

Le petit appartement de Phoebe était un fouillis, mais un fouillis joliment agencé. Dans la grande pièce faisant office de salon et de salle à manger, il y avait tant de plantes – dans des pots au sol, sur des étagères et dans des jardinières suspendues au plafond – que j'ai eu l'impression de pénétrer dans une jungle luxuriante. Une fontaine devait couler quelque part parce que j'entendais de l'eau ruisseler. Je n'arrivais toutefois pas à en localiser la source.

Phoebe a posé ses clés sur une tablette près de la porte d'entrée et elle est partie vers le couloir avec son sac sur l'épaule.

— Faites comme chez vous, je reviens tout de suite.

J'ai fait quelques pas dans la pièce et, mains jointes dans le dos, je me suis mis à fureter au hasard. Des piles de livres et de revues étaient disséminées à même le sol autour du canapé de cotonnade écrue. Il y avait partout des objets chinés avec soin qui apportaient une touche rétro à la décoration éclectique. Ici, une annonce illuminée de Coca-Cola ainsi qu'une distributrice de gommes ballounes. Là, des chapeaux qui dataient d'une autre époque et des chaussons de ballet. Mais c'est en m'enfonçant plus profondément dans le repaire de Phoebe que j'ai découvert la pièce de résistance.

Sur le mur entre la salle à manger et la cuisine laboratoire se dressait un véritable temple du cinéma. Des centaines de cassettes VHS étaient soigneusement rangées dans des casiers de bois sur lesquels reposait une vieille télé à écran cathodique. Une série de cadres – des portraits noir et blanc d'anciennes stars de Hollywood, pour autant que je pouvais en juger – était fixée à la cloison, au-dessus du téléviseur. Sur l'un d'eux, j'ai cru reconnaître un acteur.

Puisque Phoebe revenait vers moi, j'ai tenté ma chance :

— Marlon Brando ?

— Non. Lui, c'est Humphrey Bogart. Donnez-moi encore une minute.

J'ai dégluti en la regardant filer vers le bout du corridor. Elle portait maintenant un short de jean, une paire de Converse roses et une camisole assortie qui moulait dangereusement ses courbes. Il s'était écoulé moins d'une minute lorsque sa voix a retenti de nouveau.

— Théodore, vous pouvez venir ici ?

Je me suis aventuré jusque dans la cuisine, où un vieil ordinateur portable ronronnait sur le comptoir. Je savais qu'elle m'appelait de sa chambre et chacun de mes pas accroissait ma nervosité.

Les voix dans mon cerveau sont alors parties dans toutes les directions :

« Et si elle était de mèche avec l'inconnu, Théo ? T'as pensé à ça ? »

« Oui ! Et si elle était chargée de te séduire, puis de te droguer pour que l'inconnu puisse usurper ton identité ? »

« Tu la désires, Théodore. C'est ta faiblesse, et ils peuvent l'exploiter contre toi. »

Je me suis arrêté net au milieu du corridor. Peut-être qu'Alice avait raison : j'étais devenu paranoïaque et voyais des complots partout.

— Théodore ?

C'était une erreur d'avoir boudé mes médicaments, car tandis que je reprenais ma progression, le couloir s'est assombri et tout s'est mis à vaciller. J'avais le vertige et envie de partir, mais une force irrésistible me tirait vers le rectangle de lumière.

Et plus j'avançais, plus le ruissellement s'amplifiait. En débouchant dans la chambre, j'ai fait le tour de la pièce du regard et compris qu'il s'agissait du rejet d'eau du filtreur dont était équipé un immense aquarium, lequel occupait un pan de mur. Deux énormes poissons bruns auréolés de taches orangées y promenaient leur mine patibulaire.

Phoebe se tenait quant à elle à côté du lit, près de la garde-robe, dont la porte-accordéon était entrouverte.

— Ils sont beaux, mes oscars, hein ?

Était-ce encore une référence cinématographique ? Quoi qu'il en soit, le sourire de la jeune femme s'est transformé en expression inquiète.

— Ça va, Théodore ? Vous êtes tout blanc.

Sa voix me parvenait hachurée, au ralenti et en sourdine. La main tremblante, j'ai essuyé la sueur qui perlait sur mon front. Un sifflement strident résonnait dans mes oreilles. Puis tout est revenu d'un coup et j'ai repris mes sens.

— Je… Je crois que c'est la chaleur. Ça va mieux maintenant.

Elle a incliné la tête sur le côté.

— Ah ! OK. Vous m'avez fait peur.

Et là, me tendant la main, elle a ajouté :

— Donnez-moi le iPhone. On va le placer en lieu sûr.

Je lui ai remis l'appareil. J'aurais peut-être dû y réfléchir à deux fois avant d'accepter, mais je n'étais pas en état de discuter. Je l'ai par la suite regardée cacher le cellulaire dans sa garde-robe, à l'intérieur d'une boîte remplie d'animaux en peluche.

— Vous avez vu ça dans un film de Hitchcock ?

Elle a souri et ses paupières se sont fermées une fraction de seconde. Cette fille posait de grands yeux éblouis sur tout et savait encore s'émerveiller comme une enfant.

— Non. Dans un film de Spielberg.

Il fallait voir l'expression de son visage lorsque, se tournant vers la fenêtre, elle a étiré le bras, pointé l'index vers le ciel et croassé d'une voix gutturale :

— *Phoebe phone home.*

DISPARITION

La jeune femme a encaissé un formidable choc, mais, après quelques secondes, sa tête se met à dodeliner contre le haut de son siège. Ses paupières papillotent un instant et un sifflement strident retentit dans ses tympans. Puis sa vision se précise d'un coup, son esprit recommence à fonctionner et elle prend la mesure de l'horreur qui l'entoure.

À ses côtés, dans un état de panique proche de la transe, Ammar essaie désespérément de déboucler sa ceinture de sécurité. Sa chemise est en feu et les flammes lèchent la peau sous son menton, qui fond comme un masque de cire. Une odeur de chair rôtie envahit l'habitacle. Au prix d'un effort surhumain, le chauffeur parvient à s'arracher de son siège et s'éjecte du véhicule en hurlant.

Sous la force de l'impact de la roquette, la voiture a effectué une rotation de cent quatre-vingts degrés pour s'immobiliser contre un mur d'enceinte, si bien que le côté conducteur du véhicule fait face à la camionnette de leurs poursuivants, derrière laquelle les djihadistes se sont abrités pour les mitrailler.

Les balles percutent le bitume autour d'Ammar tandis qu'il titube sur quelques mètres avant de s'effondrer par terre, où il roule sur lui-même pour éteindre les flammes.

La jeune femme se retourne. Sur la banquette arrière, le front couvert de sang, Vernes s'escrime à récupérer son fusil-mitrailleur tombé sur le plancher du véhicule. Les deux commandos qui l'accompagnaient ont reçu la roquette de plein fouet. Ils ne forment plus qu'un amas de chairs fumantes.

Vernes et la jeune femme sortent par les portières côté passager et s'accroupissent dans le mince espace entre le véhicule et le mur. Puis, se levant brusquement, le commando arrose les djihadistes de quelques salves dissuasives.

Il se laisse aussitôt choir sur le sol à côté d'elle.

— Vous voyez cet édifice ?

Il montre l'ossature d'un immeuble à trente mètres sur leur droite.

— Il faut partir d'ici au plus vite, avant qu'ils nous envoient une nouvelle roquette.

Il décroche une grenade de sa veste pare-balles.

— À mon signal, vous allez courir de toutes vos forces vers l'édifice. Quoi qu'il arrive, ne vous arrêtez pas et ne vous retournez pas. C'est notre seule chance de leur échapper.

La jeune femme sait qu'ils vont devoir franchir la moitié du trajet à découvert. Dégainant son pistolet, elle ôte la sûreté. Qu'importe les risques, elle affrontera ses peurs les yeux grands ouverts.

Vernes pose une main sur son épaule.

— Prête ?

Elle inspire profondément et fait signe que oui. Vernes dégoupille la grenade et la projette vers la camionnette de leurs assaillants.

— Maintenant !

La jeune femme se lève et se met à cavaler vers l'immeuble. Son compagnon se redresse à son tour, tire une rafale et pique un sprint.

Soudain, elle stoppe. Du coin de l'œil, elle a aperçu leur chauffeur. Gravement brûlé, il rampe sur le sol. Le sachant condamné à mourir de ses blessures, les djihadistes n'ont même pas daigné abréger ses souffrances.

— Ammar !

Vernes arrive à la hauteur de la jeune femme et, l'empoignant violemment par le bras, la tire vers l'avant.

— On ne peut plus rien pour lui, maintenant. Courez !

Au même moment, la grenade qu'il a balancée explose devant la camionnette des djihadistes dans un nuage de poussière, n'endommageant que le véhicule.

Mais qu'importe : ils sont passés.

Alors que Vernes et la jeune femme se glissent dans les décombres de l'immeuble éventré, les djihadistes se lancent à leur poursuite. En enjambant le chauffeur, l'un d'eux lui expédie une salve de kalachnikov dans le dos.

Le corps d'Ammar tressaille une ultime fois.

12.

Une découverte

Nous avions marché cinq cents mètres depuis l'appartement de Phoebe avant d'arriver à proximité de la maison de l'inconnu. Il s'agissait d'un cottage typique du quartier, dont la construction devait dater des années 1920. Un camion de déménagement marqué du logo de la société Meldrum était garé devant l'allée. De l'autre côté de la rue, plaqués contre le mur extérieur d'un duplex, nous observions les deux hommes qui chargeaient le véhicule.

Se tournant vers moi, Phoebe m'a dévisagé.

— C'est difficile de voir à l'intérieur, d'ici, mais je peux essayer d'entrer, si vous voulez.

Alors que je la pensais de prime abord motivée uniquement par son goût pour l'aventure et par le caractère romanesque de notre entreprise, je commençais à réaliser qu'elle prenait cette affaire aussi au sérieux que moi.

Pour ma part, la possibilité de me buter à l'inconnu me paralysait. Qu'allions-nous faire si nous le retrouvions ? À cet instant, je me suis rendu compte du ridicule de la situation. De nous deux, c'était peut-être moi et non mon double qui avait le comportement le plus étrange.

Phoebe a mis un terme à mes tergiversations :

— J'y vais.

Peu importe ce qu'il y avait à l'intérieur de cette maison, il était hors de question que je la laisse y aller seule. Sans même réfléchir, je me suis empressé de répondre :

— Absolument pas. C'est moi qui y vais.

Phoebe a ouvert la bouche pour protester, mais j'ai levé la main pour la faire taire. Elle a tout de même pris soin d'ajouter :

— Attention, Théodore. On ne sait pas à qui on a affaire.

Je me suis avancé vers la maison. La seconde d'avant, je n'avais encore aucune idée de la façon dont j'allais m'y prendre pour entrer et, la suivante, un plan avait germé dans ma tête. Je passerais devant les déménageurs comme si j'étais le propriétaire de la demeure. S'ils me confondaient avec l'inconnu, cela confirmerait deux choses : que celui-ci ne se trouvait pas dans les parages et que notre ressemblance était inouïe.

Une inquiétude irraisonnée s'est emparée de moi, et mon cœur s'est mis à battre à tout rompre. Je savais pourtant que rien de grave n'allait se produire. Que pourraient faire les deux hommes s'ils s'apercevaient que j'étais un imposteur ? Malgré tout, plus j'approchais du camion de déménagement, moins j'étais convaincu de la justesse de mon plan. Sauf qu'à ce point, il était trop tard pour reculer.

Pour me donner une contenance, j'ai sorti mon cellulaire de ma poche et je l'ai porté à mon oreille. J'arrivais à la hauteur du véhicule lorsqu'un des déménageurs s'est engouffré à l'intérieur de la maison avec un diable.

La porte latérale du camion était grande ouverte. À l'arrière, le deuxième déménageur empilait des boîtes qu'il ancrait au sol à l'aide de sangles. Il a redressé la tête au moment où je m'engageais dans l'allée. Retirant sa casquette, il s'est essuyé le front avec son avant-bras et m'a souri. Je l'ai salué, puis j'ai marmonné dans mon cellulaire.

Me croyant en conversation téléphonique, il a mis une main en porte-voix et chuchoté à mon intention :

— Ça avance bien, monsieur Atallah. On devrait avoir fini bientôt.

J'ai levé le pouce pour souligner mon appréciation et remonté l'allée jusqu'à la porte située sur le côté de la maison. Avant d'entrer, j'ai jeté un coup d'œil par-dessus mon épaule. Ma ruse avait fonctionné : l'homme s'était déjà remis au travail.

Hormis des boîtes empilées près de l'entrée, la cuisine était vide. Même les électroménagers avaient été enlevés. Je me suis penché sur une pile de cartons. De larges étiquettes blanches avec le logo de Meldrum étaient apposées dessus. Sur chacune des étiquettes, la case marquée « Entreposage » était cochée. Et dans l'espace « Nom du client », on pouvait lire : Pr Atallah.

Je suis ensuite passé dans la salle à manger. Un sac à ordures traînait dans un coin. À côté, il y avait également un balai appuyé contre le mur et, sur le sol, un porte-poussière. Je me suis approché et j'ai regardé dans le sac, le temps de me rendre compte qu'il contenait des bouts de câble coaxial, de vieilles chaussures de course, un cylindre de carton, des napperons de dentelle et d'autres menus objets.

Sans me poser de questions, j'ai saisi le sac. Puis, m'efforçant de paraître naturel, je me suis dirigé vers la sortie. J'allais franchir la porte lorsqu'une voix dans mon dos m'a fait sursauter.

— Je peux m'en occuper, professeur…

Ma curiosité a été mon erreur. J'ai fait signe que non et je me suis tourné pour voir à qui j'avais affaire. J'ai compris qu'il y avait un problème quand mon regard et celui du deuxième déménageur, qui s'était arrêté à mi-chemin de l'escalier menant à l'étage, se sont croisés. Ma ressemblance avec l'inconnu ne semblait pas produire le même effet sur lui que sur son collègue. J'ai pivoté sur mes talons et franchi le seuil d'un pas rapide avant d'être démasqué.

— Attendez…

Dehors, j'ai pris le sac sous mon bras comme s'il s'agissait d'un ballon de football et j'ai foncé. Si l'autre déménageur tentait de me barrer le chemin, il allait faire connaissance de manière percutante avec le *Seaborn Express* !

— Hé, vous ! Attendez !

Au son de sa voix, j'ai su qu'il était sorti derrière moi. Ses cris ont alerté son collègue, qui se trouvait toujours dans le camion. Mais celui-ci a été lent à réagir. Quand il est enfin apparu dans l'encadrement de la porte latérale, une couverture de protection à la main, je filais à toute allure. Le temps qu'il comprenne ce qui se passait, j'avais déjà fait plusieurs enjambées dans la rue.

Celui qui m'avait surpris a néanmoins remis ça, mais sans grande conviction cette fois :

— Hé, attendez !

Trop tard : je détalais à toutes jambes. Phoebe se tenait devant la maison où nous avions improvisé notre poste de commandement. Je l'ai rejointe en quelques secondes.

Une lueur à la fois sauvage et exaltée brillait dans son regard.

— C'est comme dans *Sabotage* !

Je l'ai attrapée par le bras et l'ai entraînée à ma suite.

— Ça n'a rien d'un film. Courez, bordel !

Nous avons mis les voiles et disparu au bout de la rue.

— Wouuuuuuuhouuuuuu !

Le poing en l'air, un sourire béat sur le visage, Phoebe hurlait comme une folle. Nous étions partis pour la gloire.

Les mains sur les cuisses, le tronc penché vers l'avant, je tentais de reprendre mon souffle dans l'entrée de l'appartement de Phoebe tandis qu'elle ne cessait de sautiller sur place, en proie à une vive excitation.

— Wow ! C'était trop génial, Théodore ! Vous avez vu comment on les a semés ?

À vrai dire, les déménageurs ne nous avaient pas poursuivis, ce qui était parfaitement compréhensible. La scène avait dû leur paraître surréelle : quelqu'un s'était fait passer pour le propriétaire de la maison pour ensuite dérober… un sac à ordures.

Je me suis mis à réfléchir aux conséquences de ce qui venait de se produire. Les deux hommes avaient la responsabilité des biens durant le déménagement. Aussi, ils mettraient sûrement l'inconnu au courant de l'incident. Puis j'ai été pris d'un doute. Ils n'en parleraient peut-être pas. Pourquoi en effet risquer d'entacher la réputation de Meldrum pour quelques objets sans réelle valeur, dont leur client voulait de toute façon se débarrasser ?

Plongée dans l'action, Phoebe ne s'encombrait pas l'esprit avec de telles considérations. Enlevant le plat de fruits qui se trouvait au centre de la table, elle y a étendu une nappe de plastique à carreaux rouges.

— Posez-le ici.

J'ai obtempéré. À l'aide de ciseaux, la jeune femme a pratiqué des entailles dans le sac pour en exposer le contenu. J'ai tiré une chaise et me suis assis. Je m'apprêtais à prendre la paire de chaussures de course pour l'écarter lorsque la voix de Phoebe a retenti en forme d'avertissement :

— On devrait peut-être porter des gants ?

Je me suis retourné vers elle, interloqué.

— Des gants ? Mais pourquoi ?

Déjà, elle se dirigeait vers la cuisine.

— Pour les empreintes. J'ai des gants à vaisselle.

J'étais trop intrigué par la perspective de trouver quelque chose de significatif parmi ces objets pour relever le ridicule de sa proposition. Tout au plus ai-je pensé qu'elle prenait les choses un peu trop à cœur.

— Non, ça va aller comme ça. Venez vous asseoir.

Phoebe s'est laissée choir sur une chaise.

— Qu'est-ce qu'on cherche ?

J'ai marqué une pause pour réfléchir. Au bout d'un moment, j'ai résumé la situation telle que je la concevais :

— Des indices.

Mais des indices de quoi? J'aurais été embêté de répondre si elle m'avait posé la question. Sans perdre une seconde, j'ai attrapé le cylindre de carton et retiré le couvercle. À l'intérieur, un chiffon bloquait l'ouverture. Je l'ai enlevé et incliné le tube vers la paume de ma main. Une pluie de petits morceaux de papier est tombée du tube, qui en était rempli. Phoebe et moi avons échangé un regard.

Puis, sans dire un mot, nous nous sommes transportés sur le comptoir de la cuisine et avons entrepris de reconstituer le puzzle. Phoebe était davantage rompue à cet exercice que moi, si bien que je me tenais légèrement en retrait, observant par-dessus son épaule tandis qu'elle assemblait les morceaux de papier à une vitesse impressionnante.

Déjà, un document provenant du gouvernement français commençait à prendre forme sous ses doigts. Dans l'en-tête, qu'elle avait quasiment recomposé au complet, on pouvait lire les mots « Très Secret-Défense ». Mon regard, qui se promenait de fragment en fragment, a capté d'autres expressions clés, parmi lesquelles :

« Mise en œuvre du plan Biotox. »

« Volet biologique du plan Vigipirate. »

Le plan Vigipirate concernait la menace terroriste sur le territoire français. J'en avais déjà entendu parler alors que je suivais à la télé les reportages sur l'attentat contre les dessinateurs de *Charlie Hebdo*, en janvier 2015. Par ailleurs, je ne savais rien du plan Biotox. Sauf que d'autres mots dans le texte que Phoebe avait réassemblé, « agents pathogènes » notamment, ne laissaient que peu de place à l'imagination.

À un certain moment, elle s'est retournée vers moi, puis s'est exclamée :

— Vous voyez ce que je vois? Ça ressemble à…

Phoebe a suspendu sa phrase, mais la réponse était par trop évidente. J'ai complété :

— … un plan de mise en œuvre de la lutte antiterroriste contre les armes biologiques…

Des questions me taraudaient. Qu'est-ce que l'inconnu foutait avec une version classée très secrète du plan Biotox ? Et pourquoi avait-il commis l'imprudence de le jeter aux ordures ? Pourquoi ne pas l'avoir fait brûler ?

J'allais faire part de mes interrogations à Phoebe lorsque l'alarme de mon cellulaire a résonné. J'ai attrapé l'appareil et l'ai fait taire d'un glissement de pouce.

— Merde. J'avais oublié. J'ai un rendez-vous.

Phoebe a levé les yeux vers moi et s'est tapoté la lèvre.

— Vous en avez pour longtemps ?

— Une heure au maximum. C'est juste à côté, sur Monkland.

Elle a haussé les épaules et placé un nouveau fragment en souriant.

— Allez-y. Je vais continuer sans vous. De toute manière, vous n'êtes pas très doué pour les casse-tête.

J'ai failli proposer d'annuler, mais il fallait que je règle cette affaire. Alors que je me levais, j'ai été frappé par une idée incongrue.

— Vous n'auriez pas un pistolet jouet, par hasard ? Ou quelque chose qui y ressemble ?

Perplexe, Phoebe a disparu dans le couloir. Elle est revenue quelques secondes plus tard avec un séchoir à cheveux, que j'ai soupesé. Il était suffisamment petit pour faire illusion. J'ai enroulé le fil autour de la poignée, puis je l'ai glissé dans ma ceinture, contre mes reins.

Avant même que je réalise ce qui se passait, elle s'est approchée de moi, m'a enlacé et a plaqué sa bouche contre la mienne. Puis, elle a reculé d'un pas et nos regards se sont trouvés. Ses lèvres étaient luisantes, et mon cœur, chamboulé.

– Revenez vite, Théodore Seaborn.

J'ai bafouillé que oui et tourné les talons pour me diriger vers la sortie. Un regard par-dessus mon épaule au moment de franchir la porte m'a confirmé que Phoebe poursuivait son recollage. Et tandis que je descendais l'escalier pour atteindre le rez-de-chaussée, je me suis rendu compte que, dans l'agitation, j'avais oublié de lui dire que j'avais appris le nom de famille et le titre de l'inconnu en m'introduisant dans sa maison.

En faisant quelques recherches sur Google, il devait être possible de glaner des informations sur ce professeur Atallah. Et, surtout, de comprendre pourquoi il avait eu en sa possession une partie strictement confidentielle du plan Biotox.

13.

Meilleur ami

Je suis arrivé avec vingt minutes de retard au Ye Olde Orchard, où mon « meilleur ami », Peter Williams, m'avait donné rendez-vous par message texte. J'avais quitté l'appartement de Phoebe quinze minutes plus tôt, alors que le trajet jusqu'à ce pub irlandais de l'avenue Monkland n'en prenait guère que cinq. J'avais fait exprès de marcher lentement. Je voulais que Peter ait le temps de macérer dans son jus, que l'appréhension s'installe dans son esprit.

L'endroit était bondé, mais je l'ai tout de suite repéré parmi la faune hétéroclite du quartier qui s'y entassait pour boire un verre après le boulot. Assis à une des tables situées à gauche de l'entrée, il avait la tête penchée sur son téléphone.

Quand il m'a aperçu, il a levé nerveusement la main. À voir la célérité avec laquelle il a rempoché l'appareil, je n'ai eu que très peu de doutes sur l'identité de la personne avec laquelle il échangeait des textos : Alice.

De la musique perçait à travers la clameur. Drôle de synchronicité, les haut-parleurs fixés au plafond crachaient *Hello Time Bomb*, une vieille chanson du Matthew Good Band qui cadrait avec mon état d'esprit. J'étais en effet une bombe à retardement prête à exploser au visage de Peter.

C'est lui qui a lancé la première salve :

— Salut, *bro* ! Comment ça va ?

Il se levait pour me faire une accolade quand je lui ai donné une claque sur l'épaule. La secousse l'a forcé à se rasseoir. Je me suis laissé choir sur la banquette.

— Salut, Peter. Tu bois de l'eau ?

Il a jeté un coup d'œil sur le verre posé devant lui et grimacé un sourire.

— Non, non. Je t'attendais.

J'ai fait un signe et la serveuse s'est approchée. J'ai commandé une pinte de Guinness ; Peter, une blonde à l'abricot. Un sourire narquois s'est dessiné au coin de mes lèvres. Dans mon équipe de football, commander une bière à l'abricot lui aurait valu des railleries.

Alors qu'il replaçait une mèche de sa chevelure parfaite, j'ai attaqué :

— Pis, comment ça se passe chez Red|Rider ? Notre ami Cyril va bien ?

En vertu d'une espèce d'accord tacite, un cessez-le-feu que nous respections tous les deux à la lettre, nous n'avions jamais abordé ce sujet depuis mon congédiement. Pris à contrepied par cette question qu'il n'attendait pas, Peter a balbutié :

— Il… Oui, il va très bien. Tu sais que… qu'il a encore beaucoup d'affection pour toi ?

J'ai trempé mes lèvres dans le col de mousse et avalé une grande gorgée de bière. Par la suite, j'ai reposé mon verre et observé la crème onctueuse qui coiffait le liquide sombre.

— Ce n'est quand même pas pour parler boulot que tu m'as demandé de te rejoindre ici ?

Peter tapotait des doigts sur la table d'un air tracassé. Puis après quelques secondes de flottement, il s'est lancé :

— J'ai eu Alice au téléphone. Pourquoi tu ne lui donnes pas de nouvelles ? Elle se fait du souci, beaucoup de souci pour toi, tu sais…

La tension était à son comble alors que Matthew Good entonnait le refrain :

« *Hello time bomb, I'm ready to go off* ».

Et tandis que je crispais les poings sous la table, j'ai esquissé un sourire énigmatique :

— Ah ! oui ? Vraiment ? Comment ça se fait ?

Peter essayait de lire en moi, se demandant ce que je savais exactement.

— Qu'est-ce qu'il y a, *bro* ? Pourquoi tu n'es pas rentré te coucher ?

J'ai balayé l'air de la main pour signifier que tout cela n'avait aucune importance.

— Pourquoi ? Parce que je n'avais pas sommeil…

Peter a ignoré mon sarcasme et a continué de jouer son rôle de meilleur ami empathique.

— C'est à cause de cette histoire ? Alice m'a raconté à propos de… à propos de cet homme qui… te ressemble.

Quand j'ai acquiescé, je l'ai senti se détendre un peu.

— Tout ce qu'il a fait est suspect, Peter. Pourquoi un homme accepterait-il un téléphone d'un inconnu dans un parc ?

Il a esquissé un sourire compatissant, comme s'il s'émouvait de tant de naïveté.

— Il y a sûrement une explication logique derrière ça.

J'ai cherché son regard, mais il ne semblait pas disposé à me regarder en face.

— Laquelle ?

— Tu as peut-être simplement mal vu ?

J'avais envie d'écraser son visage de fouine avec mes poings. Je n'en aurais fait qu'une bouchée, mais ce n'était ni le moment ni l'endroit.

— Et si je te disais que j'ai la preuve que les deux hommes se connaissaient ?

— Et comment tu saurais ça ?

J'allais lui raconter la scène dont Phoebe avait été témoin, puis j'ai changé d'idée. Peter et moi savions que mon obsession à poursuivre l'inconnu n'était pas la raison pour laquelle il m'avait donné rendez-vous.

— Oublie ça. Ce serait trop long à expliquer.

Feignant un accès d'émotion, j'ai tendu mon filet :

— Merci d'être là. D'être là pour moi et pour Alice. Elle est tout ce que j'ai. Je ne sais pas ce que je ferais si je la perdais.

J'ai attendu qu'il exprime sa fausse sollicitude – en l'occurrence, il a mis une main sur mon avant-bras – avant de jouer mon va-tout d'une voix étranglée :

— Je pense qu'Alice me trompe, Peter.

Après s'être raclé la gorge, il a commencé à se tortiller sur sa chaise. Obligé de mentir ou d'abattre ses cartes, il était piégé.

— Qu'est-ce qui te fait dire ça ? Tu as des preuves ?

— Non, c'est juste une intuition.

Nous avons parlé de mes prétendus doutes : je trouvais Alice froide et distante, elle me semblait changée et je la sentais ennuyée par mes problèmes de santé. Tout cela n'était que pure vérité. Ce que Peter ignorait toutefois, c'est que je n'avais pas deviné l'infidélité de ma femme à cause de ces signes avant-coureurs. J'ai évidemment omis de mentionner le fait que je les avais surpris dans la cuisine.

Il a été parfait, réfutant mes arguments un à un, me disant qu'Alice en avait plus sur les épaules à cause de ma maladie, mais jurant qu'elle m'aimait et que, même si nous passions un moment difficile, tout finirait par s'arranger.

Un coude sur la table, j'ai couvert mes yeux comme si j'allais éclater en sanglots. Peter a laissé s'écouler le temps qu'il devait estimer nécessaire pour que je me reprenne.

Puis, contemplant fixement sa bière, il s'est éclairci la voix :

— Théo, je peux te parler de quelque chose de délicat ?

Après avoir fait mine d'essuyer des larmes, je lui ai jeté un regard qui se voulait désemparé.

— Vas-y, *bro*. Tu peux me dire n'importe quoi. Il n'y a jamais eu de secrets entre nous…

Peter est devenu cramoisi. Une veine énorme saillait sur sa tempe droite. Sa conscience était en train de l'étouffer.

— C'est à propos du pistolet de ton père…

Et voilà, nous y étions. Réprimant mon envie de jubiler ouvertement, j'ai appuyé sur chaque syllabe :

— Tu veux dire le pistolet avec lequel il s'est fait sauter la cervelle le jour de mes vingt ans ?

Peter a baissé les yeux.

— Euh… oui, celui-là…

J'ai hoché la tête, l'air incrédule.

— Qu'est-ce que tu veux savoir ? Non… ne me dis pas que…

Je lui jouais la scène de celui qui n'en croit pas ses oreilles.

— Ne me dis pas que tu as pensé que je pourrais… Peter !

Je me suis mis à rire de plus en plus fort. Il a souri à son tour.

— C'est ça que tu crois ? Que je pourrais m'en prendre à Alice ou à Jade ?

Nous avons commencé à rire à l'unisson.

— Non, bien sûr que non, *bro*. C'est juste qu'une arme à feu… Tu comprends ?

J'ai repris mon sérieux d'un coup. Marquant une pause, j'ai chassé une poussière sur la table, puis relevé la tête.

— Je comprends, Peter. Je comprends. Alice t'a demandé de m'en parler. Elle est inquiète, c'est ça ? Elle se demande où est passé le pistolet ?

Peter s'est calé dans sa chaise, feignant la désinvolture.

— Alice sait que tu ne t'en prendrais jamais à elle ou à Jade. Mais elle est inquiète. Elle ne voudrait pas que…

J'ai haussé la voix et affecté un regard volontairement désaxé.

— Quoi, que je fasse comme mon père ? C'est ça ?

— Théo…

Je me suis radouci et j'ai écarté les mains en signe de reddition. Je voulais l'enfoncer encore davantage dans sa honte et dans sa culpabilité. Je voulais qu'il baigne dedans, que l'amertume imprègne sa langue et lui laisse un arrière-goût dans la bouche.

— Excuse-moi, Peter. Tu as bien fait de m'en parler. J'aurais fait la même chose pour toi. C'est bon de savoir que je peux compter sur ton soutien.

N'ayant pas entamé sa bière, il se tordait les doigts. J'ai poursuivi :

— Tu as raison sur une chose. Jamais je ne toucherais à un cheveu d'un membre de ma famille. Jamais, tu m'entends ? Je suis orphelin. Alice et Jade sont ce que j'ai de plus précieux.

Les larmes me sont alors montées aux yeux. Cette fois-ci, mon émotion n'était pas feinte. Peter a détourné la tête et embrassé du regard la masse grouillante du pub.

— Je sais, *bro*. Je sais…

Avançant les fesses sur le bout de la banquette, j'ai pivoté sur ma droite et vers l'avant. Puis, avec ma main, j'ai plaqué mon t-shirt contre mon corps pour que Peter voie la bosse que faisait le séchoir à cheveux glissé entre mes reins et ma ceinture.

Ses yeux se sont écarquillés.

— T'es fou ? Qu'est-ce que tu fais avec ça sur toi ?

J'ai levé les deux mains, paumes tournées vers lui.

— Du calme, *bro*. Du calme. C'est une simple précaution.

Me penchant au-dessus de la table, j'ai approché ma bouche de son oreille et chuchoté :

— Mais le premier que je trouve au lit avec Alice, je lui mets une balle entre les yeux.

J'ai senti Peter tressaillir. Quand je me suis redressé sur la banquette, de l'effroi s'était peint sur son visage livide.

— Désolé, faut que j'y aille. On se reparle bientôt ?

Je me suis levé. Avec l'index, j'ai pointé sa bière.

— Tu permets ?

Sans lui laisser le temps de réagir, j'ai vidé son verre d'un trait. Puis je l'ai reposé avec fracas sur la table en poussant un soupir de satisfaction. Avant de sortir, j'ai fait un clin d'œil à mon « meilleur ami », qui semblait cloué sur sa chaise.

Si Peter avait pris ma place à l'agence, je ne lui céderais pas aussi facilement mon lit.

14.

Une théorie, et puis une autre

Je ne connais pas de façon subtile de menacer un homme de mort, mais j'estimais avoir fait un travail honnête avec Peter. Le soleil commençait à décliner et, séchoir à cheveux à la main, je marchais sans me presser vers l'appartement de Phoebe. Je donnerais signe de vie à Alice plus tard dans la soirée. Mais, avant, je voulais laisser le temps à mon « meilleur ami » de lui faire un compte rendu de notre « entretien ».

Bien sûr, il y avait toujours la possibilité qu'il me dénonce à la police – c'était un risque que j'avais accepté de courir en lui adressant cet avertissement –, mais si je ne m'étais pas trompé sur sa vraie nature, il allait mettre un terme à sa relation avec Alice et taire l'incident qui venait de se produire.

Peter était un lâche. Il n'aurait ni le courage d'appeler la police ni celui de me défier en restant aux côtés de ma femme. J'aurais payé cher pour entendre l'excuse qu'il lui réservait. J'étais convaincu qu'il y serait question de peur de l'engagement et de remords à l'idée de briser une famille. Cela dit, la réaction de Peter n'était pas ma principale source d'inquiétude.

Dès que j'avais posé le pied sur le trottoir, mon esprit avait en effet recommencé à se préoccuper du professeur

Atallah et du plan Biotox. Tant et si bien que lorsque j'ai atteint le chemin de la Côte-Saint-Luc, j'avais échafaudé une théorie. Elle mettait en vedette l'« homme ordinaire » et tenait en quatre points :

1– Un homme ordinaire ne reçoit pas un cellulaire d'un inconnu dans un endroit public sans qu'une parole ou un regard soit échangé entre eux, à plus forte raison s'ils se sont côtoyés quelques jours auparavant.

2– Un homme ordinaire ne se débarrasse pas d'un iPhone dernier modèle en le jetant dans un conteneur à déchets après ne l'avoir utilisé que quelques minutes.

3– Un homme ordinaire ne sait normalement pas comment déjouer une filature.

4– Un homme ordinaire ne conserve ni chez lui ni dans ses ordures, qu'ils soient intacts ou déchiquetés, des documents confidentiels émanant du gouvernement français, et encore moins un plan de mise en œuvre de la lutte antiterroriste contre les armes biologiques.

Peut-être que, comme le prétendait Alice, je voyais des complots partout. Ou encore que, à l'instar de Phoebe, je confondais réalité et cinéma. Toutefois, avec les éléments que j'avais en main à ce moment-là, je soupçonnais le professeur Atallah d'être à un des pôles opposés du même spectre : ou bien il travaillait dans le monde du renseignement, ou bien il planifiait un attentat terroriste.

Par ailleurs, une chose me paraissait évidente au-delà de toute autre considération : le professeur Atallah n'était pas un homme ordinaire.

En grimpant les marches pour rejoindre l'appartement de Phoebe, j'étais résolu à en apprendre davantage sur lui. J'étais en outre persuadé qu'il me fallait mieux comprendre en quoi consistait le plan Biotox. J'allais sûrement pouvoir apaiser ma curiosité en faisant une recherche sur Internet, grâce à l'ordinateur de la jeune femme.

Alors qu'il ne me restait que quelques pas à franchir, j'ai réalisé que j'avais hâte de la revoir. J'ai frappé deux coups et ouvert la porte sans attendre de réponse.

— Phoebe ? C'est moi !

J'ai posé le séchoir à cheveux sur le canapé et me suis avancé dans la jungle de la pièce déserte. Pas un son, mis à part le ruissellement du filtreur de l'aquarium. J'ai appelé Phoebe de nouveau et consulté ma montre. Il s'était écoulé quarante-cinq minutes depuis mon départ. Elle était peut-être sortie faire une course. Le cas échéant, elle avait eu la prévoyance de ne pas verrouiller la porte, ce qui me laissait croire qu'elle ne s'était pas absentée pour longtemps.

J'ai alors remarqué que le sac à ordures et son contenu ne se trouvaient plus sur la table. Le puzzle avait lui aussi disparu du comptoir où elle avait patiemment commencé à le reconstituer. Je ne m'en suis pas trop inquiété sur le coup. Si la jeune femme avait dû partir, elle les avait sans doute mis en lieu sûr.

— Phoebe ?

C'est là que j'ai compris. Elle était sûrement chez madame Tournesol. J'ai sonné à la porte de la vieille, qui m'a ouvert au bout d'un moment. Lorsque je lui ai demandé si Phoebe était chez elle, son visage s'est éclairé d'un sourire radieux. Elle est repartie dans les profondeurs de son appartement pour bientôt reparaître avec la boîte métallique, qu'elle m'a tendue.

— Je savais que vous en reprendriez d'autres. On ne peut plus s'en passer, hein ?

J'ai hoché la tête en souriant et attrapé un carré aux dattes. Puis j'ai remercié la vieille avec chaleur avant de regagner l'appartement de Phoebe. La porte refermée derrière moi, j'ai posé la gâterie sur la table de la salle à manger. Je devenais de plus en plus perplexe à mesure que je réfléchissais. Phoebe aurait-elle vraiment pris soin de déplacer le sac et le puzzle si elle ne s'était absentée que quelques minutes ?

En m'approchant de la cuisinière, j'ai remarqué que quelque chose n'allait pas : une traînée de gouttelettes de sang tachait le prélart blanc. Mon rythme cardiaque s'est accéléré. Ce n'était pas une mare comme si quelqu'un s'était vidé de son sang, mais j'ai néanmoins commencé à être inquiet.

Et plus je prêtais attention à ce qui m'entourait, plus ma perception changeait. Je m'apercevais maintenant que de menus détails ne cadraient pas. Par exemple, plusieurs cassettes vidéo s'empilaient à côté du téléviseur, alors qu'elles étaient rangées dans les casiers de bois à mon arrivée. Aussi, l'annonce de Coca-Cola n'était plus d'équerre : elle penchait nettement sur le côté droit. Enfin, des livres étaient à présent étalés en éventail sur le plancher.

Une boule s'est formée dans mon estomac. J'éprouvais une sensation étrange, du genre de celles qui augurent l'imminence d'une catastrophe.

— Phoebe ?

J'ai remonté le couloir avec prudence. Fracassée, la porte de la chambre pendait sur ses gonds. Une empreinte de chaussure imprimée sur le battant donnait à penser qu'on l'avait enfoncé d'un coup de pied.

— Oh, mon Dieu, faites que…

Avec circonspection, j'ai passé la tête par l'entrebâillement. Je redoutais de voir le corps ensanglanté de Phoebe étendu par terre, mais je n'ai rien vu de tel. Les tiroirs de la commode antique étaient renversés, leur contenu, éparpillé sur le tapis. Soulevé par la brise se glissant par la fenêtre ouverte, le rideau de tulle blanc voletait dans l'air.

Je me suis approché de l'aquarium. Les poissons, gigantesques, ondulaient doucement dans l'eau. Malheureusement, les deux compères ne pouvaient m'expliquer pourquoi un désordre absolu régnait dans la pièce.

À demi couvert par un vêtement, un objet noir qui reposait sur le plancher a attiré mon attention. Je me suis penché pour le ramasser. Il s'agissait d'une attache autobloquante dont l'agrafe était cassée.

Tenant l'objet, je suis resté au milieu de la pièce à essayer d'imaginer ce qui s'y était joué. Les idées se bousculaient dans mon esprit. À force de réfléchir aux éléments que j'avais sous les yeux et à ce que j'avais noté ailleurs dans l'appartement, j'ai fini par me forger une autre théorie.

Bien entendu, ce n'étaient là que suppositions, et je pouvais me tromper du tout au tout, mais j'avais l'impression que Phoebe avait été surprise alors qu'elle travaillait au puzzle, sur le comptoir. La porte d'entrée ne semblait pas avoir été forcée, mais je n'y attachais pas trop d'importance. Il était peu probable qu'elle ait pris la peine de verrouiller après mon départ.

Quoi qu'il en soit, j'imaginais qu'il y avait eu bagarre dans la cuisine entre Phoebe et son agresseur, ce qui expliquait les traces de sang sur le sol et le désordre.

Puis la jeune femme avait réussi à se dégager et à se réfugier dans sa chambre. Ensuite, quand l'intrus avait enfoncé la porte, elle s'était défendue bec et ongles. Mais l'agresseur avait fini par avoir le dessus et par la maîtriser. Il avait certes pu la tuer et se débarasser de son corps, mais la présence de l'attache autobloquante suggérait qu'elle avait été entravée. Refusant d'envisager le pire, je me suis donc rabattu sur l'idée que Phoebe avait été enlevée.

Par la suite, son agresseur l'avait vraisemblablement traînée jusqu'à sa voiture, emportant du même coup le contenu du sac et le casse-tête. J'ignorais en revanche comment il s'y était pris pour ne pas ameuter tout l'étage. Peut-être Phoebe avait-elle été assommée…

Je me suis penché pour regarder sous le lit. Il n'y avait rien, hormis quelques boîtes de rangement. À en juger par la poussière accumulée sur les couvercles, on n'y avait pas touché. J'ai fait le tour de la pièce du regard, puis je me suis replongé dans mes réflexions.

Les éléments discordants que j'avais notés – cassettes vidéo sorties de leurs casiers, enseigne Coca-Cola déplacée, livres et contenu des tiroirs répandus sur le sol – me donnaient à penser que l'agresseur avait sommairement fouillé l'appartement.

À force de se faire reprocher son imagination trop fertile, on finit par douter de soi-même. Mais j'avais beau essayer d'envisager toutes les possibilités, incident banal, violation de domicile, cambriolage, amoureux éconduit – j'avais songé un moment au directeur de mémoire –, j'en revenais toujours à la même hypothèse : après avoir été agressée, Phoebe avait disparu et, avec elle, le sac et le puzzle.

J'ai marché jusqu'à la garde-robe et jeté un œil par la porte-accordéon entrouverte. Des vêtements gisaient sur le plancher; d'autres tenaient à leur cintre par un fil. Fébrile, j'ai baissé la tête vers la boîte d'animaux en peluche. Sans attendre, je l'ai mise sur le lit et j'y ai plongé la main. Mes doigts sont aussitôt entrés en contact avec une surface dure, que j'ai agrippée.

Le iPhone reposait à présent dans ma paume. À ma grande surprise, on ne l'avait pas trouvé. Un autre objet a capté mon regard. J'ai cru que c'était l'étiquette d'un ourson en peluche, mais, en y prêtant attention, je me suis rendu compte qu'il s'agissait d'un bout de papier, que j'ai déplié et lu.

Composé de fragments recollés avec du ruban adhésif, le billet portait une adresse, la date du jour et une heure tracées au stylo. Phoebe avait-elle réussi à le reconstituer et à le cacher dans la boîte avant d'être entravée? J'ai consulté ma montre. Si le billet concernait un rendez-vous, celui-ci devait avoir lieu dans moins d'une heure.

J'ai cessé tout mouvement. Je venais d'entendre du bruit en provenance de la cuisine. Retenant mon souffle, je me suis approché en silence du cadre de la porte – la moquette me facilitait les choses – et, en me penchant lentement, j'ai risqué un regard au-dehors.

Un homme qui portait un treillis couleur sable et un chèche enroulé autour du cou s'affairait à ouvrir les armoires et à en vérifier le contenu. Je ne le voyais que de côté, mais j'ai remarqué qu'il avait des mèches de coton ensanglantées dans les narines, comme en mettent parfois les sportifs pour stopper une hémorragie. Écarquillant les yeux, j'ai avalé ma salive de travers. Un pistolet pendait au bout de son poing.

15.

Quand tout éclate

La fenêtre de la chambre de Phoebe donnait sur l'escalier de secours, sur le côté de l'immeuble. Je ne me suis pas posé de question. Le billet enfoui dans mon poing crispé, j'ai enjambé l'appui de la fenêtre et je me suis glissé dehors en catimini. Puis j'ai descendu les marches de fer forgé jusqu'au sol, en évitant le plus possible de faire du bruit. Et tandis que les degrés ajourés défilaient sous mes pieds, je n'ai pu m'empêcher de penser que c'était peut-être par cette voie qu'on avait fait sortir Phoebe de l'appartement.

J'étais envahi par la peur et, surtout, je m'en voulais de mon manque de clairvoyance. J'aurais dû me tenir sur mes gardes et me demander pourquoi celui ou ceux qui avaient enlevé Phoebe n'avaient pas encore essayé de m'intercepter. L'homme au treillis était-il revenu pour cette raison ? La jeune femme lui avait-elle parlé de moi ?

Tous les sens aux aguets, j'ai longé le mur. Arrivé au coin de la façade, je me suis plaqué contre la brique et j'ai observé ce qui se passait dans la rue. Le regard dissimulé derrière des verres fumés, le teint très pâle, un homme aux cheveux coupés en brosse était adossé à un VUS aux vitres sombres garé contre le trottoir. Un léger renflement sous le bras gauche de son veston me donnait à penser qu'il portait une arme.

Peut-être n'était-ce que le fruit de mon imagination, mais j'ai préféré prendre le moins de risques possible. J'ai rebroussé chemin et traversé le terrain. Puis j'ai escaladé une clôture de métal. Débouchant dans la cour arrière d'une maison unifamiliale, j'ai suivi le mur perpendiculaire à la façade et gagné l'avenue Earnscliffe.

La situation était grave, et j'en étais conscient. Incapable de me résoudre à composer le 9-1-1 sur mon cellulaire, je devais avant tout dénicher une cabine téléphonique. En courant, j'ai remonté l'avenue Earnscliffe jusqu'au chemin de la Côte-Saint-Luc et franchi l'artère devant les véhicules immobilisés au feu rouge.

De mémoire, il y avait un téléphone public au Dépanneur 7 Jours. À l'intérieur, la morsure de la climatisation m'a fait frissonner. Pianotant sur sa caisse, le commis n'a pas relevé la tête quand je suis passé devant lui. L'appareil se trouvait près de la porte d'entrée, à droite du présentoir à revues.

La main tremblante, j'ai décroché.

— 9-1-1.

— C'est pour signaler un enlèvement.

— Vous en avez été témoin ?

J'entendais le souffle accéléré de ma respiration dans le combiné.

— Euh… oui. C'est-à-dire que… Pas tout à fait, non.

— Pourquoi dites-vous qu'il s'agit d'un enlèvement, monsieur ?

J'ai inspiré profondément. Je me sentais fébrile.

— Je… C'est compliqué…

— D'accord. Quel est votre nom, monsieur ?

J'ai frappé du poing sur le boîtier du téléphone.

— Je… Écoutez, la personne disparue s'appelle Phoebe Yates.

J'ai donné son adresse de mémoire, puis ajouté :

— Dépêchez-vous, son agresseur est peut-être encore dans l'appartement.

J'ai raccroché et suis ressorti. Sur le trottoir, j'ai de nouveau examiné le billet trouvé dans la garde-robe. À mes yeux, il n'y avait à ce moment qu'une seule chose à faire : suivre cette piste en espérant qu'elle mènerait à Phoebe.

Un taxi arrivait à ma hauteur. J'ai levé le bras pour le héler. Le chauffeur m'a regardé avec l'air éteint de celui qui a presque fini sa journée de travail. Me carrant dans la banquette, je lui ai demandé de me conduire à l'adresse qui figurait sur le billet. Du jazz filtrait de la radio. J'ai reconnu *So What*, une pièce de Miles Davis que Cyril Taillefer ne cessait de jouer en boucle à l'agence.

Tandis que le véhicule s'élançait, les voix ont repris leur ballet lancinant dans ma tête :

« N'y va pas. Peut-être qu'il s'agit d'un piège, Théo. »

« T'es complètement fou ! Laisse faire la police. »

La logique aurait en effet voulu que je téléphone au 9-1-1 de mon cellulaire, que je donne l'adresse inscrite sur le billet et que je me tienne à l'écart le temps que la police intervienne. Pourtant, ce n'est pas ce que j'ai fait. Je pourrais avancer plusieurs raisons pour expliquer mon comportement.

Par exemple, que si j'utilisais mon cellulaire, je dévoilais mon identité et laissais une piste que l'inconnu et ses complices pouvaient peut-être retracer. Et qu'ainsi, en plus de m'exposer, je risquais de mêler Alice et Jade à cette histoire. Ou encore que la perspective de mettre au jour une conspiration m'excitait et que les événements des dernières heures me paraissaient si incroyables que je n'en avais pas encore mesuré toutes les conséquences.

Même s'il y avait une part de vérité derrière chacun de ces motifs, la réalité, c'est que je n'étais pas prêt à confier le sort de Phoebe à la police. Je me rendais compte qu'il s'agissait d'une décision aussi téméraire qu'insensée. Et la seule circonstance atténuante que je peux invoquer pour la justifier, c'est que papa et moi avions appris de manière tragique ce qu'il en coûte de faire confiance aux autorités policières.

Puisque je voulais me donner la possibilité d'examiner les lieux sans m'exposer à la vue de tout le monde, j'avais demandé à descendre quelques pâtés de maisons avant l'immeuble qui m'intéressait, sur le boulevard de Maisonneuve. Là, près de la voie ferrée, le quartier était plus industriel et abritait plusieurs commerces à l'allure délabrée.

Affichant des airs de promeneur, je m'étais approché en marchant sur la piste cyclable, mains dans les poches. J'étais à présent à quelques mètres de l'édifice et, tout en faisant les cent pas, je feignais encore une fois de parler au téléphone. À en juger par la façade, l'endroit avait déjà hébergé un centre de location de voitures, dont l'enseigne n'avait pas été retirée.

Le bâtiment semblait divisé en deux parties. À l'avant, une grande baie vitrée aux fenêtres noircies par la poussière laissait voir le bureau de la réception, composé d'une salle d'attente et d'un comptoir où, jadis, on devait accueillir les clients.

Une porte double s'ouvrait dans la cloison derrière le comptoir. Elle donnait probablement sur l'entrepôt où on procédait à la mise au point et à la réparation des véhicules. L'endroit ne semblait plus être utilisé depuis plusieurs années.

Ceint par une clôture d'aluminium, un terrain asphalté se profilait à l'arrière de l'immeuble. À l'époque, il avait sans doute servi à garer les véhicules de location. J'étais à analyser les différents points d'entrée lorsqu'un détail a attiré mon attention.

Une caméra de surveillance était fixée au mur de façade. Je doutais qu'elle soit encore en fonction, mais si je voulais m'introduire à l'intérieur, peut-être était-il préférable de tenter le coup par l'arrière.

À ce moment, j'ai regretté de ne pas avoir le pistolet de papa sur moi. La tentation avait été forte d'aller le prendre à la maison, mais je ne voulais pas perdre de temps. Si Phoebe était retenue prisonnière dans cet entrepôt, je devais agir vite et l'en sortir coûte que coûte. Mais, avant tout, j'avais besoin d'une dose de courage pour passer à l'action.

En examinant la bande gazonnée qui longe la piste cyclable, j'ai déniché un morceau de panneau de signalisation qu'on avait jeté là. J'ai essuyé la pièce de métal avec mon avant-bras et extrait le sachet de plastique de ma poche. Puis, tout en m'asseyant sur le bord du trottoir, je me suis fait deux rails avec ce qu'il me restait de cocaïne.

Quand je me suis relevé, j'étais prêt pour la guerre.

J'ai escaladé la clôture pour atterrir dans la cour arrière, que j'ai rapidement explorée. Après avoir constaté que les fenêtres étaient grillagées et les portes, verrouillées, j'allais me résoudre à prendre le risque d'entrer par la façade lorsque j'ai joué de chance. Je me trouvais sur un ancien quai d'expédition et, contre toute attente, une des portes de garage s'entrouvrait de quelques centimètres.

Après l'avoir bloquée avec un bout d'asphalte cassé, je me suis accroupi dos contre la porte, j'ai glissé mes mains en dessous et, arquant les genoux, bandant mes muscles jusqu'à leur limite, j'ai tiré de toutes mes forces vers le haut. Mais rien n'a bougé.

À la troisième tentative, alors même que je m'apprêtais à tout abandonner, j'ai senti que quelque chose cédait, et la porte s'est relevée de quelques centimètres additionnels. Tenant le lourd battant d'un seul bras, j'ai pivoté sur moi-même pour me retrouver face à la porte. Puis, me plaquant au sol, je suis parvenu à me faufiler dans l'ouverture.

J'ai essayé de retenir la porte pour la déposer en douceur, mais j'ai dû la laisser tomber au dernier moment afin de dégager mes doigts.

Heureusement, le caoutchouc fixé sous le battant a amorti le bruit de l'impact. Couché sur le dos, poitrine haletante, j'ai tendu l'oreille pour m'assurer que je n'avais pas sonné l'alarme. Au bout de trente secondes d'angoisse, j'ai lâché un long soupir. Pas un bruit et personne en vue.

Je me suis relevé et j'ai balayé l'espace du regard. L'endroit où je me trouvais était assez sombre, mais une fenêtre percée dans les hauteurs du mur me permettait de me repérer. J'étais dans une vaste pièce rectangulaire entièrement bétonnée. À l'évidence, je venais de pénétrer dans l'ancien garage. Vestiges d'une autre époque, trois élévateurs de voitures hydrauliques et des taches de graisse sur le sol en témoignaient.

Je me suis avancé jusqu'à la porte qui s'ouvrait dans le mur du fond. Espérant qu'elle offrait la possibilité d'accéder au reste de l'édifice, je l'ai poussée avec précaution et j'ai prié pour qu'elle pivote sans bruit sur ses gonds. Mon vœu a été exaucé.

Plongé dans une demi-pénombre, le local que j'avais sous les yeux comportait plusieurs rangées de casiers métalliques qui s'étendaient du plancher au plafond. Je ne voyais pas ce qu'ils renfermaient – il était logique de penser qu'ils étaient vides –, mais mon intuition me disait qu'ils avaient déjà contenu les pièces de rechange destinées à l'entretien de la flotte de véhicules de location. J'allais entrer dans le local lorsque je me suis immobilisé.

Un filet de voix que je n'avais pas détecté jusqu'alors parvenait à mon oreille. En y prêtant attention, j'ai compris. J'entendais un homme murmurer en arabe. Il demeurait invisible, mais je savais exactement ce qu'il faisait. Il récitait une prière que je reconnaissais. Une prière à l'islam. Une prière à Allah.

Refermant la porte en douceur, je me suis glissé sans bruit dans la pièce. Le cœur cognant dans ma poitrine, j'ai fait quelques pas entre les étagères centrales. Dix mètres devant moi, la silhouette d'un homme seul, me tournant le dos, se détachait dans le clair-obscur. Ses chaussures de course étaient rangées à côté d'un gros sac de voyage noir déposé à sa droite. Vêtu d'un veston et d'un jean, en chaussettes, il s'est agenouillé sur son tapis, puis s'est penché vers l'avant. Je reconnaissais là un rituel qui me renvoyait loin en arrière.

J'avais beau étirer le cou, je n'apercevais Phoebe nulle part. Il fallait qu'elle soit ici, sinon rien de tout cela n'aurait de sens. Y avait-il une autre pièce entre cette salle et la réception ?

Incliné vers le sol, l'homme continuait de réciter sa prière. Dans quelques secondes, il serait de nouveau debout. J'avais conscience de l'urgence d'agir. Mon plan était simple : si j'arrivais à m'approcher sans attirer son attention, je pourrais tenter de le maîtriser. J'espérais ensuite pouvoir l'interroger.

Avec précaution, j'ai commencé à avancer dans l'allée, mais j'ai dû stopper ma progression. Les larmes me montaient aux yeux; les mots de la prière qu'il récitait me transperçaient. Des souvenirs enlaidis par le temps se sont mis à tournoyer dans ma tête.

Qu'est-ce que je faisais là, à pourchasser des fantômes ? À ce point, je n'étais plus un homme de trente-deux ans doté d'une force physique impressionnante. J'étais un garçon de treize ans terrorisé par le bruit des bombes.

Quelques secondes ont suffi pour que je reprenne le contrôle de mes émotions. Mais ces quelques secondes ont modifié l'ordre des choses. J'allais en effet poursuivre ma progression lorsqu'un banal bip sonore dans ma poche m'a trahi. Le signal de réception d'un message texte.

L'homme s'est relevé d'un coup et s'est retourné. Nos regards se sont croisés et le fil du temps s'est suspendu. J'ignore ce que le professeur Atallah a pensé en voyant son propre reflet en ma personne, et cette question me hantera encore longtemps.

A-t-il cru que j'étais là pour le tuer? Outre de la stupéfaction, j'ai eu du mal à déchiffrer les émotions qui défilaient dans ses yeux. Je n'ai compris que plus tard – trop tard en fait – que c'était de la peur.

La tension était palpable et nous restions plantés face à face, à nous dévisager. J'imagine qu'au fond de nous-mêmes, nous savions que le premier geste esquissé par l'un déclencherait une réaction immédiate chez l'autre. Et que tout pouvait basculer en une fraction de seconde.

J'ai fini par briser le silence :

— Où est Phoebe ?

Le professeur Atallah a plissé les paupières.

— Phoebe ?

Je l'ai foudroyé du regard et, pointant l'index dans sa direction, j'ai craché :

— Si t'as touché à un seul de ses cheveux, je te tue.

Son visage s'est décomposé.

— Il faut que vous partiez d'ici tout de suite.

La cocaïne exacerbant mon agressivité, j'étais prêt à lui arracher les yeux.

— Où est Phoebe ? ai-je martelé.

Il s'agitait, paraissait fébrile.

— Je ne connais pas de Phoebe. Mais il faut que vous partiez tout de suite.

Pressentant qu'il s'apprêtait à tenter quelque chose, j'ai essayé de lui lancer un avertissement :

— Si tu bouges, je…

Le professeur a plongé la main dans la poche de son veston. Voulant seulement l'empêcher de prendre une arme, j'ai agi par réflexe. Comme à l'époque où je jouais pour les Carabins et que je devais neutraliser le quart-arrière adverse, je me suis élancé vers lui. J'ai franchi la distance qui nous séparait en quelques fractions de seconde et, juste avant qu'il ne ressorte sa main, j'ai plongé vers lui et l'ai ceinturé avec mes bras.

Le contact a été d'une violence inouïe. Et tandis que nous basculions tous les deux vers le sol, le côté de mon visage a percuté quelque chose de dur. Une douleur fulgurante m'a alors traversé de part en part et j'ai cru qu'on venait de me fracasser le crâne avec une barre de fer. Nos deux corps ont atterri brutalement sur le plancher de béton, le professeur Atallah absorbant le choc de ma chute.

Et c'est là, au moment de l'impact, que j'ai entendu un affreux craquement. Sous mon poids, le corps athlétique que j'avais frappé est devenu flasque.

Puis tout s'est assombri.

DISPARITION

La jeune femme et Vernes se sont retranchés au deuxième étage de l'immeuble qu'ils ont atteint au pas de course. Il n'y a ni toit ni vitres à la fenêtre. Ils sont cloués sur place par le feu nourri des djihadistes regroupés derrière un mur de maçonnerie. Vernes tire une salve, se tourne et avise l'escalier au fond de la pièce, lequel permet de passer dans la cour arrière.

— On ne pourra pas rester ici longtemps. Il faut bouger, sinon ils vont nous prendre à revers.

Il achève à peine sa phrase qu'une rafale puissante, plus grave et plus assourdissante que les détonations d'armes automatiques, résonne avec fracas dans l'air. Des fragments de mur et de la poussière volent dans tous les sens.

— Couchez-vous !

Une deuxième camionnette équipée d'une mitrailleuse lourde est venue rejoindre le groupe de djihadistes. La jeune femme se plaque contre le sol juste à temps. Au-dessus de leurs têtes, des dizaines de projectiles pulvérisent le mur.

Durant de longues secondes, elle n'entend que le bruit des impacts et les balles qui ricochent autour d'eux. Puis, aussi soudainement que la tempête s'est déchaînée, le calme revient. Elle attend encore plusieurs secondes avant de se redresser.

La jeune femme perçoit alors un râle. Touché, Vernes grimace de douleur. Il enlève un gant et se palpe le thorax. Lorsqu'il la retire, sa main est maculée de sang. Un projectile a percé sa veste pare-balles. La jeune femme s'approche et se met à chercher la blessure à travers les couches de kevlar de la veste.

— Attendez, Vernes. Je vais vous aider.

Déjà, il se sent partir. Il n'en réchappera pas. Il empoigne la main de la jeune femme et la repousse fermement.

— Il faut vous enfuir…

Elle secoue la tête. Il n'en est pas question.

— Pas sans vous !

Un spasme de douleur terrasse Vernes. Il reprend :

— Avec ce qu'ils nous ont balancé, ils croient que nous sommes morts. Mais ils vont venir s'en assurer. Vous avez trente secondes avant qu'ils n'arrivent.

Elle serre les dents. Elle ne peut plus rien pour lui.

— Partez et sauvez votre vie. S'ils vous capturent, nous serons tous morts en vain.

La jeune femme pose une main sur l'épaule de Vernes. Elle veut lui dire quelque chose de significatif, mais ne trouve rien.

— Merci.

Vernes sourit avec peine et pointe son HK416.

— Vous savez vous servir de ça ?

La jeune femme acquiesce d'un battement de paupières. En retirant son niqab pour être libre de ses mouvements, elle grimace. Une balle l'a atteinte au bras. Elle s'occupera de sa blessure plus tard. Elle attrape le fusil-mitrailleur et, d'un bond, se précipite dans l'escalier, qu'elle dévale, puis débouche dans la cour intérieure.

Elle n'en a rien dit à Vernes, mais il est hors de question qu'elle abandonne la mission. Alors qu'elle avance avec prudence à travers les décombres, son téléphone satellite vibre à sa ceinture. Pourvu que Berthomet ait réussi à obtenir la bonne adresse, cette fois-ci.

Quand les djihadistes partis en éclaireurs pour confirmer la mort des fugitifs s'avancent prudemment, Vernes repose sur le dos, les mains jointes sur son ventre. Ses paupières sont closes.

Par acquit de conscience, l'un d'eux tire une rafale dans la poitrine du commando des forces spéciales. Sous le choc, Vernes gémit et écarte les mains. Une grenade dégoupillée en tombe. Un mince sourire se dessine sur ses lèvres tandis qu'il agonise. Les djihadistes ont à peine le temps d'ouvrir la bouche de surprise. L'explosion de la grenade propulse des morceaux de corps aux quatre coins de la pièce.

16.

Le professeur Atallah

On peut rarement prévoir ce que l'avenir nous réserve. Je n'ai jamais autant compris le sens de cette expression que ce jour-là. Quand j'ai repris connaissance, j'étais allongé sur le professeur Atallah, qui demeurait inconscient, et j'étais perclus de douleur.

Un sentiment de panique m'a aussitôt étreint. Je ne voyais plus rien de l'œil gauche. Je me suis redressé avec peine et, du bout des doigts, j'ai palpé mon arcade sourcilière. Une enflure s'étendait jusqu'à la paupière et m'empêchait de l'ouvrir. Du sang formait une bulle sous la peau, mais le fait de savoir que mon œil n'était pas touché m'a tranquillisé.

J'ai fait quelques pas dans la pièce afin de reprendre mes esprits. Reconstituer la scène n'a pas été un exercice ardu. Ma tête avait violemment heurté le coin d'un casier métallique. J'évaluais que j'avais perdu la carte une minute tout au plus.

Profitant du fait qu'il était encore dans les vapes, je me suis penché sur mon adversaire et j'ai entrepris de fouiller ses poches. Je voulais m'assurer d'écarter la menace potentielle d'une arme. Ce que j'y ai trouvé m'a surpris.

Atallah n'avait pas cherché à en sortir un pistolet, comme je l'avais d'abord craint, mais plutôt un iPhone.

En prenant l'appareil, je n'ai pas pu m'empêcher de noter qu'il s'agissait du même modèle que celui que j'avais découvert dans le conteneur à déchets. Dans la foulée, j'ai continué mes recherches et récupéré un trousseau de clés, un portefeuille et un passeport canadien, mais rien qui puisse s'apparenter de près ou de loin à une arme.

Puisque j'avais tout le loisir de l'observer, ma fascination pour le professeur Atallah a alors ressurgi. Plutôt que d'examiner les objets que je venais de trouver, j'ai commencé à scruter son visage. La ressemblance m'apparaissait toujours aussi remarquable, mais force était de constater que, à quelques centimètres de distance, plusieurs menus détails nous distinguaient. Plongé dans mes réflexions, j'en étais à dresser une liste mentale lorsqu'une sensation déplaisante m'a envahi. C'était là, tout près, mais puisque je n'arrivais pas à en déterminer l'origine, j'ai poursuivi l'exercice.

L'inconscient fonctionne parfois d'une drôle de manière. Le déclic s'est en effet produit un instant plus tard. C'est à ce moment que j'ai compris : le professeur, que je croyais assommé, paraissait *anormalement* immobile. Sa poitrine, qui aurait dû se soulever et s'abaisser, demeurait inerte. Perplexe, je me suis agenouillé près de lui et j'ai approché mon oreille de sa bouche entrouverte.

N'entendant pas son souffle, j'ai porté les doigts à sa carotide, puis à son poignet. Je ne percevais aucun pouls. Dès lors convaincu que son cœur ne battait plus, j'ai brutalement frappé avec mon poing sur sa cage thoracique pour le faire repartir.

J'ai collé mon oreille contre sa poitrine, à la hauteur de son cœur. Toujours pas de pouls. Merde, merde, merde! L'affolement aurait pu me paralyser, mais c'est l'inverse qui s'est produit. Les techniques de réanimation que j'avais apprises des années plus tôt me sont revenues en bloc. Refusant de céder à l'effroi qui me gagnait, j'ai entamé un massage cardiaque et, pinçant ses narines, je lui ai insufflé de l'air dans les poumons.

— Allez ! Respire !

J'étais en état de choc, hors d'haleine, et la sueur ruisselait sur mon front, mais pendant de longues minutes, penché sur le professeur, j'ai donné tout ce que j'avais pour le sauver en puisant dans mes dernières ressources.

Ayant atteint mon point de rupture, je me suis effondré contre son thorax. Je devais me rendre à l'évidence : je ne pouvais plus rien pour lui. Le regard dans le vague, l'esprit anesthésié, j'ai fini par m'asseoir à côté du cadavre, dos contre un casier. Je suis demeuré ainsi un bon moment, suspendu au fil ténu tendu à la lisière de l'inconscient et de la matérialité.

Puis le fil s'est rompu et la réalité, froide, dure et implacable, m'a rattrapé. Là, tremblant de tous mes membres, j'ai pris ma tête entre mes mains. Et tandis que je glissais dans mes ténèbres, j'ai crié ma rage.

Quarante-huit heures auparavant, je n'avais jamais vu ni entendu parler du professeur Atallah. Dans ce court laps de temps, ma curiosité à son égard s'était muée en fascination, puis avait viré à l'obsession. Et cette obsession m'avait mené tout droit à la catastrophe. Pourquoi avait-il fallu que nos trajectoires se croisent ?

Je me suis redressé d'un trait et, assailli d'un haut-le-cœur, j'ai titubé dans l'allée. Puis, je me suis effondré sur les genoux et j'ai vomi.

Un constat d'une puissance terrible m'a alors explosé en plein visage : j'étais un meurtrier.

La vie nous accule parfois au pied du mur et nous pousse dans nos derniers retranchements. Dans un état second, j'ai ouvert la porte donnant sur la salle d'attente et je suis entré dans une pièce aux surfaces couvertes d'un film de poussière. Là, j'ai avisé un fauteuil de skaï jaune qu'on y avait abandonné et m'y suis laissé choir.

Renversant la tête vers l'arrière, j'ai pincé l'arête de mon nez. J'avais besoin de faire le vide, besoin de réfléchir et de reprendre pied.

Je pensais à Jade et à Alice, à mes espoirs déçus, et aussi à toutes ces occasions que je n'avais pas saisies. En raison de ma stupidité et de mon entêtement, nous n'aurions jamais plus une vie normale. Je songeais également au fait qu'on échappe rarement à la justice quand on a tué un homme. Je pouvais essayer de fuir, mais, tôt ou tard, des policiers viendraient frapper à ma porte.

Rien ne serait laissé au hasard. Ma vie entière serait passée au peigne fin ; chaque coin d'ombre serait étudié. Ma dépression, ma toxicomanie, l'arrêt de ma thérapie, les menaces formulées à l'endroit de Peter et même mon accès d'agressivité envers le Taureau le jour où je m'étais permis d'épeler mon malheur seraient invoqués.

Mes tentatives d'explications seraient vues comme le délire d'un dépressif, un épisode psychotique ou je ne sais quoi d'encore plus tordu. Et mes actions, depuis la seconde où j'avais croisé le professeur Atallah, seraient interprétées comme celles d'un homme ayant prémédité avec minutie son geste.

Dans les mois ou les années qui suivraient mon incarcération, Alice referait sa vie et ma fille vivrait avec le stigmate d'avoir à visiter son bon à rien de père derrière les barreaux.

J'ai enfoui mon visage dans mes paumes. Je songeais avec mélancolie à ces moments que je ne passerais pas avec elles, à ces vacances à la plage que nous ne prendrions pas, aux premières dents branlantes de Jade, à qui je ne pourrais pas proposer mon aide pour les retirer, et aux mille autres premiers pas dans sa vie dont je ne serais jamais témoin.

Mes pensées gonflées d'inquiétude se tournaient vers Phoebe, que j'avais entraînée dans cette histoire et qui se retrouvait en danger par ma faute, lorsqu'un bruit m'a fait tressaillir.

La porte d'entrée venait de s'ouvrir, livrant le passage à un homme de haute stature qui s'est avancé vers moi. Tétanisé, j'ai néanmoins réussi à lever les yeux pour l'observer. L'homme portait un pantalon kaki aux jambes roulées jusqu'aux mollets, une chemise blanche à longs pans et des sandales.

Après avoir glissé ses lunettes de soleil Ray-Ban sur le bout de son nez et m'avoir jeté un regard dénué d'expression, il a dit d'une voix douce :

— Professeur Atallah ?

La stupeur m'empêchait de répondre. Triturant du bout des doigts la barbe touffue qu'il arborait uniquement aux joues et au menton, l'homme a insisté sans monter le ton :

— Fady Atallah ?

J'ai tressailli violemment. Plus que quiconque, je connaissais la valeur d'un prénom et le rôle déterminant qu'il joue – ou non – dans la construction de l'identité d'une personne. Ainsi, celui de l'inconnu était Fady.

— Professeur Atallah ?

Puisque je ne prononçais pas la moindre parole, l'homme a porté la main à ses reins et a sorti un pistolet, dont il a immédiatement appuyé le canon sur mon front.

— Maa esmuka ?

J'ai secoué ma torpeur d'un coup. Relevant la tête, je l'ai dévisagé de longues secondes, puis j'ai répondu à sa question en arabe :

— Ismi, Fady Atallah.

SYSTÈME UNIQUE

RÉSURRECTION

Jour n° 10, plus tard

Filtrant à travers le soupirail, un rai de lumière touche le sol poussiéreux quelques mètres devant moi. Après m'être couché sur le ventre, je me traîne en appui sur les coudes jusqu'à ce que je ne puisse aller plus loin. Alors, j'étire le bras et pose ma main valide dans le halo jaunâtre. À sa lueur, j'observe le caillou pointu que je tiens entre le pouce et l'index.

J'ai toujours trouvé mon prénom un peu démodé et sa juxtaposition à un patronyme anglais plutôt baroque, d'autant que ma mère insistait pour que je privilégie la version française, me forçant à ajouter l'accent aigu lorsque je l'omettais.

Je ne suis certainement pas le seul à avoir déjà fait une fixation sur son nom, mais quand j'étais petit, au Liban, il m'arrivait souvent de le répéter à voix haute avant de m'endormir, comme s'il s'agissait d'une entité qui m'était complètement étrangère :

— Je suis Théodore Seaborn…

Jamais je n'ai autant repensé à mon enfance qu'au cours des derniers jours. J'imagine que lorsqu'on perd ses repères, c'est un réflexe normal de remonter à l'origine de sa douleur.

Entre 1975 et 1991, le Liban a connu une guerre civile meurtrière. Originaire de Notre-Dame-de-Grâce, mon père, qui travaillait comme médecin coopérant pour la Croix-Rouge, s'était joint, à Beyrouth, à un centre médico social. C'était au début des années 1980, la guerre atteignait alors son paroxysme et le centre soignait tous ceux qui s'y présentaient, sans distinction d'origine ou de religion.

Là, Jerome David Seaborn avait rencontré une jeune infirmière libanaise prénommée Rima, une musulmane ayant étudié en français – jusqu'en 1975, l'écrasante majorité du système éducatif libanais était francophone –, et dont il était tombé éperdument amoureux.

Le Coran est clair et explicite à propos des mariages entre chrétiens et musulmans : pour épouser une musulmane, un non-musulman doit se convertir.

Chrétien de confession protestante, J. D. Seaborn était bien trop épris pour se laisser freiner par de tels « détails ». J'étais venu au monde en 1983, quelques années après sa conversion.

L'engagement religieux de la famille de maman, issue de la banlieue sud de Beyrouth, avait été, comme celui de plusieurs familles chiites du coin, lié de près à l'émergence et à la consolidation du Hezbollah en un système efficace, rationalisé et professionnel.

Fort d'une branche armée et d'un parti politique officiel, considéré par certains États, dont le Canada et les États-Unis, comme une organisation terroriste, le Hezbollah avait été créé en réaction à l'invasion israélienne du Liban en 1982, grâce à un financement iranien.

Alors qu'il était rare de voir des Libanaises porter le voile dans les années 1970, la donne avait changé à compter du milieu de la décennie suivante. Maman avait suivi les pratiques adoptées par son clan. Il en allait de même pour Nayla, dont les parents étaient des amis de notre famille. Lorsque ceux-ci étaient morts dans l'explosion d'une voiture piégée, en 1994, sur la route du bord de mer de Beyrouth, mes parents avaient recueilli la jeune orpheline, qu'ils avaient par la suite élevée comme ma sœur.

Taciturne, Nayla ne parlait jamais de ses parents ni de leur tragique disparition, mais nous étions vite devenus inséparables. L'une des personnes les plus intelligentes qu'il m'ait été donné de connaître, passionnée d'astronomie, elle s'intéressait plus particulièrement à la composition de l'Univers avant la formation des galaxies.

Comme je n'ai jamais rien su lui refuser, elle m'entraînait dans ses multiples virées dans les bibliothèques de Beyrouth, à la recherche de l'ouvrage de référence ultime sur le sujet. Une escapade nocturne à l'observatoire Lee de l'Université américaine de Beyrouth – l'endroit avait déjà à l'époque été transformé en centre des arts et des sciences – nous avait valu une sévère réprimande.

Puisque papa travaillait sans relâche, Nayla n'avait noué de véritable relation affective qu'avec maman et moi. Elle ne l'a jamais dit ainsi, mais je sais que nous étions ses points d'ancrage et qu'elle nous considérait comme sa propre famille.

Cela dit, notre séjour dans une maison de campagne que papa avait louée à l'été 1995 compte parmi mes moments les plus chers, et si je sais nommer quelques étoiles et constellations, c'est à elle que je le dois.

Je n'ai que peu de souvenirs de maman. Mais je me rappelle qu'elle avait toujours un instant d'avance sur moi et qu'avant même que je sache que j'allais avoir faim, elle me fourrait un fruit dans la main, puis me caressait la nuque en souriant.

Tard un soir, alors qu'elle me croyait endormi, elle s'était glissée dans ma chambre pour m'embrasser. Ayant surpris mon manège – je répétais mon nom à voix haute –, elle s'était assise sur le bord de mon lit. Et lorsqu'elle s'était penchée sur moi pour murmurer tendrement à mon oreille, une longue mèche ébène s'était échappée du voile à fines rayures dorées qui couvrait sa chevelure.

— Tu t'appelles Nassim-Théodore Seaborn, mon amour. Ne l'oublie jamais. Et pour tout ce qui se passera dans ta vie, *mektoub*[7].

Avait-elle déjà imaginé la personne que j'allais devenir ? Né à Beyrouth, je n'ai jamais compris pourquoi j'ai occulté la composante musulmane de mon identité.

Dans leur infinie sagesse, mes parents n'avaient tenté de faire de moi ni un bon chrétien ni un bon musulman, ce qui, avais-je appris des années plus tard, n'avait pas été sans créer de vives tensions au sein de la famille de ma mère.

J'étais trop jeune pour m'en rendre compte à l'époque, mais ma fréquentation de l'école francophone constituait une question particulièrement délicate. La très grande qualité de l'enseignement qui y était dispensé et la conversion de mon père à l'islam n'y avaient rien changé. Les motifs justifiant la décision de celui-ci de m'emmener vivre à Montréal provenaient toutefois de circonstances bien plus tragiques que ces conflits familiaux.

Quoi qu'il en soit, si je m'exprime aujourd'hui autant en français qu'en anglais et si je me débrouille également en arabe – quoique mon vocabulaire, faute de pratique, manque parfois un peu d'étoffe –, je le dois à cet entêtement de mes parents à vouloir concilier les multiples facettes de ma culture.

Mon prénom à la fois arabe et français aurait pu devenir une force me permettant d'affirmer mon identité dans le regard de l'autre. Mais avant les événements des dernières semaines, je n'avais jamais été que Théodore Seaborn. Et je n'avais toujours cru qu'en un seul dieu : moi-même.

C'était avant que ma route ne croise celle du professeur Fady Atallah.

À présent, tandis que, allongé dans le clair-obscur pénétrant par le soupirail, j'accueille ce sort qui est mien,

---

[7] Le destin de l'homme fixé par Dieu chez les musulmans.

les images de mon passé cessent de déferler dans ma mémoire. Et à l'aide du caillou pointu que je tiens entre les doigts, je grave sur la terre durcie mon véritable prénom, celui qui me remet au monde.

pour être pas [illegible]
[illegible] de la [illegible]
[illegible]
projectile dans [illegible]
Ignorant tout de [illegible]
m'a aidé une [illegible]
Je suis [illegible]

17.

L'ENGRENAGE

Pour la première fois depuis ma naissance, les séquences marquantes de mon existence ont défilé devant mes yeux comme un générique et, à vrai dire, je m'attendais à voir le mot « fin » apparaître en surimpression sur l'intérieur de mes paupières, tout juste avant de recevoir la balle qui fracasserait ma boîte crânienne. Mais rien de tout cela ne s'est produit. L'homme a replacé son pistolet dans sa ceinture et un mince sourire a éclairé ses traits fins.

— Pardonnez-moi, professeur, je ne voulais pas vous effrayer. Je vous ai seulement vu en photo, alors il fallait que je sois certain que c'était vous.

J'ai songé à cet instant que j'avais pris une décision de vie ou de mort la veille, lorsque j'avais omis de raser ma barbe. Sans elle, ma ressemblance avec le professeur Atallah aurait sans doute été moins marquée. Je n'étais peut-être pas aussi prêt à en finir que je voulais bien me le faire croire quand je jouais avec la sûreté de mon pistolet, car l'idée que cette décision banale aurait pu me valoir un projectile dans la tête m'a fait frissonner.

Ignorant tout des pensées qui m'animaient, l'homme m'a tendu une main calleuse.

— Je suis Samir, professeur.

J'ai affecté d'être celui qui se tenait sur ses gardes. Mais en vérité, perclus de peur, j'improvisais.

— Et vous ? Qu'est-ce qui me prouve que vous êtes bien celui que vous prétendez être ?

L'homme a souri encore, dévoilant ses dents parfaites. Fouillant dans son portefeuille, il en a tiré un permis de conduire qu'il m'a remis. J'aurais dû le regarder avec attention, mais j'étais trop nerveux. Je le lui ai rendu après avoir fait mine de l'examiner.

— Satisfait ?

J'ai serré avec circonspection sa main tendue une fois qu'il a eu rempoché ses papiers.

— Enchanté, Samir.

Il a jeté un coup d'œil à sa montre avant de pointer la baie vitrée de l'index.

— Allons-y, professeur, sinon nous allons être en retard.

Ravalant ma surprise, j'ai acquiescé d'un signe, autant pour montrer que j'étais prêt à le suivre que pour gagner du temps. Il m'a détaillé d'un air interrogateur :

— Vous voyagez léger…

— Pardon ?

Samir m'a lancé un drôle de regard, celui qu'on réserve d'ordinaire aux enfants étourdis.

— Vous n'avez pas de valise, professeur ?

Je réfléchissais à toute vitesse. J'avais aperçu un sac de toile noire près d'Atallah, avant que tout ne dégénère.

— Bien sûr. Attendez-moi une seconde.

À l'instant où je poussais la porte pour retourner dans la pièce où gisait le cadavre, j'ai entendu Samir murmurer dans mon dos :

— Tous pareils, ces scientifiques. Toujours dans la lune.

Alice aurait objecté que j'étais enclin à prêter foi aux théories conspirationnistes, mais, en enjambant le corps du professeur Atallah, je n'ai pu m'empêcher de penser que l'homme au treillis, Samir et lui appartenaient à une cellule terroriste.

Samir représentant une menace, mon cerveau tournait à une cadence folle. Dans l'urgence, je ne voyais que deux options. La première était la plus simple : je pouvais essayer de le prendre de vitesse et fuir par la porte arrière en espérant ne pas me faire tirer dans le dos.

Mais il était impossible de prévoir comment Samir réagirait à la découverte du corps et à ma disparition. Mes voix me claironnaient à l'unisson que, en fuyant, je signerais l'arrêt de mort de Phoebe et qu'il pourrait remonter ma piste et s'attaquer aux miens. Dans un cas comme dans l'autre, je ne me pardonnerais pas d'avoir détalé pour sauver ma peau.

Évidemment, je pourrais appeler les policiers dès que j'aurais trouvé un lieu sûr, sauf que Samir pouvait quitter l'entrepôt avant qu'ils arrivent. Le retenir en les attendant était aussi hors de question. Je ne servirais pas de bouclier humain au cœur d'une fusillade.

— Professeur ?

— Donnez-moi un instant, Samir.

Pressé d'agir, j'ai choisi la seule option qui me paraissait valable : incarner le professeur Atallah. Samir étant dans son camp, rien ne me permettait de penser que j'étais en danger dans l'immédiat. Je courais à n'en pas douter le risque d'être démasqué à tout instant. J'étais cependant prêt à y faire face si cela me conduisait jusqu'à Phoebe.

Et tandis que je ramassais les objets recueillis sur la dépouille et le sac de toile, j'ai jeté un dernier regard à l'homme que j'avais assassiné.

— Professeur ?

Derrière la porte, Samir s'impatientait. J'ai haussé le ton, feignant d'être agacé :

— Oui, oui. J'arrive.

J'allais le rejoindre quand l'idée m'est venue de glisser dans les poches du cadavre mon propre portefeuille et mon cellulaire. Lorsqu'on appellerait Alice pour m'identifier et qu'on lui montrerait le corps, elle se rendrait compte de la supercherie. De cette façon, si les choses tournaient mal, on se lancerait à ma recherche.

En enfonçant mon téléphone dans le veston du professeur, j'ai vu que le message texte qui lui avait révélé ma présence provenait justement de ma femme :

« *Jade et moi on s'inquiète. Rentre à la maison.* »

Mon cœur s'est serré et l'image du visage de ma fille baigné par la lumière du matin est passée dans ma tête. Retentissant avec force, la voix de Samir a coupé court à mes doutes.

— Professeur ?

En un bond, j'ai atterri près du battant qui s'entrouvrait et je l'ai bloqué avec mon épaule pour l'empêcher d'entrer. Je n'avais plus le choix. Je devais foncer.

— Voilà, voilà… je suis prêt.

Depuis quelques minutes, Samir et moi roulions dans une vieille camionnette bourgogne sur l'autoroute 20, en direction ouest. Une odeur d'encens flottait dans l'habitacle. Ayant toujours peine à croire ce qui se produisait, je lui jetais des regards à la dérobée, mais la vision ne s'estompait pas. Les deux mains solidement agrippées au volant, il manœuvrait le véhicule avec dextérité dans la circulation dense de ce début de soirée.

Même si nous n'avions pas échangé un mot depuis notre départ, plusieurs questions me brûlaient les lèvres, que je ne pouvais toutefois pas lui poser sous peine de lui mettre la puce à l'oreille et, par le fait même, d'éventer ma couverture. Qui était-il ? Pour qui travaillait-il ? Qu'attendait-il du professeur Atallah ? Où allions-nous ?

Quittant la route du regard, Samir s'est tourné vers moi et m'a demandé :

— Qu'est-ce qui est arrivé à votre œil ?

J'ai haussé les épaules et me suis rencogné dans mon siège.

— Je… j'ai glissé dans la douche et je me suis frappé sur le robinet.

L'air grave, il m'a dévisagé durant quelques secondes. Puis, alors que j'étais convaincu que mon mensonge entraînerait une réaction violente de sa part, il a plutôt éclaté de rire.

— Dans la douche ? Ha ! ha ! ha ! Glissé dans la douche !

Il se tapait à présent la cuisse avec la main.

— Mais il faut prendre des bains, dans ce cas, professeur !

J'ai ri à mon tour et nous avons fait un autre bout de chemin tandis que Samir hochait la tête et répétait à voix basse, sourire aux lèvres :

— Ha ! ha ! ha ! Dans la douche !

Il a alors sorti un mouchoir de sa poche, dont il a lentement déplié les bords.

— Une datte, professeur ?

J'ai secoué la main.

— Non, je vous remercie…

Samir en a attrapé une dans le mouchoir et l'a enfournée dans sa bouche.

— Vous devriez en prendre. C'est bon pour l'enflure !

Je savais que je me trahirais si je lui posais une question dont j'étais censé connaître la réponse, mais l'atmosphère était si détendue que j'ai décidé de courir le risque :

— Où allons-nous, Samir ?

Il a aussitôt cessé de mâcher et son visage s'est rembruni.

— Que voulez-vous dire, professeur ?

À sa réaction, j'ai compris que j'avais gaffé et qu'il me fallait redresser la situation. D'une voix légèrement excédée, j'ai dit :

— Je sais où nous allons, mais je me demandais seulement si vous étiez certain d'avoir pris le bon chemin.

Par la vitre, je regardais défiler les panneaux avec inquiétude. Nous approchions de Dorval et je priais pour que Samir nous conduise là où Phoebe était retenue prisonnière.

Crachant le noyau de la datte dans sa paume, il a esquissé une grimace et poursuivi sur un ton condescendant :

— Professeur, vous êtes un expert dans votre domaine, et moi dans le mien. Laissez-moi faire mon boulot. Je ne glisse pas dans la douche, moi…

Trop occupé à réfléchir, je me suis tu. Je m'interrogeais à propos du professeur. Était-il enseignant ou encore chercheur ? Le fait que Samir le considérait comme un scientifique et les fragments du plan Biotox retrouvés dans ses ordures m'amenaient à croire qu'il était biologiste ou chimiste.

Mon inquiétude a atteint son paroxysme quand Samir a engagé le véhicule dans la bretelle menant à l'aéroport Trudeau. Nerveux, j'ai jeté un coup d'œil à ma montre.

Ayant remarqué mon geste, il a englouti une autre datte et marmonné à mon intention :

— Aucun stress, professeur. Le vol décolle dans plus de deux heures, si Allah le veut.

Négociant la courbe avec prudence, Samir a ralenti pour éviter une automobile. Ma gorge s'est nouée, mais j'ai tout de même réussi à sourire pour donner le change.

Si, comme je le redoutais, le professeur appartenait à une cellule terroriste, une seule explication m'apparaissait plausible, et elle me glaçait le sang : Samir était chargé de faire passer Fady Atallah au Moyen-Orient, afin que celui-ci puisse prendre part au djihad. Ce qui revenait à dire qu'en usurpant son identité, je me retrouverais dans la peau d'un djihadiste en plein cœur d'un conflit armé.

« Saute en marche, Théodore. Saute pendant qu'il est encore temps. »

« Il a un pistolet. Tiens-toi tranquille, imbécile. Il peut t'abattre comme un chien. »

Alors que mon univers s'écroulait, mes pensées se sont cristallisées sur Alice et Jade. Mais comment avais-je pu être inconscient au point de quitter l'orbite de celles que j'aimais plus que tout ? Et par quel égarement de mon esprit m'étais-je laissé aller à pourchasser un parfait inconnu ?

J'ai crispé les poings pour essayer de maîtriser la colère qui montait en moi. Il était hors de question que je prenne cet avion, que ce soit pour le Moyen-Orient ou n'importe où ailleurs sur la planète. Les choses étaient allées trop loin. Je devais à tout prix trouver une façon d'échapper à cet engrenage tout en sauvant Phoebe.

Et tandis que la vieille camionnette avançait sur la route de l'aéroport, et que les voix dans ma tête se disputaient mon attention, l'image du cadavre du professeur Atallah dansait devant mes pupilles.

J'avais beau me répéter que c'était un accident, que je n'avais pas l'intention de le tuer, et tenter de me convaincre qu'un événement allait se produire pour rétablir l'équilibre des choses, j'avais tout de même commis un meurtre.

Ce fantôme n'allait plus jamais disparaître.

[illegible]

[illegible] qui avait dans mon [illegible]

[illegible]

[illegible] au [illegible]

[illegible] marque [illegible] avec une [illegible]

[illegible]

qui avait dans [illegible]

18.

Pris au piège

Après avoir mis le clignotant, Samir est entré sur un des terrains de stationnement longue durée jouxtant l'aéroport. Dans quelques secondes, il allait garer la camionnette. En proie à une vive nervosité, je me demandais ce que je devais faire. La solution la plus simple était d'ouvrir la portière et de détaler entre les véhicules. Avec un peu de chance, le temps que Samir dégaine son pistolet et fasse feu, je serais déjà loin.

Mais, pour les mêmes raisons que celles m'ayant poussé à le suivre, je n'allais pas tenter de lui échapper. Il y avait trop en jeu. Plus particulièrement, je craignais que ma fuite – ou celle de celui qu'il croyait être le professeur – n'ait des répercussions tragiques sur Phoebe.

Samir a immobilisé la camionnette et enclenché la marche arrière. Puis, posant une main derrière mon appuie-tête, il a regardé par-dessus son épaule et engagé le véhicule dans un espace restreint, entre deux voitures mal garées.

— Pas sûr que vous entrez là, Samir. Ça me paraît étroit.

Il a marqué sa contrariété avec une moue.

— Laissez-moi faire, professeur. Je vous l'ai dit, je suis un expert dans mon domaine.

J'aurais sans doute dû y songer plus tôt, mais une idée horrible m'est à ce moment apparue avec clarté : Phoebe pouvait révéler mon identité aux complices de Samir et du professeur. Une autre pensée plus terrifiante encore m'a glacé le sang dans les veines : si elle n'avait pas parlé, c'est peut-être qu'elle était déjà…

Et tandis que Samir garait la camionnette et que j'essayais de chasser de mon esprit ces pensées morbides, je regrettais de ne pas avoir donné l'adresse de l'entrepôt à la police quand j'avais appelé le 9-1-1. Je ne pouvais rien changer au passé, mais je pouvais tout de même tenter de réparer cette erreur : j'allais faire arrêter Samir par les agents du SPVM[8] qui patrouillaient dans le terminal de l'aéroport.

Il y avait ici encore un risque qu'un échange de coups de feu éclate, mais puisque la police était déjà sur place, je croyais pouvoir éviter ça en rusant.

Je n'osais cependant pas imaginer la suite. À ce stade, ma propre arrestation et ses conséquences constituaient le cadet de mes soucis. La seule chose qui m'importait était que la police agisse vite, qu'elle empêche Samir de passer à l'étranger et lui arrache les renseignements nécessaires pour retrouver Phoebe.

Et, par-dessus tout, que celle-ci soit saine et sauve.

Fier de me montrer que j'avais eu tort de douter de ses talents de conducteur, Samir a esquissé un sourire amusé une fois le moteur éteint. Puis il a ensuite soigneusement replié son mouchoir et s'est tourné vers moi.

— Donnez-moi votre téléphone.

Après avoir pris l'appareil que je lui tendais, il a retiré la pile et la carte SIM. Puis il a récupéré son pistolet dans sa ceinture et l'a glissé dans un sac de plastique opaque.

Entrouvrant sa portière, il a marmonné :

— Prêt, professeur ?

---

[8] Service de police de la Ville de Montréal.

J'ai acquiescé et posé les doigts sur la poignée. Des gouttelettes de sueur froide perlaient sur mes tempes et les voix dans ma tête sonnaient l'alarme. La situation me paraissait tout à coup moins dénuée de risque que je ne l'avais pensé, et mon courage, moins inflexible.

Déjà dehors, Samir a ouvert la porte latérale et récupéré nos bagages. Sans prononcer une seule parole, il s'est mis en marche aussitôt après avoir verrouillé la camionnette, le sac contenant son pistolet sous le bras.

J'ai pris une grande respiration et lui ai emboîté le pas. Dans le ciel, le soleil se couchait à l'horizon en répandant ses reflets ocre et pourpres.

Malgré la chaleur et l'humidité, je frissonnais.

Nous traversions le stationnement en tirant nos sacs sur roulettes lorsque, sans ralentir, Samir s'est débarrassé discrètement du iPhone du professeur en le jetant sous une voiture. Plus loin, il s'est départi de la pile et de la carte SIM de la même manière.

Par la suite, il m'a tendu un document. Mon sang n'a fait qu'un tour quand j'ai constaté qu'il s'agissait d'un billet d'avion de Turkish Airlines à destination d'Istanbul. Je n'ai pu m'empêcher de songer que la Turquie était l'une des portes d'entrée pour les djihadistes qui désiraient se rendre en Syrie. La piste terroriste semblait donc se confirmer. D'ailleurs, tout dans la façon dont se comportait Samir contribuait à renforcer cette idée à mes yeux.

Et tandis que j'assimilais ce que je venais d'apprendre, celui-ci m'a lancé :

— N'oubliez pas, professeur : si jamais on vous pose des questions, vous allez en Turquie pour donner une conférence à la faculté des sciences de l'Université d'Istanbul.

J'ai marmonné quelques mots inintelligibles pour signifier mon accord. J'essayais de mettre en ordre les informations que j'avais récoltées, et tout ça se croisait et se mélangeait dans mon esprit. J'ai appuyé sur mes tempes avec le pouce et l'index. Je sentais poindre une migraine et j'ai dû ravaler les larmes qui me sont montées aux yeux.

Chaque personne avec qui on entre en relation possède sa trajectoire propre. Des gens avec qui on entretenait des rapports fréquents et sincères disparaissent à jamais de notre existence. On en prend rarement la mesure sur le coup, mais une rencontre anodine s'avère un jour être la dernière. Puis le temps passe, le souvenir de l'autre s'estompe peu à peu et on l'oublie sans se rendre compte que nos deux trajectoires se sont éloignées pour toujours.

À l'inverse, des personnes disparues depuis des années ressurgissent dans notre vie aux moments les plus improbables. Nous approchions de la passerelle qui relie le stationnement étagé au terminal lorsque ça s'est produit.

— Eille, comment ça va, Théodore !

Marchant en direction inverse à la nôtre, un homme s'était arrêté à notre hauteur. Sac à l'épaule, un large sourire illuminant son visage, Richard Petit affichait l'air décontracté de celui qui rentre de vacances.

J'ai dégluti avec peine. Mon ancien camarade de classe du secondaire était revenu dans ma vie par l'intermédiaire de mon écran de télévision, alors qu'il comparaissait devant la commission Charbonneau.

Samir m'a transpercé du regard, mon estomac s'est tordu, mais je suis resté de glace.

— Vous faites erreur, monsieur.

Visiblement décontenancé, Petit a ouvert la bouche sans émettre un son. Après un silence de quelques secondes, il s'est approché et a murmuré à mon oreille d'un ton irrité :

— Tu crois que tu peux faire semblant de ne pas me connaître parce que j'ai été pris en défaut ? Tu te crois meilleur que moi, Seaborn ?

J'ai haussé les épaules et pris Samir à témoin.

— Désolé, mais vous me confondez avec quelqu'un d'autre.

Petit a approché son visage du mien. Les muscles de sa mâchoire se contractaient.

— Va chier, Seaborn.

Paupières plissées, Samir l'a regardé pivoter sur ses talons et s'éloigner, puis il s'est tourné vers moi.

— C'était qui, ce crétin ?

J'ai écarquillé les yeux et frappé trois fois contre ma tête avec l'index.

— Aucune idée. Un malade. Il avait l'air perturbé, non ?

Samir m'a dévisagé sévèrement, comme pour me percer à jour. J'ai dû être convaincant, car il a repris sa marche avant de s'immobiliser, un peu plus loin, au bord de la passerelle. Là, il a tiré un cellulaire de la poche de poitrine de sa veste.

— Voici votre nouveau téléphone, professeur. Mais, avant de vous le remettre, j'aimerais vous montrer quelque chose.

En quelques clics, il a fait apparaître la photo d'une jeune femme à la chevelure noire qui tenait une fillette dans ses bras. D'une beauté saisissante, cette dernière avait quelque chose dans le regard qui rappelait le professeur Atallah.

Samir s'est éclairci la gorge avant de reprendre la parole :

— Nous avons accepté de vous accueillir parmi les nôtres, mais je veux m'assurer que vous comprenez qu'il y aura des conséquences si vous ne remplissez pas votre part du contrat ou encore s'il m'arrivait quoi que ce soit…

Je suis resté coi. Il m'a dévisagé un instant, l'air impassible, puis il a ajouté :

— Votre femme et votre fille sont magnifiques, professeur. Ce serait dommage qu'il leur arrive quelque chose…

Comme je gardais toujours le silence, il m'a montré des coordonnées GPS à l'écran.

— Vous voyez, nous savons où les trouver. Un accident est si vite arrivé… C'est bien clair, professeur ?

Mes yeux n'étaient plus que des fentes. Avançant d'un pas, je me suis surpris à dire, sur un ton menaçant :

— Ne remettez plus jamais mon engagement en doute, Samir. Je ferai ce que j'ai à faire. Mais s'il leur arrivait malheur par votre faute, je jure devant Allah que je vous poursuivrai jusqu'au bout de la Terre et que je vous tuerai de mes mains.

Samir m'a jeté un regard empreint de respect. Il se percevait comme un homme d'honneur et j'avais parlé son langage, touché sa corde sensible.

Inclinant légèrement la tête vers l'avant, il a conclu :

— *Inch Allah*[9]. Allons-y.

Mon compagnon a marché jusqu'aux portes tournantes vitrées donnant accès au terminal. Juste avant d'entrer, il a déposé le sac de plastique qui contenait le pistolet dans une poubelle. Sur ses talons, j'ai serré les dents et résisté à l'envie de lui sauter à la gorge pour le maîtriser.

On n'emprunte pas une vie au péril de la sienne sans songer aux dangers, aux deuils et aux déchirements qui en découlent. Mais ni le sevrage pharmacologique auquel je m'étais astreint ni le désordre chimique qu'induit la consommation de cocaïne n'altéraient mon jugement : les enjeux venaient de brutalement changer.

En effet, il était hors de question que la femme et la fille du professeur soient assassinées parce que celui-ci n'avait pas fait ce qu'on attendait de lui ou que Samir n'avait pas donné signe de vie à ses complices.

Je n'avais plus uniquement les miens et Phoebe à protéger. En tuant le professeur, j'étais aussi devenu responsable de sa famille. J'avais une dette envers eux et ne pouvais me défiler : il me fallait monter dans cet avion. Et même si le fardeau à porter était le plus lourd qui soit, je n'aurais pas la mort d'autres innocentes victimes sur la conscience.

C'était sans doute mon imagination, pourtant j'aurais juré que, au moment de franchir la porte du terminal,

[9] Si Dieu le veut.

mon reflet dans la vitre était vêtu d'une vareuse de couleur orange.

Qu'importe, c'est ainsi qu'a débuté ma nouvelle vie.

J'étais pris au piège et j'allais suivre Samir jusqu'en enfer s'il le fallait. Mais je trouverais coûte que coûte un moyen de rentrer à la maison tout en préservant les vies qui étaient en jeu. Je le ferais pour Alice, mais surtout pour Jade.

Ma fille ne vieillirait pas comme moi, sans son père à ses côtés.

19.

Du fil à retordre

Montréal, quelques heures plus tôt

Le regard dissimulé derrière ses verres fumés, l'homme aux cheveux coupés en brosse marchait de long en large dans la pièce sombre. Devant lui, une jeune femme blonde était assise sur une chaise, poignets et chevilles entravés par des attaches autobloquantes.

D'une voix aussi inquiétante que douce, il déclara :

— Je vous donne une dernière chance. Où se trouve l'homme qui vous accompagnait ? Celui qui a récupéré le sac à ordures ?

La jeune femme haussa les épaules.

— Je ne sais pas. Peut-être qu'il est allé porter le sac dans un conteneur à déchets ?

La patience de l'homme commençait à s'étioler.

— Quel est son nom ?

— James Stewart.

Les traits de l'homme se détendirent.

— Vous en êtes sûre ?

Phoebe sourit et fit signe que oui.

— Certaine. James Stewart jouait le rôle de Jeff dans *Rear Window*…

Il la saisit à la gorge et, d'un ton de rage contenue, s'écria :

— Non mais, vous vous foutez de ma gueule ?

Amusée par le désarroi de son geôlier, la jeune femme lança d'un air narquois :

— C'est une façon de voir les choses.

— Ça suffit !

Dans un brusque accès de colère, il la gifla brutalement du revers de la main, lui ouvrant la lèvre. L'homme au treillis entra dans la pièce sur ces entrefaites. Une heure plus tôt, alors qu'il avait fait irruption dans son appartement, Phoebe Yates lui avait brisé le nez d'un coup de pied. Les deux complices échangèrent un regard et l'homme aux cheveux en brosse secoua la tête : elle n'avait pas parlé. Pas encore.

L'homme au treillis s'approcha et, posant une main sur le dossier de la chaise, s'accroupit près de Phoebe. Leurs visages se trouvaient à quelques centimètres l'un de l'autre.

D'une voix dénuée d'expression, il dit :

— Il faut commencer à parler, Phoebe, sinon il pourrait y avoir de graves conséquences.

Lorsque la jeune femme acquiesça, l'homme au treillis sourit. Elle entendait enfin raison. Puis au moment où il allait lui poser sa première question, Phoebe lui cracha en pleine figure le sang qui s'était accumulé dans sa bouche.

INTRICATION

Université Paris XI, douze ans plus tôt

— Maintenant, si vous le voulez bien, envisageons la même question sous l'angle de l'intrication quantique. Quelqu'un peut-il nous rafraîchir la mémoire à ce propos ?

Une soixantaine de personnes sont massées dans l'amphithéâtre. Il ne reste plus que quelques minutes au cours et on sent qu'un mélange de lassitude et d'indifférence a gagné la plupart des étudiants, dont plusieurs ont déjà rangé leurs affaires, prêts à déguerpir dès que le professeur leur en donnera le signal.

Assise derrière, la jeune femme caresse machinalement, du bout de l'index, la cicatrice violacée en forme d'étoile qui marque de façon irrégulière son front et le dessous de son œil gauche. À l'avant, mains croisées dans le dos, un homme en costume sombre fait les cent pas devant un tableau sur lequel des notes de cours sont projetées.

Ses longs cheveux blancs retombant sur ses épaules, il repousse ses lunettes cerclées d'acier sur son nez avant de reprendre :

— Personne ?

Un silence lourd emplit l'amphithéâtre. Personne ne veut risquer une réponse. Après quelques secondes, la jeune femme lève timidement le bras. Son hijab ne suffit pas à camoufler la roseur qui colore son visage.

Le professeur Beauvillier arrête de marcher, rajuste son nœud papillon et la désigne du menton.

— Oui, mademoiselle Dicker ?

La jeune femme s'éclaircit la voix.

— C'est un phénomène suivant lequel l'état quantique de deux objets doit être décrit globalement, sans qu'il soit possible de séparer un objet de l'autre, et ce, même s'ils sont éloignés spatialement.

Beauvillier sourit.

— Effectivement, mademoiselle Dicker. Prenons le cas de deux objets, S1 et S2. Lorsque ces deux systèmes sont placés dans un état intriqué, on remarque qu'il y a des corrélations entre les propriétés physiques observées des deux systèmes qui ne seraient pas présentes si l'on pouvait attribuer des propriétés individuelles à chacun des deux objets. En conséquence, même s'ils sont séparés par de grandes distances spatiales, les deux systèmes ne sont pas indépendants et il faut considérer (S1 + S2) comme un système unique.

Le professeur tousse dans son poing avant de poursuivre :

— Quelqu'un peut-il m'expliquer le lien qu'établissent Maldacena et Susskind entre les ponts d'Einstein-Rosen et l'intrication quantique ?

Il hoche la tête théâtralement et prend un air dépité.

— Allez, je vous donne un indice : si je vous parle de trou de ver ? Personne ? Allons, mademoiselle Dicker, pouvez-vous sauver l'honneur de vos camarades de classe ?

La jeune femme rentre le cou dans les épaules et murmure :

— Ils ont imaginé une théorie reliant deux phénomènes découverts par Einstein : les ponts d'Einstein-Rosen – qu'on appelle aussi « trous de ver » – et l'intrication quantique. D'après Maldacena et Susskind, éloigner deux particules intriquées reviendrait en fait à creuser un trou de ver autour d'une seule et même particule qui manifesterait ses propriétés à plusieurs endroits de l'espace-temps.

— Vous avez de nouveau raison, mademoiselle Dicker !

Beauvillier prend sa montre à gousset dans la poche de sa veste et la consulte. Puis il s'adresse à l'ensemble des étudiants.

— Nous allons nous arrêter ici pour aujourd'hui. N'oubliez pas de faire vos lectures.

L'amphithéâtre se vide en quelques secondes. Debout au milieu de la clameur, dos tourné à la classe, la jeune femme range tranquillement ses stylos dans sa trousse à crayons, qu'elle dépose ensuite dans son sac, avec son cahier de notes.

Une voix retentit dans son dos :

— Mademoiselle Dicker ?

Elle se retourne et, gardant le front baissé pour dissimuler son embarras, elle dit :

— Oui, professeur ?

Ils sont désormais seuls dans la salle.

— Je dois avouer que je suis impressionné par l'étendue de vos connaissances. Le travail que vous m'avez remis la semaine dernière…

Il cherche le regard de la jeune femme. Sa voix est empreinte de chaleur :

— J'hésite à vous donner une note parfaite, car je ne suis pas encore certain qu'elle serait à la hauteur de votre labeur. Vous avez un cerveau rare, mademoiselle Dicker.

L'esquisse d'un sourire apparaît sur les lèvres de la jeune femme.

— Merci, monsieur.

— Vous avez une idée de ce que vous avez envie de faire après vos études ?

— Je ne sais pas, non.

— J'ai un ami travaillant pour l'État français qui cherche des cerveaux comme le vôtre.

Sortant un stylo de la poche de sa veste, Beauvillier se penche au-dessus d'une table. Il écrit un nom et un numéro de téléphone sur une feuille qu'il a arrachée dans un calepin.

— Je ne vous en dis pas plus. Donnez-lui un coup de fil, si jamais ça vous intrigue.

La jeune femme est paralysée par la gêne. Elle n'a qu'une idée en tête : quitter au plus vite cette salle de classe. Elle saisit le billet que lui tend le professeur.

— Très bien. Merci, monsieur.

Elle attrape son sac à la hâte et se rue vers la sortie.

Mosquée du 20e arrondissement, quelques heures plus tard

Dans la cour intérieure de la mosquée, l'imam tire sur les pans de sa tunique et s'assoit sur le muret de pierre, à côté de la jeune femme qui vient de finir de prier.

— *Salam alikoum*[10], ma sœur.

— *Alikoum salam*[11], mon frère.

L'homme caresse sa longue barbe. Les lueurs pourpres du soleil lèchent les deux silhouettes et la végétation luxuriante qui envahit la cour.

— Je voulais prendre de vos nouvelles, ma sœur.

En quelques phrases, la jeune femme le met au courant des progrès qu'elle a faits depuis leur dernière rencontre. L'imam enveloppe sa main dans les siennes. La cicatrice qui barre son poignet est à peine visible. Il l'effleure du bout du doigt.

— Et la santé, ma sœur ?

Elle plonge son regard dans celui de l'homme.

— Grâce à vous, je m'en suis remise à Allah. Je vous serai toujours reconnaissante de m'avoir écoutée et guidée lorsque j'étais perdue.

L'imam se lève et touche l'épaule de la jeune femme.

---

[10] Que la paix soit sur vous.

[11] Que la paix soit sur vous aussi.

— N'oubliez pas les paroles du Coran, ma sœur : « Allah, en vérité, est miséricordieux envers vous. » Et sachez que je suis toujours là en cas de besoin.

5e arrondissement, en soirée

Son sac en bandoulière, la jeune femme ouvre la porte d'entrée d'un luxueux appartement du Marais. Assise à la table de la salle à manger, des lunettes de lecture en équilibre sur le bout du nez, Françoise Dicker lève la tête des papiers qu'elle consultait.

Un sourire se dessine sur les lèvres de la quinquagénaire.

— Ça va, ma chérie ?

— Ça va. Je rentre de l'université. Et toi ?

Françoise passe une main dans sa longue chevelure dorée et, attrapant le verre posé devant elle, avale une gorgée de vin rouge.

— Une vraie journée de fous. J'ai opéré toute la matinée. Et après, j'ai vu des patients au cabinet tout l'après-midi. Tu veux un verre ?

La jeune femme fait signe que non. Françoise reprend :

— Tu es allée à la mosquée aujourd'hui ?

La jeune femme recule instinctivement.

— Non. Pourquoi tu dis ça ?

— Je croyais que tes cours finissaient plus tôt.

— Je suis allée à la bibliothèque.

Un pli barre le front de Françoise. Elle boit une autre gorgée avant de poursuivre :

— Au fait, je suis entrée dans ta chambre tout à l'heure, pour voir si tu avais de la lessive à faire, et j'ai vu que tu n'avais pas touché à tes médicaments depuis plusieurs jours…

La jeune femme la regarde d'un air préoccupé.

— Tu sais qu'il n'y a aucun mal à prendre des antidépresseurs, ma chérie, non ?

— Je sais, mais je n'en ai plus besoin.

— Si c'est parce que tu ressens des effets secondaires, je peux te prescrire autre chose. Je m'inquiète pour toi.

La jeune femme s'approche, enlace Françoise et pose un baiser sur son front.

— Je t'assure que je vais très bien et que tu t'en fais pour rien, maman.

Françoise touche la main de la jeune femme sur son épaule. Ses yeux s'embuent.

— Ça faisait une éternité que tu ne m'avais pas appelée ainsi.

Quelques minutes plus tard, la jeune femme gagne sa chambre, ferme la porte derrière elle et vide son sac à dos. Songeuse, elle regarde pendant quelques secondes le billet que lui a donné le professeur Beauvillier. Le nom qu'il y a inscrit est celui d'un certain Paul Berthomet. Puis elle dissimule la petite feuille dans un livre et se recroqueville dans son lit. Elle ferme les yeux et, bientôt, ses pensées la ramènent des années en arrière, au Liban.

20.

Sur le bord de la Méditerranée

Çevlik, Turquie

Les bombes sifflaient autour de nous et, tandis que je m'agrippais au corps sans vie de maman, les mains de Nayla me tiraient en arrière. Il était hors de question que je lâche prise, que je l'abandonne derrière, mais Nayla insistait de sa voix dure, implacable :

— Il faut partir ! Vite !

— Non. Laisse-moi !

— Ça suffit ! Allez, Nassim ! Sois un homme et lève-toi !

Quand Nayla prononçait mon prénom arabe, si cher à maman, ma résistance se fissurait et je cessais de me cramponner au corps de ma mère adorée. Et là, au milieu du chaos, Nayla attrapait le pendentif qui se balançait à son cou et tirait dessus avec force, brisant la mince chaînette en or qui le retenait. Ce pendentif, qu'elle avait la manie de toucher à tout instant, avait la forme du chiffre huit à l'horizontale, le symbole de l'infini.

Ayant appartenu à sa mère, le bijou avait ceci de particulier qu'il ne comportait pas de fermoir. Pour le retirer, il fallait en effet tenir la face antérieure du huit entre les doigts et imprimer à la face postérieure une légère torsion pour déboîter les deux pièces.

Après en avoir ainsi séparé les deux parties, Nayla prenait ma main et enfouissait dans ma paume la face antérieure du huit et le bout de chaîne qui y était resté accroché. Puis elle me dévisageait d'un air solennel :

— Tu es ma seule famille, maintenant. Nous sommes reliés, Nassim. Ne l'oublie jamais.

Par la suite, elle m'entraînait à travers les gerbes de débris et les particules de poussière soulevées par les déflagrations. Nous courions aussi vite que nos jambes nous le permettaient quand le souffle d'une explosion me plaquait au sol. Une note aiguë vrillant mes tympans, je me relevais avec peine. L'horizon oscillait de gauche à droite lorsque je rejoignais Nayla, qui avait été projetée quelques mètres plus loin.

Évanouie, du sang coulant de sa bouche et la partie gauche de son visage à vif, elle était couverte d'éclats de métal. La peau autour de son œil était arrachée et l'odeur de sa chair brûlée me montait aux narines. Je me souviendrais toujours de cette odeur.

Du même âge que moi, Nayla était plus petite et plus légère. Passant un bras sous sa nuque et l'autre sous ses cuisses, je la soulevais et recommençais à courir.

Sa tête cognant contre mon torse à chacune de mes enjambées, je réussissais à nous mettre à l'abri derrière le mur d'un immeuble. Je reprenais mon souffle en croyant que nous étions tirés d'affaire lorsque l'enfer se déchaînait de nouveau au-dessus de nos têtes. Et là, une chape plus lourde que du plomb s'abattait sur moi et me plongeait dans les ténèbres.

Quand je reprenais connaissance, de la terre et des gravats m'obstruaient les narines, les yeux et la bouche. Immobilisé, je pouvais à peine respirer. Un sentiment de panique incontrôlable s'imprimait dans chacune de mes fibres lorsque je me rendais compte que j'étais enseveli sous une masse de débris. Avant de retomber dans les pommes, je criais de toutes mes forces, recrachant de la poussière, des cailloux et de la cendre.

J'avais conscience qu'il fallait que j'émerge, mais je prolongeais l'instant. Non pas que ce rêve récurrent évoquât des souvenirs agréables, mais bien parce qu'il recelait les dernières représentations qu'il me restait de maman. Quand j'ai ouvert les paupières, les images ont disparu. Je suis demeuré un moment hagard, puis j'ai rabattu les couvertures blanches et je me suis assis sur le bord du lit.

Je me trouvais dans une pièce au charme suranné ornée de boiseries sombres, aux murs à demi couverts de caissons délicatement ouvrés. Entrecoupé de piaillements d'oiseaux, un grondement sourd et régulier provenait de la fenêtre, dont les volets tirés laissaient filtrer une brise légère et des rais de lumière. La lumière du matin, à n'en pas douter.

Le sac de toile du professeur était posé à côté de la gueule noircie d'un foyer surmontée de deux lions finement ciselés dans le marbre. En caleçon, je me suis levé et, après m'être fait craquer la nuque, je me suis approché de la fenêtre. Lorsque j'ai poussé les volets, l'azur immense de la Méditerranée m'a éclaté en plein visage.

Sur la plage, quelques personnes faisaient une promenade, des enfants jouaient de la pelle dans le sable et des goélands tournoyaient dans le ciel. Les vagues roulaient avec force et leur crête se couvrait d'écume avant de se fracasser contre la rive et sur les rochers.

Paupières closes, j'ai inspiré profondément et l'air salin, saturé d'effluves d'algues, m'est monté aux narines. Mais j'avais beau observer ce spectacle majestueux en contrebas, mes pensées me renvoyaient au rêve dont je venais de m'extirper et à travers lequel je revivais depuis tant d'années un des événements fondateurs de ma vie.

Le doux visage de maman ne m'apparaissait plus depuis longtemps quand je fermais les paupières pour essayer de recréer son image dans ma tête. Pourtant, deux ou trois nuits par mois depuis le jour de sa mort, elle se glissait dans mes songes.

C'était toujours la même scène, laquelle s'interrompait lorsque Nayla et moi abandonnions son corps sans vie. Mais pas cette fois. Des mécanismes obscurs, des rouages secrets à l'œuvre dans les structures profondes de mon cerveau avaient récupéré ces images enfouies sous des strates opaques – celles du moment où Nayla m'avait offert la moitié de son pendentif et de celui où j'avais été enseveli vivant – et me les avaient projetées.

Les mains posées sur la balustrade de métal qui bordait la fenêtre, je me suis laissé envahir par ce passé qui me hantait.

Lorsqu'on m'avait sorti des décombres, plusieurs heures après le bombardement, j'étais évanoui et respirais à peine. Plus tard, beaucoup plus tard, j'avais appris que, fragilisé par le souffle d'une explosion, un pan du mur qui nous servait de rempart s'était effondré sur Nayla et sur moi. J'avais eu plus de chance qu'elle. Je m'étais réveillé le lendemain dans un hôpital aux murs blanchis à la chaux.

J'avais après un moment reconnu l'endroit comme le centre où travaillait papa et le visage inquiet aux yeux remplis de larmes penché sur moi comme celui de Jerome David Seaborn. Et tandis que j'observais la pièce, mon regard était tombé sur ma main crispée, dans laquelle je tenais un morceau d'étoffe turquoise, un fragment du hijab que portait Nayla ce jour-là.

Je ne le savais pas alors, mais on m'a par la suite raconté que les secouristes et les médecins avaient en vain tenté de desserrer mes doigts pour me l'enlever pendant qu'on désinfectait et suturait mes plaies. Pour honorer la mémoire de Nayla, j'ai gardé ce bout d'étoffe sur moi durant des années. Avec le temps, ayant porté trop de souffrance, j'ai fini par le placer dans ma boîte à souvenirs.

De retour à la réalité, je suis resté de longues minutes à observer la petite faune hétéroclite qui animait la plage. J'y croyais à peine, mais je me trouvais bel et bien en Turquie.

À Montréal, le passeport du professeur Atallah avait été vérifié à pas moins de quatre reprises avant que je ne m'assoie sur mon siège, dans l'avion. Aussi étrange que ça puisse paraître, chaque personne qui l'avait regardé avait eu la même réaction. Plutôt que d'étudier avec minutie ma ressemblance avec la photo, elles avaient prêté attention à mon œil fermé par l'enflure et à ma paupière, qui avait pris une teinte déclinant tous les tons de violet.

— Pas de chance. Ça vous fait mal?

— Pas trop, mais je donne une conférence à la faculté des sciences d'Istanbul demain. On peut dire qu'elle sera haute en couleur!

Sympathie et sourires compatissants aidant, j'avais ajouté d'autres pointes d'humour.

— Qu'est-ce qui s'est passé?

— Une conversation musclée avec mon comptable. Vous devriez le voir…

Pour finir, j'avais provoqué l'hilarité d'une préposée de Turkish Airlines, qui avait vérifié mes papiers avant que je ne m'engage dans le couloir articulé menant à l'appareil :

— La prochaine fois, soyez prudent sous la douche…

— Promis. J'ouvrirai l'œil!

Samir et moi n'étions pas assis côte à côte dans l'avion. Il occupait un siège en diagonale, quelques rangs derrière le mien. J'avais d'abord craint que ma rencontre avec Richard Petit n'ait éveillé ses soupçons, mais, chaque fois que je l'avais regardé à la dérobée, il lisait le Coran ou dormait profondément. Sans cesse sur mes gardes, assailli par les doutes et habité par une tension anxiogène, j'avais pour ma part été incapable de trouver le sommeil.

J'ai tourné la tête vers le ciel. Le vent s'était levé et des goélands flottaient en suspension au-dessus de la ligne séparant la plage de la mer. Je suis resté plusieurs secondes à admirer leur capacité à se maintenir ainsi en équilibre au-dessus d'un point précis, songeant au fait que, pour réussir à personnifier le professeur Atallah, j'allais devoir marcher en équilibre sur un fil tendu entre deux mondes, dont l'un m'était complètement inconnu.

Notre avion avait atterri aux alentours de 15 h 30, heure locale, à l'aéroport Atatürk, noyé dans la ville d'Istanbul, au bord de la mer de Marmara. Je n'avais jamais mis les pieds en Turquie et je m'attendais à ce que Samir nous conduise dans les dédales grouillants de vie de la mégapole que j'avais entrevue par le hublot avant l'atterrissage.

Gardant en mémoire quelques scènes de films qui se déroulaient à Istanbul, j'imaginais apercevoir la Mosquée bleue, entendre résonner l'appel à la prière et humer l'odeur des marrons chauds des vendeurs de rue. J'étais conscient que ces lieux communs ne rendaient pas justice à la ville chargée d'histoire et de culture qui s'étendait sous la carlingue ; toutefois, bien qu'imparfaite, c'était l'impression que j'en avais.

Je l'ignorais encore au moment où les roues de l'appareil avaient touché la piste, mais je ne verrais pas Istanbul. En effet, nous étions à peine débarqués que Samir m'entraînait, à travers la foule bigarrée, dans une course effrénée vers une autre partie du terminal où, à bout de souffle, nous avions attrapé une correspondance de justesse, un vol intérieur à destination de l'aéroport d'Antioche, dans la ville de Hatay.

À Antioche, je n'avais pas pu vérifier si les autorités turques possédaient de meilleurs contrôles de sécurité qu'au Canada, puisque, à l'instigation de Samir, nous avions contourné la file interminable de voyageurs qui attendaient de faire tamponner leurs passeports à la douane. Et quand nous avions buté contre une porte close, il avait suffi que mon compagnon y frappe quelques coups pour qu'elle s'ouvre.

De l'intérieur, un homme en uniforme qui faisait des bulles avec sa gomme à mâcher nous avait fait signe d'entrer et, sans qu'une parole soit échangée entre Samir et lui, nous avait permis de rejoindre la zone libre. Contre toute attente, je suis passé en Turquie sans avoir à montrer une seule fois le passeport du professeur Atallah.

Une fois nos bagages récupérés au carrousel, nous étions sortis sans nous hâter dans un parking surpeuplé au bitume ramolli par la chaleur. Prenant une clé dans sa poche, Samir m'avait guidé jusqu'à une vieille Mercedes grise dont le capot scintillait au soleil. Après avoir attrapé un pistolet glissé sous la banquette, il avait lancé le moteur. Nous avions quitté Hatay vers 18 h 15 et roulé un peu plus d'une heure, à bonne vitesse.

Du panorama qui s'était offert à ma vue, je ne pourrais dire que peu de choses, puisque j'avais somnolé. Je m'étais éveillé à notre entrée dans une grande agglomération. En discutant avec Samir, j'avais appris que Samandağ est, pour reprendre ses termes, « une ville étrange ».

La Turquie, m'avait-il expliqué, est un pays musulman sunnite, mais Samandağ est habitée par des alaouites – comme ceux au pouvoir en Syrie sous Bachar el-Assad.

Avec son urbanisme anarchique, ses rues centrales défoncées et ses embouteillages dans le dédale de ruelles, j'avais eu le sentiment, en traversant cette ville, de remonter dans le temps et de me retrouver au Liban.

Samir avait pointé l'index devant nous et poursuivi son laïus de guide touristique :

— La Méditerranée est à deux pas, et la frontière, à quelques kilomètres par là. Avant la guerre, Samandağ vivait du tourisme et du trafic avec la Syrie. Mais depuis le début des affrontements, la frontière est fermée et la route, coupée. Ne restent plus que les invalides, les vieillards et les femmes. Les hommes vont gagner leur vie en Iran et rêvent du jour où la route des bazars de Lattaquié sera rouverte.

Au risque d'être percé à jour, j'avais tout au long de notre périple posé des questions, qui se voulaient banales en apparence, dans l'espoir d'en apprendre davantage sur la mission du professeur Atallah et notre destination, mais

Samir était aussi fuyant qu'un savon et toutes mes tentatives s'étaient soldées par un échec.

Je croyais que nous allions passer la nuit dans un hôtel du centre-ville de Samandağ, mais nous avions continué à rouler quinze minutes encore jusqu'à Çevlik, un village situé à flanc de montagne, sur le bord de la Méditerranée. En entrant dans ma chambre, j'avais ouvert le sac qui avait appartenu au professeur et entrepris de prendre connaissance de son contenu, mais, tombant de sommeil, je m'étais effondré sur le lit.

Une nuée de goélands volait maintenant au-dessus des enfants surexcités qui couraient sur la plage et leurs cris se mélangeaient. Les gamins avaient dû leur lancer des morceaux de pain. J'ai quitté la fenêtre et je suis revenu vers la chambre.

Un examen rapide dans le miroir surplombant le foyer m'a appris que l'enflure de mon œil avait diminué. S'il n'était plus obturé par la peau boursouflée de mon arcade, la douleur demeurait cependant aussi intense.

Saisissant le sac sur le sol, je l'ai posé sur le lit défait. J'ai d'abord sorti les vêtements et les ai étendus sur le matelas : je disposais de deux pantalons, de quelques chemises et d'un veston à rayures, que j'ai enfilé. Même si les manches étaient trop courtes et les épaules, un peu étroites, je pourrais au besoin le porter sans problème.

Le sac renfermait également un ordinateur portable et une pochette cartonnée qui contenait des documents. Tenant les feuillets d'une main tremblante, j'ai lu quelques paragraphes, mais un vertige me prenait la tête dès que j'attaquais une phrase.

Il s'agissait en fait de deux articles parus dans des revues scientifiques, en août 2013, dans le *Journal of the American Medical Association*, et en mars 2014, dans le *Journal of Virology*, mais le sens de ce langage cryptique et hermétique m'échappait totalement. En vérité, je n'arrivais même pas à en comprendre les titres :

« A Fifth Mutation Important for Host Specificity and Viral Transmission ? ».

« Comparative Analyses of Viral Genetic Makeup and Mathematical Predictions of Species Specific Mutation – Importance of Genetic Drift Surveillance During Outbreaks ».

Depuis la veille, j'étais dopé à l'adrénaline et à la peur. Mon anxiété a toutefois atteint son paroxysme lorsque, consultant une note de bas de page, j'ai appris que l'auteur des articles, Fady Atallah, était professeur de biologie moléculaire à l'Université McGill et titulaire d'une chaire de recherche.

J'avais côtoyé toutes sortes de personnes par le passé : entraîneurs, médecins, soigneurs, créatifs, graphistes, artistes, gestionnaires, avocats, comptables, banquiers, cadres et chefs d'entreprise, mais un professeur de biologie moléculaire, alors ça, jamais.

D'ailleurs, si on m'avait questionné, j'aurais été incapable d'expliquer en quoi la biologie moléculaire se distinguait, par exemple, de la microbiologie.

Cette découverte m'a plongé dans l'abattement. J'avais autant de chances de paraître crédible dans la peau d'un professeur de biologie moléculaire qu'un chimpanzé. Merde, j'avais en poche un simple diplôme universitaire de marketing !

J'ai lâché les feuillets et ceux-ci ont valsé dans les airs tandis que je m'effondrais au sol, mains crispées sur mes oreilles. Les voix retrouvaient toujours ma trace, et ce, avec toute leur sauvagerie.

« Sauve ta peau pendant qu'il en est encore temps, Théodore. Phoebe est morte. »

« La femme et la fille du professeur risqueraient-elles leur vie pour la tienne ? »

J'allais me mettre à crier pour expulser la bête qui me rongeait de l'intérieur lorsque des coups frappés à la porte m'ont fait sursauter.

— Vous êtes prêt, professeur ?

Je ne sais par quel miracle j'ai réussi à me relever. M'efforçant de me recomposer, j'ai passé la tête par l'entrebâillement. Vêtu d'un survêtement Adidas noir, mon ange gardien avait l'air décontracté.

— Donnez-moi encore cinq minutes, Samir. Je me suis réveillé en retard.

Sa chambre était adjacente à la mienne. La veille au soir, au moment de me quitter sur le palier, il m'avait demandé d'être prêt pour *kahvaltı*, le petit-déjeuner en Turquie.

J'ai refermé sans attendre de réponse et j'ai aussitôt sauté dans la douche. Puis, après avoir terminé ma toilette et m'être habillé en vitesse, je suis sorti dans le couloir.

Samir m'a accueilli avec un sifflement moqueur.

— Wow, professeur ! On dirait que vous êtes habillé pour donner une conférence.

J'avais enfilé mon jean ainsi qu'une chemise appartenant au professeur et son veston. M'efforçant de rester calme, j'ai répliqué d'un ton badin :

— Vous savez, Samir… on a une seule chance de faire une bonne première impression.

Avec ses murs de stuc blanc, ses moulures dorées et ses luminaires peints d'arabesques multicolores, la décoration de l'hôtel était d'inspiration résolument orientale. Nos pas amortis par l'épais tapis recouvrant le plancher, nous avons remonté le couloir en silence jusqu'à l'ascenseur, que Samir a appelé.

Des colonnes ornées d'une mosaïque de fragments de céramique s'élevaient dans la salle à manger, donnant l'impression de kaléidoscopes. Samir a pointé du menton une table de bois foncé, située en retrait, et nous y avons pris place.

Je venais de commander un café et un *sucuklu yumurta* au serveur – des œufs et de la saucisse turque servis sur une plaque de fonte – quand tout a basculé.

Près de la fenêtre panoramique qui s'ouvrait sur la plage et sur la mer, un journal venait de s'abaisser, et le visage d'un homme était apparu.

Je reconnaissais ce visage, mais ce n'est que lorsque nos regards se sont croisés et que les yeux tuméfiés de l'homme se sont écarquillés que j'ai su : sa présence en Turquie n'était pas une coïncidence.

Un frisson m'a parcouru l'échine. Le visage de l'homme au treillis a de nouveau disparu derrière son journal, mais j'ai compris que la menace mortelle que je redoutais tant venait de se matérialiser. En fait, son ombre inquiétante se profilait dans mon sillage depuis Montréal.

21.

Le passage

Reyhanlı, Turquie

Une heure de voiture nous avait menés aux portes de Reyhanlı, une petite ville adossée au poste-frontière syrien de Bab al-Hawa. Après avoir roulé quelques minutes sur un chemin de terre bordé d'arbres, Samir a garé la Mercedes contre un talus. Et tandis que le nuage de poussière soulevé par les pneus enveloppait le véhicule, il a éteint le moteur.

Sa voix a retenti dans l'habitacle, forte et résolue :

— Terminus, tout le monde descend !

Une colline verdoyante et un champ de coton blanc baignaient dans une oasis de lumière. La Syrie se dressait à deux cents mètres devant nous et je n'arrivais pas à détacher mon regard du large fossé protégé par une rangée de fil barbelé délimitant la frontière entre les deux pays. De notre côté, un camion de transport de troupes turques était stationné près du chemin d'accès barré qui permettait jadis de passer du côté syrien.

Plus loin sur la gauche, un char d'assaut avait été posté en sentinelle. De l'autre bord du fossé, on apercevait une camionnette blanche surmontée d'un mât au bout duquel flottait le drapeau noir de l'État islamique. Devant les barbelés, quatre militaires turcs discutaient avec ce qui m'a semblé être deux combattants de l'État islamique.

— Professeur ?

La voix de Samir m'a paru lointaine. Perdu dans mes pensées, je revoyais la séquence d'événements ayant précédé notre départ de l'hôtel. Alors que Samir terminait son petit-déjeuner ainsi que le mien – trop anxieux, j'avais été incapable d'avaler plus de quelques bouchées –, l'homme au treillis s'était levé. Convaincu qu'il allait venir à notre table, j'avais repéré la sortie la plus proche. Je m'apprêtais à bondir pour tenter de sauver ma peau lorsque, après avoir attrapé son cellulaire, il avait quitté la salle à manger sans nous jeter un regard.

Je n'avais pas encore réussi à m'expliquer pourquoi il avait ignoré Samir, mais cela me forçait à remettre en cause mon hypothèse selon laquelle ils appartenaient à la même cellule terroriste.

— Professeur ?

La main que Samir a posée sur mon épaule m'a fait émerger. Nous sommes sortis de la voiture et avons récupéré nos sacs. J'ai mis l'avant-bras en visière devant mon front. Devant nous, les couleurs du ciel se diluaient dans la terre noire et la blancheur du coton.

Comme tout le monde, j'avais entendu parler aux informations de ces cas d'Occidentaux qui gagnaient la Syrie pour y faire le djihad. On avait même fait mention à plusieurs reprises d'étudiants du Collège de Maisonneuve soupçonnés d'avoir rejoint l'État islamique.

Pourtant, je ne pouvais croire que c'est ce que nous nous apprêtions à faire. Le souffle court et les épaules voûtées par l'accablement, tout me semblait si irréel que j'obéissais aux directives de Samir de façon mécanique.

Celui-ci a armé son pistolet et s'est tourné vers moi tandis qu'il le glissait dans sa ceinture.

— Attendez-moi ici, professeur. Et si jamais les choses tournaient mal, agenouillez-vous, levez les mains au ciel et priez Allah.

S'avançant vers les soldats turcs qui lui faisaient dos, Samir a agité le bras à l'intention des deux combattants de l'État islamique, lesquels lui ont rendu son salut. Cet homme était soit fou, soit complètement inconscient, ou les deux à la fois. Après avoir rejoint les militaires, il a entamé une discussion avec l'un d'eux, qui s'était détaché du groupe. Le soldat s'est allumé une cigarette et m'a pointé du doigt avec véhémence à quelques reprises.

La voix de Samir s'est mise à tonner. J'étais trop loin pour entendre ce qui se disait, mais la situation s'envenimait et j'avais le sentiment que les choses pouvaient dégénérer à tout moment. L'arrivée d'un deuxième militaire a pourtant semblé calmer le jeu et, après une discussion animée entre les trois hommes, Samir est revenu vers moi au pas de course, le front ruisselant de sueur.

— C'est bon, ils nous laissent passer. Mais quoi qu'il se produise, tenez-vous toujours derrière moi.

Nous arrivions à la hauteur des soldats turcs qui, l'index crispé sur la détente de leurs fusils-mitrailleurs, nous fixaient. L'écoutille du char d'assaut s'est ouverte, livrant le passage à la tête casquée d'un militaire. Je me suis efforcé de garder les yeux au sol tandis que l'opérateur de tourelle nous dévisageait.

Marchant devant avec désinvolture, Samir m'a regardé par-dessus son épaule et a prononcé d'une voix enjouée :

— Faites-moi confiance, professeur. Je suis un expert dans mon domaine…

Si quelqu'un m'avait dit que j'allais un jour traverser la frontière entre la Turquie et la Syrie en marchant au vu et au su des soldats turcs, en compagnie d'un passeur – j'avais à ce moment compris le rôle de Samir –, je l'aurais traité de grand malade.

Et pendant que nous dépassions les militaires turcs, leur offrant notre dos en guise de cible, celui-ci ne cessait de me parler :

— Ils vont nous laisser passer, si Allah le veut. Ils nous laissent toujours passer.

J'ai avalé ma salive péniblement et, craignant que mes jambes ne se dérobent sous mon poids, j'ai continué à avancer dans le sillage de Samir. J'étais en mode survie et totalement renversé par les événements, mais l'heure n'était ni aux jérémiades ni aux regrets.

Les fusils-mitrailleurs que tenaient ces jeunes soldats pouvaient enlever la vie. La réalité était ici, maintenant, et la dernière chose dont j'avais envie, c'était de mourir sous leurs balles.

Après avoir franchi la ligne de démarcation entre les deux pays, Samir s'est retourné. Les mains à la ceinture, il m'a gratifié d'un large sourire alors que je franchissais le dernier mètre de territoire turc.

— Bienvenue en Syrie, professeur.

Je ne savais rien de ce qui allait se produire lorsque j'ai posé le pied en sol syrien, mais j'étais convaincu d'une chose. Si son essence immatérielle m'avait quitté quand le professeur Atallah avait poussé son ultime soupir, c'est en Turquie, dans un champ de coton, que j'avais définitivement abandonné la carcasse de Théodore Seaborn. Pour ma propre sécurité, il me fallait désormais vivre, penser et parler comme cet homme que j'avais tué, mais que je ne connaissais pas.

J'ai à mon tour esquissé une grimace qui se voulait une maigre tentative de sourire. Et là, j'ai songé à Jade. Ma fille me manquait cruellement et j'ai dû me retenir pour ne pas éclater en sanglots. Comment diable allais-je m'y prendre pour rentrer auprès d'elle ?

Kalachnikov à la main et ceintures de munitions en bandoulière, les combattants de l'État islamique qui s'étaient avancés à notre rencontre ont accueilli Samir comme un vieux camarade.

Accolades et effusions de joie consommées, ils se sont tous les trois mis à discuter dans un dialecte que je ne connaissais pas. Puis le passeur a fait les présentations et les deux hommes m'ont salué chaleureusement. J'étais bien trop nerveux pour retenir leurs noms.

Un des combattants a sorti son téléphone cellulaire de sa veste de combat et a insisté pour prendre un égoportrait de notre quatuor.

Samir m'a ensuite donné une claque dans le dos.

— Vous êtes déjà une vedette, professeur.

Des détonations montaient dans le lointain. À quelques kilomètres de nous, on se battait à la kalachnikov et au lance-roquettes. J'ai réprimé l'envie de m'enfuir à toutes jambes tandis que Samir me guidait jusqu'à la camionnette blanche. Près du véhicule, un feu brûlait dans un large baril de métal rouillé.

Samir a revêtu une veste tactique couleur sable et glissé son pistolet dans la poche prévue à cet usage. Il a ensuite attrapé le fusil-mitrailleur posé sur la banquette arrière et, passant la sangle à son épaule, il a repris la parole :

— Déshabillez-vous. Et donnez-moi vos vêtements.

Je me suis figé, totalement pris au dépourvu.

— Quoi ? Vous êtes sérieux, là ?

Il a tapé trois coups secs dans ses mains.

— Allons, allons, professeur. Vous m'avez bien entendu. Enlevez tout.

Je me suis exécuté, balançant les vêtements devant lui, sur la terre craquelée par le soleil. Déçu par mon manque de coopération, Samir a hoché la tête en soupirant et s'est penché pour ramasser mon pantalon sur le sol.

Après avoir récupéré le passeport et le portefeuille du professeur Atallah ainsi que le cellulaire qu'il m'avait donné plus tôt, il a jeté l'appareil et les vêtements dans le baril, alimentant les flammes. Attrapant un sac de plastique dans la camionnette, il a insisté :

— Même le caleçon, professeur. Et votre montre aussi…

— Mais… c'est un cadeau !

Si je m'étais braqué tout en défaisant le bracelet, ce n'était que de la frime. Cette montre n'avait pour moi aucune valeur sentimentale et les considérations matérielles étaient le moindre de mes soucis.

— Professeur…

Comme s'il cherchait à garder son calme, Samir a pris une grande inspiration quand je lui ai remis la Rolex. Par défi, je l'ai fixé pendant que je lui dévoilais ma nudité. Le regard baissé au sol, il m'a tendu le sac, qui renfermait un survêtement Adidas noir ainsi qu'un t-shirt gris et des chaussures de course vertes. Les vêtements portaient encore leurs étiquettes.

J'ai crâné tandis que j'enfilais le caleçon.

— C'est l'uniforme réglementaire, je suppose ?

Samir a esquissé un sourire narquois et, agrippant le sac du professeur, lequel contenait son ordinateur et les documents que j'avais consultés le matin, il l'a balancé dans le feu.

Je n'ai même pas eu à feindre pour afficher un air outré.

— Mais qu'est-ce que vous faites ?

Le passeur a incliné le front et joint les mains devant lui :

— Mes excuses. On vous fournira ce dont vous aurez besoin une fois que nous serons arrivés. Simple précaution…

Pendant que j'enfilais mon pantalon, Samir a placé la Rolex de même que le portefeuille et le passeport du professeur dans une boîte métallique qu'il a donnée à un des combattants. Une pelle à la main, celui-ci a disparu avec la boîte derrière la camionnette.

Quand j'ai eu fini de revêtir les habits, Samir m'a invité d'un geste à m'asseoir dans le véhicule. Le deuxième combattant, qui m'attendait devant la portière arrière, m'a remis un morceau d'étoffe noir.

Samir a de nouveau affiché un air contrit.

— Je suis désolé, mais vous allez devoir porter cette cagoule, professeur. Pour votre sécurité.

J'ai levé les paumes au ciel.

— Ma sécurité ? Dites plutôt que vous voulez avoir ma mort sur la conscience ! Je vais crever de chaleur avec ça sur la tête !

Samir a accueilli le sarcasme en fermant les paupières quelques secondes.

— Je vous en prie, professeur. On poussera la climatisation au maximum si vous avez chaud.

N'ayant guère d'autre choix, je me suis assis à l'arrière en compagnie de Samir et j'ai à contrecœur enfilé la cagoule, qui était percée de trous pour la bouche et pour les narines, mais n'en comportait aucun pour les yeux.

Les portières ont claqué et la camionnette a démarré en trombe. À l'avant, les deux combattants de l'État islamique plaisantaient entre eux et riaient sans cesse. Des rires d'enfants, sans objet et sans fin.

J'ai repensé pour la énième fois au cadavre étendu dans l'entrepôt, qu'on ne manquerait pas de découvrir tôt ou tard, si ce n'était déjà fait. La peur giclait dans mes veines. J'étais un mort en sursis.

[illegible]

[illegible]

[illegible]

[illegible]

[illegible]

[illegible]

[illegible]

22.

Scène de crime

Montréal, laboratoire de médecine légale

Un technicien de l'Identification judiciaire fit rouler la civière jusqu'au centre de la pièce. Dans la lumière crue des néons, on discernait la forme d'un corps sous le drap blanc. Trois personnes se trouvaient dans une salle attenante, derrière une paroi de verre.

— Vous êtes prêt, monsieur ? C'est un dur moment à passer, mais c'est important.

Livide, Peter Williams hocha la tête. Le sergent-détective Victor Lessard, enquêteur à la section des crimes majeurs du SPVM, fit un signe au technicien, qui releva la couverture et dévoila le visage du cadavre.

Williams détourna les yeux et réprima un haut-le-cœur. L'enquêteur lui proposa un sac qu'on remettait aux gens victimes d'un malaise, mais l'homme le refusa.

— Je ne comprends pas. On dirait que c'est lui.

On entendait des craquements en sourdine. L'enquêteur Lessard se tourna et jeta un regard agacé à sa corpulente coéquipière, Jacinthe Taillon, qui engloutissait des chips, l'air impassible. Celle-ci parut s'offusquer de cette remontrance muette.

— Ben quoi ?! On n'a pas eu le temps d'aller manger…

Le sergent-détective soupira, puis il posa une main compatissante sur l'épaule de Williams.

— Le médecin légiste qui a pratiqué l'autopsie est formel : c'est son travail de tout analyser. Il y a trop d'éléments qui ne concordent pas. La taille, le poids, passe encore. Mais les empreintes dentaires et le groupe sanguin sont des indicateurs qui ne mentent pas. L'homme sur cette civière n'est pas Théodore Seaborn.

L'incompréhension se lisait sur les traits de Peter Williams. L'affaire le dépassait.

— Ça voudrait donc dire que Théodore disait vrai quand il affirmait qu'il suivait son sosie ?

Le sergent-détective haussa les épaules.

— C'est encore trop tôt pour se prononcer là-dessus, mais ça fait partie du domaine des possibilités. C'est la raison pour laquelle nous vous avons demandé de venir voir le corps. Vous nous confirmez ce que l'examen des photographies de monsieur Seaborn tend à démontrer. La victime et lui présentaient une forte ressemblance.

— Ce sont peut-être des jumeaux ?

— Il faudra attendre les analyses d'ADN pour en avoir la certitude absolue, mais le médecin légiste croit qu'on peut déjà écarter cette possibilité. Je ne veux pas entrer dans des détails techniques, au risque de m'y perdre moi-même, mais on parle de possibilités statistiques nulles.

— Mais si ce n'est pas Théodore ni son jumeau sur la civière, qui est-ce ? Et où est passé Théodore ? Est-ce que…

— Nous avons lancé un avis de recherche. On pourrait le retrouver très vite, tout comme ça pourrait prendre du temps. Mais nous allons le retrouver, j'en ai la certitude.

Peter Williams porta une main à sa bouche, l'air horrifié. Une idée sombre venait de lui traverser l'esprit.

— Oh ! mon Dieu… vous croyez que Théodore… qu'il aurait pu tuer cet homme ?

Le policier répondit sur un ton qui se voulait rassurant.

— Il est encore trop tôt pour tirer des conclusions. Nous considérons effectivement qu'il s'agit d'une mort suspecte. Mais, à l'heure actuelle, il n'y a aucune raison de penser que monsieur Seaborn est impliqué.

Williams se reprit :

— Qu'est-ce que je vais dire à Alice ? Elle a non seulement été incapable de m'accompagner ici, mais elle est totalement effrondrée.

— Vous direz à madame Archambault que nous faisons le maximum pour retrouver son mari. Et aussi que nous passerons chez elle demain pour prendre des effets personnels de monsieur Seaborn, afin de les comparer aux rapports d'empreintes et aux analyses d'ADN. De cette façon, nous pourrons établir s'il se trouvait ou non sur la scène du crime. Nous réviserons également votre déposition et celle de madame Archambault.

L'homme secoua la tête. Il paraissait sonné.

— Je n'arrive pas à croire que Théodore puisse être impliqué dans un meurtre, inspecteur.

— Nous n'en sommes pas là, monsieur Williams. Ne vous inquiétez pas. Nous allons clarifier tout ça. Merci de vous être déplacé. Un patrouilleur va vous raccompagner chez vous.

Les deux enquêteurs des crimes majeurs marchaient dans les couloirs immaculés, vers la sortie du laboratoire de l'Identification judiciaire.

Jacinthe Taillon leva les yeux au plafond.

— T'es *cute* d'avoir dit au *dude* que Seaborn était pas impliqué pour l'instant, mais on sait tous les deux qu'y a pas de feu sans étincelles.

Le sergent-détective soupira. Les « jacinismes » de sa coéquipière l'exaspéraient.

— Le fait qu'on ait retrouvé ses papiers et son cellulaire sur le corps laisse effectivement craindre le pire, mais je préfère qu'on attende d'en savoir plus avant d'inquiéter sa femme. Et, en passant, on dit « pas de fumée sans feu », Jacinthe…

Taillon balaya l'air de la main.

— Même affaire. En tout cas, va falloir vérifier les aéroports, reconstituer l'emploi du temps de Seaborn pis toute la patente. Ça me surprendrait pas qu'il soit en fuite…

Elle marqua une pause, le temps de déloger un morceau de nourriture coincé entre ses dents.

— C'est fucké pareil, cette histoire de sosie.

Préoccupé, l'enquêteur acquiesça. Il reprit après un court silence :

— Et il y a quelque chose qui ne colle pas avec le pistolet…

Sa coéquipière fronça les sourcils.

— C'est pas ben ben compliqué, pourtant. Qu'est-ce que tu comprends pas, mon homme ? Seaborn part du pub, il retourne chez lui, où il laisse le pistolet. Il se rend à l'entrepôt après, où il a rendez-vous avec John Doe[12].

— Justement, c'est ça le problème, Jacinthe. Au cas où tu l'aurais oublié, je te rappelle que le rapport d'autopsie confirme que John Doe a, selon toute vraisemblance, été victime d'un homicide. La femme de Seaborn dit qu'elle a trouvé son pistolet dans une boîte, sous son lit. S'il se rendait à un rendez-vous potentiellement dangereux avec John Doe, pourquoi aurait-il laissé son arme chez lui ?

Jacinthe répliqua, pragmatique :

— Qui dit que c'était un rendez-vous dangereux ?

Le sergent-détective fit la moue.

— John Doe a été tué dans un entrepôt désaffecté, pas dans une garderie. Tu trouves ça logique que Seaborn trimballe son pistolet pour prendre une bière avec son meilleur ami, mais qu'il le laisse chez lui pour se rendre dans cet entrepôt ?

— *Shit happens*. D'après sa femme, il avait des problèmes mentaux. Son ami dit que Seaborn était convaincu que sa femme avait un amant. Le gars paranoïait.

— On appelle ça une dépression, Jacinthe.

---

[12] Terme utilisé par les policiers pour désigner une victime non identifiée.

— Appelle ça comme tu veux, mais le gars était bourré de médicaments. Pis y sniffait de la coke par-dessus le marché.

L'enquêteur jeta un regard à la dérobée vers le sac de chips que sa collègue avait froissé en boule dans sa main.

— Chacun son poison. D'ailleurs, tu ne devais pas reprendre ton régime ?

— Ah ! que tu m'énarves ! T'es donc ben pas du monde depuis que t'es revenu aux crimes majeurs, Lessard ! Des fois, ça me fait regretter que le départ de Piché t'ait poussé à sortir de ta retraite.

Un rictus en coin, le policier attrapa sa cigarette électronique et aspira une bouffée. Il savait que sa coéquipière ne croyait pas un mot de ce qu'elle venait de lui lancer.

Celle-ci l'apostropha :

— Pis t'es pas au courant que c'est interdit de boucaner dans les endroits publics, mon coco ?

L'enquêteur haussa les épaules.

— On dit « vapoter », Jacinthe. J'exhale de la vapeur, pas de la fumée.

— Ben, c'est interdit pareil. Pis crisse que ça pue la cerise, ton affaire !

— Qu'est-ce qui te ferait plaisir comme parfum ? Une odeur de Big Mac ?

Un sourire sadique se dessina sur les lèvres de Taillon.

— T'es chien, Lessard.

23.

Discussion dans les champs

Nous roulions à haute vitesse sur des chemins non carrossables. Désorienté, la respiration haletante, j'étais à tout moment projeté contre les parois de la camionnette par de violentes secousses. Pour alléger mon infortune, Samir glissait de temps à autre une bouteille d'eau dans ma main afin que je puisse étancher ma soif.

J'essayais de ne pas céder à l'angoisse qui s'emparait de ma tête et de mes tripes, mais être plongé dans l'obscurité à bord d'un véhicule en mouvement est une sensation oppressante. Toutefois, traverser une zone de combat sous une fausse identité en compagnie de djihadistes de l'État islamique est carrément terrifiant.

Je ne pouvais envisager qu'une seule explication pour justifier le fait que Samir avait tenu à brûler mes vêtements et mes bagages : il voulait s'assurer que je ne portais pas de mouchard. Et s'il insistait pour que je sois cagoulé, c'était à n'en pas douter pour m'empêcher de repérer des positions stratégiques. À moins qu'il ne souhaitât simplement éviter qu'on aperçût mon visage. Dans un cas comme dans l'autre, il n'était à l'évidence pas homme à lésiner sur les précautions.

Perçant à travers le bruit du moteur, des rafales d'armes automatiques retentissaient de loin en loin. Samir s'amusait à m'en préciser l'origine dès qu'on entendait un staccato.

— Kalachnikov. Ça, derrière, c'est une M-16. Un cadeau des Américains aux rebelles.

De lourdes détonations avaient également éclaté, tellement près qu'elles se répercutaient dans ma cage thoracique.

— Tirs de mortiers. Sans danger pour nous. Ne vous inquiétez pas, je…

Je l'ai coupé avant qu'il ne termine sa phrase :

— Je sais… Vous êtes un expert dans votre domaine.

Samir a salué ma remarque d'un éclat de rire tonitruant.

La situation au Moyen-Orient est très complexe et, ayant quitté le Liban assez jeune, j'ai toujours de la difficulté à m'y retrouver. Aussi, je n'ai pas pu résister à la tentation de lui demander pourquoi les soldats turcs nous avaient laissés passer.

— Mais pour qu'on arrache les couilles de ce sale bâtard d'alaouite, bordel !

En raison de mes origines, j'avais peut-être suivi plus attentivement que le Nord-Américain moyen l'évolution de la guerre civile syrienne – les soupçons dirigés contre le régime el-Assad à propos de l'utilisation sur la population d'armes chimiques avait fait grand bruit dans les médias en 2013 – et l'émergence sur l'échiquier international, à l'été 2014, de l'État islamique.

Après une brève hésitation, j'ai lancé :

— Ce chien de Bachar el-Assad…

J'ai entendu Samir frapper du poing dans sa paume.

— Ce sale porc ! Les Turcs sont des sunnites, comme nous. Ça fait mille ans qu'ils essaient de se débarrasser des alaouites soutenus par les chiites d'Iran. Hommes, nourriture, médicaments, armes, argent, tout passe en Syrie.

Comme plusieurs, je m'étais intéressé à la naissance de l'État islamique. Le sunnisme est le courant religieux majoritaire de l'islam, le chiisme, le deuxième. En Irak, les sunnites, détenaient le pouvoir sous Saddam Hussein. Écartés après l'intervention américaine de 2003, marginalisés et victimes de violences ainsi que de discrimination, ils avaient fini par se soulever contre le nouveau régime chiite.

Dans la foulée, plusieurs tribus fondamentalistes sunnites s'étaient alliées aux djihadistes du groupuscule que constituait alors l'État islamique, au point de devenir le principal parti sunnite d'Irak, mû par un objectif : l'instauration d'un califat sunnite entre l'Irak et la Syrie.

Quant aux alaouites, qui dirigent la Syrie depuis plus de quarante ans en dépit du fait qu'ils y sont minoritaires, ils ne sont pas reconnus comme de « véritables musulmans » par bon nombre de sunnites, notamment à cause de leurs pratiques religieuses jugées « laxistes ».

Samir est resté silencieux un instant. Quand il a repris, j'ai deviné au ton de sa voix qu'un sourire moqueur s'était dessiné sur ses lèvres :

— Mais, vous le savez aussi bien que moi, professeur. Au Moyen-Orient, les amis d'aujourd'hui sont les ennemis de demain.

J'étais loin d'être un expert mais ici, à mes yeux, les querelles entre les divers courants de l'islam relevaient davantage d'un conflit géopolitique entre deux modèles que du différend religieux.

En tout état de cause, la région était une véritable poudrière et je savais que, quoi qu'il arrive, je devais éviter de parler de mes racines chiites à des combattants de l'État islamique.

À l'avant, les deux jeunes hommes continuaient de discuter et de rire à propos de tout et de rien. Sans bruit, je me suis mis à verser des larmes sous ma cagoule. Je ne savais plus très bien qui j'étais ni ce que serait le reste de ma vie, mais je pouvais encore pleurer sur mon sort.

Il me restait au moins ça.

Emmuré dans le silence de l'habitacle, j'avais perdu toute notion du temps. Je n'aurais su dire combien d'heures consécutives nous avions roulé lorsqu'un coup de tonnerre a déchiré le ciel et ébranlé la camionnette.

Samir s'est adressé au conducteur d'un ton neutre :

— Quitte la route et mets-toi à couvert.

Pris de panique, je me suis avancé sur mon siège et j'ai tourné la tête dans la direction d'où venait le grondement, mais il était si assourdissant que j'avais du mal à en situer l'origine.

— Qu'est-ce qui se passe ?

— Des avions de chasse de la coalition. Ils n'en ont pas après nous. Ce n'est rien.

Rien ? Le moins qu'on puisse dire, c'est que Samir n'était pas homme à s'en faire pour des peccadilles. La camionnette a fait une embardée sur la gauche, puis a ralenti avant de s'immobiliser complètement. Peu après, j'ai entendu les portières s'ouvrir.

— Venez voir ça, professeur.

Samir a retiré ma cagoule. Brutale, la morsure du soleil m'a forcé à garder les paupières fermées quelques instants, le temps que mes yeux se réaccoutument à la clarté. Puis je suis sorti à mon tour et j'ai rejoint les trois hommes devant la camionnette, que le conducteur avait garée sous une rangée d'arbres procurant une couverture visuelle.

Nous étions en pleine campagne, sur une route de terre battue et de gravier qui coupait à travers champs, à la périphérie d'une agglomération dont on apercevait les immeubles au loin, leurs silhouettes légèrement déformées par la chaleur. J'ai levé les yeux au ciel dans la direction que m'indiquait Samir de l'index. Deux flèches grises fendaient l'azur en grondant.

— Des F-16 de l'armée américaine, a-t-il pris soin de préciser.

Un rougeoiement a jailli sous les ailes d'un des appareils, qui décrivait un arc de cercle au-dessus de la ville, puis deux traînées blanches se dirigeant vers le sol à haute vitesse sont apparues. Je me suis tourné vers Samir, qui a répondu à ma question avant même que je ne la pose :

— Des missiles air-sol. Ils ont une cible précise.

Une boule de feu a embrasé l'horizon, puis un nuage de fumée noire s'est élevé au-dessus d'un pâté de maisons, précédant de quelques fractions de seconde l'écho de deux déflagrations quasi simultanées. Le deuxième appareil a effectué un virage serré sur sa gauche et, copiant la manœuvre du premier chasseur, a tiré ses missiles, lesquels ont atteint le sol en quelques secondes pour y semer la mort.

Poing en l'air, les deux combattants de l'État islamique émaillaient chacune de leurs phrases d'« *Allahu akbar*[13] », tandis qu'ils vociféraient des insultes à l'endroit des pilotes et des États-Unis. Bras croisés, Samir restait pour sa part d'un calme imperturbable.

Mais après les deux dernières explosions, cherchant mon regard, il a affirmé d'une voix indignée :

— Vous voyez, c'est contre ça qu'on se bat, vous et moi, professeur. Les Américains pensent que tout leur est permis, qu'ils peuvent venir impunément ici nous donner des leçons. Mais je vous le dis, la seule solution, si Allah le veut, c'est d'aller les humilier à notre tour chez eux.

Le passeur a marqué une pause et ses yeux se sont mis à miroiter.

— Vous ne savez pas ce que c'est que de se retrouver sous les bombes, professeur.

Je me suis mordu les lèvres, puis j'ai touché son épaule d'un geste empathique.

Je ne pouvais évidemment pas le dire, mais je savais au contraire très bien ce que c'était que de se retrouver sous les bombes. J'avais perdu ma mère et Nayla durant le bombardement du camp de réfugiés de Cana par l'armée israélienne, en 1996.

[13] Dieu est [le] plus grand.

Le funeste hasard avait voulu que nous soyons à cet endroit, cette journée-là, parce que maman cherchait une ancienne collègue disparue.

Plutôt que de reprendre immédiatement la route, Samir avait proposé que nous nous accordions une pause pour faire la *Salat de Dohr* – la prière du début de l'après-midi – et pour casser la croûte. Enfant, maman m'avait appris comment prier, si bien que j'ai été en mesure de me joindre à mes compagnons sans que rien n'y paraisse.

Après la prière, Samir a sorti une glacière de la camionnette et, à l'ombre du feuillage des arbres, nous avons partagé un goûter copieux composé d'épais pitas que nous garnissions de houmos, de taboulé ou de baba ghanouge.

Si la conversation a initialement porté sur les gains de l'État islamique en Syrie et sur les batailles auxquelles les deux djihadistes avaient participé face aux rebelles et aux forces du régime de Damas dans les villes de Kobané et d'Alep – ils en avaient gros sur le cœur contre les barils bourrés de TNT et de métal que larguaient les hélicoptères du régime de Bachar el-Assad –, elle a pris un tour plus personnel quand ils se sont retirés pour faire la sieste.

Allongés sur le tapis de fleurs sauvages qui couvrait le champ, les deux combattants somnolaient lorsque j'ai lancé à l'intention du passeur :

— Vous avez des enfants, Samir ?

Une étincelle de fierté s'est allumée dans son regard tandis qu'il prenait son portefeuille dans une poche de sa veste tactique.

— Trois. Mohamed, Roschdy et Zohra. Tenez.

Il m'a tendu une photo aux bords écornés, que j'ai examinée un instant. Deux garçons et une fillette aux cheveux bouclés et aux yeux noirs fixaient timidement l'objectif. La plus jeune devait avoir autour de quatre ans, et le plus âgé, environ douze.

J'ai pris une lampée de *laban raïb*, un yaourt très liquide, puis je lui ai rendu le portrait.

— Ils sont adorables. Vous les voyez souvent ? Je veux dire… malgré la guerre ?

Samir a souri en faisant jouer ses doigts dans sa barbe. Un sourire triste.

— Pour être honnête, non. Je ne retourne pas à la maison pour le plaisir. J'y vais seulement quand c'est important ou que je suis malade.

Je l'ai alors considéré d'un autre œil.

— Vous vivez uniquement pour la guerre, Samir ?

Il a placé ses Ray-Ban à monture tachetée sur sa tête.

— Lors des dernières célébrations de l'Aïd, j'ai dit aux enfants que je ne leur achèterais pas de bonbons tant que ceux des villes de Deraa et de Homs ne pourraient pas aussi célébrer.

Ma mémoire m'a ramené loin en arrière. L'Aïd al-Fitr est la fête musulmane marquant la fin du ramadan, que maman et sa famille observaient scrupuleusement. Même s'il s'était converti à l'islam, papa avait pour sa part pris l'habitude d'adapter à sa propre sauce l'obligation de jeûner de l'aube au coucher du soleil.

Ainsi, j'avais découvert qu'il cachait des noix et du chocolat dans les tiroirs de son bureau. Les enfants n'ayant pas l'obligation de faire ramadan avant la puberté, il partageait volontiers, en échange de mon silence, ce qu'il appelait ses « collations secrètes ».

J'ai déchiré un morceau de pita, que j'ai trempé dans le houmos. Après avoir avalé ma bouchée, j'ai dit :

— Vous êtes dur avec eux quand même, non ?

Samir a acquiescé gravement :

— Le parcours d'un combattant est bien plus difficile que la culture du désert, professeur.

Il a attrapé le pot de taboulé et en a versé dans son assiette avant de reprendre :

— La famille est importante, mais Dieu est un but plus élevé, l'idéal qu'il nous faut atteindre. Personne ne défendrait les musulmans si nous restions tous en famille.

Désirant éviter toute réponse qui pouvait me porter préjudice, j'ai fait signe que oui. Puis Samir a poursuivi :

— Un combattant veut vivre des épreuves. Nous ne voulons pas d'une vie de joies et de voyages qui nous éloignent de Dieu. Plus la situation est difficile, plus on se rapproche de lui.

J'avais fraîche en mémoire la photo de ses enfants et la candeur qu'ils dégageaient.

— Vous voyez vos garçons comme de futurs combattants ?

Samir a relevé la tête et m'a transpercé du regard. Un regard rempli de fierté, de croyances et de certitudes.

— La nouvelle génération d'enfants sera celle du califat. Pour l'instant, mes fils vont au camp de la charia, mais, dès l'âge de seize ans, je les enverrai au camp d'entraînement militaire.

— Et après ?

La voix de Samir est devenue dure. Il en voulait à ceux qu'il considérait comme les ennemis de ses convictions.

— Après ? Après, ils combattront les infidèles et les apostats, si Allah le veut !

J'ai bu une autre gorgée de *laban raïb*. Même à l'ombre, la chaleur était suffocante.

— Et ils pourront se battre à partir de quel âge ?

Le visage de Samir s'est épanoui. Il s'est mis à rire.

— Oussama ibn Zaïd, le petit-fils adoptif de Mahomet, a conduit une armée quand il avait dix-sept ans… Mais assez parlé de moi. Et vous, professeur ? Quelle est votre histoire ? Quelles sont vos motivations ? Et pourquoi avez-vous décidé de vous joindre à nous ?

Les questions de Samir m'ont déstabilisé. En raison de l'atmosphère détendue et de ses confidences, j'avais baissé ma garde. J'ai esquissé un sourire pour me donner une contenance et le temps de retrouver mes vieux réflexes.

À l'époque où je travaillais à l'agence, j'en étais venu à élaborer un ensemble de dix règles afin d'éviter de perdre le contrôle d'un *pitch*. Comme je les avais numérotées et notées dans un calepin, au fil des ans, j'avais fini par les mémoriser.

Avec mon sourire, j'avais mis en application la règle n° 1 :

Ne donne jamais l'impression qu'une question te prend de court.

La règle n° 8 allait également s'avérer utile :

Si une question t'embête, renvoie la balle à ton vis-à-vis.

Affectant une expression sardonique, j'ai dit sur un ton rempli d'une prodigieuse suffisance :

— Vous connaissez très bien mon histoire et mes motivations, Samir. Sinon je ne serais pas ici, n'est-ce pas ?

Enfin, j'ai eu recours à la règle n° 10 :

Quitte la table de négociations avant que la partie ne t'échappe.

Je me suis relevé sans attendre de réponse et me suis éloigné vers un arbre. Et tandis que je feignais de me soulager, ma main tremblait. J'ai compté dans ma tête. À trente, j'ai recommencé à respirer et cessé d'avoir peur que Samir ne me fasse éclater la cervelle sans sommation.

24.

Doutez un instant et vous êtes mort

Bien que la climatisation fût poussée à son maximum, il faisait une chaleur insupportable dans la camionnette. Nous avions avalé des dizaines de nouveaux kilomètres et franchi plusieurs points de contrôle de l'État islamique avant d'effectuer notre deuxième arrêt. J'étais en nage et au bord de la défaillance quand Samir m'a permis d'enlever ma cagoule. La première chose que j'ai remarquée après avoir recouvré la vue, c'était qu'il n'y avait plus aucun nuage dans le ciel. Plus aucun nuage ni aucun avion de chasse.

Pendant que nous faisions la prière, j'avais ressenti une grande paix intérieure et un constat s'était lentement imposé à mon esprit : même si Samir l'ignorait encore, j'étais devenu sa proie et ce n'était qu'une question de temps avant qu'il ne me démasque.

Aussi, tout ce que je pouvais faire pour l'instant, c'était de retarder l'échéance, en espérant trouver un moyen d'en réchapper pour revenir auprès de Jade.

Mais si j'étais pris, j'aurais au moins la satisfaction de savoir que j'avais tout tenté pour qu'il n'arrive pas malheur à ma famille, à celle du professeur Atallah et à Phoebe.

Ce serait mon sacrifice, ma contrepartie pour avoir enlevé une vie. Je n'étais ni en colère ni triste : j'acceptais mon sort et me battrais jusqu'au bout.

La voix de Samir m'a extirpé de mes pensées :

— Marchons un peu, professeur…

Nous étions dans une ville contrôlée par l'État islamique, qu'il avait refusé de nommer lorsque je lui avais posé la question. À son instigation, nous avons contourné des pick-up alignés en rangées, que j'ai observés au passage. Chaque véhicule portait une mitrailleuse lourde, et des impacts de projectiles étaient visibles sur la carrosserie de plusieurs d'entre eux.

Samir, qui avait remarqué mon intérêt, a précisé :

— Les combats ont été extrêmement durs. Nous occupions la majeure partie de la ville depuis des mois, mais nos combattants ont définitivement vaincu les forces du régime il y a trois jours à peine. Plus d'une cinquantaine de soldats de la division 11 ont été tués. Ils étaient retranchés dans une caserne encerclée de toutes parts.

Nous remontions un trottoir bondé de piétons, lequel bordait une rue que partageaient sans acrimonie automobiles, VUS, scooters, vélos, autobus, une bétonnière d'un jaune délavé ainsi qu'un char d'assaut crachant une fumée noire. Il s'agissait sans doute d'une agglomération à l'image de nombreuses villes syriennes, composée d'immeubles de béton de quatre ou cinq étages se déclinant dans divers tons de gris, de beige et d'ocre. Le drapeau noir et blanc de l'État islamique flottait sur la façade de plusieurs édifices, et des auvents bariolés de couleurs vives pimentaient l'ensemble.

Comme s'il lisait dans mes pensées, Samir a ajouté :

— C'est difficile de croire qu'il y a eu la guerre ici, n'est-ce pas ?

J'ai acquiescé. Pourtant, quand on y regardait bien, certains signes ne mentaient pas. Autant il y avait de la vie dans la rue, autant les commerces que nous voyions, vitrines colmatées par des volets métalliques, paraissaient abandonnés. Je me suis essuyé le front et j'ai demandé :

— La ville a subi des bombardements ?

Samir a mis sa main devant ses yeux et hoché la tête.

— Des bombardements ? Vous voulez rire ? Attendez, je vais vous montrer.

Nous avons poursuivi notre marche en silence jusqu'à ce que, quelques pâtés de maisons plus loin, il s'engage dans une rue transversale. Là, la réalité de la guerre nous a rattrapés. Il y avait des traces de balles sur les murs des maisons éventrées. Des monticules de blocs de béton et des morceaux de tôle froissée jonchaient le sol. Une antenne parabolique calcinée gisait à mes pieds. Je contemplais un champ de bataille dans toute sa hideur. Ne manquaient que les corps.

Alors que la rue que nous avions quittée bruissait quelques mètres derrière nous, ici ne régnait que la désolation partout où je posais les yeux. Je ne le savais que trop bien : lorsque les bombes pleuvent, la mort frappe sans discrimination.

Le regard dans le vide, Samir parlait, mais j'ignorais s'il s'adressait à moi ou à lui-même.

— Si un frère a eu sa maison bombardée, c'est comme si cette bombe avait atterri sur votre maison. Vous devez compatir avec votre frère, peu importe où il est.

J'ai imaginé le sort des familles qui avaient vécu ici, les rêves et les espoirs fauchés, la souffrance et la douleur des survivants. Le passeur ne le soupçonnait pas, mais je me retrouvais en territoire connu. Je n'avais qu'à fermer les yeux pour revenir près de vingt ans en arrière.

Samir s'était penché et avait ramassé sur le sol une chaussure d'enfant déchiquetée.

— Un enfant est une lumière dans la vie d'un homme. Plusieurs lumières se sont éteintes ici…

Ç'aurait pu être moi qui habitais ici et cette chaussure aurait pu appartenir à Jade. S'ils vivaient toujours, comment les parents de cet enfant pouvaient-ils panser leurs plaies ?

Ravalant mes larmes, j'ai pointé le doigt vers des tapis et des draps qui pendouillaient au bout de cordes tendues entre les immeubles crevés.

Samir a répondu à ma question muette :

— Les combattants tendent ces draps afin de pouvoir traverser la rue sans être vus par les *snipers*.

Des palmiers majestueux s'alignaient le long du trottoir et ondulaient sous la brise. La grande place était parfaitement conservée. Devant nous, il y avait un attroupement. Des hommes de tous les âges, des adolescents et des garçons agglutinés se pressaient à proximité d'une clôture de fer forgé. Téléphone cellulaire à la main, certains prenaient des photos. Je me suis tourné vers Samir et l'ai fixé d'un air interrogateur.

D'un geste du menton, il m'a fait signe d'approcher. Quand j'ai été assez près pour me rendre compte de ce que j'avais sous les yeux, je me suis retourné brusquement. Sur le trottoir, des corps d'hommes gisaient, décapités. Leurs têtes étaient plantées sur des piquets de la clôture.

Samir m'a jeté un regard compatissant.

— C'est la première fois que vous voyez ça en vrai ?

Un essaim de mouches tourbillonnait autour des cadavres. Le dos de ma main contre la bouche, j'ai acquiescé.

— Ce sont des soldats du régime capturés lors des combats. Ils ont été décapités ce matin. On s'y fait, vous verrez.

Le marché local s'étendait devant nous avec ses mille couleurs, ses étals de melons, ses vendeurs itinérants de réglisse et son boulanger qui démoulait ses pains et ses brioches sur une table de bois barrant le trottoir. Un véhicule équipé de haut-parleurs circulait pour diffuser les directives du califat. La voix nasillarde rappelait que le port du niqab intégral était obligatoire pour les femmes, répétait l'interdiction de l'alcool, du tabac et du narguilé, et suggérait la fermeture des commerces aux heures de prière.

J'allais de surprise en surprise. Prudemment, d'un ton neutre, j'ai dit :

— Je n'avais pas réalisé que le califat encadrait tous les aspects de la vie quotidienne.

Samir s'est mis à parler avec ferveur :

— Vous n'êtes pas sans savoir, professeur, que la charia est la volonté de Dieu et qu'elle codifie les aspects publics et privés de la vie, de même que les interactions sociales. Les tribunaux de l'État islamique sont chargés de son interprétation et responsables non seulement des crimes, des désaccords civils et des différends économiques, mais également de ce qui est relié à l'individu : alimentation, habillement et prières.

J'ai acquiescé et enregistré ces informations qu'il avait récitées d'un trait, comme une leçon trop bien apprise. Nous avons poursuivi notre chemin en silence, jusqu'à ce que je reprenne la parole :

— Qui sont ces gens ?

Je désignais du doigt deux hommes vêtus d'une *jubba* blanche, une longue robe à capuchon par-dessus laquelle ils portaient une veste noire sans col ni manches. Kalachnikov en bandoulière, ils inspectaient la marchandise d'un vendeur de fruits.

Samir a retiré ses Ray-Ban et, ouvrant la bouche, a soufflé sur un verre pour l'embuer.

— Ils appartiennent à la Hisbah.

J'ai froncé les sourcils, l'air interrogateur.

— La Hisbah ?

Mon compagnon astiquait maintenant ses lunettes fumées avec un pan de sa chemise.

— La Hisbah a pour tâche de s'assurer que la charia est respectée.

— C'est la police des mœurs ?

Samir a tiqué. Il cherchait la bonne façon de formuler ce qu'il avait à dire et l'a déclamé sur un ton doctoral :

— Son intervention est positive, au bénéfice de tous, et elle est nécessaire pour établir un État islamique dans tous les aspects de la vie. Chacun est responsable de ses actes devant Dieu, mais on doit inculquer aux gens ce qu'ils doivent faire ou non. L'interprétation de la charia prônée par le califat est stricte, mais représente la sécurité et la stabilité si on se conforme à ses règles. Les gens n'ont pas à craindre la Hisbah parce que la Hisbah est constante. Ils savent donc à quoi s'attendre. La chose la plus importante est de croire en Dieu.

S'adressant au commerçant d'un ton empreint de courtoisie, un des hommes de la Hisbah pointait une image derrière lui qui montrait un Occidental en train de boire un jus de fruits.

— On veut une rue islamique, mon frère. Enlève ça. Nous combattons les infidèles. Si tu gardes cette image, c'est que tu les soutiens. Que Dieu te bénisse.

Déjà, Samir m'entraînait vers une autre rue. J'ai demandé :

— Et ceux qui ne collaborent pas ?

Samir s'est arrêté et m'a regardé droit dans les yeux, mais j'ai eu l'impression qu'il ne me voyait pas. C'est le fond de son âme qu'il sondait.

— Ils seront forcés. Les punitions sont très sévères.

Nous revenions sur nos pas en empruntant une rue parallèle lorsque, devant un carrefour achalandé, nous avons de nouveau croisé une foule d'hommes armés de cellulaires. Sur le bord du trottoir, un homme était crucifié pieds nus sur une croix rudimentaire, appuyée contre le mur de marbre d'un monument. Il avait les yeux bandés par un foulard noir, les membres retenus par des cordes, et son ventre sans vie pendait mollement hors de son pantalon. Un autobus presque semblable à ceux qu'on voit dans les rues de Montréal a tourné le coin devant nous. Plusieurs passagers n'ont même pas levé la tête.

La scène donnait froid dans le dos et je regrettais amèrement d'en être témoin. Après quelques tentatives, j'ai tout de même trouvé la force d'articuler :

— Qu'est-ce qu'il a fait ?

Samir a haussé les épaules.

— Il a commis un meurtre.

J'ai dégluti avec peine en imaginant ce qui m'attendait s'il apprenait que j'avais assassiné le professeur Atallah. À côté du crucifié, un homme agenouillé haletait en gémissant. Un couteau planté dans sa langue le clouait à une table de bois clair. Du sang avait formé une flaque épaisse sur le meuble, coulait sur sa gorge et imbibait sa chemise.

J'ai inspiré profondément et détourné le regard.

— Et lui ?

— C'est un commerçant qui a mélangé son essence avec de l'eau.

J'ai secoué la tête. Tout ça ne pouvait être vrai. Et pourtant, même si j'ouvrais et refermais les paupières, la vision demeurait. Alors que nous reprenions notre route, une chose m'est apparue évidente : Samir avait utilisé un euphémisme en affirmant que les punitions étaient très sévères.

La nuit était tombée et nous buvions un thé sucré à la menthe en compagnie d'une brigade de l'État islamique. La douzaine de soldats du califat assis à la longue table rectangulaire faisaient partie du contingent qui avait défait l'ennemi quelques jours plus tôt. Samir m'avait présenté le commandant El-Sayed, un homme élancé qui devait avoir une quarantaine d'années, et celui-ci m'avait invité à prendre place à ses côtés tandis que Samir discutait avec son lieutenant.

Plusieurs fusils-mitrailleurs étaient appuyés contre le rebord de la table, tandis que des pistolets étaient posés partout entre les assiettes et les théières. Suspendues aux branches d'un arbre qui nous surplombait, des lanternes de verre nous enveloppaient de leur lumière scintillante.

Afin d'éviter de répondre à d'éventuelles questions, j'avais résolu de mitrailler le commandant avec les miennes. Mais une seule avait suffi à le lancer : dogmatique, il parlait depuis dix minutes.

— Nous contrôlons actuellement plus de cent mille kilomètres carrés en Irak et en Syrie. Et ce n'est que le début du califat. À vous qui venez d'Amérique, je le dis : nous briserons l'Amérique en deux. Nous ne nous arrêterons pas. Que les Américains n'agissent pas comme des lâches en nous attaquant avec des drones. Qu'ils nous envoient leurs meilleurs soldats. Nous les avons humiliés en Irak et, si Allah le veut, nous les humilierons partout ailleurs. Et quand nous les aurons vaincus, nous hisserons le drapeau d'Allah sur la Maison-Blanche.

Le commandant avait haussé le ton en prononçant sa dernière phrase. Comme s'il s'était agi d'un signal, ses hommes, qui discutaient entre eux, se sont levés d'un trait et, le poing en l'air, se sont mis à scander :

— *Allahu akbar.* Dieu est le plus grand ! Et notre calife, que Dieu le garde, est le prince des croyants !

Sous leurs vivats, le commandant s'est penché au-dessus de la table comme pour me confier un secret et a ajouté, pointant l'index dans ma direction :

— Les Américains essaient de nous imposer leur démocratie, sans respect pour les lois d'Allah. Ils essaient de faire de nous des esclaves de l'homme. Mais nous ne sommes que des esclaves de Dieu, et nous allons les combattre jusqu'à la mort. Nous tuons les infidèles parce qu'ils tuent les musulmans.

La conversation s'était poursuivie jusque tard dans la nuit fraîche. El-Sayed me montrait des photos de combats sur son cellulaire comme si c'étaient des souvenirs de vacances. On y voyait des soldats du régime apeurés, certains couverts de sang, d'autres torturés avec une cruauté sauvage, d'autres encore en train de se faire décapiter.

J'ai bu une gorgée de thé pour tromper la nausée que provoquait ce musée des horreurs.

— Vous ne doutez jamais, commandant ?

Il m'a regardé de ses yeux pétillants d'intelligence, son beau visage au teint de cuivre luisant dans la lueur des lanternes.

— Jamais. C'est la guerre, professeur. Doutez un instant et vous êtes mort.

J'ai tourné et retourné dans tous les sens cette affirmation qui semblait inattaquable, comme si elle contenait une vérité souterraine.

— Mais plusieurs soldats du régime sont des musulmans, non ? Pourquoi les tuer ?

Le commandant s'est raclé la gorge puis, se penchant sur le côté, a craché par terre.

— Ceux qui s'allient à el-Assad sont des apostats, des ennemis de Dieu, des ennemis d'Allah, des ennemis de l'humanité et de la religion. Dieu soit loué, on leur tire dessus. On demande à Dieu qu'il nous donne la force de les vaincre. La charia ne peut être établie qu'avec les armes. L'État islamique vivra contre la volonté des laïcs et des apostats.

Le commandant allait porter sa tasse de thé à ses lèvres lorsqu'un projectile lui a déchiqueté la tête, le projetant vers l'arrière. Je suis resté pétrifié une seconde, tandis que des éclats de sang et de matière cervicale m'éclaboussaient le visage et la poitrine.

Cette seconde n'en finissait plus de se prolonger. Les sons me parvenaient amplifiés – les battements de mon cœur, la porcelaine qui éclate, les cris de surprise –, les images, d'une pureté cristalline, me saisissaient – le mélange d'horreur, de peur et de colère sur les visages des combattants. Puis tout s'est accéléré d'un coup et les balles se sont mises à piauler autour de nous. Les soldats du califat plongeaient vers leurs armes ; des corps touchés par les projectiles virevoltaient en l'air avant de s'abattre au sol.

Je me suis jeté à plat ventre alors que quelqu'un criait :

— Attention, *snipers* !

Une autre voix s'est élevée au milieu du tumulte, celle du lieutenant :

— Ça vient de l'usine de sucre !

Les mains sur la tête, j'essayais de me faire aussi compact que possible. Des projectiles claquaient partout autour, frappaient la table et les pavés, faisant éclater des fragments de pierre et projetant des éclisses de bois dans tous les sens.

À un mètre devant moi, le corps du commandant gisait sur le dos, les yeux grands ouverts, le haut du crâne arraché. Sans réfléchir, j'ai étiré le bras et lui ai fermé les paupières. Trois soldats du califat étaient tombés sous les balles, dont deux, encore en vie, se tortillaient de douleur par terre.

Du coin de l'œil, j'ai aperçu Samir. Réfugié derrière une moto, il avait dégainé son pistolet et tirait sur les lanternes pour les briser une à une. Lorsque l'obscurité nous a enveloppés, les combattants qui avaient survécu à la pluie de balles sont repartis dans la nuit avec leurs fusils-mitrailleurs, souples et silencieux comme des ombres.

Au milieu du carnage, Samir m'a empoigné par le col de mon veston et m'a forcé à me relever. Puis, me guidant, il m'a entraîné jusqu'à la camionnette, que j'ai rejointe en titubant. J'étais si désorienté qu'il a fallu qu'il m'aide à monter. Et pendant que, phares éteints, il filait à haute vitesse sur la route noire, j'aurais dû être terrorisé, mais je ne ressentais rien, je ne pensais même plus. Comme j'étais couvert de sang, il conduisait d'une main et me palpait avec l'autre à la recherche d'une blessure d'entrée.

— Vous êtes touché, professeur ? Professeur ?

J'ai mis plusieurs secondes à reprendre mes sens et à murmurer :

— Non, ça va. Tout va très bien…

Le passeur a poussé un soupir de soulagement tandis que j'essuyais avec ma manche les éclaboussures de sang qui parsemaient mon visage.

— Pourquoi vous m'avez emmené ici, Samir ?

Affichant un air grave, il a soupesé le silence avant de poursuivre :

— On ne comprend pas la guerre tant qu'on n'a pas vu ses ravages, professeur.

J'avais envie de lui crier à la figure que sa saleté de guerre, je l'avais déjà vécue au Liban et qu'ayant perdu ma mère et Nayla, je la comprenais au moins autant que lui. Toutefois, pour des raisons évidentes, je me suis tu.

— Je vous conduirai au laboratoire demain matin. Il est temps d'accomplir votre mission.

— *Allahu akbar.*

Samir m'a tendu la cagoule. Je l'ai enfilée et me suis recroquevillé sur mon siège. Je baignais dans la mort et les ténèbres jusqu'au cou.

25.

La cinquième mutation

— Soyez prudent, professeur. Ce serait bête de vous ouvrir un mollet.

Samir me précédait de quelques pas dans le hall d'entrée de l'Hôpital national de Racca. Suivant son conseil, j'ai avancé avec précaution sur les blocs de béton fracassés et couverts de poussière. Un peu partout, à la perpendiculaire du sol, des tiges de métal rouillé affleuraient des débris qui jonchaient le plancher.

Nous avions atteint Racca au début de la nuit et Samir m'avait installé dans un appartement austère de deux pièces. Me forçant à retirer mes vêtements maculés de sang, il m'avait poussé sous la douche. J'avais passé de longues minutes sous le jet, à essayer de retrouver mes esprits. Puis, fourbu et toujours sonné par ce qui venait de se produire, je m'étais effondré sur le lit. Samir était alors parti et j'avais dormi d'un sommeil de plomb, sans rêves.

À mon réveil, j'avais entrouvert la porte d'entrée et jeté un œil dehors. Le djihadiste armé jusqu'aux dents qui montait la garde devant mon appartement m'avait fait un signe de tête en m'apercevant. J'avais esquissé un sourire figé et refermé le battant. Si j'avais encore besoin d'une confirmation, sa mine patibulaire et sa présence me l'avaient fournie : celui que j'incarnais n'étais pas l'invité de l'État islamique, mais bel et bien son prisonnier.

Samir était passé me prendre quelques minutes plus tard, peu après 7 h. Il m'avait apporté des vêtements de rechange, un bol de thé à la menthe et un sac de papier contenant quelques pains briochés. De l'appartement, il ne nous avait ensuite fallu que quelques minutes de marche dans le quartier endormi pour atteindre l'hôpital. Quelques mètres derrière, le djihadiste et un autre combattant nous suivaient.

Durant le trajet, Samir m'avait brossé un bref portrait de la situation. Ainsi, j'avais appris que Racca, capitale de l'État islamique et château fort du califat, essuyait presque chaque jour les assauts combinés du régime el-Assad et des rebelles du Front islamique, de même que les frappes aériennes de la coalition. L'hôpital dans lequel nous nous trouvions maintenant avait constitué une cible de choix. Quelques mois plus tôt, il avait en effet subi de graves dommages lors de bombardements du régime.

Conscient que je me dirigeais peut-être tout droit vers l'abattoir, j'avais tenté de différer le moment de notre arrivée en lui posant des questions et en marchant le plus lentement possible. Je ne savais pas du tout ce qui me guettait et j'étais mort de peur. Peut-être que des hommes armés m'attendaient pour m'interroger et que je serais exécuté à la moindre erreur, au moindre signe que je n'étais pas celui que je prétendais être.

Après avoir donné instruction aux deux combattants de demeurer dans le hall, Samir a ouvert la porte d'une cage d'escalier permettant d'accéder aux étages inférieurs et s'y est engouffré. Puisque nous n'avions pas croisé âme qui vive dans l'enceinte, j'ai demandé :

— L'hôpital est opérationnel ?

Le son de sa voix ricochait sur les murs tandis qu'il continuait de descendre les marches :

— Pour l'instant, seulement quelques services, notamment les urgences, la chirurgie et les soins intensifs.

Quand le califat a été instauré, plusieurs médecins se sont enfuis à l'étranger. Nous manquons de personnel qualifié, de médicaments et de technologie, mais la situation est en voie de changer. Le califat devrait faire des annonces bientôt.

Nous avons descendu deux autres étages en silence, enjambant les débris qui parsemaient les marches. Puis Samir a ouvert une porte métallique et nous nous sommes glissés dans un corridor bétonné, faiblement éclairé par une série d'ampoules miniatures reliées à un fil électrique tendu à un mètre du sol. Nous devions être trois ou quatre étages sous la surface.

— Nous avons décidé d'établir votre laboratoire ici parce que nous croyons qu'il risque moins d'être repéré au milieu des décombres. Le régime et les Américains ne devraient plus frapper le bâtiment, ce serait vu comme de l'acharnement par l'opinion publique. De plus, les Américains s'exposeraient aux sanctions de la communauté internationale et du Conseil de sécurité de l'ONU. Ils sont trop intelligents pour commettre de nouveau une telle erreur.

J'ai encaissé l'information. Je n'avais pas rêvé : Samir avait parlé de « mon » laboratoire.

Une enfilade de portes se profilait sur notre gauche. Samir en a ouvert une et s'est effacé pour me laisser entrer. À l'intérieur, j'ai promené mon regard dans la pièce rectangulaire. Éclairée au néon et d'une propreté clinique, elle devait mesurer douze mètres de longueur. Des appareils et des instruments encore emballés reposaient sur deux tables en acier inoxydable. Un iMac se trouvait sur l'une d'elles. Deux tabourets à dossier complétaient le décor.

À notre arrivée, une silhouette chétive nous faisant dos examinait un microscope couvert d'une housse protectrice transparente. Le petit homme, qui portait une *jubba* marron et des sandales de cuir, s'est aussitôt retourné. Et tandis qu'il s'avançait pour venir à notre rencontre, un grand sourire éclairait son visage, dont la lèvre supérieure était ornée d'une fine moustache.

Samir a relevé sa casquette de camouflage sur sa tête et a fait les présentations.

— Professeur Fady Atallah, je vous présente le docteur Imaad Masood, avec qui vous avez été en contact par courriel.

Les yeux noirs du docteur Masood m'épiaient derrière ses lunettes à monture d'acier. La cinquantaine, les traits fins, l'air typique de l'intellectuel introverti, il a murmuré timidement :

— *Salam alaikum*, professeur Atallah. Enchanté de faire enfin votre connaissance.

J'ai serré sa main tendue avec vigueur et improvisé :

— *Alaikum salam*. Content de mettre un visage sur votre nom, docteur Masood !

Ce dernier a fixé la blessure que j'avais à l'œil, mais il a eu la délicatesse de ne pas me poser de question à ce sujet.

Un silence embarrassé a suivi, puis Samir a enchaîné :

— Messieurs, comme vous le savez, ce projet est une priorité absolue pour notre calife, que Dieu le garde. Tout a été mis en œuvre pour que l'environnement soit conforme aux demandes du professeur.

Samir nous a fait faire une visite des installations. À gauche de l'entrée, sur le mur perpendiculaire, une porte s'ouvrait sur une vaste salle de bains renfermant une douche et un immense lavabo industriel. À l'autre bout, une porte capitonnée au-dessus de laquelle était suspendue une horloge murale permettait d'accéder à une salle climatisée de bonnes dimensions, pourvue d'une hotte et d'une série d'équipements attendant d'être déballés. En lisant à la dérobée les descriptions imprimées sur les boîtes, j'ai compris qu'il s'agissait en partie de machines servant à séquencer du matériel génétique.

Une tente de plastique transparente se dressait au centre de cette pièce, semblable à celles qu'on utilise pour isoler les personnes contaminées dans un espace stérile.

À un crochet pendait ce qui ressemblait à une combinaison antibactériologique. Un réfrigérateur et un congélateur ronronnaient dans un coin. J'ai ouvert les portes par réflexe. Les deux appareils étaient vides. Quelques cages métalliques étaient également empilées à côté de la porte.

Contraste frappant avec l'aperçu que j'avais eu du reste de l'hôpital, ici, tout était aseptisé et respirait le neuf.

Qu'importe la nature des travaux qui devaient être effectués dans ce laboratoire, l'État islamique n'avait visiblement pas lésiné sur les moyens pour les mener à bien.

Samir m'a lancé un regard interrogateur.

— Ça vous va, professeur ? C'est bien conforme à ce que vous aviez demandé ?

L'idée de baisser mon masque m'a effleuré l'esprit. J'imaginais la tête qu'ils feraient quand j'annoncerais : « Surprise, messieurs, je ne suis pas le professeur Atallah. Je ne suis que Théodore Seaborn, un publicitaire déchu, toxicomane et dépressif. »

Mais j'ai plutôt esquissé un grand sourire. Je cherchais une façon de mettre du sable dans l'engrenage et de gagner du temps lorsque mes yeux se sont tournés vers le iMac.

— Ça me semble parfait, Samir. Mais il y a un problème. En brûlant mon sac quand nous avons passé la frontière, vous avez aussi détruit mon ordinateur. Toutes les données que j'avais compilées s'y trouvaient.

Samir a fouillé dans sa poche et attrapé une clé USB, qu'il s'est mis à agiter sous mon nez. À voir son sourire moqueur, j'ai eu la nette impression qu'il attendait depuis longtemps l'occasion de s'amuser à mes dépens.

— Vous me décevez beaucoup, professeur. Je croyais vous avoir dit que je suis un expert dans mon domaine.

Bouche bée, j'ai mis quelques secondes avant de réussir à produire un son.

— Mais quand avez-vous…

Il n'a pas attendu que je termine ma phrase.

— À l'hôtel, le premier soir. Pendant que vous dormiez.

Son affirmation ne me surprenait qu'à moitié. J'étais si fatigué ce soir-là qu'il était tout à fait possible qu'il se soit glissé dans ma chambre sans me réveiller. J'ai accepté la clé USB qu'il me tendait et essayé de reprendre de l'ascendant.

— Vous pourriez me rendre mon passeport, ma montre et mon téléphone, par la même occasion ?

Le visage de Samir s'est assombri et son ton est devenu mielleux.

— En temps et lieu, professeur. Pour l'instant, vous êtes notre invité. Si vous avez besoin de quoi que ce soit, vous n'avez qu'à le demander.

Des bruits de pas ont alors retenti dans le couloir. Samir, le docteur Masood et moi nous sommes retournés vers la porte d'entrée. Le passeur avait serré la crosse de son pistolet, mais sa vigilance s'est relâchée quand la tête d'un jeune garçon s'est encadrée dans l'entrebâillement.

Et tandis que le gamin venait le rejoindre, Samir m'a souri, de la fierté plein le regard.

— Ah !... professeur Atallah... je vous présente mon fils, Mohamed.

J'ai reconnu l'aîné des enfants de Samir, que j'avais vu la veille en photo. Vêtu d'un jean, d'un t-shirt jaune et de chaussures de course aux bouts usés, le garçon aux cheveux noirs bouclés m'observait d'un air méfiant.

Je lui ai décoché un clin d'œil ainsi que mon plus beau sourire.

— Bonjour, Mohamed.

Il a émis un faible murmure et s'est tordu les doigts, figé par la gêne.

— Bonjour, monsieur.

Posant une main bienveillante sur l'épaule de son fils, Samir a repris la parole :

— Qu'est-ce qu'on fait aux infidèles, Mohamed ?

Le garçon est resté muet. La voix de son père est descendue d'une octave.

— Qu'est-ce qu'on fait aux infidèles, Mohamed ?

Il a répondu d'un souffle presque inaudible :

— On leur coupe la tête.

Le visage de Samir s'est illuminé et il a ébouriffé les cheveux de l'enfant.

— On leur coupe la tête. Bravo, mon garçon !

Puis il s'est redressé et m'a dit :

— Mohamed restera ici, avec vous, pendant que vous travaillerez.

J'aurais voulu trouver des arguments pour le convaincre de me laisser les coudées franches, mais, au lieu de cela, je me suis contenté d'opposer faiblement :

— Ce n'est vraiment pas nécessaire, Samir. Je peux très bien me débrouiller seul.

Le passeur a rajusté sa casquette.

— J'insiste, professeur. Mohamed est très discret. Je sais que vous aurez de longues journées, et si vous devez sortir, il vous servira de guide. Il connaît Racca comme le fond de sa poche. Et il peut aussi faire vos courses. Pas vrai, Mohamed ?

Le garçon a hoché la tête en se mordant l'intérieur des joues. Samir a continué :

— De plus, Mohamed vous apportera vos repas. Mais ce soir, vous viendrez dîner à la maison, avec ma famille.

L'affaire était réglée, il était vain de discuter. Samir était sur son départ.

— Si vous avez besoin de me joindre, professeur, demandez à un des hommes que j'ai postés dans le hall de l'hôpital pour assurer votre sécurité. Ils sauront où me trouver.

Le passeur a plongé son regard ardent dans le mien. Mes oreilles bourdonnaient quand il a repris :

— Grâce à Dieu, vous pourrez reproduire cette cinquième mutation, professeur. Et si Allah le veut, avec l'aide du docteur Masood, nous aurons les moyens de mettre les infidèles à genoux et de faire régner le califat partout dans le monde.

Imaad Masood, qui s'était montré peu loquace depuis notre arrivée, se préparait lui aussi à prendre congé.

— La perspective de collaborer avec vous est très stimulante, professeur Atallah. J'ai très hâte de me mettre au boulot. Je vous laisse vous installer, mais que diriez-vous si je repassais vers la fin de l'après-midi ? Nous pourrions discuter un peu et convenir d'un échéancier.

Ne sachant quoi répondre, j'ai bredouillé quelques borborygmes en guise d'acquiescement. Au seuil de la porte, Samir s'est retourné.

— À propos… faites attention, professeur. Le régime a de nouveau largué des barils par hélicoptère ce matin. Tendez l'oreille et mettez-vous à couvert au moindre bruit de rotor. La propagande occidentale essaie de faire croire le contraire, mais la plupart des civils qui meurent aujourd'hui en Syrie succombent aux mains du gouvernement ou des groupes de rebelles.

La tête me tournait et je me sentais sombrer. Je savais qu'il fallait que je réagisse, mais je me demandais par où commencer et comment m'y prendre. Tout brûlait autour de moi. Les murs, le sol, ma propre chair. Les deux hommes sortis, je n'avais aucune idée de ce que je devais faire. J'ai voulu me mettre à hurler, mais j'ai aperçu Mohamed qui me dévisageait, debout au milieu de la pièce. Le garçon a aussitôt détourné le regard.

Après m'être ressaisi, j'ai approché un des tabourets et je me suis assis devant le iMac avec une seule idée en tête : trouver de l'information à propos de cette « cinquième mutation », expression dont j'ignorais tout de l'existence avant mon arrivée en Turquie.

J'ai poussé un soupir de soulagement quand j'ai touché la souris et que l'écran noir a fait place au bureau de l'ordinateur. Pour une fois, j'avais un peu de chance. Tous les autres équipements attendaient d'être déballés, mais on avait déjà installé et configuré le iMac.

J'ai inséré la clé que m'avait donnée Samir dans le port USB, puis j'ai effectué une recherche dans les fichiers du professeur en utilisant les mots « cinquième mutation », laquelle n'a donné aucun résultat. Perplexe, j'ai refait une recherche avec « *Fifth Mutation* ».

Mon cœur s'est gonflé d'espoir lorsque deux documents en format PDF se sont affichés à l'écran, puis j'ai déchanté. Il s'agissait des articles que j'avais trouvés dans le sac du professeur Atallah et feuilletés dans ma chambre d'hôtel, à Çevlik. Les documents comportaient plusieurs occurrences de l'expression « *Fifth Mutation* », mais après les avoir de nouveau parcourus en diagonale, j'ai décidé de les laisser de côté.

Ils contenaient du jargon technique auquel je ne connaissais rien : essayer d'en saisir l'essence allait me demander du temps et de l'énergie. Je tenterais de les décortiquer plus tard. Poursuivant sur ma lancée, j'ai ouvert un onglet intitulé *Theoretical Model*, lequel contenait plusieurs documents Excel. J'en ai examiné quelques-uns, assez pour me rendre compte que je ne pourrais rien tirer de ces colonnes de chiffres.

J'ai ensuite cliqué sur un autre dossier, qui renfermait des copies de courriels envoyés et reçus durant l'année en cours. Quand j'ai tapé « Imaad Masood », un fichier contenant une copie d'une centaine de courriels est apparu.

Sans attendre, j'en ai lu un premier. Puis un deuxième. Et un autre encore. La langue de correspondance entre les deux hommes était l'anglais et il y avait un peu de tout : échanges de politesses entre confrères – Masood félicitait Atallah pour la publication de son dernier article –, questions concernant des villes et des stations balnéaires que l'un ou l'autre avait déjà visitées, etc. Il y avait même une discussion sur la course à pied, passion qui semblait unir les deux hommes.

J'ai commencé à réfléchir : je ne pouvais m'empêcher de me demander pourquoi deux scientifiques qui avaient l'intention de collaborer à un projet nécessitant des installations et des équipements aussi coûteux et complexes paraissaient ne s'être envoyé que des courriels triviaux.

Un bruit m'a fait sursauter et j'ai pivoté vers la droite. Mohamed s'était assis sur le second tabouret. J'ai tenté un sourire, mais le gamin est resté de glace.

Incapable de trouver une réponse à ma question, j'ai continué à lire les courriels. Puis une idée folle m'est venue : et si Atallah et Masood communiquaient à l'aide de messages codés ? Mais j'ai eu beau chercher dans toutes les directions, prendre des notes, inverser des lettres, essayer de repérer des mots récurrents, s'il y avait un code, je ne parvenais pas à le décrypter.

Maniant la souris, j'ai glissé l'index vers le bas et me suis rejeté en arrière contre le dossier de mon siège. J'allais abandonner la partie et refermer le fichier lorsque, les pages ayant cessé de défiler, le déclic s'est produit. Perdues ici et là dans certains des courriels que j'avais lus, des phrases de nature technique, écrites en arabe, m'avaient semblé hors contexte, comme si elles y avaient été copiées par erreur. Je n'y avais pas attaché d'importance sur le coup, mais peut-être était-il possible de former quelque chose de compréhensible en les assemblant.

Fébrile, je suis retourné dans les courriels que j'avais consultés, et j'en ai aussi ouvert d'autres, pour repérer et extraire ces phrases. Par la suite, je les ai mises bout à bout dans l'ordre correspondant aux dates des courriels dont elles provenaient. Après avoir terminé l'exercice, je suis resté un moment incrédule, à contempler le paragraphe que j'avais façonné.

Mon arabe n'était pas parfait et je ne saisissais peut-être pas toutes les nuances, mais si j'avais encore besoin d'une confirmation quant à ce que le professeur Atallah venait trafiquer en Syrie, je l'avais probablement sous les yeux.

« *Dans ma plus récente étude, je me suis servi de la vaste base de données des Centres pour le contrôle et la prévention des maladies (Atlanta, États-Unis), qui compile des données de surveillance concernant des milliers d'échantillons d'espèces virales recueillis dans le monde entier. En utilisant des algorithmes mathématiques, j'ai créé un modèle théorique pour comparer les ensembles de données, ainsi que pour cartographier, séquencer et catégoriser les signatures génétiques clés propres à plusieurs grandes familles de virus, ces signatures étant pressenties pour être des facteurs déterminants dans l'évolution virale et leur virulence. J'ai par la suite choisi une série de quatre mutations de signature dans le génome des Filoviridæ, lesquelles sont minimalement requises pour diagnostiquer si un virus de cette famille peut acquérir la capacité de se transmettre par voie aérienne. En utilisant une mutagenèse ciblée, j'ai maintenant l'intention de concevoir une série d'échantillons viraux modifiés contenant ces mutations, de manière à tenter de produire en laboratoire une cinquième mutation. Ce modèle doit encore être testé sur des furets, mais si mon hypothèse se vérifie et que la cinquième mutation se produit sur une base constante et durable, alors le virus pourrait être transmis non seulement par le sang ou les fluides corporels mais aussi dans l'air, par la toux.* »

Je ne savais pas de quel virus il s'agissait ni ce qu'impliquait exactement cette « cinquième mutation » qu'ils avaient l'intention de tester sur des furets, mais je n'avais pas besoin qu'on me fasse un dessin pour comprendre.

Le professeur Atallah assurait que cette mutation permettrait au virus de se transformer de façon à ce que son mode de transmission ne soit plus limité au contact avec les fluides corporels ou avec le sang, mais qu'il devienne également contagieux par la toux.

En colligeant les courriels, j'avais découvert une autre phrase qui me paraissait capitale.

« *Dans la phase n° 1, nous projetons d'inoculer le virus à cinq personnes. Les cibles initiales seraient New York, Paris, São Paulo, Sydney et Tokyo. La phase n° 2 reste à déterminer.* »

Je ne pouvais croire ce que je venais de lire et, pourtant, c'était réel. Et même si je ne saisissais pas encore tous les détails, j'avais bien compris que le professeur n'avait pas prévu se rendre en Syrie avec le concours de Samir pour participer au djihad en tant que combattant. À moins que je ne fasse fausse route, il avait des ambitions plus grandes.

L'État islamique n'est pas une association caritative et on n'atterrit pas dans un laboratoire clandestin qu'il finance sans avoir de sinistres projets.

Or, à la lumière de ce que je venais d'apprendre, il me semblait logique de penser que, avec l'aide du docteur Masood, le professeur Atallah planifiait d'augmenter le potentiel de transmission d'un virus dans le but de déclencher une pandémie. En outre, il y avait fort à parier que le virus qu'ils avaient en vue possédait en soi un taux de létalité considérable.

Le projet des deux hommes semblait d'une simplicité désarmante : ils comptaient initialement inoculer le virus à cinq personnes qui le répandraient ensuite dans des mégapoles, aux quatre coins de la planète.

S'agissait-il de volontaires, à qui on avait promis le paradis et tout ce qui s'y rattache en échange de leur sacrifice, ou encore de malheureux cobayes ? Je n'avais pas trouvé le moindre élément pour répondre à cette interrogation.

De la terreur et un profond sentiment de dégoût m'ont envahi. Ma théorie n'était peut-être pas parfaitement exacte, mais je sentais que je brûlais. Puis une idée m'a mis un peu de baume au cœur : avais-je évité une catastrophe en tuant le professeur ? Ma joie a cependant été de courte durée.

Une autre question, beaucoup plus lourde de sens, s'est imposée à mon esprit : la menace s'était-elle éteinte avec la mort du professeur Atallah ? En d'autres termes, possédant maintenant une copie de ses données et de son modèle théorique, Samir et le docteur Masood pouvaient-ils arriver au même résultat sans lui ?

Dans l'affirmative, si la menace n'était pas contenue, elle risquait de se répandre comme une traînée de poudre, ou pire encore. J'ai porté une main à ma poitrine. Un point m'oppressait et je suffoquais. Les motivations initiales qui m'avaient poussé à prendre l'avion pour la Turquie, puis à franchir la frontière syrienne – protéger ma famille, celle du professeur Atallah ainsi que Phoebe –, venaient de croître de façon exponentielle.

À moins qu'il n'existe un vaccin en quantité suffisante et que celui-ci soit administré à temps, un virus mortel se transmettant par la toux pourrait faire des dizaines de milliers de victimes. Voire des millions.

COLLISION

Paris, siège de la DGSE, un an plus tôt

La salle opérationnelle comporte une table d'acajou rectangulaire et douze fauteuils. Sans fenêtre, elle est de dimensions modestes et les murs beiges sont parsemés d'écrans. Assis côte à côte au bout le plus éloigné de l'entrée, Paul Berthomet, directeur adjoint de la DGSE, et Henri Langevin, ministre français de la Défense, épluchent la pile de dossiers posée devant eux. Tandis que Berthomet est tiré à quatre épingles, Langevin a pour sa part laissé tomber le veston, retroussé ses manches et desserré son nœud de cravate. Plongé dans la lecture d'un feuillet, le ministre prend une gorgée de son expresso, puis se met à lire à voix haute :

— Trente et un ans. Parle couramment français, arabe et anglais.

Berthomet intervient :

— Nous l'avons recrutée alors qu'elle terminait sa licence en physique à l'Université Paris XI. Nous l'avions pressentie pour un poste d'analyste parce qu'elle possède une intelligence hors du commun, mais elle a insisté pour aller sur le terrain. Alors, nous l'avons formée et, contre toute attente, elle est devenue l'une de nos meilleures ressources. Elle nous a d'ailleurs été particulièrement utile en Tunisie et en Égypte, lors des soulèvements du Printemps arabe.

Le ministre range le feuillet dans une chemise cartonnée et s'incline en arrière dans son fauteuil.

— Effectivement, le bagage universitaire est impressionnant. Et je vois qu'elle a également suivi l'entraînement des forces spéciales.

Berthomet acquiesce.

— Ça faisait partie des conditions pour qu'elle se joigne à nous, monsieur. Tout ce qu'entreprend cette jeune femme est axé sur la performance.

Le ministre croise ses mains derrière sa nuque.

— Et… elle pratique sa religion ?

Le directeur adjoint de la DGSE esquisse un petit sourire malicieux.

— C'est une femme musulmane, si c'est votre question, monsieur le ministre.

Langevin boit une autre gorgée de café.

— De la famille ?

— Ses parents biologiques sont morts dans un attentat à la voiture piégée, en 1994. Elle a plus tard été adoptée par Françoise Dicker, une chirurgienne française qui travaillait pour le compte de Médecins sans frontières, au Liban. Celle-ci est décédée d'un cancer il y a quelques années.

Les deux hommes restent quelques secondes sans parler, puis Langevin brise le silence :

— Et vous croyez que c'est la bonne personne pour participer à l'opération Ulysse, Paul ?

La réponse de Berthomet est sans équivoque :

— Vous m'avez demandé mon meilleur agent de terrain après Jaber. C'est elle.

Les deux hommes se redressent en même temps : on a frappé à la porte. Celle-ci s'ouvre et la tête de Milad Jaber apparaît dans l'entrebâillement.

— Le professeur Atallah est arrivé, messieurs.

Langevin prend la parole :

— Faites-le entrer ! Et demandez à mademoiselle Dicker de se joindre à nous, je vous prie.

Assise sur un banc de bois, à quelques mètres de la salle de conférences où est entré son patron avec le ministre de la Défense, la jeune femme attendait patiemment d'être admise dans la réunion lorsque son collègue, Milad Jaber, était apparu au bout du corridor en compagnie d'un autre homme. Et tandis que Jaber cognait à la porte, elle s'était mise à parcourir du bout des doigts la cicatrice violacée qui ceignait son œil gauche.

Le visage de l'inconnu lui avait chaviré le cœur et l'avait ramenée des années en arrière, au Liban. Essayant de reprendre son souffle, elle avait murmuré pour elle-même :

— Nassim…

26.

Mutagenèse

C'était l'heure où les voix dans ma tête n'étaient plus que murmure mais communiaient avec les morts, l'heure où des images de gens atteints d'un virus létal et couverts de plaies suintantes défilaient devant mes yeux, du sang bouillonnant aux commissures de leurs lèvres desséchées, l'heure où ma mémoire s'amusait à repiquer des scènes d'horreur vues au cinéma pour me tourmenter.

C'était également l'heure où, encore engourdi par les implications de la découverte de ce qui semblait être le secret meurtrier de Samir et du docteur Masood, je me mouvais au cœur des pensées vaseuses qui m'emplissaient en me répétant qu'ils devaient être arrêtés.

Déjà, mon esprit s'était mis à reculer loin de ces visions cauchemardesques, loin des mots maintenant inaudibles des voix. Et s'il m'apparaissait dérisoire, j'avais néanmoins commencé à ébaucher un plan. Compte tenu des circonstances, je n'avais pas le choix : je devais alerter les autorités avant qu'on me démasque. Je ne pouvais rester les bras croisés à attendre, alors que des dizaines de milliers de vies, peut-être même davantage, étaient en jeu.

Afin de bénéficier du maximum d'impact et de m'assurer d'être pris au sérieux, j'allais rédiger une note détaillant de manière factuelle les événements m'ayant conduit jusqu'en Syrie, à laquelle je joindrais les fichiers que renfermait la clé USB. J'indiquerais aussi à quel endroit retrouver le corps du professeur Atallah et expliquerais l'astuce qui m'avait permis de comprendre certains des courriels échangés entre lui et le docteur Masood.

Je n'aurais pas droit à l'erreur. Car à partir du moment où j'enverrais ma bombe par courriel, une réaction en chaîne s'ensuivrait. Et même si je donnais des instructions précises aux autorités concernant les miens, la famille du professeur Atallah et Phoebe, et que je les exhortais à faire tout leur possible afin de les protéger, je savais que je mettrais leur vie en danger.

Ces gens détenaient déjà Phoebe, et Samir avait été très clair à l'aéroport à propos du sort réservé à la femme et à la fille du professeur en cas de pépin. Par ailleurs, prendre connaissance des desseins meurtriers du professeur Atallah n'avait en rien changé mes intentions à l'égard de ces dernières. Je me sentais encore responsable d'elles. Je n'étais pas cynique au point de croire que la famille d'un terroriste méritait de mourir.

Toujours assis sur mon tabouret, englouti sous terre, j'étais là à ruminer ces pensées, avec Mohamed à mes côtés qui ajoutait son silence au mien, quand j'ai cliqué sur l'icône de Google Chrome. Je voulais chercher les coordonnées des agences de renseignement des cinq pays concernés par la menace. En effet, c'est à eux que j'adresserais mon courriel.

J'ai froncé les sourcils. Un message d'erreur venait d'apparaître à l'écran. Incrédule, j'ai réessayé : le même message s'est affiché.

Pris de panique, j'ai fait pivoter le iMac et me suis rendu compte que, exception faite du cordon d'alimentation, il n'y avait aucun autre fil branché derrière l'écran. J'ai parcouru la pièce des yeux à la recherche d'un câble Internet, prêtant une attention particulière au bas des plinthes, mais je n'en ai aperçu aucun.

Les doigts crispés sur la souris, j'ai tenté de nouveau de trouver des réseaux sans fil en cliquant sur le symbole wi-fi. Chaque fois, j'ai reçu la même réponse : aucun réseau détecté. Je devais me rendre à l'évidence : l'ordinateur qu'on avait mis à ma disposition n'était pas relié à Internet. Je suis demeuré tétanisé tandis que mon horizon se noircissait d'ombres. Plus que jamais, je n'allais pouvoir compter que sur moi-même.

J'ignore combien de temps je suis resté immobile à fixer l'écran, mais la colère et la rage avaient fini par prendre le dessus. J'ai serré les poings à m'en blanchir les phalanges. J'allais sonner l'alarme. Parce qu'il le fallait et parce que j'étais le seul à pouvoir le faire.

La tentation était forte de me ruer vers la sortie et de me mettre en quête d'une connexion Internet. Mais je n'aurais guère fait deux pas sans être intercepté par les combattants que Samir avait postés dans le hall. Je ne me berçais pas d'illusions à leur égard : ils ne me laisseraient pas aller pisser sans d'abord demander son autorisation, encore moins me permettre d'utiliser Internet. Il me faudrait user de patience et m'y prendre autrement.

Le docteur Masood avait dit qu'il reviendrait à la fin de l'après-midi dans le but de faire le point. Pour demeurer en piste, il fallait que je sois en mesure de donner le change. J'avais donc quelques heures devant moi pour potasser le contenu des fichiers de l'ordinateur, en apprendre davantage sur leur projet machiavélique et commencer à étoffer ma note.

Histoire d'être en mesure de montrer au docteur Masood que je progressais dans mon installation, j'ai réquisitionné les services de Mohamed afin d'ouvrir les boîtes d'équipement et de sortir les instruments de leur emballage. D'abord réfractaire, le garçon s'est mis à la tâche avec entrain après que j'en ai ouvert une en sa compagnie pour lui montrer comment s'y prendre. Travaillant avec minutie et sérieux, il a bientôt commencé à aligner sur les comptoirs microscopes, incubateurs, combinaisons hermétiques avec masques, vaisselle de labo et pipettes, de même que des bouteilles contenant des liquides jaunes, roses ou translucides.

De mon côté, j'ai poursuivi l'exercice que j'avais entrepris précédemment, m'astreignant à décoder les courriels échangés entre le professeur et le docteur Masood. Cependant, les phrases additionnelles que j'ai ainsi compilées étaient de nature technique et leur compréhension aurait nécessité des recherches plus poussées. Être privé d'un accès Internet constituait à cet égard un obstacle majeur, puisque cela m'empêchait de vérifier la signification de certains mots ou expressions.

Quoi qu'il en soit, j'ai passé le reste de la matinée à éplucher les dossiers et à consigner mes observations dans un document Word que j'avais créé pour l'occasion.

J'essayais d'assimiler le maximum d'information et de faire le plus de recoupements possible. À ce stade, j'avais revu un peu plus de la moitié des fichiers. Un document où le professeur Atallah résumait la séquence des expérimentations qu'il comptait mener dans le laboratoire avait particulièrement retenu mon attention.

Un peu avant midi, Mohamed s'est éclipsé sans dire un mot. Il est revenu au bout de quinze minutes et m'a tendu un sac de papier brun dans lequel j'ai trouvé quelques pitas encore chauds, un pot contenant du houmos, une aubergine farcie de riz et une bouteille d'eau minérale. L'odeur de la nourriture m'a redonné un peu d'espoir.

J'ai invité le gamin à casser la croûte en ma compagnie, mais il a refusé d'un signe de tête, préférant retourner à ses boîtes. Entre deux bouchées, je lui ai posé quelques questions à propos de l'école et de ses camarades, mais il n'a pas répondu.

Toutefois, alors que je me préparais à attaquer l'aubergine, il a lâché :

— *Makloub*...

C'était le premier mot qu'il prononçait depuis le départ de Samir, le matin. J'ai repris :

— Tu en veux ?

Pas de réponse : Mohamed gardait les mâchoires serrées. Mais quand j'ai avancé la main pour lui offrir l'aubergine enveloppée dans du papier ciré, il a déposé la boîte qu'il tenait.

Je l'ai encouragé d'un sourire.

— Prends-la, Mohamed.

Le garçon a saisi mon don d'un geste vif. Et, pour la première fois, il m'a souri. C'était un mince plissement des lèvres, mais tout de même l'esquisse d'un sourire. Assis côte à côte sur nos tabourets, nous avons fini notre repas en silence.

— Ça va, professeur Atallah ?

J'ai sursauté et Mohamed aussi. Le docteur Masood venait d'apparaître dans la pièce sans que nous l'ayons entendu arriver. Sur un ton de politesse obséquieuse, il a dit :

— Oh ! désolé de vous avoir effrayé. Mes rencontres se sont terminées plus tôt que prévu et je suis un peu en avance. Cela vous pose-t-il un problème ?

Sur le mur, l'horloge marquait à peine 13 h.

— Bien sûr que non, ai-je menti. Mohamed, tu pourrais aller nous chercher du thé ?

Le garçon a acquiescé d'un battement de cils et est sorti. Le docteur Masood s'est assis sur le tabouret libre et m'a raconté qu'il revenait de Tabqa, où les soldats du califat étaient en voie de renverser les forces loyalistes du régime, qui tentaient de leur reprendre la base aérienne conquise en 2014.

— Avec votre aide, si Allah le veut, nous serons aux portes de Damas avant longtemps.

Masood s'était changé. Ayant abandonné la *jubba*, il portait maintenant un pantalon de lin, une longue chemise blanche à col Mao et des chaussures de cuir fin. Une bosse caractéristique affleurait dans son dos, au niveau de la ceinture. Il avait un pistolet.

J'ai lancé une ligne à l'eau et appliqué la règle n° 6 : *Feins de comprendre la situation pour en apprendre davantage.*

— On devrait plutôt dire : grâce à notre collaboration, docteur Masood, n'est-ce pas ?

Il a embrassé la pièce du regard, mais n'a pas mordu.

— On dirait que vous avez bien progressé, ici.

J'ai approuvé avec l'air de celui qui veut minimiser son importance…

— Ça avance. Mohamed m'a été d'une aide précieuse.

Masood a inspiré comme s'il essayait d'engloutir tout l'oxygène du laboratoire. Puis, d'un ton déterminé, il a suggéré :

— Avez-vous besoin d'un coup de main supplémentaire pour terminer l'installation ? À nous deux, nous en aurions pour quelques heures de travail, tout au plus.

Contraste étonnant avec sa personnalité, lorsque Masood s'exprimait, il gesticulait sans cesse avec les mains. J'ai penché la tête sur le côté et lui ai souri. C'était un sourire destiné à lui faire avaler la pilule.

— Je préférerais travailler seul, docteur.

L'index profondément enfoui dans la masse de sa chevelure, Masood s'est gratté le crâne. Un masque de contrariété s'était peint sur son visage. Il a posé la main sur la table en inox, faisant claquer la chevalière armoriée grosse comme un boulon qu'il portait à l'annulaire droit.

— Ma mémoire doit me jouer des tours : j'étais pourtant certain que vous aviez vous-même proposé que nous travaillions ensemble…

J'ai ravalé ma surprise. J'aurais dû être plus prudent. Je n'avais pas lu cette information dans les courriels. La règle n° 4 me semblait appropriée aux circonstances :

Quand tu es pris en défaut, improvise, mens ou enjolive.

J'ai toussé dans mon poing. J'allais faire les trois.

— Je sais. Je ne voudrais pas que vous en soyez offusqué, mais je veux également employer les quelques jours nécessaires à l'installation du laboratoire et à la préparation des expériences pour apprivoiser ma nouvelle réalité, docteur Masood. Même si mon arrivée en Syrie me réjouit au plus haut point, vous comprendrez qu'il s'agit d'un bouleversement de mes habitudes. J'aurais peur de ne pas être à mon meilleur.

Je ne l'avais pas noté jusque-là, mais lorsque le docteur Masood a repris la parole, j'ai vu que quelques gouttes de sang fleurissaient sa chemise au poignet droit.

— Je comprends tout à fait et n'insiste pas... Mais chose certaine, vous ne pourrez pas mener la phase d'expérimentation sans aide. C'est un travail colossal.

Dans le domaine de la publicité, il faut parfois savoir jongler et jouer à l'équilibriste pour éviter de montrer son ignorance. Règle n° 9 :

Utilise quelques mots du jargon de ton interlocuteur.

— Je crois qu'il y a malentendu, docteur. Quand je parlais de travailler seul, je voulais dire : uniquement pour la phase de la mutagenèse. Ensuite, votre aide me sera précieuse.

Cette remarque a semblé le rasséréner un peu.

— Vous avez besoin de combien de temps avant que vos mutants soient prêts ?

Dans le document où le professeur résumait la séquence de ses travaux, j'avais noté qu'il prévoyait une étape préalable à la phase d'expérimentation qu'il nommait « mutagenèse dirigée » et que celle-ci durerait trois jours. J'avais donc lancé le terme en me croisant les doigts et je me préparais à utiliser une autre expression en espérant réussir à la mettre en contexte.

— J'ai encore quelques détails à peaufiner sur le modèle théorique. Donnez-moi trois jours.

Le docteur Masood a de nouveau fait claquer sa chevalière sur la table.

— Ça me convient parfaitement. Je dois de toute façon m'absenter de la ville. Pour votre information, les furets devraient arriver après-demain.

Mon interlocuteur a eu une seconde d'hésitation avant de reprendre :

— Et pour reproduire la cinquième mutation de manière concluante ? C'est une question de quelques jours, de quelques semaines ? Je ne me souviens plus de ce que vous disiez dans vos courriels.

J'étais coincé. Règle n° 7 :

En cas d'absolue nécessité, détourne l'attention sur autre chose.

— Vous savez, allons-y un jour à la fois. Jolie bague, soit dit en passant.

Il a brandi la main et a fait tourner le bijou avec son pouce d'un air distrait.

— Oh ! ça… Un souvenir qui date de l'époque où j'étais au CERS[14]. Dans mon ancienne vie.

Le docteur Masood n'ayant visiblement plus de questions, nous avons encore échangé quelques banalités, puis il s'est levé.

— Je ne vous retarde pas plus longtemps, professeur. Vous êtes un homme occupé. Nous prendrons le thé plus tard.

J'ai discrètement poussé un soupir de soulagement en me levant à mon tour. Je m'étais bien tiré d'affaire : j'avais gagné trois jours. Trois jours que je pourrais utiliser pour contacter les autorités et essayer de sauver ma peau. Le docteur Masood et moi avons échangé les formules de politesse usuelles, puis il s'est dirigé vers la sortie.

Lorsque Mohamed est reparu, quelques instants plus tard, avec une théière en acier, des gobelets et un tapis roulé sous le bras, j'étais plongé dans mes pensées.

À un point de la conversation – je peinais à déterminer avec précision lequel –, j'avais cru déceler dans les yeux de

---

[14] Centre d'études et de recherches scientifiques, situé à Damas.

Masood un éclair de surprise, puis s'éveiller la suspicion de l'enquêteur qui trouve tout à coup un élément ténu mais discordant dans la déposition d'un témoin.

27.

Programme chimique

Après le départ du docteur Masood, j'ai pris le thé en compagnie de Mohamed. Me répétant qu'il y avait urgence d'agir, les voix m'enjoignaient de me remettre au travail et d'entamer sans attendre la rédaction de ma note, mais la visite impromptue du scientifique m'avait à ce point secoué que j'avais besoin d'un moment pour me recomposer. J'ai toujours cru qu'en pleine lumière les démons n'ont rien de menaçant. Pourtant, l'image du visage de Masood suffisait désormais à me faire frissonner. Pourquoi ma trajectoire avait-elle croisé celle de damnés ?

Une idée se profilait dans la grisaille de mon esprit, une impression sourde d'avoir négligé un détail important, mais ses contours demeuraient trop flous pour que je puisse la préciser. La tête bourdonnante, le regard fixé sur la surface du liquide qui fumait dans le gobelet qu'enserrait ma paume, j'étais à la lisière de la catatonie pendant que Mohamed buvait en silence son thé à petites lampées.

Nous sommes restés ainsi plusieurs minutes. Par la suite, le garçon a étendu sur le plancher le tapis qu'il avait apporté et nous avons fait la prière du début d'après-midi. Même s'il n'avait pas encore atteint l'âge où la prière devenait obligatoire, j'ai été à la fois touché et troublé de voir sa dévotion. Pour ma part, j'ai de nouveau éprouvé une sensation de bien-être dans la répétition de ces gestes et de ces paroles qui me rappelaient mon enfance.

Nous venions à peine de terminer la prière lorsqu'un couloir étroit s'est ouvert dans mes pensées et que s'est imposé à mon esprit l'acronyme qu'avait mentionné Masood quand je l'avais complimenté au sujet de sa bague : CERS. Ces quatre lettres, j'en avais désormais la certitude, je les avais vues quelque part en parcourant les fichiers du professeur sauvegardés sur la clé USB.

À partir du moment où le déclic s'est produit, tout s'est déroulé très vite. Tandis que Mohamed retournait à ses boîtes, je me suis rassis sur mon tabouret, devant le iMac, et j'ai recommencé à jouer de la souris. La quantité de documents que je n'avais pas encore consultés était substantielle, mais je n'ai mis que quelques minutes à trouver ce que je cherchais. Plus tôt, en survolant la liste des fichiers, mon regard avait glissé sur un onglet intitulé « CERS », que je venais de localiser dans la masse d'informations.

Sans plus attendre, j'ai ouvert le dossier, qui contenait deux documents. J'ai fait apparaître le premier d'un clic de souris. Il s'agissait de la capture d'écran d'un article publié le 20 avril 2014, dans un cyberjournal syrien.

L'article parlait de la mort dans un accident de voiture d'Akram Hassan, un des principaux chercheurs du Centre d'études et de recherches scientifiques de Damas. En continuant la lecture du compte rendu des événements, j'ai constaté que l'homme présenté comme le docteur Akram Hassan sur la photo était celui-là même qui avait quitté le laboratoire moins d'une heure auparavant : Imaad Masood.

Je me suis appuyé contre le dossier de mon tabouret, puis j'ai laissé la surprise s'estomper et l'information se frayer un chemin dans mes neurones. À moins que le journaliste qui rapportait les faits n'ait commis une erreur ou que le chef de pupitre se soit trompé de photo, le docteur Hassan n'était pas mort.

L'homme répondait désormais au nom d'Imaad Masood. Docteur Imaad Masood. Perplexe, j'ai consulté le deuxième fichier, qui contenait la numérisation d'un document tiré d'un ouvrage de référence. Les premières lignes parlaient d'elles-mêmes :

« Établi à Damas en 1971 et officiellement chargé de promouvoir la recherche scientifique et technologique civile, le CERS est la principale entité impliquée dans le programme chimique syrien. »

J'ai commencé à me triturer la lèvre inférieure tandis que des questions valsaient dans ma tête Pourquoi le professeur Atallah détenait-il ces informations à propos du docteur Masood ? Le fait que les fichiers du professeur se retrouvaient maintenant entre les mains de Samir et de Masood me mettait-il davantage en danger ?

Depuis le matin, j'avais toutes les raisons de penser que l'État islamique possédait déjà un virus létal. Aussi, le passé de Masood au sein du programme d'armes chimiques du régime ravivait une question qui m'avait assailli plus tôt : maintenant que le professeur était mort, Masood était-il en mesure, en utilisant les données sauvegardées sur la clé USB, de faire lui-même muter ce virus pour qu'il puisse se transmettre par la toux, décuplant ainsi son pouvoir de contagion ?

Ce n'était à ce point rien d'autre qu'une intuition, mais plus j'en apprenais sur ce curieux personnage, plus je redoutais que ce soit le cas.

En tout état de cause, je devais me méfier encore davantage d'Imaad Masood alias Akram Hassan. Selon toute vraisemblance, je n'étais pas le seul, ici, à avoir emprunté une nouvelle identité.

28.

Un ballon et des gamins

Je suis sorti du laboratoire en compagnie de Mohamed à la fin du jour. Talonnés par les deux djihadistes armés jusqu'aux dents qui devaient « assurer ma sécurité », nous avons émergé des ruines de l'hôpital et nous sommes glissés à la dérobée dans la rue, nous mêlant au flot continu des piétons. Racca bruissait de ses mille et une rumeurs, du vacarme de la circulation, des harangues des vendeurs de rue, des cris des enfants et des rafales d'armes automatiques tirées au ciel par les combattants de l'État islamique paradant dans des pick-up.

Ébloui par la lumière lavée de soleil, j'ai mis une main en visière sur mon front. La tension que j'avais supportée tout au long de cette journée et le travail acharné que j'avais accompli m'avaient exténué et je marchais en traînant les pieds, prêtant à peine attention à ce qui se passait autour de moi. Je me sentais vidé et vaguement nauséeux.

La clé USB contenant les documents du professeur Atallah et la longue note que j'avais rédigée à l'intention des autorités au fond de ma poche, je n'avais plus la force de penser ni de me poser des questions. Et si j'appréhendais plus que tout d'être tué après avoir failli à la tâche, je ne pouvais en même temps m'empêcher de rêver que je rentrais à la maison et que j'avais le reste de mon existence, sinon l'éternité, pour regarder Jade grandir. Encore quelques jours de ce régime et j'allais devenir un vieillard avant l'âge, desséché comme une feuille morte par la vie et ses vicissitudes. Ça, ou j'allais devenir fou.

Mohamed, qui avait ordre de me conduire à mon appartement, se taisait toujours. Il avançait les épaules basses, comme voûtées par un bagage déjà trop lourd pour son âge.

En fin d'après-midi, il s'était absenté pour rapporter la théière et les gobelets, laissant le tapis de prière sur le plancher du laboratoire. J'ignorais d'ailleurs où il s'approvisionnait en victuailles. Je le lui avais demandé, mais il était demeuré muet. Lorsqu'il était revenu quelques minutes plus tard, il m'avait tendu une note que j'avais supposée écrite de la main de Samir. Je l'avais lue, puis mise dans ma poche. Elle disait :

« Cher professeur Atallah,

« Une urgence m'empêche d'honorer ma promesse de vous inviter à prendre le repas du soir avec ma famille. Ce n'est que partie remise, si Allah le veut. Mohamed vous conduira jusqu'à votre appartement, où je vous ferai servir un repas après al-Asr. Si vous le désirez, il pourra également vous conduire à la mosquée pour el-Maghrib. »

J'ai relevé la tête. Nous traversions un parc, et un vieux ballon venait d'atterrir à quelques mètres devant nous, au pied d'un palmier, dans l'herbe rare et jaunie. Tout à coup, c'est comme si je reprenais vie. Je n'en croyais pas mes yeux. Un ballon de rugby.

Je possède un bras puissant et je suis capable de lancer le ballon d'un trait sur une grande distance. Sans réfléchir, je l'ai pris et, comme un quart-arrière de football, j'ai fait une longue passe à un des enfants qui se trouvaient sur le terrain.

Alors que Mohamed et moi nous apprêtions à continuer notre route vers l'appartement, le ballon est retombé à nos pieds. J'ai de nouveau levé la tête. Les gamins riaient. Ils étaient une vingtaine sur le terrain. C'est ce que j'ai toujours aimé du sport. S'il y avait plus de ballons sur la planète, il y aurait sans doute moins de drames. J'ai lancé le ballon. Ils me l'ont renvoyé.

Sans même que je m'en rende compte, Mohamed et moi nous sommes intégrés au groupe. Sous le regard impassible des deux djihadistes qui se tenaient en retrait, nous improvisions un mélange de rugby, de football américain et de soccer. Il n'y avait pas de règles trop contraignantes.

Seulement un homme et des garçons qui avaient envie de s'amuser et d'oublier, le temps de quelques enjambées, le poids écrasant de la guerre et le chant des morts.

À cause de ma taille et de ma force, ils devaient se mettre à plusieurs pour me jeter au sol et, à un moment, je crois bien qu'ils étaient huit accrochés sur mon dos quand j'ai franchi une zone des buts imaginaire.

Sur le dernier jeu de ce match impromptu, j'ai fait une passe à Mohamed, qui avait réussi à se démarquer. Lorsqu'il a traversé la ligne, nous donnant ainsi la victoire, j'ai ressenti une immense joie. Comme si c'était moi qui avais réussi à marquer, ou même mon propre fils.

Dès qu'il a pu se défaire des coéquipiers qui l'encerclaient pour le féliciter, le garçon s'est mis à courir vers moi. Un large sourire illuminait son visage. Les bras levés au ciel, il s'est précipité dans les miens. La fierté dans ses yeux était indescriptible.

— On les a eus, monsieur Fady Atallah ! On les a eus !

Nous sommes rentrés en rejouant le match contre nos ombres qui s'allongeaient sur les murs, magnifiant nos faits d'armes en les mimant avec de grands gestes. Mohamed, à qui j'avais été incapable d'arracher trois mots depuis le matin, était intarissable.

Et à l'entendre raconter mes exploits, j'étais déjà en voie de devenir une légende :

— Ils étaient une douzaine sur ton dos, monsieur Fady Atallah. Et tu courais encore, tu courais comme le vent en les transportant. Et quand tu passais le ballon, c'était comme des éclairs qui déchiraient le ciel. Des fusées. Avec un tel bras, tu pourrais abattre tous les hélicoptères du régime en leur lançant des pierres.

J'ai posé une main sur son épaule.

— Tu as très bien joué, Mohamed. Ça prenait beaucoup d'adresse pour attraper cette passe.

Les yeux du garçon brillaient d'une joie intense.

— Le ballon est arrivé si vite que j'ai cru que mes mains allaient prendre feu.

Nous poursuivions notre chemin dans les rues encombrées de Racca. En croisant un piéton, Mohamed a même mis de côté sa réserve précédente pour s'écrier :

— C'est monsieur Fady Atallah. C'est mon ami et c'est le meilleur bras de tout le califat !

Les quelques minutes que j'ai partagées avec Mohamed ce soir-là comptent parmi mes plus beaux moments à ce jour. Parmi les plus vrais.

Je me suis senti revivre en compagnie de ces enfants. J'avais presque trente-trois ans. J'étais loin, très loin d'être un vieil homme. Mais, déjà, je n'étais plus jeune. Lorsque j'avais vu courir dans l'herbe et la poussière ces gamins qui ne possédaient que leur liberté, je les avais enviés. Tout m'éloignait de ce temps, mais j'étais convaincu d'une chose : la vie doit être une fulgurance.

29.

Apparition

Quelqu'un cognait à ma porte avec force. Après être sorti de la douche, j'ai enroulé une serviette autour de ma taille en vitesse. Toujours ruisselant, je me suis précipité dans le corridor. En prenant mon élan, j'ai failli perdre pied sur le carrelage de la salle de bains, mais j'ai réussi à garder l'équilibre en m'appuyant contre le mur.

La partie de football improvisée à laquelle Mohamed et moi avions participé une heure plus tôt m'avait redonné espoir que je pouvais mener à bien la mission que je m'étais fixée et peut-être même en réchapper. Arrivés à l'appartement, nous avions évoqué nos exploits sous le porche pendant un moment, puis il m'avait dit : « Au revoir, monsieur Fady Atallah » et avait disparu au bout de la rue. Après, j'étais rentré et j'avais filé directement sous la douche.

Le souffle court et la peur me tenaillant, j'ai tiré sur la poignée et glissé un regard par l'entrebâillement. Tête nue et fusil-mitrailleur en bandoulière, un djihadiste que je n'avais jamais croisé jusque-là m'observait, l'air grave et intransigeant. Un gamin avec un jouet de métal pour surprendre la vie.

— Professeur Atallah ?

M'efforçant de le fixer dans les yeux, j'ai résisté à l'envie de fermer la porte et de me barricader. Les espérances que je caressais quelques instants auparavant venaient de s'effriter d'un seul coup. Un malheur était arrivé, j'en avais la conviction. On m'avait démasqué et j'allais être exécuté sur-le-champ ou, pire encore, on allait me décapiter sur la place publique.

— Oui, c'est moi.

Un sourire est passé sur les lèvres du soldat du califat. Puis il s'est retourné pour attraper ce qu'il avait déposé sur le parapet qui jouxtait l'escalier menant de la rue à l'appartement. Le jeune djihadiste me tendait à présent un plateau de bois foncé, sur lequel se trouvait une assiette couverte d'une cloche en argent.

— De la part de monsieur Samir.

Je l'ai libéré du repas qu'il transportait et, après l'avoir remercié, j'ai refermé la porte. Paupières closes, je suis demeuré immobile quelques secondes, tenant le plateau entre mes mains tremblantes. Je l'ai ensuite mis sur la table et me suis effondré sur le canapé. Mordant mon poing, je suis resté plusieurs minutes à étouffer mes sanglots et à évoquer le souvenir de Jade et d'Alice. Sans sécher les larmes qui sillonnaient mes joues, j'ai déplié le tapis qu'on avait laissé là pour moi, à mon arrivée, et me suis mis à prier Allah.

Alors que tout me dépassait et que je ressentais le besoin de m'en remettre à quelque chose de plus grand que moi-même, le rituel de la prière m'apaisait. Ce serait mentir de prétendre que j'avais trouvé la foi, mais la vie se chargeait de m'apprendre une leçon à la dure : quand on est seul et confronté à sa propre mortalité, qu'y a-t-il de plus grand que Dieu ?

Après avoir expédié les kébabs et le riz qu'on m'avait fait porter, je me suis habillé. La nuit était tombée et j'allais en profiter pour mettre mon plan à exécution. Assailli par les doutes, j'ai contemplé la clé USB dans le creux de ma main.

Plus tôt dans l'après-midi, après la visite de Masood, j'avais rédigé le message que je destinais aux services de renseignement. Outre le résumé détaillé des événements qui m'avaient mené en Syrie et des éléments que j'avais découverts en colligeant les courriels du professeur, j'avais brossé un portrait aussi complet que possible de Samir et du docteur Masood.

Le document renfermait l'emplacement du laboratoire, ainsi qu'une description sommaire de ses installations et des équipements qu'on y trouvait. J'avais également précisé les coordonnées de l'appartement où j'habitais. Enfin, j'avais écrit un mot à l'intention d'Alice et de Jade.

Le fichier que je voulais transmettre ne devant pas comporter trop de données, j'allais y joindre uniquement quelques-uns des documents enregistrés sur la clé USB : les articles du professeur Atallah, les fichiers Excel contenant son modèle théorique et les courriels que j'avais décodés. De ma perspective, il suffisait de regarder ces informations pour avoir une image assez claire de la situation.

Deux obstacles de taille se dressaient sur mon chemin. Le premier : je n'avais pas un sou en poche. Mon seul espoir était de trouver quelqu'un avec un ordinateur, à la terrasse d'un café ou ailleurs, et de convaincre cette personne de me laisser l'utiliser quelques minutes, le temps de dénicher l'adresse de quelques agences de renseignement et d'envoyer mon fichier.

Le deuxième était à mes yeux le plus difficile à surmonter : à supposer que les djihadistes chargés de m'escorter m'autorisent à déambuler dans Racca et que je trouve mon bon samaritain, encore fallait-il qu'ils me permettent d'utiliser l'ordinateur. J'ignorais si Samir avait donné des instructions précises à cet égard, mais je ne me faisais pas d'illusions.

Pourtant, la dernière chose dont j'avais besoin, c'était qu'un des soldats du califat demande à examiner les documents que je téléchargerais à partir de la clé USB. Ou pire encore, qu'il rapporte à Samir que j'avais essayé d'utiliser Internet.

C'était une opération presque suicidaire ; j'en comprenais les risques et les éventuelles implications, mais je ne voyais pas d'autre possibilité : je devais tenter ma chance et espérer que le vent tourne en ma faveur.

J'ai pris une grande inspiration et enfoncé la clé USB dans la poche de mon pantalon. En ouvrant la porte, je me suis juré une chose : si jamais je sortais vivant de cette histoire, je n'allais plus jamais me coller un pistolet dans la bouche.

La nuit était fraîche, la rue, quasiment déserte, et le ciel enveloppait les visages des rares passants d'une lueur bleutée. J'ai commencé à marcher dans la direction opposée à celle de l'hôpital. Je n'avais pas fait plus de quinze mètres quand, comme je m'y attendais, j'ai senti une présence dans mon dos, puis une main se poser fermement sur mon épaule.

— Je peux vous aider, professeur Atallah ? Vous avez besoin de quelque chose ?

Je me suis retourné sans avertissement. Le jeune djihadiste, celui qui m'avait apporté le repas, se tenait debout derrière moi, fusil-mitrailleur à la main.

Pour montrer que je n'étais pas impressionné, j'ai affiché un air flegmatique et froid.

— Non, ça va. J'avais juste envie de faire une promenade.

Il y a eu un silence oppressant. Il me fixait du regard.

— Ce n'est pas très sécuritaire, professeur. Vous devriez rentrer.

Son ton était catégorique. J'ai fait non de la tête.

— Je vais quand même faire une promenade.

Le djihadiste a acquiescé en inclinant le front dans un geste de déférence. J'ai repris ma marche d'un pas lent, celui d'un flâneur. Puis, quelques mètres plus loin, j'ai lancé un coup d'œil derrière moi, par-dessus mon épaule. Mon ombre me suivait à distance.

Continuant de déambuler sur le trottoir, je laissais mon regard errer des vitrines de magasins aux passants bigarrés, mais je ne les voyais pas. Les doigts crispés sur la clé USB, je ne cherchais qu'une seule chose : mon bon samaritain.

J'avais réfléchi un instant à la possibilité de kidnapper Mohamed et de m'en servir comme monnaie d'échange pour forcer Samir et le docteur Masood à abandonner leur sinistre projet.

Toutefois, outre l'affection que j'éprouvais pour le gamin et le fait que je ne pourrais jamais me résoudre à risquer la vie d'un enfant dans une opération aussi périlleuse, je doutais que cela s'avère être une option valable.

En effet, il y avait fort à parier que Samir considérerait que le destin de Mohamed était de mourir en martyr. Dans l'éventualité où le père hésiterait à offrir ce sacrifice à Allah, certains des hommes qui l'entouraient n'auraient peut-être pas les mêmes scrupules.

Et même si, dans un élan désespéré, je tentais d'enlever le garçon, je ne tiendrais pas deux secondes devant les combattants du califat : ma tête finirait par rejoindre celles des soldats du régime sur un piquet de clôture.

Arrivant à un square où il y avait un attroupement, je me suis fondu à la masse des curieux pendant que le djihadiste chargé de m'escorter restait derrière. Un vieil homme était agenouillé sur le sol. Vêtu de loques, le front ouvert, il pleurait, et le sang qui coulait de sa plaie se mélangeait à ses larmes et à sa morve.

Trois femmes portant niqab, kalachnikov en bandoulière, marchaient autour de lui. L'une d'elles tenait un gros bâton. Vu la blessure au front et le bâton, nul besoin d'être très perspicace pour comprendre ce qui était survenu.

Je me suis tourné vers mon voisin, un jeune homme qui filmait la scène sur son iPhone.

— Qui sont ces femmes ?

— Une patrouille de la Hisbah.

J'ai passé les doigts dans ma barbe.

— Qu'est-ce qu'il a fait ?

L'homme agenouillé avait joint les mains et implorait la clémence de ses tortionnaires.

— Il a laissé une de ses filles sortir seule. Toutes les femmes doivent être accompagnées d'un *mahram* quand elles sortent.

J'ai secoué la tête.

— Et ce tuteur se doit d'être un homme de la famille…

Sans me regarder, le jeune homme m'a fait signe que oui. La femme qui tenait le bâton a levé le bras. Alors que le gourdin fouettait l'air, une de ses collègues s'est interposée, l'emprisonnant dans sa main avant qu'il ne s'abatte encore une fois sur l'homme. Le claquement dans la paume a provoqué des murmures dans la foule. Les deux femmes se regardaient à présent en chiens de faïence.

Celle qui avait arrêté le coup a brisé le silence d'une voix froide :

— Ça suffit. Il a compris. Cela ne se reproduira plus.

Embrassant les pieds de sa bienfaitrice, le vieil homme jurait que sa fille ne sortirait jamais plus sans *mahram*. Celle qui tenait le bâton a fini par baisser le regard. Puis les trois femmes de la Hisbah ont commencé à disperser la foule.

J'ai de nouveau interrogé mon voisin :

— Qui est cette femme qui a saisi le bâton ?

— Je ne sais pas son nom. On l'appelle *Fahd al-Asouad*.

Je ne la quittais pas des yeux tandis qu'elle enjoignait aux gens de rentrer chez eux. J'avais trouvé son geste courageux. J'étais touché.

— La « Panthère noire » ? Pour quelle raison ?

Le jeune homme a mis son cellulaire dans sa poche et s'est tourné vers moi.

— On dit qu'elle travaillait dans un jardin zoologique. Elle était chargée de nourrir les fauves. Il paraît qu'elle seule pouvait les approcher, qu'elle était la seule personne qu'ils toléraient dans leur cage. On dit qu'elle était si douée qu'elle faisait manger une panthère noire dans sa main. Un jour, elle est entrée dans la cage de la panthère, mais, ce jour-là, elle avait omis de porter son voile. La panthère, qui était d'habitude si docile avec elle, lui a sauté au visage et lui a infligé de profondes coupures avec ses griffes. Je ne sais pas si c'est vrai, mais on raconte que la moitié de son visage est mutilée. La rumeur veut que ce soit en fait Allah qui l'ait punie ainsi parce qu'elle avait omis de porter son voile.

Celle qu'on surnommait « la Panthère noire » se dirigeait à présent vers nous.

— Circulez, circulez.

Au moment où le jeune homme s'éloignait après m'avoir souhaité une bonne fin de soirée, la Panthère noire est arrivée près de moi et nos regards se sont croisés. J'ai écarquillé les yeux et je crois qu'elle aussi. Son niqab ne me permettait de voir qu'une bande de quelques centimètres sous sa paupière inférieure et au-dessus de ses sourcils. Une odeur de chair brûlée s'est alors réveillée dans mes narines. La peau violacée des cicatrices autour de l'orbite gauche, légèrement en saillie, avait une forme très nette.

Aussi bouleversé que terrassé par la peur, j'ai pivoté sur mes talons et je me suis mis à marcher à vive allure en direction de mon appartement. Je me foutais que le djihadiste m'ait suivi ou pas. Je n'osais pas regarder derrière moi.

Sans ralentir le pas, je me suis engouffré dans une ruelle. Je savais ce qui était arrivé à cette femme. Elle ne s'était pas battue avec une panthère noire. Ces yeux et cette cicatrice, je les reconnaissais, je les aurais reconnus entre mille.

Cette femme avait reçu des éclats d'obus durant le bombardement du camp de réfugiés de Cana, en 1996. Ces éclats avaient imprimé une étoile dans la chair autour de son œil gauche. J'avançais à présent entre les édifices et, pris de vertige, les larmes commençaient à me brouiller la vue. Je m'étais trompé. C'était impossible. L'empreinte de son existence ne subsistait que dans le tréfonds de ma mémoire. Ces yeux et cette cicatrice appartenaient à une morte.

30.

Retour en arrière

Accroupi devant la cuvette, j'ai relevé la tête et actionné la chasse d'eau. Tout mon corps frissonnait et mon front était moite de sueur. Mon estomac s'est soulevé de nouveau, mais je n'ai hoqueté que de l'air. À bout de forces, je me suis assis par terre, le dos contre le carrelage noirci qui recouvrait le mur. Je n'avais plus rien à vomir.

La fenêtre était ouverte et la lune miroitait sur les carreaux. J'entendais les bruits de la rue alors que je rêvais de silence. J'aurais voulu être ailleurs, n'importe où. J'ai pris mon visage entre mes mains. Enveloppé par l'obscurité, j'essayais de ne penser à rien, de faire abstraction de ce que je croyais avoir vu. Je tentais de me convaincre que j'avais fabriqué cette vision, mais le poison se répandait dans mon esprit.

C'était impossible et, pourtant, elle s'était tenue là, devant moi, et nos regards s'étaient croisés. Je savais que c'était elle et elle, peut-être, savait que c'était moi.

J'avais été si affaibli par sa perte, comme si en moi une part de ma chair avait été amputée, j'avais si ardemment désiré remonter le fil du temps pour retrouver sa lumière, elle avec qui la vie m'avait paru infinie, j'avais tant appuyé mon cœur contre le sien dans le cauchemar de son absence. Nayla et moi n'avions vécu que l'équivalent de deux ans comme frère et sœur. Mais il est des relations brèves qui comptent plus qu'une vie passée côte à côte.

Nayla était morte dans le bombardement. J'avais vu son visage rendu méconnaissable par le souffle d'une explosion, j'avais ramassé son foulard déchiqueté et maculé de sang. Puis je l'avais portée, inconsciente, jusqu'à l'endroit où le mur s'était effondré sur nous, où son corps avait été enseveli sous les décombres.

Pourtant, la femme que je venais de croiser n'était pas un piège de mon esprit ou une créature de mon imagination. Et si j'étais revenu à l'appartement en catastrophe, c'était parce que je ne pouvais pas prendre le risque que Nayla me reconnaisse et qu'elle me dénonce. Car même si plus de vingt ans s'étaient écoulés depuis la dernière fois où je l'avais tenue dans mes bras, elle saurait que je n'étais pas celui que je prétendais être.

Les questions s'entrechoquaient dans ma tête et s'amoncelaient, vides de réponses.

Par quel miracle Nayla avait-elle eu la vie sauve ? Où avait-elle vécu toutes ces années ? Que s'était-il passé pour qu'elle décide de rejoindre l'État islamique ?

Même si cette simple idée me faisait l'effet d'une morsure au cœur, ce que nous avions été l'un pour l'autre n'y changeait rien : j'étais en danger en sa présence.

***

Dissimulée à l'angle d'un immeuble voisin, la femme de la Hisbah qu'on surnommait « la Panthère noire » avait vu l'homme qu'elle avait suivi gravir à toute vitesse l'escalier menant à un appartement. Aucun doute possible : c'était bien Théodore Seaborn. Alors qu'il disparaissait derrière la porte, elle avait murmuré :

— Nassim…

31.

Fouille

Je venais à peine d'ouvrir la porte de la geôle qui me servait d'appartement lorsque j'ai entendu Mohamed crier :

— Attrape, monsieur Fady Atallah !

Par réflexe, j'ai tendu les mains devant ma poitrine et capté le ballon lancé par le garçon, qui m'attendait tout sourire sur le trottoir, en bas des escaliers. Il était à peine 7 h. Le ciel était couvert de nuages menaçants et je redoutais que quelque chose de malsain me tombe dessus avec la pluie qui couvait. Je lui ai renvoyé le ballon, puis j'ai descendu les marches mollement, sans entrain. Mes yeux brûlaient. Pensant sans cesse à Nayla, je n'avais dormi que quelques heures et mon sommeil avait été peuplé de cauchemars où des bestioles contaminées par le virus de Samir et du docteur Masood me pourchassaient.

Pour sa part, Mohamed exultait. Traînant deux djihadistes dans notre sillage, nous venions de commencer à marcher vers l'hôpital quand il m'a demandé :

— On ira encore jouer au ballon avant de rentrer ce soir, hein ?

Trois ou quatre pas devant moi, il avançait à reculons, pivotait sur lui-même, sautait du trottoir à la rue, mimait les gestes qu'il avait exécutés des dizaines de fois la veille.

— La passe de monsieur Fady Atallah à Mohamed, qui court au milieu du terrain, déjoue les défenseurs… et marque !

Les bras levés au ciel, le garçon s'est approché et m'a fait un *high five*. J'ai souri, comme pour conjurer le mauvais sort, mais le cœur n'y était pas. La crainte de me tromper, de commettre le faux pas fatidique, était devenue ma seule préoccupation. J'allais devoir continuer à faire illusion au laboratoire. Et à essayer de trouver une façon d'échapper à Mohamed et aux djihadistes qui montaient la garde afin d'envoyer mon fichier aux autorités.

Autour de nous, la rue commençait à s'animer. Un commerçant relevait le rideau de fer qui protégeait la vitrine de sa boutique. Le boulanger avait sorti ses étals. L'odeur du pain chaud qui se glissait dans le parfum de terre sèche charrié par le vent me chatouillait les narines.

Mohamed a trottiné jusqu'à la porte de la boulangerie.

— Tu as faim, monsieur Fady Atallah ? Attends-moi ici.

Le gamin m'a donné le ballon, puis il est entré. Je me suis mis à faire les cent pas sur le trottoir pour tuer le temps. Mon esprit tournait au ralenti, ressassant des pensées qui trouvaient écho dans mes peurs et dans mes obsessions. Une vieille porte de bois à la peinture bleue écaillée s'est ouverte à ma gauche. Un homme vêtu d'une *jubba* marron en est sorti. Tête basse, il tapotait sur son téléphone cellulaire. J'ai mis quelques secondes avant de me rendre compte de qui il s'agissait.

L'homme ne m'avait pas encore aperçu lorsque j'ai dit :

— Bonjour, docteur Masood.

Il s'est redressé et j'ai su à son expression qu'il ne s'attendait pas à me voir.

Le scientifique a forcé un sourire, mais son visage était d'un sérieux réfrigérant. En fait, ma présence semblait le contrarier.

— Professeur Atallah ? Mais que faites-vous ici ?

Son regard s'est posé sur le ballon, que je faisais passer d'une main à l'autre. J'étais aussi surpris que lui. À la suite de notre conversation de la veille, j'avais cru comprendre qu'il devait s'absenter quelques jours.

— Je me rendais à l'hôpital en compagnie de Mohamed. (J'ai montré la vitrine du doigt.) Il est entré dans la boulangerie. Et vous ? Je vous pensais à l'extérieur de la ville…

Le front du docteur Masood s'est plissé. Il semblait mal à l'aise et cherchait ses mots.

— Effectivement, je… je quitte en fin de matinée.

Il mentait, j'en avais la conviction. Masood a poursuivi :

— Vous m'excuserez, professeur. Je dois me sauver. Une rencontre importante.

Et il est parti sans attendre. Quelques secondes après qu'il a eu disparu au bout de la rue, Mohamed est ressorti de la boulangerie avec un sac de papier et une théière.

Il m'a décoché un petit clin d'œil.

— Prêt, monsieur Fady Atallah ?

J'ai acquiescé. Nous avons repris notre marche en direction de l'hôpital, nos deux chaperons à la kalachnikov quelques mètres derrière. Je ressentais une certaine hâte d'arriver au laboratoire ; peut-être qu'ainsi enfoui sous terre, le futur n'allait pas retrouver ma trace.

Après nous être assurés que personne d'autre que les deux djihadistes ne nous observait, Mohamed et moi nous sommes glissés furtivement dans les décombres du hall de l'hôpital. Nous avons ensuite descendu les escaliers menant au laboratoire. Le garçon affichait son air grave de la veille.

Après avoir posé le sac sur une des tables, il s'est assis sur un tabouret. Je l'ai imité et nous avons commencé à avaler notre petit-déjeuner sans parler. Si j'avais été le véritable professeur Atallah, j'aurais utilisé cette journée pour installer les appareils que nous avions déjà déballés. Par la suite, j'aurais entrepris les phases préliminaires de la mutagenèse.

Mais voilà : je n'avais aucune idée de la façon de faire l'un ou l'autre. J'arrivais au bout de ma course et une muraille infranchissable se dressait devant moi. Je ne savais ni où était Samir ni ce qu'il tramait. Masood et lui pouvaient débarquer à tout moment et me demander des comptes. J'allais devoir bouger plus tôt que tard, sinon ils allaient me coincer.

Trop petit pour que ses pieds touchent le sol, Mohamed balançait ses jambes sous le tabouret. Il venait d'engloutir un pain brioché en deux bouchées quand il m'a tiré de mes pensées :

— Tu as l'air vraiment très préoccupé, monsieur Fady Atallah. Qu'est-ce qui ne va pas ?

Surpris, j'ai soufflé sur mon thé. Je me donnais du temps pour réfléchir.

— Ça va très bien, Mohamed. Pourquoi tu dis ça ?

— Parce que ton visage est triste…

J'ai bu une gorgée de thé brûlant, puis j'ai mordu dans mon pain en détournant le regard. Faisant fi de mon silence, le garçon a poursuivi :

— Papa dit que tu as une fille. Elle te manque ?

L'intelligence émotionnelle de ce gamin de douze ans valait bien celle de plusieurs adultes que j'avais côtoyés. Mes yeux se sont emplis de larmes.

— Oui, elle me manque.

— Comment s'appelle-t-elle ?

Ma voix brisée n'était plus qu'un murmure.

— Jade. Elle s'appelle Jade.

Mes muscles se sont raidis, ma gorge s'est contractée et j'ai arrêté net de mâcher. J'avais baissé ma garde un instant et, dans un moment d'émoi, répondu sans réfléchir. Si Mohamed était au courant que le professeur avait une fille, alors il connaissait peut-être son prénom.

Si c'était le cas, il n'en a rien laissé paraître.

— Jade… C'est joli.

J'ai recommencé à respirer. Comme si quelque chose le chicotait, le garçon semblait hésiter à livrer le fond de sa pensée. Au bout d'un temps, il a dit :

— Tu crois qu'on peut parler, toi et moi ?

J'ai avalé ma bouchée et hoché la tête, intrigué.

— Bien sûr. Et de quoi voudrais-tu que nous parlions ?

Les lèvres de Mohamed ont à peine bougé quand il a murmuré :

— Tu as déjà vu un infidèle, monsieur Fady Atallah ?

Sans savoir où cela allait mener, j'ai donné la réponse qu'il s'attendait à entendre.

— Bien sûr. Il y en a partout en Amérique.

Mohamed m'a dévisagé.

— Et tu as déjà coupé la tête d'un infidèle ?

Ses grands yeux s'accrochaient aux miens, me sondaient.

— Non, jamais.

Après une hésitation, j'ai osé poser la question qui me brûlait les lèvres :

— Et toi ? Tu l'as déjà fait ?

Le garçon a haussé les épaules.

— Non… mais papa a voulu que j'en tienne une dans mes mains. Il a pris une photo avec son téléphone.

Mohamed a marqué une pause avant de poursuivre d'une voix navrée :

— Mon ami Marwan en a coupé une. Après, il est parti se battre avec son père et les autres contre les soldats de Bachar el-Assad. Il n'est jamais revenu.

Les yeux du garçon miroitaient de l'éclat qui anime ceux des gens tristes, des âmes qui ont déjà souffert. J'aurais voulu prononcer des paroles de réconfort, mais c'est lui qui a repris :

— Papa dit qu'il faut lutter pour Allah et que la route du califat est longue. Il faut avoir la haine des infidèles dans les veines.

Je n'ai pas pu répondre tout de suite. Des émotions divergentes me tiraillaient l'esprit. J'étais déchiré entre la colère de savoir cet enfant prisonnier d'une folie qui n'était pas la sienne, l'envie de m'enfuir avec lui pour un ailleurs incertain et la crainte de ne pas être en mesure de contrecarrer les plans de son père.

— Et toi, qu'en penses-tu, Mohamed ? Tu as peur ?

Le garçon a réfléchi un instant. Ses petits doigts pianotaient sur ses cuisses.

— Je serai peut-être abattu comme Marwan, mais je n'ai pas peur.

Il s'est interrompu. En riant, il a caché son visage dans ses paumes.

— Mais j'ai envie de vivre pour pouvoir…

Malgré la gravité de sa réponse, son rire étant communicatif, j'ai souri à mon tour.

— Vas-y, Mohamed. Pour pouvoir ?…

Ses épaules tressautaient. Il était rouge de gêne.

— Pour pouvoir embrasser Amani.

Alors que son rire emplissait le laboratoire, je me suis dit que j'aurais été fier d'avoir un fils comme lui. Mohamed trouvait encore le courage de rire et de rêver, malgré l'horreur de la guerre. Ce qu'il devait endurer me semblait être une injustice et j'avais envie de pleurer. Non pas parce que la Syrie et le reste du monde étaient en train de devenir un tombeau pour un gamin comme lui, mais parce que sa candeur m'allait droit au cœur.

— Tu l'aimes ?

— Elle va à une autre école, mais je la vois passer dans la rue. Je ne lui ai jamais parlé. Mais oui, je l'aime.

Nous avons terminé le petit-déjeuner en silence. Son sourire me rattachait à la vie.

Une mauvaise surprise m'attendait quand j'ai voulu consulter des documents sur l'ordinateur. La veille, avant de partir, j'avais pris soin de placer la souris parallèlement au clavier et de laisser entre les deux une distance égale à la largeur de mon index, me disant que je pourrais ainsi vérifier si quelqu'un avait touché à l'appareil en mon absence.

Or, la souris se trouvait maintenant à environ dix centimètres du clavier et était orientée à un angle de quarante-cinq degrés par rapport à celui-ci. Sachant que Mohamed ne s'était pas approché du iMac, j'essayais de me convaincre qu'on était simplement venu faire le ménage, mais les voix ont repris du service pour me souffler autre chose. Une possibilité infiniment plus lourde de conséquences ne pouvait en effet être exclue : quelqu'un avait-il fouillé le labo ?

Et tandis qu'une giclée de terreur s'infiltrait dans mes veines, mes pensées se sont naturellement portées vers Samir et le docteur Masood. Avais-je été compromis ?

Si c'était le cas, je n'allais pas tarder à le savoir et souhaitais une mort propre et expéditive.

32.

Gants de latex

À quelques mètres l'un de l'autre dans le silence opressant du laboratoire, là où chaque respiration devenait vacarme, Mohamed et moi en étions à ouvrir les deux dernières boîtes de matériel lorsque j'ai commencé à m'énerver.

— Merde ! Mais c'est pas possible, ça !

— Qu'est-ce qui se passe ?

Je me suis tourné vers lui.

— Tu as les gants de latex ?

Le garçon a fouillé sommairement dans sa boîte avant de relever la tête.

— Je crois que non.

J'ai pincé les lèvres et affiché un air mécontent.

— Merde. J'ai absolument besoin de gants de latex. Tu saurais où me dénicher ça ?

Il a paru hésiter un instant, puis son visage s'est illuminé. Empoignant le ballon, il a dit :

— Oui ! Je reviens dans vingt minutes, monsieur Fady Atallah.

Quelques secondes après le départ de Mohamed, j'ai attrapé la boîte de gants de latex qui se trouvait au fond de mon carton et je l'ai dissimulée dans un des tiroirs de la table. Ça me peinait de lui avoir menti, mais c'était la seule façon d'avoir les coudées franches afin de transmettre mon message.

Quand j'ai estimé qu'il était assez loin, j'ai débranché le cordon d'alimentation du iMac, que j'avais fermé au préalable. Mon plan était aussi simple que téméraire. Plus tôt, en entrant dans le hall de l'hôpital, je croyais avoir repéré une porte qui me permettrait de sortir sans être vu par les soldats du califat qui montaient la garde. L'ordinateur sous le bras, j'allais essayer de trouver un café où je pourrais le brancher dans une prise électrique et me connecter à Internet en utilisant le wi-fi.

J'allais franchir la porte et m'engouffrer dans le corridor lorsqu'une formidable déflagration a ébranlé l'édifice. D'instinct, j'ai pris appui contre le mur. Les ampoules miniatures ont vacillé, puis se sont éteintes, me plongeant dans l'obscurité la plus totale. La secousse passée, j'ai posé le iMac sur le sol et me suis mis à avancer à tâtons dans le noir.

— Mohamed !

Chaque fois que je criais le nom du garçon, ma voix ricochait contre les parois de béton et me revenait au visage comme un sinistre ricanement. J'ai poursuivi ma progression à l'aveugle et, l'écho de mon souffle bourdonnant dans mes tympans, j'ai commencé à prier.

Je disais : « Prenez ma vie, mais faites qu'il ne soit rien arrivé à Mohamed par ma faute. »

33.

Sous les gravats

Une vision d'apocalypse m'attendait à la surface. Un champignon noir s'élevait dans le ciel. Le régime avait balancé un baril explosif et celui-ci avait éclaté sur l'édifice en face de l'hôpital. De hautes flammes orange vif dévoraient les étages qui tenaient encore debout. À travers la fumée, j'ai aperçu la silhouette dérisoire d'un homme qui tentait de maîtriser le brasier avec un tuyau d'arrosage.

Dans la rue, c'était le chaos. Une mer de débris dissimulait l'asphalte et le hurlement des sirènes commençait à monter au loin. Le visage en sang, un homme couvert de poussière blanche titubait, hagard. Un peu plus loin sur ma gauche, une femme sanglotait, penchée sur un corps inanimé. Le cœur étreint et le souffle court, je me suis approché d'elle : l'homme qu'elle pleurait – un mari, un fils, un frère peut-être – n'avait plus qu'une bouillie de chairs pourpres à la place du visage.

L'air saturé de fumée me piquait les yeux et la gorge. Mains sur les hanches, j'ai pivoté sur moi-même et plissé les paupières pour essayer de repérer le gamin. Puis je me suis figé et j'ai crié son nom : le ballon avec lequel il était parti du laboratoire gisait éventré sur le sol, sous un bloc de béton.

Devant, un homme hébété sautillait d'un pied à l'autre en pointant de l'index un cratère de gravats qui formait une large cuve. J'ai couru jusqu'à lui.

— Il y a quelqu'un ici ? En dessous ? Un garçon ?

En état de choc, il répétait sans cesse la même litanie :

— *Allahu akbar*.

Descendant avec précaution la déclivité, je me suis retrouvé au fond du cratère, les pieds dans les gravats encore fumants. Sans plus attendre, je me suis agenouillé et, comme des hommes l'avaient fait pour moi vingt ans plus tôt à Cana, j'ai commencé à enlever les gros blocs de béton avec mes mains.

— Mohamed ? Réponds-moi, Mohamed ! Tu es là ?

Une trappe s'était ouverte dans ma tête, un gouffre sombre qui grouillait de désespoir, mais j'ai continué à retirer les débris. Je ne pouvais me résoudre à croire qu'il était mort.

Un autre homme est arrivé, kalachnikov en bandoulière. J'ai reconnu l'un des djihadistes chargé de me surveiller. Sans un mot, il s'est glissé dans le trou et a entrepris de creuser lui aussi. Une sorte de frénésie s'est emparée de moi.

— Vite ! Plus vite !

Les lèvres de l'homme à mes côtés remuaient sans cesse :

— *Allahu akbar.*

Autour, la rue reprenait vie peu à peu. Des hommes de tous âges accouraient de partout pour porter secours aux éventuels survivants. Et de plus en plus de personnes ajoutaient la leur au concert de voix.

— *Allahu akbar.*

Bientôt, de nouvelles mains se sont jointes aux miennes pour saisir les gros blocs que je parvenais à soulever. Mais toujours pas de trace de Mohamed. Les doutes m'assaillaient. Et si je m'étais trompé ? Si je cherchais au mauvais endroit, alors que le garçon agonisait à quelques mètres de là ?

J'ai chassé ces idées noires et continué à creuser de plus en plus rapidement. Quand j'ai repéré un morceau d'étoffe, j'ai cru que j'avais une hallucination. Le djihadiste m'a regardé et m'a souri, un sourire plein d'espoir renouvelé. Nous avons alors redoublé d'ardeur et, après quelques instants, une épaule était libérée. Je m'agitais frénétiquement. Je voulais voir la tête de Mohamed et la dégager. Bientôt, son cou est apparu, puis l'arrière de son crâne.

Enfin, j'ai réussi à délivrer son visage. Le gamin avait de la poussière dans les yeux, les oreilles et les cheveux. Il était inanimé et j'ignorais s'il respirait encore. J'ai glissé ma main sous sa mâchoire pour la maintenir à l'air libre tandis que le djihadiste et moi poussions les gravats, que la pente ramenait sans cesse vers son corps.

Les doigts à vif et couverts de sang, j'ai continué de racler les débris comme un dément. Quatre hommes sont descendus dans le cratère pour nous prêter main-forte. Nous étions à présent six dans cet espace confiné. En combinant nos efforts, nous avons pu nous rendre jusqu'à la taille de Mohamed.

Une foule compacte s'était agglutinée autour de nous. Chacun criait ses directives, lesquelles se mélangeaient dans un maelstrom incompréhensible. De toute manière, je n'écoutais pas. Je creusais. Un homme est arrivé avec une pelle, un autre, avec un pic, qu'il a utilisé comme levier pour dégager la jambe du garçon.

Je me suis redressé pour demander de l'eau et j'ai remarqué que quelqu'un filmait avec son cellulaire. Des mains m'ont tendu une bouteille et j'ai versé de l'eau sur les cheveux de Mohamed. Puis j'en ai fait couler dans sa bouche. On m'a ensuite donné un mouchoir avec lequel j'ai débarbouillé ses yeux et ses lèvres.

Le garçon s'est mis à dodeliner de la tête. C'était son premier signe de vie. Le djihadiste et moi nous sommes étreints. Des larmes se sont mises à rouler sur mes joues, et les cris de la foule ont redoublé.

— Allahu akbar.

Mohamed a ouvert les paupières alors qu'il ne restait qu'à libérer son pied gauche. Comme j'avais toujours ma main sous sa nuque, il s'est tourné vers moi. Son regard embué a glissé sur mon visage un moment, puis une lueur y est apparue.

— Bonjour, monsieur Fady Atallah, a-t-il bafouillé, des tremblements plein la voix.

J'ai poussé un cri de joie. Mohamed était vivant ! C'était l'un des plus beaux jours de ma vie ! Lorsque, quelques secondes plus tard, nous l'avons hissé hors du cratère et que je l'ai serré contre moi, je me suis surpris à murmurer :

— Allahu akbar.

Un véhicule noir est arrivé en trombe, une portière a claqué et Samir a déboulé en catastrophe, l'air épouvanté. Il est tombé à genoux devant nous, étreignant mes jambes et celles de Mohamed en remerciant Allah. Je me suis agenouillé à mon tour avec le garçon dans mes bras. Samir a embrassé son fils et m'a embrassé aussi. Nous étions tous les trois enlacés, à rire et à pleurer. Autour de nous, la foule continuait de scander :

— Allahu akbar !

Plus rien d'autre ne comptait que la vie de cet enfant, cette vie qui venait d'être sauvée.

34.

L'Euphrate

Je suis entré dans l'eau et j'ai avancé jusqu'à ce qu'elle me ceigne la taille. Le soleil se mirait à la surface du fleuve et allumait des reflets scintillants comme des lucioles. Une brise transportant le bruit des vivants caressait ma nuque et soulevait la pointe de mes cheveux.

J'ai observé mes ongles cassés et mes doigts écorchés, puis j'ai plongé mes mains maculées de sang dans l'eau. Paupières closes, je me suis ensuite aspergé le visage et j'ai savouré le moment, retiré dans un monde de contemplation.

Samir m'a extirpé de ma rêverie en touchant mon épaule.

— Grâce à Allah et grâce à vous, professeur, Mohamed a été sauvé.

Après avoir marqué une pause, il a ajouté :

— Il faut célébrer la vie quand l'occasion se présente.

Samir avait tenu à nous emmener sur les bords de l'Euphrate. À quelques mètres de nous, dans un joyeux déluge de cris, de rires et d'éclaboussures, Mohamed s'amusait ferme avec un groupe de garçons. Les enfants ont une telle résilience ! Rien ne laissait supposer que plus tôt, dans son cercueil de pierre, il était passé à deux doigts de la mort.

Derrière nous, des véhicules et quelques motos étaient garés directement sur les galets, les roues à la lisière de l'eau. De l'autre côté de la rive, on apercevait un talus à l'herbe jaunie, des buissons rachitiques qui s'accrochaient à la pente et de grands arbres au feuillage frémissant.

Debout sur la plage, Samir et moi observions Mohamed qui continuait de s'ébrouer lorsqu'il a prononcé des paroles que je savais tirées du Coran :

— Quiconque sauve la vie d'un seul être humain est considéré comme ayant sauvé la vie de l'humanité tout entière. C'est la parole de Dieu.

J'ai hoché la tête. Samir me dévisageait.

— Êtes-vous bien l'homme que vous prétendez être, professeur ?

Un frisson glacé a parcouru ma colonne vertébrale et le sang s'est retiré de mon visage. Les événements des dernières heures avaient mis les choses entre parenthèses, mais tout venait brutalement de revenir en bloc : Phoebe, le meurtre du professeur Atallah, sa femme et sa fille en danger, ce virus inconnu dont on planifiait d'altérer le mode de transmission, la menace terroriste qui planait sur cinq métropoles, le message que je destinais aux autorités et… l'apparition de Nayla. Enfin, le laboratoire qui semblait avoir été visité.

Sur le point de défaillir, j'ai bredouillé :

— Qu'est-ce que vous voulez dire ?

Le visage de Samir s'est éclairé tandis qu'il plaquait ses mains de chaque côté de mon cou.

— Non seulement vous allez permettre au califat d'accomplir ses desseins, mais vous avez aussi sauvé la vie de mon fils aîné. Vous faites maintenant partie des nôtres, Fady Atallah. Nous sommes des frères et j'ai une dette envers vous.

Fouillant dans sa poche, Samir y a récupéré ma Rolex, qu'il m'a tendue. Puis, sans même que je puisse réagir, il m'a attiré contre lui et m'a serré dans ses bras, m'étreignant contre son torse à m'en étouffer. J'étais si médusé par ce retournement de situation que je n'arrivais plus à bouger. Lorsqu'il m'a relâché, j'ai trouvé la force d'esquisser un semblant de sourire.

35.

Racca, la nuit

La nuit était tombée quand je me suis réveillé. Assis sur le canapé, j'ai posé mes mains sur ma nuque pour m'étirer le cou. La lune léchait le plancher devant mes pieds.

Après la baignade et la prière, nous avions mangé dans un pittoresque resto de quartier, près du pont qui enjambe l'Euphrate. Pendant le repas, Samir m'avait appris que l'explosion du baril avait sectionné les lignes électriques qui alimentaient l'hôpital et d'autres édifices de la rue, touchant du coup le laboratoire. Selon lui, le courant allait être rétabli en cours de journée, le lendemain. À n'en pas douter, les événements tragiques du matin m'avaient permis de gagner du temps.

Il avait par la suite été question de l'occupation du site archéologique de l'ancienne cité de Palmyre par les soldats du califat, du projet de destruction du temple de Baalshamin et du temple de Baal dans un geste de provocation vis-à-vis de l'Occident, des progrès enregistrés par les troupes sur le front irakien, mais aussi du repas en famille manqué que Samir voulait reprendre. Étonnamment, pas un mot sur la phase d'expérimentation que je devais mener.

Si bien que c'est moi qui avais ouvert la porte :

— Je vais avoir besoin d'une connexion à Internet, Samir.

S'arrêtant de mastiquer, il m'avait regardé longuement, d'un air insondable.

— C'est très compliqué d'avoir l'accès à Internet ici, professeur. Je vais voir ce que je peux faire. Par contre, si vous avez déjà des recherches spécifiques, écrivez-les sur un bout de papier et donnez-le à Mohamed. Je demanderai qu'on les fasse pour vous.

— Mais, Samir…

Il avait posé une main sur mon avant-bras et souri à pleines dents.

— Allons, professeur, aujourd'hui, Mohamed, mon fils adoré, a été sauvé grâce à vous et grâce à Allah. Célébrons la vie, le reste attendra !

Le repas terminé, Samir et Mohamed étaient venus me reconduire à l'appartement. Aussitôt rentré, je m'étais effondré sur le canapé avec l'intention de me reposer quelques instants, pas celle de sombrer dans le sommeil.

Poussant avec mes mains contre le siège, je me suis relevé avec peine. Tous mes muscles étaient douloureux. Plus tôt dans la journée, mon corps avait été soumis à un stress intense et j'en ressentais les effets.

Un coup d'œil à ma Rolex m'a appris que j'avais dormi plusieurs heures. J'ai secoué la tête et marché jusqu'à la fenêtre, d'où j'ai scruté la rue. Je m'attendais à ce qu'un djihadiste monte la garde devant chez moi comme la veille, mais je n'ai vu personne.

En attrapant mes chaussures de course, que j'avais laissées près de l'entrée sans les détacher, j'ai remarqué qu'une enveloppe avait été glissée sous la porte. Intrigué, je l'ai ouverte. Elle renfermait une carte de plastique blanche avec une bande magnétique. Il n'y avait rien d'écrit dessus et l'enveloppe ne contenait aucune note.

J'ai déposé l'enveloppe sur la table basse et enfoncé la carte dans ma poche. Je n'avais aucune idée de ce à quoi elle pouvait servir. Puis je me suis mis à réfléchir. D'abord la restitution de ma Rolex, ensuite l'absence de djihadiste devant chez moi, enfin, cette carte.

Si j'en doutais encore, il me paraissait clair que j'avais gagné la confiance de Samir.

Le fait d'avoir sauvé la vie de Mohamed me procurait un répit, mais la présence de Nayla à Racca et ma crainte que le laboratoire ait été fouillé me laissaient cependant penser qu'il allait être de courte durée. Pour la première fois depuis que nous avions passé la frontière syrienne, je n'étais pas surveillé. C'était maintenant ou jamais : je devais en profiter et agir rapidement. J'ai enfilé mes chaussures, attrapé une veste et la clé USB, puis je suis sorti. J'allais trouver un café Internet et enfin envoyer ce fichier, quitte à monnayer ma Rolex s'il le fallait.

Après avoir fait quelques pas dans la rue, je me suis retourné brusquement. Il y avait bien quelques passants, mais personne ne semblait me suivre. Après une hésitation, je suis parti dans la même direction que la veille. Me fondant dans le flot de piétons, j'ouvrais l'œil afin de ne pas rencontrer une patrouille de la Hisbah. Je ne pouvais en effet courir le risque de tomber de nouveau sur Nayla.

D'un signe, j'ai salué un homme qui vendait d'épaisses couvertures, visiblement tissées à la main. Après quelques minutes de marche, je suis arrivé à un square que j'ai reconnu comme un des endroits que j'avais traversés la veille. Trois rues convergeaient à ce carrefour et quelques restaurants et cafés animaient chacune d'elles.

Après avoir scruté les enseignes à distance, j'ai décidé de m'informer auprès d'un jeune homme vêtu d'une *jubba* noire et chaussé de sandales. Adossé au mur d'un immeuble, il pianotait sur son cellulaire.

— Euh… pardon… je cherche un café Internet.

Sans relever la tête, il a montré une des artères du doigt.

— Prochaine rue à droite. Continuez sur environ cinq cents mètres. Une enseigne jaune.

Je l'ai remercié et me suis remis en route. À l'intersection, j'ai bifurqué dans la rue qu'il m'avait indiquée. Au fur et à mesure que j'avançais, les piétons se faisaient de plus en plus rares, et les vitrines des commerces, de moins en moins illuminées. Comme je prêtais une grande attention aux enseignes, j'étais certain de n'en avoir aperçu aucune qui fût jaune, ni quelque établissement ressemblant à un café Internet.

J'ai continué à marcher pendant quelques minutes, puis j'ai dû me rendre à l'évidence : soit le café était fermé ce soir-là et j'avais manqué l'enseigne à cause du rideau métallique baissé, soit le jeune homme m'avait donné de mauvaises indications. J'ai décidé d'aller jusqu'au carrefour suivant. Si mes calculs étaient exacts, je pourrais rejoindre une des rues principales, où j'aurais peut-être plus de veine.

Je m'étais penché pour renouer mon lacet quand j'ai senti une présence dans mon dos. J'ai voulu me redresser, mais c'était déjà trop tard. Une ombre s'est jetée sur moi et m'a cloué brutalement au sol. Ce n'était pas la première fois qu'on me plaquait – j'avais affronté des adversaires coriaces sur les terrains de football – et il en aurait fallu bien plus pour me mettre hors de combat. Une décharge d'adrénaline m'a envahi. Arquant le dos, j'ai poussé de toutes mes forces vers le haut et envoyé valser mon adversaire. Un avant-bras puissant s'est alors glissé contre ma gorge, par-derrière.

Un complice cherchait à me faire une prise d'étranglement. J'ai tenté de me pencher vers l'avant pour faire basculer mon agresseur par-dessus moi, mais il avait une poigne solide. M'efforçant de passer mes mains sous l'avant-bras qui m'étouffait, j'ai commencé à frapper le sol avec le talon pour essayer d'écraser un de ses pieds. Un voile noir descendait déjà devant mes yeux. Encore quelques secondes et j'allais perdre conscience ; quelques autres et je serais mort.

À ce moment, j'ai vu du coin de l'œil l'assaillant dont je m'étais débarrassé se diriger vers moi. Puis j'ai senti une brûlure dans mon bras. Une piqûre, plutôt. Aussitôt, mon corps s'est ramolli. L'emprise sur ma gorge s'est relâchée en même temps.

J'ai perçu une voix d'homme à travers un brouillard de plus en plus épais.

— Seaborn ? Vous m'entendez, Seaborn ?

J'essayais de répondre, mais j'en étais incapable.

Ma dernière pensée consciente s'est étiolée en quelques fragments de vérité : on m'avait finalement démasqué. Puis j'ai senti qu'on m'enfilait une cagoule et j'ai sombré dans un monde sans bruit et sans image.

36.

À TON ÉTOILE

Petite sœur de mes nuits, ça m'a manqué tout ça
Quand tu sauvais la face à bien d'autres que moi
Sache que je n'oublie rien, mais qu'on est face à ton étoile
– Noir Désir

Le jour comme la nuit, je veillais au bord de l'abîme. La jeune fille s'y agrippait avec la force de ses dix doigts exsangues, mais, particule par particule, la terre lui échappait, elle glissait inexorablement vers le fond. Je ne lisais pourtant ni peur ni panique dans son regard. Des voix l'appelaient du fond du gouffre. Des voix sinistres et envoûtantes, qui se confondaient à la sienne.

— Nassim ? Réveille-toi, Nassim.

On me tapotait la joue. Confus, désorienté, j'ai ouvert les paupières. D'étranges lucioles dansaient devant mes yeux. Pour autant que je pouvais en juger, je me trouvais dans une longue pièce sombre, un bunker de béton souterrain où je vacillais sur une chaise droite. Deux chaises vides faisaient face à la mienne.

À contre-jour, une femme portant un niqab était penchée sur moi. Une étoile de chair violacée marquait le contour de son œil gauche. J'avais fait l'erreur de croire que Nayla était tombée dans le gouffre, pourtant elle était bien revenue à la vie. Après sa mort présumée et celle de maman, papa et moi étions partis vivre à Montréal, où je m'étais bâti une palissade infranchissable dans ma tête pour ne plus penser à elle. À présent, elle se tenait devant moi, tout à la fois évanescente et nimbée d'ombre.

C'était comme un rêve au mitan d'une nuit qui ne finirait plus. Comme si, simple empreinte de mon existence, je me glissais hors de mon enveloppe pour observer la scène en retrait. Je me suis levé, j'ai retiré le voile de Nayla et j'ai pris son visage entre mes mains. Elle me souriait et des larmes coulaient sur ses joues. Mes jambes ont cédé et je suis tombé à genoux.

Lorsque, succombant au déchirement de mon cœur, je me suis mis à sangloter, Nayla s'est agenouillée devant moi. Puis nos fronts se sont soudés. Mes doigts sondaient sa cicatrice ; elle tenait ma tête entre ses paumes et essuyait mes pleurs.

Une porte s'est ouverte et un rectangle de lumière nous a happés. Deux hommes sont apparus. Au fond des brumes où flottait ma pensée vitreuse, j'ai reconnu l'homme au treillis. Nayla a doucement écarté mes mains, puis elle s'est levée. Avant qu'elle ne sorte, je l'ai entendue murmurer :

— Nous sommes reliés, Nassim. Écoute bien ce qu'ils ont à te dire.

SECONDE CHANCE

37.

Rencontre au sommet

Montréal, Bureau de la Section des crimes majeurs

Dans la salle de conférences des enquêteurs, Victor Lessard se tenait devant le tableau de plexiglas sur lequel des photos de la scène de crime avaient été affichées. Jacinthe Taillon se renversa dans son fauteuil et ouvrit la bouche pour parler, mais il ne lui en donna pas l'occasion :

— Attends, laisse-moi finir avant de rejeter ma théorie, Jacinthe. On sait que Seaborn faisait une fixation sur son sosie, qu'il l'avait même pris en filature, selon ce qu'il a confié à sa femme. On est incapables d'établir un lien entre les deux. Ce qu'on sait par contre, grâce aux empreintes et aux résultats des tests d'ADN, c'est que Seaborn se trouvait sur les lieux de l'homicide. On a retrouvé ses papiers et son cellulaire sur le corps de la victime. Il est donc logique de présumer, du moins jusqu'à preuve du contraire, que Seaborn est le tueur. Alors, je te repose la question : quel est le mobile le plus plausible pour expliquer le meurtre de John Doe, sinon que Seaborn a voulu usurper son identité ?

— Si tu crois qu'il a tué John Doe pour prendre sa place, alors tu crois aussi que c'était prémédité ?

— Non. Je crois plutôt qu'il s'agit d'un accident.

— T'as vu ça dans ta boule de cristal ou dans tes urines, mon homme ?

— Tu oublies le pistolet, Jacinthe.

Elle plissa les yeux.

— Quoi ? Qu'est-ce que le pistolet vient faire là-dedans ?

Le policier se mit à marcher de long en large devant le tableau. Ses mains s'agitaient dans l'air tandis qu'il parlait.

— Selon Williams, Seaborn l'avait en sa possession quand il a pris une bière avec lui, mais il ne l'apporte pas à l'entrepôt. S'il avait prémédité de tuer John Doe, tu ne crois pas qu'il aurait pris l'arme ? Autre élément clé : que nous apprend le rapport d'autopsie ? Je te rafraîchis la mémoire : que la victime est morte à la suite d'une hémorragie cérébrale et d'un arrêt cardiaque consécutifs à une rupture des vertèbres cervicales. Berger dit que la tête de John Doe a subi un choc d'une extrême violence. Et quel sport a pratiqué Seaborn ?

Taillon gonfla les joues et expulsa l'air par paliers.

— Tu penses qu'il a plaqué John Doe et que l'autre s'est tordu le cou en se pétant la tête sur le ciment ?

Le sergent-détective opina du menton.

— Quelque chose du genre. J'ai parlé au médecin légiste qui a pratiqué l'autopsie et il me confirme que c'est un scénario plausible.

Sa coéquipière parut réfléchir quelques secondes.

— Je suis pas certaine de te suivre, mon homme. Mettons que ce soit un accident, pourquoi alors Seaborn prend la place de John Doe ?

Le policier s'immobilisa devant sa collègue et la fixa intensément.

— Ça t'est jamais arrivé de te lever un matin, de marcher dans la rue et de te dire que tu pourrais prendre un train ou un avion et ne jamais revenir ?

— Euh… non.

— Réfléchis, Jacinthe. Il a peut-être eu envie de changer de vie. Il avait été renvoyé de l'agence qui l'employait…

Elle esquissa un petit sourire complice.

— Avec une femme comme Alice Archambault, moi, j'aurais pas eu envie de changer de vie.

— Sois sérieuse un instant. Seaborn est loin d'avoir eu une vie parfaite. Enfant unique, sa mère est morte pendant la guerre du Liban et son père s'est suicidé.

Taillon attrapa un dossier sur la table, l'ouvrit et se mit à le lire.

— Triste histoire, d'ailleurs. Jerome David Seaborn, âgé de cinquante-sept ans. Médecin et professeur titulaire à l'Université de Montréal. Condamné à dix-huit mois de prison en 2001 pour agression sexuelle sur une de ses étudiantes. Se suicide le jour de sa sortie de prison. Coïncidence ou pas, c'est aussi le jour de l'anniversaire de son fils.

Tournant une page, elle sauta quelques paragraphes et poursuivit :

— Durant le procès, la jeune femme avoue aux enquêteurs qu'elle a inventé l'histoire de toutes pièces. Ceux-ci laissent quand même le procès se conclure. La plaignante admet publiquement quelques années plus tard avoir fait une fausse déclaration pour nuire à Seaborn. Une question de propriété intellectuelle sur une publication pour laquelle elle avait travaillé comme recherchiste. Il ne lui aurait pas donné le crédit qu'elle croyait mériter. Dans la foulée, un rapport des affaires internes du SPVM conclut que les enquêteurs responsables du dossier ont retenu des preuves qui auraient innocenté Seaborn. Ils sont finalement démis de leurs fonctions en 2005.

Lessard se gratta le crâne.

— Je me souviens de cette affaire. Ça avait fait du bruit à l'époque. Pas le genre de truc qui raffermit la confiance de la population à notre endroit, mais ça, c'est une autre histoire.

Il marqua une pause pour remettre de l'ordre dans ses idées, puis reprit :

— Bref, je crois que Théodore Seaborn n'avait pas prévu tuer John Doe, mais compte tenu de leur ressemblance, je pense qu'il faut envisager l'hypothèse qu'au moment où se produisent les faits, il voit l'occasion de devenir quelqu'un d'autre et la saisit.

La policière allait répondre lorsque la porte de la salle de conférences s'ouvrit, livrant passage à Paul Delaney. Le patron de la section affichait un air songeur. Elle se chargea de lui souhaiter la bienvenue à sa façon :

— Coudonc, qu'est-ce qui se passe, mon Paul ? Tu marches comme un gars qui a fendu le derrière de ses culottes !

Elle éclata d'un rire tonitruant. Delaney posa ses mains sur la table et se pencha en avant, l'air grave.

— On vient de recevoir l'ordre de suspendre l'enquête concernant John Doe et Théodore Seaborn…

Taillon frappa la table du plat de la main.

— Tu me niaises ? *Says who ?*

Delaney les dévisagea l'un après l'autre.

— Je viens de parler au téléphone avec le ministre de la Sécurité publique et le directeur du SCRS[15].

Le sergent-détective se mordit la lèvre inférieure. Pas de doute, les directives émanaient d'en haut.

— Ils t'ont expliqué pourquoi ?

— Si je lis correctement entre les lignes, ça risquerait de compromettre une opération antiterroriste en cours…

---

[15] Service canadien du renseignement de sécurité.

38.

Opération Ulysse

— Où est Phoebe Yates, espèce de salaud ?

Ma voix a résonné comme un rugissement et déferlé contre les murs de béton. Les effets du narcotique qu'on m'avait administré s'étaient dissipés subitement et je m'étais levé d'un bond, prêt à l'affrontement. L'homme au treillis a voulu se ruer sur moi, mais celui qui l'accompagnait s'est interposé. De l'écume à la commissure des lèvres, l'homme au treillis a crié à tue-tête :

— Il fallait que vous veniez mettre votre nez là-dedans ! Vous avez tout fait foirer, Seaborn !

De taille moyenne mais très baraqué, son collègue l'a repoussé d'une main énergique, puis sa voix a tonné avec force. J'ai tout de suite compris qu'il était en position d'autorité par rapport à son partenaire et que c'était lui qui menait le bal.

— Ça suffit, Milad ! Sortez si vous n'êtes pas en mesure de vous contrôler !

Il s'est alors tourné vers moi et, plantant ses yeux gris dans les miens, il a adopté un ton plus aimable, mais néanmoins ferme :

— Asseyez-vous, monsieur Seaborn.

J'ai obéi sans dissimuler ma contrariété. Mon interlocuteur a aussitôt pris sa place. L'homme au treillis a fait quelques pas dans la pièce, comme pour mieux chasser sa rage. Finalement, il a attrapé la chaise restée libre, l'a retournée et s'est assis à califourchon à la droite de l'homme aux yeux gris.

Celui-ci me dévisageait depuis un moment.

— La ressemblance est effectivement ahurissante.

Sans me quitter du regard, il a enchaîné :

— Vous nous excuserez pour l'arrivée brutale et l'entrée en matière à l'avenant, mais nous ne pouvions pas prendre le risque que vous refusiez de nous suivre ou encore que vous fassiez une scène en pleine rue. Ici, la Hisbah intervient rapidement.

Bras croisés sur la poitrine, je me suis tu. Je ne pouvais détacher mon regard de celui de l'homme au treillis. Mes yeux étaient le miroir des siens et exprimaient la même haine. Son supérieur a repris :

— Avez-vous une idée de notre identité, Théodore ? Dites-moi, vous permettez que je vous appelle par votre prénom, monsieur Seaborn ?

J'ai crâné. Je n'avais que faire des civilités.

— Et vous ? Comment savez-vous qui je suis ?

Mon interlocuteur n'a pas relevé la remarque. D'un ton empreint de patience, il a dit :

— Permettez-moi de me présenter : je m'appelle Paul Berthomet…

Il s'est tourné vers l'homme au treillis et l'a montré du doigt.

— … et mon collègue ici s'appelle Milad Jaber. Tout comme Nayla, dont je suis le contrôleur, nous appartenons à la DGSE… aux services de renseignement français, si vous préférez.

Après avoir encaissé le choc de la surprise, plusieurs questions ont surgi dans mon esprit. Par exemple, que fabriquait Nayla dans les services secrets français et dans la Hisbah ? Et pourquoi n'assistait-elle pas à cette réunion ?

Mais je suis allé à l'essentiel :

— Qu'est-ce que je fais ici ?

Berthomet a éludé ma question.

— Nous sommes en contact avec la police de Montréal. Nous savons que vous avez tué le professeur Atallah dans un entrepôt désaffecté. Nous savons aussi que vous avez usurpé son identité, jusqu'à aboutir ici, à Racca.

J'ai baissé la tête et croisé les doigts sur mes cuisses. Sans grande conviction, j'ai murmuré :

— C'était un bête accident...

Milad Jaber est intervenu. Il me fixait toujours aussi intensément, mais sa voix était calme, son ton, neutre.

— Comment en êtes-vous venu à incarner le professeur Atallah, monsieur Seaborn ?

J'ai pris une profonde inspiration. À quoi bon louvoyer ? Sans hésiter, je leur ai raconté mon histoire dans le moindre détail, depuis le jour où j'avais aperçu le professeur devant le Second Cup jusqu'aux événements des dernières heures, sans omettre mon arrivée en Syrie.

Hormis une brève prise de bec entre les deux agents concernant la manière dont j'avais réussi à connaître le lieu de la rencontre entre le professeur Atallah et Samir, j'ai parlé de façon ininterrompue pendant plusieurs minutes. Par la suite, ils m'ont longuement interrogé sur mon emploi du temps en Syrie, sur le laboratoire où on m'avait conduit ainsi que sur Samir et Imaad Masood.

Jaber s'est montré particulièrement insistant. Il m'a fait répéter certaines informations à plusieurs reprises, creusant des angles auxquels je ne m'attendais pas. Toutefois, aussi étrange que ça puisse paraître, les deux agents de la DGSE ne semblaient pas souhaiter connaître les circonstances exactes entourant la mort du professeur Atallah.

Une fois l'interrogatoire terminé, nous sommes tous les trois restés silencieux quelques instants.

Puis Paul Berthomet a lancé :

— Maintenant que nous avons clarifié certaines choses, me permettriez-vous de vous raconter une histoire, Théodore ?

Je me suis rencogné dans ma chaise.

— Quel genre d'histoire ?

— Du genre qui va changer votre vision du monde.

J'ai soutenu son regard tandis que mon cerveau tournait à plein régime et que trop d'images s'y bousculaient. Alors que je traquais le professeur dans les rues de Montréal, j'en étais venu à le soupçonner de travailler dans les services de renseignement ou encore de planifier un attentat terroriste. Mes découvertes des derniers jours m'avaient donné toutes les raisons de croire qu'il logeait à la seconde enseigne.

Aussi, je n'anticipais pas toucher la cible lorsque, un peu par bravade, j'ai avancé :

— Vous n'allez quand même pas me dire qu'Atallah était un de vos agents ?

Sa voix soudain devenue grave, l'homme de la DGSE n'a cette fois pas cherché à esquiver la question.

— Le professeur Atallah avait effectivement accepté de remplir une mission pour la DGSE.

C'était comme si j'avais senti le sol se dérober sous mes pieds. Ravalant ma surprise, j'ai poussé l'audace plus loin.

— Et quelle était-elle ?

— Une mission dont le nom de code est l'opération Ulysse. Nous y reviendrons. Mais, auparavant, il y a un certain nombre de choses que vous devez savoir.

Berthomet a toussé dans son poing avant de reprendre :

— Avez-vous déjà entendu parler de l'opération Mincemeat ?

J'ai ricané nerveusement. Je n'étais pas certain d'être prêt à entendre ce qu'ils avaient à dire. Et ils me faisaient rire avec leurs noms de code ridicules.

— Opération Chair à pâté ? Non, jamais.

L'homme de la DGSE s'est éclairci la voix :

— Alors, laissez-moi vous raconter…

39.

Menace biologique

— Voyez-vous, Théodore, au cours de la Deuxième Guerre mondiale, un capitaine de la Royal Navy, Ewan

Montagu, a mis au point une ruse pour amener les Allemands à croire qu'un débarquement des Alliés aurait lieu en Sardaigne et dans les Balkans, alors qu'il était plutôt prévu en Sicile. Montagu a donc fait en sorte que les Espagnols trouvent, sur une de leurs plages, le corps d'un officier britannique détenteur d'un plan secret de débarquement. Les Britanniques ont fabriqué tout un passé au défunt, en l'occurrence le cadavre d'un vagabond à qui on a attribué une nouvelle identité, celle du major William Martin, de la Royal Navy. Montagu a poussé le raffinement jusqu'à créer une lettre d'amour déchirante de la petite amie du major Martin, un avis de découvert bancaire et des billets d'une pièce de théâtre récemment présentée.

J'ai tenté de ne rien laisser paraître, mais je n'étais pas certain de comprendre où Berthomet voulait en venir. Cepen dant, il était lancé :

— Avant que les Espagnols enterrent le cadavre, les Bri tanniques ont déterminé que les papiers trouvés sur le corps avaient été lus, puis remis soigneusement à leur place. Hitler a alors ordonné le renfort de la Sardaigne et de la Corse, et il a pris des mesures qui ont dégarni les troupes déployées en Sicile. En conséquence, les troupes alliées ont rencontré peu de résistance, ce qui a grandement facilité la conquête de la Sicile. Voilà en quoi consistait l'opération Mincemeat.

J'ai arrêté de triturer les poils de ma barbe. Je ne saisissais toujours pas.

— C'est très intéressant, mais pourquoi me racontez-vous tout ça, au juste ?

Comme pour bien mesurer son effet, Berthomet a laissé passer quelques secondes avant de répondre :

— Parce que c'est exactement ce que nous avons fait avec le professeur Atallah.

J'ai hoché lentement la tête pour ne pas avoir l'air largué.

— Qu'est-ce que vous voulez dire ?

— Nous avons inventé le professeur Atallah de toutes pièces dans le but ultime de leurrer l'État islamique. Cependant, plutôt qu'un cadavre – et là réside toute la délicatesse de l'opération –, c'est une personne vivante que nous avons utilisée comme appât.

Les implications potentielles de ce qu'affirmait Berthomet s'entrechoquant dans mon esprit, j'ai suggéré d'un filet de voix :

— Je ne suis pas certain de bien vous suivre. Atallah n'était pas réellement professeur à l'Université McGill ?

— Si. Mais nous lui avons créé une vie fictive en parallèle. Le sac à ordures que vous avez découvert dans sa maison à Montréal était un leurre. Il contenait ce qu'on appelle, dans le jargon terroriste, du *pocket litter*. Les choses qui s'y trouvaient ne vous étaient pas destinées. Elles devaient plutôt convaincre les émissaires de l'État islamique que le professeur Atallah baignait déjà dans un projet de complot terroriste et qu'il serait disposé à collaborer avec eux. Nous pensions que ce serait un courrier de l'État islamique qui en prendrait connaissance. Pas vous.

— La présence du plan Biotox dans le sac était donc un leurre lui aussi ?

Paupières closes, Berthomet a acquiescé.

— Je vous parlais des billets de théâtre tout à l'heure. Les Britanniques ont appris plus tard que les Allemands avaient vérifié la date inscrite dessus et ainsi confirmé leur authenticité. Une telle opération nécessite d'œuvrer à plusieurs niveaux. Nous avons donc commencé par créer une vie interlope au professeur Atallah, notamment avec la fréquentation de mosquées dont nous connaissions le caractère radical de certains imams et des rencontres avec des membres de cellules terroristes dormantes, où il discutait de la possibilité de commettre un attentat biologique à Paris. D'où l'idée d'inclure dans le sac, pour asseoir sa crédibilité, des extraits confidentiels du protocole de mise en œuvre du plan Biotox.

Je me suis avancé sur le bout de ma chaise, les poings crispés à m'en blanchir les phalanges. Le scénario tordu que Berthomet m'exposait me confondait et j'étais sous tension, prêt à éclater.

— Mais quel était le but de cette mise en scène ?

Faisant craquer ses jointures, Jaber est intervenu.

— L'idée était de s'assurer qu'une organisation terroriste effectuant des recherches approfondies sur lui serait convaincue que ce professeur de McGill s'était radicalisé et désirait devenir djihadiste.

Berthomet a approuvé d'un hochement de tête, puis il a repris :

— En fait, c'est un tantinet plus compliqué que cela, car nous sommes allés plus loin encore. Sur la base des travaux d'un chercheur nommé Fouquier, nous avons, de concert avec le professeur Atallah, rédigé et fait publier deux articles qui ont fait grand bruit dans certaines sphères de la communauté scientifique.

Une lumière s'est allumée dans un coin de mon cerveau.

— Les articles concernant la cinquième mutation… Ce sont donc de faux articles ?

L'homme de la DGSE a esquissé une moue impressionnée.

— Je vois que vous avez pris connaissance du contenu de l'ordinateur du professeur.

J'avais la gorge sèche. J'aurais tué pour un verre d'eau.

— Mais pour répondre à votre question, a enchaîné Berthomet, ce sont de véritables articles, inspirés des travaux de Fouquier. Celui-ci était parvenu à démontrer qu'il était possible de transformer le mode de transmission d'un virus, mais que cette mutation demeurait aléatoire et anarchique. Fouquier posait l'hypothèse qu'une cinquième mutation, qu'il n'avait pas encore réussi à isoler, permettrait à un virus de muter pour devenir transmissible par voie aérienne, de façon stable et constante. Sans trop entrer dans les détails techniques, les deux articles du professeur Atallah suggéraient qu'il avait mis au point un modèle théorique pour simuler cette cinquième mutation en laboratoire. Les articles ont été mal reçus par la communauté scientifique, qui les a condamnés comme étant une tentative de mystification parce que le modèle du professeur Atallah, même s'il était évoqué, n'y était pas exposé ni expliqué. Mais il y avait, dans ces articles, des bases scientifiques suffisamment crédibles pour piquer la curiosité.

J'ai fait basculer ma chaise vers l'arrière, de façon à ce que seules les pointes de mes pieds touchent le sol.

— Donc, Atallah n'avait pas vraiment découvert ce modèle théorique ?

— Non, mais le but de l'exercice était de voir si les deux articles seraient suffisants pour appâter le poisson que nous cherchions à capturer.

— Et c'est ce qui est arrivé ?

Berthomet a répondu à ma question par une autre :

— Vous connaissez le mode de fonctionnement des ambassades, particulièrement celles des pays qui ne sont pas des démocraties, monsieur Seaborn ?

J'ai haussé les épaules. Je ne voyais pas ce qu'il voulait dire. Il a poursuivi :

— Une des missions de ces ambassades est de surveiller la diaspora pour protéger les intérêts de la mère patrie et conserver de bonnes relations avec le pays hôte. Un autre aspect des activités de ces ambassades est l'espionnage industriel. Souvent, de jeunes ressortissants sont accueillis avec des visas d'étudiant, mais à la condition qu'ils acceptent d'espionner et de rapporter des renseignements au pays.

Berthomet a vérifié son cellulaire avant de continuer :

— Un étudiant de maîtrise s'est donc rapproché du professeur afin de lui proposer son aide dans ses travaux à propos de la cinquième mutation. Cet étudiant avait compris le potentiel létal de la « découverte » d'Atallah. De concert avec ce dernier, nous avons mis sur pied un programme de recherche à l'intention de l'étudiant en question, dans le cadre duquel le professeur lui a transmis des informations crédibles scientifiquement. Nous savions que cet étudiant, que nous avions mis sur écoute, avait commencé à rapporter ces renseignements à une ambassade d'un pays du Moyen-Orient. Une puissance qui est soupçonnée de participer au financement occulte de l'État islamique.

— Un premier poisson venait de mordre à l'hameçon…

— Oui. Ce serait trop long de vous expliquer par le menu comment, mais, grâce aux articles scientifiques et aux rapports de cet étudiant, une rumeur a par la suite commencé à circuler dans les milieux clandestins des réseaux terroristes, puis elle s'est propagée jusqu'aux oreilles de l'État islamique. Un professeur de l'Université McGill tenait quelque chose de potentiellement explosif…

L'agent de la DGSE s'est penché vers moi.

— Vous vous rappelez tout à l'heure, quand je vous disais qu'une telle opération nécessitait d'œuvrer à plusieurs niveaux ? Eh bien, en parallèle, par d'autres canaux, une autre rumeur avait déjà commencé à se répandre dans le milieu des réseaux terroristes, et elle a aussi fini par se rendre jusqu'à l'État islamique. Cette rumeur, j'y ai fait allusion tantôt, voulait que le professeur Atallah soit déjà en discussion avec une cellule terroriste quant à la possibilité de perpétrer un attentat biologique à Paris.

J'ai levé les mains, paumes tournées vers les deux agents. Je voulais qu'ils arrêtent un instant pour me donner le temps de réfléchir. Toutefois, presque aussitôt, ma bouche s'est mise à cracher des questions :

— Mais attendez : il y a une chose que je ne comprends pas dans votre histoire. Pourquoi un homme comme Atallah a-t-il accepté de travailler pour vous ? Et comment l'avez-vous recruté ?

Berthomet a hoché la tête d'un air compréhensif.

— Vous posez plusieurs questions à la fois. Je commence par la dernière. Nous ne l'avons pas recruté.

C'est lui qui nous a approchés. Initialement, cela nous a surpris et nous avons refusé son offre. Nous collaborons rarement avec des éléments civils. Puis une situation particulière s'est mise en place et l'idée de l'opération Ulysse a commencé à germer.

— Quelle situation ? Et pourquoi la DGSE ? Pourquoi pas le SCRS ?

— Encore une fois, je commence par votre dernière question. Le professeur Atallah connaissait le policier qui a été exécuté dans la rue après l'attentat de *Charlie Hebdo*. Il avait été très marqué par sa mort. Comme tout le monde, il savait que la DGSE est un des services de renseignement les plus actifs dans la lutte antiterroriste à l'échelle mondiale. Et pour cause : Ibrahim Al-Rubaish, un des idéologues d'Al-Qaïda qui a été tué en avril 2015, a déjà déclaré que la France était l'ennemi numéro un de l'islam. Mais je m'écarte. La mère et la sœur du professeur habitent toujours au Liban. Vous le savez sans doute, l'État islamique est maintenant presque aux portes du Liban. Le professeur était un homme de principes et un idéaliste. Il était convaincu que si personne ne faisait rien de tangible, demain, ce pourrait être sa mère et sa sœur qui seraient tuées ou qui auraient à vivre sous l'emprise des djihadistes. Et ça, il ne pouvait pas l'accepter.

J'ai desserré les poings. Petit à petit, les révélations de Berthomet éclairaient certaines zones d'ombre.

— Et vous êtes en train de me dire qu'en raison de cela, il a accepté de mettre sa vie, celle des membres de sa famille et sa carrière en péril ?

— Je vous l'ai dit : initialement, nous avons refusé son offre. À ce moment, il n'était d'ailleurs pas question d'intervention concrète. Le professeur nous avait simplement fait comprendre qu'il se mettait à notre disposition. Puis, comme je vous le disais, une situation particulière s'est présentée et nous avons eu recours à ses services. Nous lui avons créé la vie parallèle que je viens de vous décrire. Nous en parlerons dans quelques instants. Mais au préalable, en ce qui concerne sa famille, je tiens à préciser que nous avons pris un risque calculé. La vie du professeur était en jeu, certes, mais pas celle de sa femme et de sa fille. Le professeur Atallah et sa femme étaient séparés. Sa femme et sa fille vivent aux États-Unis, sous la protection des services secrets américains. Nous avons fait en sorte qu'une adresse soit connue afin de renforcer la couverture du professeur, mais, dans les faits, elles se trouvent à des milliers de kilomètres de cet endroit.

Ainsi, la menace de Samir, celle qui m'avait contraint à prendre l'avion pour la Turquie, n'était pas fondée. J'aurais sans doute plus tard l'occasion de maudire mon mauvais sort, mais pour l'instant, je voulais simplement comprendre. Et j'en revenais toujours à la même question :

— Je me répète, mais pourquoi toute cette mise en scène ?

— Nous arrivons maintenant au cœur du sujet, Théodore. Je vous parlais d'une situation qui s'est présentée. Le gouvernement français a rendu publique une note de synthèse rédigée par la DGSE pour démontrer la responsabilité de Bachar el-Assad dans les attentats au gaz d'août 2013, lors de l'attaque de la Ghouta. La note évoquait le caractère massif des stocks d'agents toxiques dont il dispose : plusieurs centaines de tonnes d'ypérite, plusieurs dizaines de tonnes de gaz VX, une version hautement létale du sarin, lui-même présent par centaines de tonnes dans l'arsenal syrien. Elle apportait aussi des informations précises sur les vecteurs que possédait potentiellement le régime pour répandre ces substances chimiques. Enfin, et c'est ce qui nous intéresse ici, elle mettait en lumière le rôle du Centre d'études et de recherches scientifiques de Damas, autour duquel s'articule le programme syrien. Or, en couplant certaines informations avec des rapports d'analystes, nous avons commencé à nous intéresser à un de ses employés.

Ma réplique a fusé net, sans hésitation :

— Le docteur Imaad Masood…

Berthomet a hoché la tête avec force.

— Imaad Masood n'est pas son vrai nom, mais c'est bien de lui qu'il s'agit. Il existe très peu d'informations concernant le programme chimique du CERS, mais nous avons eu vent d'une rumeur qui circulait parmi les collègues d'un chercheur nommé Akram Hassan. Selon cette rumeur, Hassan menait à son propre compte des expériences qui sortaient du cadre du programme chimique.

Milad Jaber a voulu ajouter quelque chose, puis il s'est ravisé. Berthomet a continué :

— Nous avons commencé à surveiller Hassan. Quelques semaines plus tard, il a été victime d'un accident de la route. Lorsque nous avons appris que le corps avait été enterré dans les heures suivant l'accident, certains chez nous ont émis de sérieux doutes. Nous avons fait exhumer le corps en secret et des tests d'ADN ont confirmé que ce n'était pas celui de Hassan. Quelques semaines plus tard, un informateur l'a aperçu à Racca. Il se faisait désormais appeler Imaad Masood. C'est à compter de ce moment que nous avons commencé à le soupçonner d'œuvrer au sein de l'État islamique.

J'ai réfléchi quelques secondes, puis j'ai dit :

— C'est peut-être secondaire, mais pourquoi au juste a-t-il fait défection ?

Milad Jaber est intervenu :

— En partie pour de l'argent. L'État islamique a pillé des banques, exploite des puits de pétrole et est soutenu par de puissants cheiks. Bref, ces gens ont accès à énormément d'argent. Mais la véritable raison – et il ne s'agit ici que de mon avis personnel –, c'est que Masood est un ambitieux. Il a vu dans cette transition l'occasion rêvée d'améliorer son sort en se collant au califat.

Nous avons observé un court silence, puis j'ai demandé :

— Et que fabrique Masood pour l'État islamique ?

Berthomet a repris la parole d'un ton grave, comme s'il mesurait la portée de chacun de ses mots en les prononçant :

— Nous ne savons pas encore comment il les a obtenues, mais le recoupement de plusieurs rapports d'analyse suggère que Masood exploite un laboratoire clandestin où sont conservées des souches extrêmement létales d'un virus. Vous avez entendu parler de l'Ebola, je présume…

J'ai acquiescé, mais comme Berthomet a enchaîné sans délai, je n'ai pu exprimer mon horreur et ma stupéfaction.

— Nous croyons aussi qu'il est parvenu à en augmenter le taux de létalité en laboratoire et que la crise de 2014 en Afrique est le résultat de tests conduits et financés par l'État islamique.

— Vous voulez dire que…

— Nous pensons qu'ils ont inoculé sciemment des dizaines de personnes, Théodore.

Le muscle sous la paupière inférieure de Berthomet s'est mis à tressauter.

— Vous souvenez-vous de l'histoire de ce *air marshal* américain qui a été piqué par une seringue pendant la crise africaine ?

J'ai répondu par la négative. Je n'avais pas entendu parler de cette affaire.

— Ils ont essayé d'infecter des gens avec des seringues ?

— Oui. Et ce que les médias n'ont pas rapporté, parce que le monde des renseignements a réussi à garder l'information secrète, c'est que l'*air marshal* en question a attrapé la maladie et qu'il en est mort. Nous pensons que c'était un test. Une répétition…

Berthomet s'est arrêté. Il nous a regardés l'un après l'autre, Jaber et moi.

— Mais si la crise africaine a prouvé une chose, c'est qu'avec des mesures de quarantaine efficaces, des ressources importantes et un peu de chance, l'épidémie peut être contenue dans les territoires touchés. Le défi qui demeure entier pour répandre le virus à grande échelle, c'est son mode de transmission. Or, il ne manque qu'une seule chose à l'État islamique pour y arriver…

J'ai complété la phrase qu'il venait de laisser en suspens :

— La cinquième mutation…

— En effet. La cinquième mutation permettrait au virus de devenir contagieux non pas seulement par échange de fluides ou par contact sanguin, mais aussi par voie aérienne. Vous imaginez l'ampleur de la crise si le virus pouvait se propager simplement par la toux ? Vous comprenez aussi l'attrait d'une telle solution pour un groupe comme l'État islamique ?

Grâce à la consultation antérieure des documents enregistrés sur la clé USB, j'avais déjà fait une partie du chemin dans ma tête quand Berthomet avait prononcé d'une voix froide ces paroles. Aussi, après avoir marqué une pause pour remettre de l'ordre dans mes idées, j'ai dit :

— Entre donc en scène le professeur Atallah…

L'homme de la DGSE a fait signe que oui avant de compléter le tableau :

— Quand les rapports ont commencé à suggérer que Masood s'intéressait de près aux travaux de Fouquier, l'idée de l'opération Ulysse a germé. Elle était destinée à permettre au professeur Atallah d'infiltrer l'État islamique en leur faisant miroiter qu'il détenait la solution miracle. Et ç'a fonctionné. Après quelques mois d'échange de courriels sous différents avatars avec Masood, ils l'ont recruté afin qu'il vienne en Syrie reproduire son modèle théorique en laboratoire.

Je saississais ce que Berthomet m'expliquait, cependant un lien m'échappait :

— Mais quel était l'intérêt de la DGSE d'infiltrer l'État islamique en utilisant le leurre de la cinquième mutation si le risque qu'elle présente n'est que fictif ?

Berthomet a souri et m'a jeté le regard du maître satisfait de son élève.

— J'y ai fait allusion précédemment : nous avons acquis la certitude que les dirigeants de l'État islamique disposent d'un stock considérable de souches du virus Ebola, et nous avons de bonnes raisons de penser que, avec l'aide de Masood, ils l'ont modifié pour le rendre encore plus létal. Cinquième mutation ou pas, et que la propagation s'effectue au moyen d'attaques à la seringue ou en inoculant le virus à quelques volontaires pour ensuite les envoyer contaminer l'Occident, la menace d'une pandémie demeure néanmoins bien réelle.

Sans même reprendre son souffle, Berthomet a poursuivi sur sa lancée :

— Avec l'arsenal dont il dispose, l'État islamique peut causer des dizaines de milliers de morts si des mesures adéquates ne sont pas prises. Et je vous l'ai dit plus tôt : la France trône en tête de liste des cibles potentielles. Ce que j'ai omis de vous mentionner, c'est que nous avons déjà reçu des menaces d'attaque biologique à l'Ebola et que nous les prenons très au sérieux. C'est ce risque que nous avons essayé d'endiguer avec l'opération Ulysse.

J'ai hésité à poser ma prochaine question, car j'appréhendais la réponse :

— Et le rôle du professeur… quel était-il une fois sur place ?

Berthomet a mis un temps à répondre et ce qu'il a dit restera à jamais gravé dans ma mémoire :

— Fady Atallah était un cheval de Troie, Théodore. Sa mission était de localiser et de détruire le laboratoire clandestin où travaille Imaad Masood ainsi que les stocks de virus Ebola.

40.

Le poids du monde

Les mots de Paul Berthomet résonnaient encore dans la pièce sombre qui suintait l'humidité et ils me faisaient tourner la tête : « Localiser et détruire le laboratoire ainsi que les stocks de virus. » Ne sachant plus si je préférais croire que j'étais pris dans un mauvais rêve plutôt que dans la poigne de fer des deux agents de la DGSE, j'ai demandé ce qui me paraissait le plus évident :

— Oui, mais comment le localiser ?

La question ayant l'air de lui brûler les lèvres, Jaber a lancé :

— Ça ne pourrait pas être l'endroit où vous avez travaillé au cours des derniers jours ?

J'ai haussé les épaules. Ça me semblait peu probable, mais j'ai dit :

— Ça ressemblerait à quoi ?

Avec force gestes, l'agent de la DGSE m'a décrit en quelques phrases l'équipement susceptible de se trouver dans un tel laboratoire, soulignant au passage que les souches du virus étaient très certainement conservées dans des réfrigérateurs.

— Ne pensez pas nécessairement à un laboratoire dernier cri, a-t-il conclu. Il s'agit peut-être d'installations beaucoup plus modestes.

Lorsque j'ai relaté aux deux hommes que, à mon arrivée au local situé dans les entrailles de l'hôpital, les appareils mis à ma disposition se trouvaient toujours dans des cartons et que, à ce jour, les réfrigérateurs demeuraient vides, ils ont échangé un regard non équivoque : il fallait de toute évidence chercher dans une autre direction.

Jaber montrait des signes d'impatience, mais c'est son collègue Berthomet qui a repris :

— On doit également examiner deux possibilités : que le stockage se fasse dans un lieu différent du laboratoire, et que, pour éviter d'être détectés, les scientifiques de l'État islamique, Masood en tête, se soient peut-être mêlés aux civils.

Nous avons tous les trois ruminé nos pensées en silence. Une idée m'a traversé l'esprit, j'ai ouvert la bouche pour parler, mais je me suis ravisé.

Le visage contracté, Berthomet a fini par déclarer :

— Nous allons vous offrir l'occasion de vous racheter, Théodore. Vous poursuivez la mission du professeur. Vous trouvez l'endroit ; nous, on s'occupe du reste. Si vous le faites, je peux vous garantir l'immunité. Aucune accusation ne sera portée contre vous en ce qui concerne la mort du professeur Atallah.

Cette proposition piège, je l'avais vue venir. Ne serait-ce que pour la forme, j'aurais sans doute dû m'y opposer avec véhémence, mais, la réalité, c'est que j'étais responsable de la mort du professeur et que je me sentais redevable. En prenant sa place, j'avais freiné son élan humaniste.

Aussi, faire ce que les agents de la DGSE attendaient de moi allait donner un sens à sa mort. Je ne pouvais me défiler, sinon je ne serais plus jamais capable de me regarder dans un miroir. Mais histoire de bien évaluer mes options, j'ai quand même demandé :

— Et si je refuse ?

Milad Jaber a ricané en me toisant.

— Vous avez tué le professeur Atallah, non ?

Peut-être les deux agents de la DGSE s'attendaient-ils à ce que j'énumère une longue liste de conditions préalables à ma participation. En tout état de cause, j'ai eu le sentiment que ma réaction les prenait par surprise :

— D'accord, je vais le faire. Mais, avant de discuter de la suite, j'ai quelques questions à vous poser à mon tour. D'abord, comment se fait-il que vous ne m'ayez pas arrêté pendant que je suivais le professeur Atallah à Montréal ?

Berthomet a affiché un air dépité. Sa voix avait perdu de son assurance :

— Vous voulez la vérité ? Vous nous avez échappé. Nous avions les yeux sur les émissaires de l'État islamique. Le professeur nous avait rapporté une présence étrange, quelqu'un qui semblait le suivre. Mais il n'en était pas certain et, quand il vous a aperçu, il se trouvait trop loin pour distinguer vos traits et pouvoir ensuite nous fournir une description précise.

J'ai hoché la tête. Ça se tenait.

— Et le iPhone faisait aussi partie de la mise en scène ?

Je leur avais mentionné avoir vu Milad Jaber remettre un téléphone cellulaire au professeur dans le parc Paul-Doyon. Irrité d'avoir été ainsi surpris par un simple citoyen, l'homme au treillis a acquiescé.

— Ça faisait effectivement partie de la mise en scène destinée à l'État islamique.

J'ai réprimé la colère qui s'apprêtait à monter de nouveau en moi.

— Et Phoebe Yates ? Où est-elle ?

Berthomet a capté mon regard inquiet.

— Rassurez-vous, elle se porte bien. Elle est actuellement dans un lieu sécurisé, sous la protection d'un de nos agents, en attendant que les choses se tassent.

J'ai poussé un soupir de soulagement. Depuis quelques jours, j'étais un homme à la dérive dans un océan de périls et de doutes, mais la jeune femme n'avait pas quitté mes pensées.

— Pourquoi ne m'avez-vous pas cueilli en même temps qu'elle ?

Jaber a répondu à ma question d'une voix où persistaient des traces de rancune :

— Problèmes opérationnels. Elle m'avait fracturé le nez d'un coup de pied. C'est une vraie furie, cette fille-là. J'ai eu un mal de chien à la maîtriser et à l'emmener discrètement jusqu'à mon véhicule. Je ne pouvais pas rester sur place, je pissais le sang. Le temps que je revienne avec mon coéquipier, vous étiez déjà passé à travers les mailles du filet.

Je suis demeuré un moment sans rien dire. J'ai eu envie de mentionner à Jaber qu'il était venu bien près de me coincer lorsque je l'avais aperçu dans la cuisine de Phoebe, mais à quoi bon l'accabler davantage ? En effet, quand, plus tôt, j'avais raconté mon histoire aux hommes de la DGSE et précisé que Phoebe m'avait laissé un billet indiquant l'adresse de l'entrepôt et l'heure du rendez-vous – billet qu'elle avait reconstitué à partir de fragments trouvés dans le sac à ordures contenant le *pocket litter* –, Jaber avait subi les foudres de son supérieur, celui-ci jugeant inacceptable qu'un tel « détail » lui ait échappé. Jaber avait tenté de protester, mais Berthomet l'avait fait taire.

Voulant fouiller d'autres recoins de l'histoire, j'ai poursuivi mon interrogatoire :

— Et comment nous avez-vous retrouvés chez Phoebe ?

Milad Jaber a eu un bref rictus.

— Votre amie était sortie fumer un pétard sur le balcon avant. Un des déménageurs à qui vous aviez faussé compagnie l'a reconnue et m'a averti.

Je n'ai pu m'empêcher d'esquisser un sourire. J'avais de la difficulté à imaginer Phoebe en train de fumer la cigarette, mais un joint cadrait parfaitement avec sa personnalité.

Je me suis tortillé sur ma chaise. Je m'ankylosais.

— Autre question… Vous étiez dans la salle à manger de cet hôtel, en Turquie. Pourquoi ne pas m'avoir arrêté ?

Ou même avant. Vous étiez dans le même avion que moi, non ?

Jaber a secoué la tête négativement.

— Je suis arrivé à Istanbul par transport militaire. Je n'avais pas besoin d'être dans le même avion que le professeur parce qu'il y avait une puce de géolocalisation dans son passeport. Lorsque, à l'hôtel, je me suis rendu compte que quelqu'un qui lui ressemblait à s'y méprendre avait pris sa place, je suis sorti pour appeler Paul. Le temps d'obtenir ses instructions, vous aviez quitté votre table. J'ai continué de vous pister grâce à la puce, puis je vous ai perdu.

J'ai réfléchi un instant avant d'ajouter :

— Nous avions probablement quelques minutes d'avance sur vous. Samir a brûlé le sac du professeur, son ordinateur et mes vêtements dès que nous avons passé la frontière. Ils m'ont aussi confisqué ma montre, le passeport et le portefeuille du professeur.

La colère et l'impuissance se mélangeant dans sa voix, Paul Berthomet a précisé :

— Nous nous attendions à ce qu'ils détruisent les vêtements et les bagages du professeur, mais pas son passeport. Ça veut dire qu'ils avaient prévu l'éliminer en temps et lieu, car la puce ne fonctionne plus, ce qui veut dire que le passeport a été détruit lui aussi.

Étonné par son affirmation, j'ai froncé les sourcils en agitant mon poignet.

— Ils m'ont pourtant remis ma Rolex…

À son tour, Berthomet a semblé surpris.

— Soyez assuré d'une chose : avant qu'ils vous la remettent, votre montre a été examinée sous toutes ses coutures.

Milad Jaber a renchéri aussitôt, et sa réplique lui a valu une œillade de son supérieur.

— Dites-vous que la seule raison pour laquelle vous la portez actuellement, c'est qu'elle a été promise à quelqu'un… quelqu'un qui compte la reprendre sur votre cadavre.

Ma gorge s'est serrée. Peut-être que Jaber se trompait. Peut-être avais-je réellement gagné le respect de Samir en sauvant Mohamed.

— Et la puce… c'était votre seule façon de garder le contact avec le professeur ?

Berthomet m'a regardé comme si je débarquais d'une autre planète.

— Bien sûr que non. Le professeur pouvait à tout moment nous passer un message codé sur un site Web. Évidemment, vous ne pouviez pas le savoir.

J'allais rétorquer qu'avec les djihadistes qui montaient sans cesse la garde, et Mohamed, Masood ainsi que Samir sur les talons, Atallah n'aurait pas fait mieux que moi pour dénicher une connexion Internet, mais j'ai préféré me taire.

L'agent de la DGSE a continué :

— Quand nous avons perdu votre trace, nous avons eu recours à notre meilleur agent sur le terrain. Une femme que vous connaissez, si j'en crois ce que j'ai appris dans les derniers jours.

— Nayla…

Les deux hommes ont approuvé en même temps. Un pli barrait le front de Berthomet.

— Nous avons délimité un périmètre assez large des endroits où nous pensions vous trouver. Nous avions déjà infiltré Nayla parmi l'escouade de la Hisbah depuis un certain temps. C'était le meilleur moyen pour elle de mettre son nez partout sans se faire repérer et de prêter main-forte au professeur sur le terrain, en cas de besoin. Ce que nous espérions s'est finalement produit : vous êtes tombés nez à nez. Nayla a commencé à vous filer le train à partir de cet instant. Par la suite, il ne nous restait plus qu'à attendre le moment propice pour entrer en contact avec vous.

Je n'ai pas essayé de masquer mon étonnement : je ne m'étais aperçu de rien. J'allais poser une autre question à Berthomet lorsqu'il a consulté sa montre.

— On va s'arrêter ici, sinon nous allons y passer la nuit et c'est un luxe que nous ne pouvons pas nous permettre. Il faut que vous retourniez à votre appartement avant qu'on ne remarque votre absence, Théodore. Parce que si…

Un sentiment de panique m'étreignant, je l'ai interrompu :

— Vous voulez me renvoyer dans la gueule du loup, mais je n'ai aucune idée de ce que vous attendez de moi ! En plus, je crois que Masood me soupçonne. Dites-moi au moins ce que je dois faire pour que mon installation au laboratoire ait l'air plausible !

Jaber s'est impatienté et s'est levé d'un bond. Puis il a commencé à arpenter la pièce :

— C'était du vent, Seaborn. Vous ne comprenez pas ? La mutagenèse, la cinquième mutation, le modèle théorique. Fouquier pose l'hypothèse que c'est possible scientifiquement, mais nous n'y sommes pas encore.

L'attitude de Jaber m'irritait. Je me suis laissé emporter :

— C'est vous qui ne comprenez pas ! Le professeur aurait quand même su préparer le laboratoire, brancher les appareils, faire semblant de préparer ses mutants. Je ne sais pas comment m'y prendre !

Les enjeux me paraissaient soudain démesurés et je n'étais plus du tout certain d'avoir envie de collaborer.

Berthomet a tenté de désamorcer la situation :

— Continuez ce que vous avez fait jusqu'ici, Théodore. Vous avez très bien réussi à personnifier le professeur Atallah.

La tête me tournait. J'en avais assez entendu.

— Justement ! Quelles étaient les possibilités que ça arrive, que je m'en tire ainsi ? Ma chance ne va pas durer éternellement !

Haussant le ton, l'homme de la DGSE a répliqué d'une voix autoritaire :

— Vous allez retourner à votre appartement et, surtout, ne rien changer à vos habitudes. Si quelqu'un vous demande où vous étiez, vous dites que vous n'aviez pas sommeil, et que vous êtes sorti faire une promenade.

J'ai souri, une grimace amère. Toute cette histoire n'avait-elle pas commencé parce qu'Alice m'avait poussé à aller marcher en dissimulant ma dernière boîte de Coffee Crisp ?

— Et s'ils me démasquent ?

Berthomet s'est fait rassurant :

— Vous ne la verrez pas, mais quand vous quitterez votre appartement demain matin, Nayla sera derrière vous comme votre ombre. Elle veillera sur vous, comme elle l'a fait depuis qu'elle vous a reconnu dans la rue. Au moindre pépin, elle assurera votre sécurité. Nous avons quelques commandos des forces spéciales dans les parages, prêts à intervenir au besoin.

La présence de Nayla m'a mis du baume au cœur. À ses côtés, je me sentais soudain plus courageux.

— Et je peux aussi vous fournir un pistolet…

À mes yeux, il s'agissait plus à ce stade d'un handicap qu'autre chose. Si j'étais pris avec une arme, je ne pourrais jamais le justifier et alors ce serait la fin.

J'ai haussé les épaules en soupirant.

— À quoi bon ? Ils sont tous armés.

D'un air pédant, Jaber a renchéri :

— Vous ne courez aucun risque, Seaborn. On va vous exfiltrer dès que ce sera terminé.

Je l'ai foudroyé du regard. Il a murmuré, un rictus au coin des lèvres :

— Enfin, vous ne courez presque aucun risque…

L'envie de lui flanquer mon poing dans la gueule ne manquait pas, mais j'ai ravalé ma hargne et me suis tourné vers son patron.

— Qu'est-ce que je dois faire si je localise le laboratoire du docteur Masood ?

Il a eu une réponse très simple :

— Nous avertir.

— Comment ?

Paul Berthomet s'était levé.

— J'ai quelque chose pour vous. Attendez-moi une minute, je reviens.

L'homme de la DGSE a fait quelques pas vers la porte, puis il a pivoté sur ses talons. Avant de repartir, il a ajouté une phrase dont j'allais mesurer plus tard toutes les implications :

— Le succès de l'opération Ulysse repose maintenant sur vos épaules, Théodore.

41.

Nocturne promenade

C'était le milieu de la nuit et les rues étaient désertes. Mains dans les poches, je marchais sur les trottoirs crayeux. La rencontre avec les deux agents de la DGSE m'avait désta bilisé. Plongé dans mes pensées, j'avais peine à croire ce que Berthomet et Jaber m'avaient balancé. Pourtant, quand j'y réfléchissais, tout prenait forme et les pièces du puzzle s'emboîtaient parfaitement. Plusieurs questions continuaient à bondir dans ma tête. J'allais devoir laisser décanter un peu la masse d'information avant de tout assimiler.

Bizarrement, la partie de Racca que j'arpentais était devenue un décor presque familier. Toutefois, en tournant le coin de la rue qui menait à l'appartement, je me suis raidi. Deux djihadistes armés discutaient à voix basse. J'ai craint un moment qu'ils ne me fassent subir un contrôle, mais ils n'ont pas relevé la tête lorsque je suis passé à leur hauteur.

Avant de quitter la maison sécurisée, j'avais exigé de revoir Nayla, mais Paul Berthomet s'y était catégoriquement opposé. Quand je lui avais demandé pourquoi, il m'avait simplement répondu que j'aurais la possibilité de la rencontrer aussi souvent et aussi longtemps que je le désirerais une fois ma mission terminée.

Comme je n'étais pas en position de force, j'avais dû m'incliner. Je soupçonnais cependant qu'il considérait notre passé comme une distraction et voulait à tout prix éviter que cela ne perturbe l'opération que je devais mener.

J'avais une foule de questions à poser à Nayla. Mais par-dessus tout, j'avais juste envie de la revoir et de la serrer dans mes bras. Je lui dirais à quel point elle comptait pour moi, à quel point elle m'avait manqué. Je lui dirais aussi que, pendant ces années au Liban, elle avait été pour moi non seulement une amie très chère et une confidente, mais également une sœur, une partie de ma chair. Nayla était en vie. Je répétais ces mots dans ma tête et les larmes me montaient aux yeux. Je ne pouvais y croire. L'heure de nos retrouvailles sonnerait bientôt.

Berthomet avait en outre refusé de me laisser écrire un message à l'intention de Jade pour l'éventualité où je n'en réchapperais pas.

— Il ne va rien vous arriver, Théodore. Vous allez bientôt retrouver votre femme et votre fille.

Et tandis que j'avançais sur le trottoir, je me suis mis à songer aux événements qui s'étaient précipités au cours des dernières semaines, à la vie qui m'avait pris au dépourvu.

Alors que tout allait déjà trop vite, voilà que les choses venaient de s'accélérer encore davantage. J'avais tué un homme et, pour protéger d'autres vies que je croyais en danger, je l'avais personnifié au péril de la mienne. À présent, la mission dont m'avaient investi les hommes de la DGSE et ses enjeux me dépassaient. Je me sentais si seul et si démuni devant cet engrenage qui m'avalait que mon esprit roulait à vide, essayait de se raccrocher à l'espoir que les choses tourneraient en ma faveur.

Mais j'avais l'impression que mon temps était compté, la sensation de chuter dans le vide. Et je me demandais ce qu'il me resterait si je parvenais à accomplir la mission et à m'en sortir vivant. Bien sûr, il me resterait ma fille. Il me resterait ma petite Jade.

Ce lien de sang ne cesserait jamais d'exister et c'est à ce lien que je devais m'agripper afin d'y puiser la force de poursuivre et de me battre.

Ma fille avait besoin de son père à ses côtés.

Mais Alice ? M'aimait-elle encore ? Réussirais-je à établir des ponts avec Nayla après tout ce temps ? Et Phoebe… la reverrais-je ?

J'ai secoué la tête pour chasser ces pensées. Pour l'instant, tout ce qui comptait, c'était cette chance qui m'était offerte de me racheter pour la vie que j'avais prise, en freinant les desseins meurtriers de Samir, de Masood et de l'État islamique.

Je me trouvais à deux cents mètres de la boulangerie lorsque l'odeur réconfortante du pain m'a chatouillé les narines. Le boulanger avait déjà commencé à cuire ses fournées du matin. Un sourire s'est imprimé sur mon visage tandis que je dépassais la porte de bois à la peinture bleue écaillée, qu'une pierre coincée entre le seuil et le battant gardait entrouverte. La porte suivante, qui donnait sur l'entrée de la boulangerie, demeurait close.

Sans le connaître, je ressentais de l'affection pour cet artisan. On ne peut pas ne pas aimer un homme qui se lève au beau milieu de la nuit pour préparer la nourriture des autres. À travers la vitrine, je l'ai regardé s'activer dans la lumière tamisée.

J'avais menti par omission à Paul Berthomet. L'image d'un endroit improbable avait en effet surgi dans mon esprit quand il avait prononcé une phrase :

— Pour éviter d'être détectés, les scientifiques de l'État islamique se sont peut-être mêlés aux civils.

Pourquoi ne pas avoir parlé de mes soupçons aux hommes de la DGSE ?

Aujourd'hui encore, j'ai de la difficulté à me l'expliquer. Sans doute parce que c'était sur le moment davantage une intuition qu'une certitude. Peut-être également parce que, à l'issue de notre rencontre, j'avais compris que des innocents paieraient de leur vie mon erreur si je désignais le mauvais endroit.

Sans prendre tout à fait conscience des implications de ce que je m'apprêtais à faire, j'ai rebroussé chemin. J'ai contemplé un instant la vieille porte de bois et la pierre qui la gardait entrebâillée. Puis, m'assurant que je n'étais pas observé, j'ai poussé le battant.

N'était-ce pas devant cette porte que j'avais croisé le docteur Masood lorsque Mohamed était allé chercher du pain ? J'avais peut-être mal interprété sa réaction, mais il m'avait semblé agacé de me voir là. C'était mince, mais c'est ce qui m'était revenu en mémoire en entendant les paroles de Berthomet. Et il fallait que j'en aie le cœur net avant d'envisager divulguer cette piste à la DGSE.

Je me suis enfoncé dans un couloir sombre attenant à la boulangerie et mes yeux ont mis quelques secondes à s'acclimater à l'obscurité. Sur ma gauche, un escalier vétuste menait aux étages supérieurs. Légèrement ouverte, une porte à ma droite donnait sur la boulangerie. Devant le mur du fond, un petit bureau faisait face à la rue. Une tasse vide et un journal déplié reposaient dessus. J'ai pensé qu'il s'agissait de l'endroit où les clients payaient ce qu'ils avaient acheté à la boulangerie.

Me déplaçant le plus discrètement possible, je me suis engagé d'instinct dans l'escalier. Choisissant avec précaution là où je posais les pieds, j'ai gravi une première volée de marches. La surprise la plus totale m'attendait. L'escalier bifurquant sur la droite, je me suis en effet retrouvé devant un obstacle infranchissable.

Une barricade faite de poutres et de sacs de sable s'élevait là, murant l'espace de façon complètement étanche. Du bout des doigts, j'ai cherché des aspérités ou des éléments escamotables qui auraient pu révéler un passage dissimulé.

Je n'ai malheureusement rien trouvé de tel.

J'ai redescendu les marches avec les mêmes précautions et débouché dans le couloir. Par l'entrebâillement, j'ai entrevu le boulanger qui sortait des plaques de son fourneau de pierre à l'aide d'une longue pelle de bois.

J'allais renoncer et ressortir avant d'être surpris lorsque mon regard est tombé sur le mur du fond. Quand j'avais observé le boulanger travailler à travers la vitrine, j'avais pu apprécier la profondeur de la pièce. Ce n'était sûrement qu'une illusion d'optique, mais j'avais l'impression de ne pas retrouver la même ici. Y avait-il quelque chose derrière ce mur ? La boulangerie s'y prolongeait-elle ?

Interloqué, j'ai marché vers le bureau, que j'ai contourné, et je me suis mis à inspecter le mur du bout des doigts. Il était composé de planches de bois installées à la verticale. Par ailleurs, un grand nombre d'interstices visibles auraient pu abriter une porte secrète, mais je ne voyais de charnière nulle part.

Une idée saugrenue m'est venue lorsque j'ai posé les yeux sur le bureau. J'avais passé les dernières années à dissimuler mes sachets de coke dans la cavité laissée béante par le retrait d'un des tiroirs de ma table de travail. Peut-être n'étais-je pas la seule personne à avoir eu une telle idée.

J'ai tiré la chaise sans faire de bruit et je me suis assis. En touchant la face intérieure des tiroirs de gauche, mes doigts sont entrés en contact avec une boîte métallique. J'ai découvert en la palpant qu'elle était creusée d'un sillon. Sans trop y croire, j'ai plongé la main dans ma poche et attrapé la carte magnétique que Samir avait glissée sous ma porte. S'il s'agissait d'un lecteur optique, je n'allais pas tarder à être fixé.

J'ai glissé la carte dans l'ouverture. Aucune réaction. La tournant de côté, j'ai effectué une nouvelle tentative. Un déclic s'est produit, puis un chuintement s'est fait entendre dans mon dos. Je me suis retourné et j'ai constaté avec surprise qu'une partie du mur s'était déplacée en pivotant. Des marches de pierre plongeaient dans l'obscurité. J'ai hésité deux ou trois secondes, puis, le cœur tambourinant dans ma poitrine, je m'y suis engouffré.

42.

Taxi pour l'enfer

— Vous cherchez quelque chose, professeur Atallah ?

La porte s'était refermée aussitôt que je l'avais franchie. Comme je n'avais ni lampe de poche ni cellulaire pour m'éclairer, j'avais descendu les degrés dans les ténèbres, au risque de me rompre le cou. Je tentais de localiser un interrupteur en tâtonnant du bout des doigts le mur à ma gauche lorsque la porte s'était ouverte de nouveau.

Mon sang n'avait fait qu'un tour.

La silhouette d'un homme frêle vêtu d'une *jubba* sombre se découpait dans le rectangle de lumière. Il était impossible de discerner ses traits à contre-jour, mais sa voix m'était familière.

— Bonjour, professeur Atallah…

Je me suis efforcé de prendre un air insouciant, mais la tension et la peur me rongeaient les entrailles.

— Euh… *salam alikoum*, docteur Masood.

Mon interlocuteur n'entendait pas à rire.

— Je peux savoir ce que vous faites ici ?

Sans me départir de mon calme, j'ai brandi la carte magnétique. Je devais essayer de gagner du temps.

— C'est Samir qui m'a donné ça…

— Non, ce n'est pas Samir, c'est moi.

Un silence lourd de signification a suivi l'affirmation de Masood. Un frisson glacé finissait de me parcourir l'échine lorsqu'il a repris :

— Cette carte a une particularité : elle a été programmée pour déclencher une alarme dès son utilisation. Puisque j'habite en face de la boulangerie…

Une lumière jaune et crue a jailli brutalement. Aveuglé, j'ai plissé les yeux et mis ma main en visière. Masood descendait les marches, un pistolet au poing.

— Voilà, professeur… Voilà où les souches du virus Ebola sont produites et stockées. C'est bien ce que vous vouliez voir, non ?

J'ai tourné la tête et embrassé du regard la pièce rectangulaire, laquelle devait se trouver sous la boulangerie. Elle renfermait l'équipement qu'on s'attend à découvrir dans un tel laboratoire, mais je n'y ai guère prêté attention.

À vrai dire, mes yeux se sont fixés sur les deux énormes réfrigérateurs industriels munis de portes vitrées. Des cartons contenant des centaines de fioles translucides y étaient entreposés.

J'étais dans le ventre du dragon. Seulement, j'y étais piégé.

J'ai lentement pivoté vers Masood. La gueule menaçante de son pistolet pointait vers mon front et son regard me transperçait. Je devais garder mon calme. Ma vie et tout le reste en dépendaient.

J'ai hoché la tête pour marquer mon appréciation.

— Très impressionnant, docteur. Je constate de plus que la pièce est climatisée.

Le scientifique a émis un petit rire sarcastique.

— J'ai inspecté votre laboratoire hier, avant que vous n'arriviez avec Mohamed…

Je n'avais pas rêvé. C'était donc lui qui avait déplacé la souris. Je n'ai sans doute pas le sens de la déduction le plus développé au monde, mais le pistolet qu'il braquait sur moi me donnait à penser que ce qu'il y avait vu ne l'avait pas convaincu.

— Et ?

Masood m'a lancé un regard dur, chargé de haine.

— … et j'en suis venu à la conclusion que vous ne connaissez rien à la virologie. Pourriez-vous seulement épeler le mot « mutagenèse », professeur Atallah ?

J'ai fermé les paupières et pris une grande inspiration, que j'ai retenue un instant avant de la relâcher. J'ai rouvert les yeux et, la peur et l'appréhension produisant parfois de drôles de réactions, je me suis mis à rire nerveusement. D'abord timidement, puis de plus en plus fort.

La question de Masood me ramenait au moment charnière de mon existence, celui qui avait tout fait basculer, celui qui était le point de départ de ma longue route jusqu'ici. La boucle se bouclait. J'y voyais un signe à la fois funeste et grotesque du destin.

Je suis parvenu à articuler une phrase entrecoupée de rires :

— Épeler « mutagenèse »… c'est bien ça ?

Masood a raffermi sa prise sur la crosse du pistolet. La tension était à couper au couteau.

— Le moins que l'on puisse dire, c'est que vous ne manquez pas d'aplomb, professeur.

Mon suicide professionnel était survenu quelques mois auparavant, en janvier. La situation était critique ; Masood pouvait me faire éclater la cervelle n'importe quand, mais c'était plus fort que moi : les images de cette journée fatidique me revenaient en mémoire.

En compagnie de Cyril Taillefer, le patron de Red | Rider, j'avais été convoqué par Étienne Beaulieu pour faire une présentation. Comme moi, le Taureau avait connu une progression fulgurante. De directeur d'une firme d'importation de vin, poste qu'il occupait la première fois que je l'avais rencontré, il était devenu vice-président marketing de la brasserie Molson.

Le compte valait quelques millions de dollars. Beaulieu nous avait fait venir afin de nous donner la chance d'être les premiers à présenter un concept pour la nouvelle campagne nationale de la Molson Export. Si nous étions convaincants, le contrat nous serait octroyé sans que nos concurrents soient sollicités.

Avec les créatifs de l'agence, nous avions passé plusieurs semaines à peaufiner notre concept et décidé de miser sur la fibre familiale et sur la tradition en nous inspirant d'une publicité de 1867 où on voyait l'ancien premier ministre John A. Macdonald avec le slogan suivant : « *The ale your great-grandfather drank.* »

Mais à peine avais-je commencé à lui exposer les grandes lignes de notre concept que le Taureau avait frappé du poing sur la table.

— « Molson, de génération en génération. » Et quoi encore ? Vous voudriez peut-être qu'on achète les droits sur la chanson de Mes Aïeux pour accompagner la pub télé ?!

Interloqués, Cyril et moi nous étions regardés tandis que le Taureau continuait de fulminer :

— Je veux bien qu'on dépoussière de vieilles publicités, mais il faut rajeunir la marque ! Les jeunes n'ont pas envie de ressembler à leurs parents ni à leurs grands-parents.

Une veine gonflée dans son cou cramoisi, le Taureau s'était alors tourné vers moi. Sachant que j'étais le cerveau de la campagne, il avait craché :

— « De génération en génération. » Il faudrait être un parfait crétin pour croire que nous allons quelque part avec un pareil slogan. Pouvez-vous m'épeler le mot « crétin », Théodore ?

Masood me tenait toujours en joue. Les mains sur les cuisses, le tronc penché vers l'avant, je tentais de reprendre mon souffle et mon sérieux. Mais ce n'était qu'en apparence. En vérité, je gagnais du temps et j'évaluais mes options.

Il y avait un escalier sur ma droite. Avec un peu de chance, celui-ci n'était pas muré et permettait d'atteindre la boulangerie et les étages supérieurs. J'allais bientôt devoir faire un geste dont ma vie et peut-être des milliers d'autres dépendraient.

Avec le pouce, j'ai essuyé les larmes qui avaient roulé sur mes joues pendant que, de l'autre main, je fouillais discrètement dans le fond de ma poche. J'ai attrapé la petite sphère métallique qui s'y trouvait, puis j'ai appuyé dessus. J'espérais que Masood ne s'était aperçu de rien.

Par la suite, les yeux au plafond, je me suis gratté le front d'un air insolent et j'ai dit :

— « Mutagenèse »… Donnez-moi quelques secondes, je réfléchis…

Je ne m'étais pas trompé souvent depuis le début de ma carrière chez Red | Rider. J'étais convaincu de la qualité de notre proposition et les commentaires du Taureau avaient fini par me piquer au vif. J'avais encaissé ses attaques sans broncher, mais bouillais de rage contenue. Or, je n'avais jamais cédé à l'intimidation quand je m'alignais pour les Carabins et que j'affrontais des mastodontes de cent trente kilos prêts à me broyer les os.

Je n'allais donc pas courber l'échine devant le Taureau. J'avais aplati des joueurs autrement plus coriaces que lui sur le terrain. Peut-on parler de sabotage ou de réflexe de survie ? Quoi qu'il en soit, le fixant droit dans les yeux, j'avais répliqué du tac au tac :

— Crétin ? Attendez voir… Ça commence par un *b*, non ? C'est ça, oui : b-e-a-u-l-i-e-u.

Rouge de colère, Étienne Beaulieu avait bondi de son siège avec l'intention arrêtée de me faire un mauvais parti. Prêt à en découdre, je m'étais levé à mon tour lorsque mon patron s'était interposé.

Je n'oublierai jamais le visage exsangue et la voix décomposée par la colère de Cyril Taillefer quand il m'avait enjoint de sortir de la salle de conférences. Je m'étais exécuté non sans avoir au préalable aggravé mon cas en balançant avec fracas ma chaise au fond de la pièce.

Cette fois, la bête avait eu raison de son tortionnaire. J'étais vaincu. Encorné par le Taureau, El Matador était mort ce jour-là.

Mon patron m'avait escorté jusqu'à l'extérieur, où il m'avait sommé de lui rendre ma carte d'accès avant de me jeter dans un taxi. Cet homme bon qui avait été d'une patience infinie à mon égard, cet homme que je considérais un peu comme un deuxième père, avait atteint ses limites. Pourtant, il avait réussi à maîtriser son indignation pour dire avec calme :

— Vous me décevez énormément, Théodore. Un garçon si brillant.

Puis, se tournant vers le chauffeur, il lui avait indiqué ma destination :

— Conduisez-le en enfer…

Il ne le saurait sans doute jamais, mais la route que j'avais empruntée à partir de ce moment m'y avait justement conduit. Quelques mois plus tard, j'avais en effet rejoint mon point de chute : un laboratoire clandestin de l'État islamique à Racca, en Syrie, où j'allais mourir dans les prochaines secondes.

Un mélange d'exaspération et de colère était apparu sur les traits de Masood. Le regard dur, il a armé son pistolet. Je crevais de trouille, mais j'ai ramené mes cheveux vers l'arrière avec désinvolture tandis que, du coin de l'œil, j'évaluais la distance qui me séparait des premières marches.

Masood a ouvert la bouche pour parler, mais j'ai repris la parole avant qu'il ne le fasse :

— Un instant, un instant ! Je peux vous épeler le mot « mutagenèse » sans problème, docteur Masood. Attendez voir… Ça commence par un *c*, non ? C'est ça, oui : c-r-é-t-i-n.

Profitant de l'effet de surprise, je me suis élancé vers l'escalier sur ma droite. Au même moment, une détonation assourdissante a retenti et une balle a sifflé près de mon oreille.

43.

Quand tombent les masques

J'ai grimpé les marches à toute allure. L'escalier a bifurqué sur la droite une première fois, puis une autre fois encore, mais il n'y avait aucune porte, aucune fenêtre pour faciliter ma fuite. Voulant accélérer la cadence, j'ai raté une marche et perdu pied. Comme j'étais incapable de me retenir avec les mains, le tibia de ma jambe gauche a frappé le sol avec une telle violence qu'il m'a semblé entendre un craquement.

Grimaçant de douleur, je me suis relevé et j'ai repris ma course. Je boitais, mais l'adrénaline giclant dans mes veines me transportait. Et tandis que je franchissais les derniers mètres, une joie sauvage m'a envahi : je n'arriverais peut-être pas à me sauver, mais j'avais réussi, en me précipitant vers l'escalier, à lancer la petite sphère métallique vers le fond du laboratoire, en direction des réfrigérateurs.

Avec un peu de chance, l'objet roulerait à l'abri des regards. J'espérais seulement que Masood n'avait pas surpris mon geste, sinon tout ce que j'avais fait serait vain.

Le dernier tronçon de l'escalier était en ligne droite. Au sommet, un halo lumineux baignait le cadre de porte. J'ai poursuivi ma course folle pour déboucher dans une grande pièce vide. Le souffle court, je suis resté interdit un moment.

Les lueurs bleutées de l'aube enveloppaient Racca. Au loin, j'apercevais une mosquée, surplombée d'un minaret. D'un instant à l'autre, le muezzin allait apparaître dans la tour pour lancer l'appel à la prière de *Sobh*.

Il n'y avait pas de vitres aux fenêtres. Je me suis approché et j'ai risqué un regard vers le bas. Cinq étages. Une vague de désespoir m'a alors envahi, se mêlant à la peur que j'éprouvais déjà. J'étais pris au piège.

Puis j'ai secoué la tête. La chute allait être brutale et, si j'en réchappais, ce serait avec tous les os brisés. Mais entre ça et une balle entre les yeux, j'allais courir ma chance. En bas, un palmier élevait son tronc au-dessus du trottoir. Si je réussissais, en sautant, à m'éloigner suffisamment de l'immeuble pour l'atteindre, le feuillage pourrait ralentir ma course.

J'allais prendre mon élan lorsque j'ai aperçu un groupe de djihadistes qui, se déployant dans la rue, pointaient leurs kalachnikovs dans ma direction. J'étais trop loin pour entendre ce qu'ils disaient, mais leurs intentions étaient à n'en pas douter belliqueuses.

Je me suis retourné. Dans le cadre de la porte, frais comme une rose, le docteur Masood me tenait en joue. Un rictus de satisfaction flottait sur ses lèvres. Sachant qu'il n'y avait pas d'issue, il avait gravi les marches sans se presser. Aussi bien dire que j'étais fait comme un rat. Mais je n'allais pas partir sans un baroud d'honneur.

J'ai frappé mon thorax avec les poings.

— J'adore m'entraîner tôt le matin. Pas vous, Masood ?

Le docteur a souri et m'a pointé du menton.

— Dommage que vous ayez gâché votre pantalon.

J'ai baissé la tête et remarqué que le tissu de la jambe gauche de mon jean était collé contre ma peau et maculé de sang. J'ai haussé les épaules. Je ne ressentais même plus la douleur.

— Quelle erreur ai-je commise ?

Le petit homme a lissé les poils rebelles de sa moustache.

— Vous en avez commis toute une série, des petites mais aussi des plus importantes. Mais celle qui m'a mis la puce à l'oreille, c'est quand vous avez refusé que je vous aide pour mettre le laboratoire en état. Ça m'a forcé à retourner lire notre échange de courriels. Voyez-vous, non seulement c'est vous qui m'aviez demandé de l'aide, mais vous aviez en outre mentionné que votre expérience en laboratoire était limitée. Je paraphrase, mais vous aviez souligné que votre expertise à propos de la cinquième mutation se résumait essentiellement à du travail sur un modèle théorique.

J'ai haussé les épaules en signe d'impuissance. Masood faisait référence à des courriels que je n'avais malheureusement pas consultés.

— Pourquoi ne pas m'avoir arrêté tout de suite ?

Dans un geste qui trahissait sa frustration contenue, Masood a contracté les mâchoires.

— C'est ce que je comptais faire, mais l'explosion de ce foutu baril a contrecarré mes plans. Après avoir sauvé le fils de Samir, vous êtes devenu un héros. À cause de l'affection qu'il vous porte, je savais que j'aurais besoin d'éléments solides pour vous exposer. Alors, j'ai décidé de vous mettre à l'épreuve.

Cherchant toujours un moyen de me sortir du pétrin, j'ai approuvé de la tête.

— Vous m'avez tendu un piège. Vous avez glissé la carte sous ma porte.

La voix de Masood s'est faite narquoise :

— Je parlerais plutôt d'un test.

Sourire aux lèvres, je me suis mis à l'applaudir à grands gestes lents pour marquer ma dérision.

— Bravo, docteur Masood. Vous êtes très fort. C'est probablement la raison pour laquelle vous avez quitté le régime et le programme chimique syriens. Mais je vais vous dire une bonne chose : l'ambition finira par vous brûler.

Masood avait serré les dents lorsque j'avais mentionné le programme chimique. J'ai marqué une pause, consulté ma Rolex, puis j'ai poursuivi :

— Et maintenant ?

Masood a paru perdre patience tout à coup.

— Mais qui êtes-vous vraiment, professeur Atallah ? Et je vous en prie, arrêtez de sourire.

— Vous n'allez pas le croire. Je suis un ancien publicitaire et je m'appelle Théodore Seaborn.

J'ai vu dans les yeux d'Imaad Masood qu'il ne croyait pas un mot de ce que je venais de lui révéler. Mais j'ai quand même tenu à rectifier une chose. Une fausseté que j'avais prononcée :

— En fait, mon nom est Nassim-Théodore Seaborn.

Des bruits de pas et des voix retentissaient dans l'escalier. De nombreuses personnes convergeaient vers nous.

Le faciès de Masood s'est décomposé et il a hurlé :

— Vous allez arrêter de sourire !

Puis il s'est avancé vers moi et, si vite que je n'ai rien vu venir, il m'a frappé à la bouche avec le canon de son pistolet. Le choc, d'une violence inouïe, m'a plié en deux. En portant les mains à ma mâchoire, j'ai senti quelques dents se briser.

Je jurerais même les avoir entendues rouler sur le sol.

Plusieurs djihadistes armés sont entrés dans la pièce. Je pouvais lire sur leurs visages l'animosité et la répugnance que je leur inspirais.

Ils scandaient à tout vent :

— *Allahu akbar.*

Rapidement, j'ai consulté ma montre une dernière fois. Bientôt, tout serait fini. Je n'avais plus le goût de me battre. Des mains m'ont empoigné, m'ont poussé brutalement contre le sol. Un genou maintenait ma tête écrasée sur le plancher, un autre me comprimait les vertèbres.

Une douleur fulgurante m'a traversé, mais ma propre vie n'avait plus d'importance. J'avais rempli ma mission.

Et j'avais racheté la mort du professeur Atallah.

44.

Réaction en chaîne

Paris, 5ᵉ arrondissement

Boudiné dans son survêtement de sport, Henri Langevin dégoulinait de sueur. Il exécrait devoir s'entraîner. Mais ce qu'il détestait encore davantage, c'était qu'on ose le déranger chez lui pendant qu'il s'entraînait. Une serviette autour du cou, le ministre de la Défense s'assit à sa table de travail, libre de papiers, et prit l'appel sur une ligne sécurisée.

Une voix nasillarde crachota dans le combiné :

— Ici Berthomet. Nous croyons que notre agent en Syrie a localisé la cible.

Langevin épongea son front avec un coin de sa serviette et, de mauvaise humeur, grommela :

— Qu'est-ce que vous voulez dire par « nous croyons » ? Elle est localisée ou non ?

— La balise a été activée, monsieur le ministre. Mais il y a un risque qu'elle ait été déclenchée par erreur. Nous avons perdu le contact avec notre agent sur le terrain. Je voulais vous en faire part avant de parler aux Américains.

Par un interstice dans les rideaux tirés, Henri Langevin observa la pluie qui tombait sur Paris à la lueur des réverbères. Il pensait à la décision que Paul Berthomet lui demanderait de prendre dans quelques minutes et à la responsabilité écrasante qui lui incomberait.

Il songeait également au fait que les politiciens deviennent des cibles faciles pour les commentateurs, les journalistes et les citoyens déçus – il n'avait lui-même pas été épargné ces derniers mois –, mais ceux-ci ne savaient rien de ce qui se tramait dans l'ombre, de l'autre côté du miroir. Ceux-ci ne soupçonnaient pas le poids des décisions que des gens comme lui devaient prendre. Comment donc auraient-ils pu comprendre les conséquences morales des choix qu'il devait exercer ?

Avaient-ils seulement une idée de ce qu'on ressentait lorsqu'on devait décider de la vie ou de la mort de dizaines de personnes qu'on ne connaissait pas, à des milliers de kilomètres de distance ? Non, bien sûr que non... Même sa propre femme, qui était pour l'heure sortie boire des cocktails avec des amis, n'était pas au courant.

C'était le boulot qui voulait ça. On se retrouvait toujours seul et isolé. Tout le monde jugeait vos actions, mais personne ne voulait prendre votre place.

Langevin soupira et saisit un cigare dans la boîte posée sur le côté de son bureau. Puis il porta une main à son estomac. Son ulcère s'éveillait.

— Le point d'impact est-il situé dans un quartier à haute densité de population ?

La voix de Berthomet lui parvint hachurée :

— Oui. Et à notre connaissance, un quartier presque majoritairement civil.

Le ministre se pinça l'arête du nez avec le pouce et l'index. Il savait qu'il s'apprêtait à déclencher une réaction en chaîne, que des innocents risquaient d'être tués. Il savait qu'à partir du moment où le feu vert serait donné, il n'y aurait pas de retour en arrière possible.

Se renversant dans son fauteuil, Langevin posa les pieds sur son bureau et resta un moment en silence, les yeux clos.

Ce genre de décision était toujours un compromis entre l'inacceptable et un hypothétique espoir de poser le bon geste, du moins un acte raisonnable. Mais cette décision, il fallait bien que quelqu'un la prenne.

Alors aussi bien que ce fardeau, ce soit lui qui le porte. Il en avait l'habitude.

— Votre recommandation, Paul ?

Berthomet répondit sans hésiter :

— On demande le soutien des Américains et on va de l'avant.

Langevin porta le cigare à sa bouche pour l'humecter. Il reprit après un bref silence :

— Et si ça tourne mal et que la Maison-Blanche demande des comptes ?

Le directeur adjoint de la DGSE émit un petit rire.

— Si ça se produit, vous direz, comme d'habitude, que vous n'étiez pas au courant, Henri.

Langevin se racla la gorge. Berthomet connaissait son métier, mais ça ne l'empêcherait pas de se sentir responsable.

— Très bien, Paul. Allez-y. Oh… une dernière chose…

Le ministre étira le bras pour attraper un verre et une bouteille sur le chariot à alcools.

— Et la fille ?

Langevin entendit Berthomet respirer bruyamment à l'autre bout du fil.

— Je m'en occupe, monsieur le ministre. Je m'en occupe.

Le ministre de la Défense raccrocha, se versa un cognac, puis alluma son cigare. Alors qu'il disparaissait dans un panache de fumée, Henri Langevin prit une autre décision. Le tapis roulant attendrait au lendemain.

45.

Tombés du ciel

Il était environ 4h30 et les cris du muezzin appelant les fidèles à la prière montaient dans l'air de Racca. Seul sur le trottoir devant la boulangerie, le docteur Imaad Masood regardait s'éloigner le véhicule emportant les djihadistes et leur prisonnier.

Il n'avait rien réussi à tirer de celui qui disait s'appeler Théodore Seaborn et que les djihadistes avaient déjà salement amoché en le maîtrisant. À présent, Samir allait prendre la relève et se charger de l'interroger.

En effet, il connaissait des méthodes infaillibles pour délier les langues et, après tout, c'était le bras droit du calife lui-même qui avait recruté le professeur Atallah. Ce serait donc à lui d'endosser la responsabilité de l'échec et de réparer son erreur.

Masood sourit, satisfait de la situation. N'avait-il pas émis des réserves quand Samir avait proposé d'accueillir le professeur ? L'ancien chercheur du programme chimique était convaincu que le fait d'avoir démasqué Atallah lui permettrait de gagner de l'ascendant sur Samir et de consolider sa place au sein du califat.

Le scientifique n'avait rien d'un idéologue, mais quand il s'agissait de se rapprocher des cercles d'influence, il se targuait de pouvoir flairer la direction du vent.

Toutefois, il aurait peut-être remis cette faculté en cause s'il avait su que, alors qu'il pivotait sur ses talons pour rentrer par la vieille porte de bois, quelque part au-dessus de sa tête, un drone de l'armée américaine fendait furtivement le ciel.

Vautré dans ses certitudes et dans son contentement, Imaad Masood ignorait tout de la balise qu'avait activée Théodore Seaborn. Si on la lui avait montrée, il lui aurait sans doute été difficile d'imaginer qu'une sphère métallique d'apparence aussi anodine pouvait être porteuse de mort.

L'homme n'entendit le sifflement strident des missiles que quelques secondes avant l'impact. Il n'eut pas le temps de comprendre qu'il ne s'en sortirait pas.

Le docteur Imaad Masood, de son vrai nom Akram Hassan, fut pulvérisé en même temps que le bâtiment abritant la boulangerie et le stock de souches du virus Ebola qu'il avait si patiemment amassé. Les chants du muezzin cessèrent au moment de l'explosion.

46.

Maintenant, on est quittes

Montréal, maison sécurisée de la DGSE

— Dujardin ? C'est Berthomet. Vous pourrez la relâcher dans une heure. C'est fini.

L'homme aux cheveux blonds coupés en brosse soupira de soulagement.

Berthomet reprit :

— Qu'est-ce que j'entends derrière vous ? Vous faites de la friture ?

Guillaume Dujardin s'éloigna de la cuisinière et fit quelques pas dans le corridor.

— Oui, monsieur. Je veux dire… non, monsieur.

La voix de Berthomet monta d'une octave :

— Vous êtes certain que ça va, Dujardin ?

Même s'il avait envie de hurler sa joie, le jeune agent de la DGSE se garda de partager ses états d'âme avec le grand patron. Il voulait avoir l'air professionnel.

— Oui, monsieur.

Berthomet raccrocha. Dujardin revint dans la cuisine. Une poêle dans une main, une spatule dans l'autre, il se rendit ensuite dans la salle à manger, où une jeune femme blonde était assise à la table. Les cheveux retenus en chignon par trois crayons de couleur en bois, celle-ci lisait tranquillement un journal déplié devant elle.

— Votre omelette, mademoiselle Yates.

Phoebe mouilla son index et tourna la page, puis elle attrapa un morceau de melon dans son assiette et mordit dedans. Sans relever les yeux, elle dit :

— Posez-la dans mon assiette. Merci, Guillaume.

— Je vous en prie.

Dujardin avait été élevé à la dure en banlieue de Paris ; il avait infiltré des groupes où on recrutait de jeunes hommes pour en faire de dangereux djihadistes, mais jamais de toute sa carrière il n'avait reçu de mission plus difficile que celle d'interroger Phoebe Yates.

Et pire encore, de la garder prisonnière par la suite.

Ce qui devait être un simple interrogatoire de routine était devenu un long et tortueux chemin de croix. Le jeune homme et son supérieur, Milad Jaber, avaient tenté de lui faire entendre raison en lui disant notamment, preuve à l'appui, qu'ils faisaient partie des services de renseignement français, mais elle n'avait rien voulu entendre. En réponse à leurs questions, elle se bornait à répéter les mêmes trois phrases en anglais.

Devant le mutisme de la jeune femme, ils avaient donc dû se résoudre à organiser une visioconférence avec Henri Langevin, le ministre français de la Défense, afin qu'elle accepte de se mettre à table. Quand le jeune agent avait enfin coupé les attaches autobloquantes qui immobilisaient les poignets et les chevilles de Phoebe pour qu'elle puisse parler au ministre – ils avaient dû l'entraver parce que, plus tôt, elle avait brisé le nez de Jaber d'un coup de pied alors qu'il essayait de la maîtriser dans son appartement –, elle l'avait regardé en souriant et lui avait tendu la main :

— Quittes ?

Dujardin avait souri à son tour et tendu la main dans un geste de réconciliation.

— Quittes.

Plutôt que de serrer sa main, elle avait pris un élan loin derrière et l'avait giflé de toutes ses forces. Comme Dujardin ne s'attendait pas à recevoir un tel coup, sa tête avait violemment basculé vers l'arrière. Il avait gardé la marque des doigts de la jeune femme dans le visage durant plusieurs heures. Et tandis qu'il se frottait la joue, médusé, Phoebe l'avait repris :

— Maintenant, on est quittes. Et la prochaine fois que tu me frappes, je te les coupe.

Dujardin avait par réflexe porté la main à son entre-jambe, que la jeune femme désignait du regard. Phoebe Yates était la personne la plus déroutante qu'il ait jamais connue.

Plus tard, après qu'elle eut accepté de collaborer, une recherche sur le Web lui avait permis d'apprendre que les trois phrases en anglais qu'elle répétait à tout vent provenaient de *Rear Window*, un film de Hitchcock qu'il n'avait jamais vu.

L'agent de la DGSE se tenait toujours devant la jeune femme, sa poêle à la main.

— J'ai une bonne nouvelle pour vous.

Phoebe releva la tête et daigna enfin le regarder.

— Oui, Guillaume ?

— C'était mon patron au téléphone. Dans une heure, vous serez libre.

Elle lui fit un clin d'œil et esquissa un sourire malicieux.

— Dommage. Moi qui commençais à me plaire ici.

Le jeune agent se dirigeait vers l'évier pour nettoyer la poêle lorsqu'elle le rappela :

— Oh… Guillaume ?

Les yeux rivés sur son journal, elle tendait sa tasse.

— Je reprendrais un peu de café.

Dujardin ferma les paupières et secoua la tête. Vivement que son cauchemar se termine.

RÉSURRECTION

Jour n° 1

Je suis recroquevillé en position fœtale au fond de ma cellule. Mon corps est brisé, je suis engourdi, au-delà de la douleur. Les djihadistes qui m'ont assailli dans la pièce au-dessus de la boulangerie ne m'ont pas ménagé.

L'un d'eux m'a poussé avec violence du palier. Les poignets entravés dans le dos, j'ai durement déboulé les marches jusqu'au bas de l'escalier, sans pouvoir me protéger. Ma tête a absorbé plus de chocs dans cette seule chute que durant tous les matchs de football que j'ai joués.

Puisque j'avais du mal à me relever, un autre djihadiste m'a roué de coups de pied sous les rires et les quolibets de ses camarades. Ses bottes m'ont au passage cassé quelques côtes. Un homme tout jeune, presque un adolescent, s'est agenouillé près de ma tête et m'a martelé le visage avec la crosse de son pistolet, me faisant exploser une pommette.

Puis des mains m'ont empoigné fermement et m'ont soulevé. À ce point, j'étais à peine conscient. Ils m'ont hissé à bord de leur camionnette. Je les entendais parler entre eux de ce qu'ils comptaient me faire. Celui qui m'avait frappé avec son arme ne cessait de me répéter qu'on allait me couper la tête.

Quand j'étais avec Milad Jaber et Paul Berthomet et que ce dernier m'avait remis une petite sphère métallique, je l'avais soupesée dans ma paume.

— Qu'est-ce que c'est ?

— Une balise de géolocalisation satellite. Elle indique la position à frapper. À partir du moment où vous l'activez, vous avez trente minutes pour foutre le camp. Sinon, les drones vont vous réduire en cendres.

La camionnette avait parcouru environ deux cents mètres lorsque la déflagration l'avait ébranlée. J'étais alors plaqué contre le plancher, mais j'aurais tout donné pour voir la boule de feu puis la fumée noire monter dans le ciel, au-dessus de la boulangerie. J'avais un sourire au coin des lèvres quand un coup de crosse m'a entaillé le cuir chevelu et envoyé au pays des rêves.

Je rampe sur le sol de ma cellule, traînant mes chaînes. À cause de mes côtes brisées, je respire en sifflant. J'essaie d'atteindre le bol d'eau qu'ils m'ont laissé comme à un chien. Je sais que bientôt la porte s'ouvrira, que quelqu'un viendra. Je sais que cette personne va m'interroger. Je sais que je refuserai de fournir des réponses et que mon tortionnaire me fera mal. Je sais qu'il me fera mal au point où je bénirai le jour où un couteau me tranchera la gorge ou une balle percera ma peau.

Jour n° 2

Lorsque mon tortionnaire franchit la porte de ma cellule crasseuse, où je suis blotti dans un coin, son visage baigne un instant dans la lumière du matin. Je connais bien ce visage : Samir s'avance vers l'endroit où je me trouve.

Il s'accroupit devant moi. Nous nous dévisageons. Je vois dans ses yeux une kyrielle de sentiments contradictoires. Il me semble y lire de la colère, de la déception d'avoir été trahi, de l'incompréhension, de la haine, mais aussi de l'empathie.

Après un moment, il hoche la tête et soupire bruyamment. Il se lève et fait quelques pas dans la pièce, caressant sa barbe rugueuse du bout des doigts. Il doit se pencher afin de pouvoir se tenir debout dans cet espace. Nous n'échangeons aucune parole. À quoi bon ? Les mots ne servent à rien.

Samir sort et laisse la porte entrouverte. Je sais qu'il reviendra et qu'il m'en fera baver. Je sais que je souffrirai comme jamais auparavant.

À l'aide d'une lanière de cuir, mon tortionnaire sangle ma main droite sur le billot de bois devant lequel je suis agenouillé. Le visage ruisselant, il me domine de toute sa hauteur. Sa voix se fait presque implorante :

— Il faut me répondre cette fois, sinon, par Allah…

Pour se calmer, Samir aspire une goulée d'air qu'il exhale par petites bouffées.

— Alors, je répète : qui a commandé l'attaque de drones ?

– Je ne sais pas.

— Qui t'a indiqué l'emplacement du laboratoire ?

— Je ne sais pas.

— Pour qui travailles-tu ?

— Je ne sais pas.

Samir hurle de colère, prend un élan au-dessus de sa tête et abat de toutes ses forces sur mon majeur la masse de fonte qu'il enserre dans son poing. Des craquements se font entendre. En plus d'ouvrir les chairs, le coup broie les os et les articulations. Je hurle à mon tour. Fulgurante, la douleur me donne la nausée.

Samir se tient la tête, l'air dépité.

— Théodore Seaborn… Mais comment ai-je pu être stupide à ce point ? J'aurais dû te démasquer bien avant.

Mon bourreau est efficace, appliqué, pragmatique. À la fois cruel et compatissant. Après le supplice, Samir désinfecte mes plaies et bande ma main. Il me regarde grimacer et je le sens déchiré entre ses convictions et l'affection qu'il a pour moi depuis le sauvetage de Mohamed.

Je ne ressens pas de haine à son égard, et je ne lui en veux pas. Emprisonné dans des croyances insoutenables, Samir croit que ce qu'il fait est juste. Mais même un homme juste ne pose pas toujours des gestes justes. Je tiens le poignet de ma main blessée.

— Vous ne pouviez pas savoir. Je me trouvais à l'endroit où vous aviez donné rendez-vous au professeur Atallah. Je lui ressemblais…

Samir esquisse un sourire amer.

— Cet homme que nous avons croisé à l'aéroport, qui semblait te connaître… J'aurais dû m'en douter. Mais ensuite je t'ai montré la photo de la femme et de la fille du professeur. À part lui, seul un inconscient ou un fou aurait accepté de me suivre en Syrie…

Malgré les atroces douleurs que me causent mes dents cassées – les élancements dans mes mâchoires remontent jusqu'à mes tempes –, je souris à mon tour.

— J'imagine que je suis un peu les deux…

Je pense au professeur Atallah qui est mort et à ces milliers de gens que Samir et le docteur Masood projetaient de tuer. Je transpire, ma peau luit, mais je frissonne.

Les fantômes que je porte sur mes épaules me glacent.

Jour n° 3

Un bruit, un raclement. J'ouvre les yeux, les paupières encore lourdes de sommeil. Une ombre s'avance vers moi. Puis une deuxième. Je discerne à peine les traits des deux hommes dans la pénombre. J'entends des rires étouffés ainsi que le ruissellement d'un liquide qui éclabousse le bol posé par terre. Une odeur d'urine me prend aux narines. Je rentre la tête dans les épaules, mais je reste couché, toutes les fibres de mon corps crispées. Un deuxième jet d'urine frappe le sol devant moi, remonte sur mon cou et atteint mon visage, que je couvre de ma main valide. Des larmes de rage et d'impuissance coulent de mes yeux. Les hommes rient maintenant à gorge déployée. À une autre époque, j'aurais pu les aplatir, mais je suis brisé physiquement. Je ne suis plus que l'ombre de moi-même. Des mains m'empoignent le bras gauche. Elles détachent le bracelet de ma Rolex. Je sens l'objet glisser sur mon poignet puis disparaître dans la nuit. Un coup de botte militaire en plein visage me fracasse le nez. La peur me transperce jusqu'aux os, la solitude se répand dans mes veines. Je pleure en silence.

Jour n° 4

C'est le matin, je crois, et mon estomac me torture. Je n'ai rien avalé depuis le début de mon incarcération. Des mouches volent au-dessus du bol rempli d'urine. Samir entre et je vois de la colère sur son visage, mais elle n'est pas dirigée contre moi. Il retourne à la porte et aboie des ordres. Deux hommes arrivent en courant. Ils marchent le dos voûté, avec un seau et une brosse. Je comprends à leur attitude que ce sont des prisonniers, comme moi.

Samir m'aide à m'asseoir. Un des prisonniers lui tend une bouteille d'eau. Samir approche le goulot de ma bouche et, posant une main derrière ma tête pour me soutenir, me donne à boire. Le liquide chante et danse dans ma gorge, coule de la commissure de mes lèvres, roule sur mon cou. Dieu que c'est bon ! Lorsque j'ai apaisé ma soif, Samir prend un couteau à sa ceinture et découpe tranquillement ma chemise.

Je me tourne vers lui.

— Pourquoi tous ces morts, Samir ?

— La charia ne peut pas être appliquée sans les armes.

— Donc, elle ne peut pas être appliquée dans un monde civilisé. Vous n'êtes pas en guerre contre la civilisation occidentale, Samir. Vous êtes en guerre contre la civilisation.

Un prisonnier récure le sol avec la brosse et du savon, là où la terre est imprégnée d'urine.

— C'est le devoir de tous les musulmans de combattre les infidèles et les apostats et de vivre dans le respect de la parole d'Allah.

— Mais est-ce que Dieu mérite tout ce sang versé en son nom ?

Une ferveur scintille dans l'œil de Samir.

— Allah mérite qu'on lui offre et qu'on lui consacre sa vie. Ceux qui ne consacrent pas leur vie à Dieu méritent de mourir.

Un des prisonniers apporte une chemise propre, que Samir m'aide à enfiler.

Plus tard ce jour-là, il repasse avec un bol de soupe et un pita, qu'il dépose devant moi. Puis il fouille dans une poche de sa veste tactique et me rend ma Rolex. Il y a du sang séché sur le bracelet. Je vois cela comme une marque de respect.

Je passe le reste de cette journée prostré sur le sol de ma cellule, captif de ma douleur. Je pense sans cesse à Alice et à Jade, et, par la puissance de mon imagination, elles apparaissent devant moi. Mais chaque fois que j'essaie de toucher Jade, la vision vacille, puis elle s'évapore.

Mon dernier moment avec ma fille me revient aussi en mémoire. Dans son lit, elle m'a demandé si j'allais partir. J'ai répondu par la négative, mais c'est pourtant exactement ce que j'ai fait. Je suis parti sans elle à l'autre bout de la Terre, à l'autre bout de moi-même. Mon cœur se tord. Comme elle me manque !

Je n'ai plus la force de crier.

Depuis le début de mon incarcération, je prie Allah. Je suis physiquement incapable de faire l'inclinaison et les prosternations, et je ne peux faire mes ablutions, mais je récite mes sourates et fais le nombre de *rakat* prescrit pour chaque prière. Je prie cinq fois par jour au son de la voix du muezzin.

Si je n'ai pas nécessairement commencé à croire en Dieu, prier est un rituel qui m'apporte du réconfort. Prier Allah est ma façon de reconnaître mes racines. Prier est une façon de rendre hommage à ma mère, de faire la paix avec tout ce que j'ai vécu, et de reconnaître que je ne suis qu'un homme.

Devant la mort, l'homme a besoin du sacré. Je veux partir en paix.

Jour n° 5

Samir est revenu tôt ce matin. L'interrogatoire m'a valu deux nouveaux doigts fracassés ainsi qu'une cheville éclatée. Je le sens désemparé devant mon entêtement.

— Pourquoi tu continues de garder le silence, Théodore Seaborn ? Pourquoi ?

Sa voix se fait de plus en plus empathique. Ses coups se font de plus en plus violents.

Dans les premiers jours de mon incarcération, j'ai espéré que Nayla et les hommes de la DGSE me retrouvent. Mais plus maintenant. Je sais que je crèverai seul.

Des djihadistes me conduisent dans une cour. Le soleil brûle mes yeux. Puisque je ne peux pas marcher, les deux hommes passent un bras sous mes aisselles pour me traîner. Malgré ma cheville, on me force à me mettre à genoux. Je serre les dents pour ne pas hurler de douleur.

Lorsque je relève enfin la tête, je ne prête attention ni aux lieux où je me trouve ni au fait qu'on a sorti d'autres prisonniers de leurs cellules. Tout ce que je vois, ce sont les deux hommes aux yeux bandés qu'on a ligotés à des poteaux de bois et l'homme cagoulé qui les asperge d'essence avec un jerrycan. Et quand j'essaie de détourner la tête, un de mes gardiens m'empoigne par les cheveux et me force à regarder.

Mes yeux écarquillés sont rivés à l'homme qui se tient debout devant les deux condamnés, une torche à la main.

Il parle d'une voix forte en direction d'une caméra posée sur un trépied, mais je suis trop ébranlé pour comprendre ce qu'il dit. Puis l'homme incline la torche et allume les poteaux. Le feu gagne rapidement en intensité et embrase les prisonniers, lesquels se mettent à gesticuler en hurlant, et leurs chairs, à fondre.

Mon estomac se retourne et j'ai mal comme si on avait coupé des lambeaux de ma propre chair. Et soudain, je ne vois plus. Je ne fais qu'entendre. Et tout ce que j'entends, ce sont des cris inhumains, des cris de terreur animale. Tout ce que j'entends, ce sont de profonds hurlements d'agonie.

Une odeur écœurante de chair grillée se répand. Les deux hommes ne sont plus que des allumettes carbonisées. Les corps refroidissent, le sang s'assèche, mais on garde toujours en mémoire l'odeur de la mort. Je vomis de la bile. Je ne veux pas mourir ainsi.

Jour n° 6

Aujourd'hui, j'ai vu un jeune homme être exécuté par un tir de bazooka. Quand le nuage de poussière et de fumée s'est dissipé, il ne restait plus que des morceaux de chair à vif dispersés sur le sol. Samir n'est pas venu de toute la journée. Dans ma cellule obscure, je ne distingue plus le jour de la nuit. Je continue de prier.

Jour n° 7

— Pourquoi tu ne m'as pas laissé mourir sous les gravats ?

— Mais pourquoi je t'aurais laissé mourir, Mohamed ? Tu es un magnifique jeune garçon. J'aurais été heureux d'avoir un fils comme toi. Il faut que tu vives. Et que tu vives vieux.

Avec mes dents, je défais l'attache du bracelet et lui tends ma Rolex.

— Pour toi, Mohamed. En souvenir de notre amitié.

La lèvre inférieure du garçon se met à trembler tandis qu'il examine l'objet. Il semble sur le point de craquer. Puis il jette la Rolex sur le sol, crache par terre et me lance un regard courroucé.

— Tu m'as déshonoré. J'ai été sauvé par un traître et un infidèle. On va te couper la tête.

Des larmes ruissellent sur ses joues lorsqu'il tourne les talons et se rue vers la porte, sur laquelle il frappe deux fois. Un gardien lui ouvre et le garçon sort sans se retourner.

Je ramasse la montre dans la poussière. Mes épaules commencent alors à tressauter, mes sanglots déchirent le silence. Je pleure sur mon sort et sur celui de Mohamed. Je pleure. Combien de gamins sont morts pour les idées de leurs pères ?

J'ai longtemps cru que mon père faisait partie d'un passé qu'il valait mieux tenter d'oublier. Aujourd'hui, je donnerais tout afin de revenir en arrière. Si seulement j'avais compris de son vivant qu'il était innocent ! Mais la vérité, c'est que je l'avais jugé et condamné avant que le tribunal ne le fasse. Je l'avais déjà condamné parce que je l'avais surpris dans le hall de notre maison en train d'embrasser cette étudiante qui avait trente ans de moins que lui. Je l'avais condamné parce que j'avais été choqué par cette vision. Cette fille était à peine plus âgée que moi…

Plutôt que de lui faire confiance, je m'étais fié à la version de la police, que je n'ai jamais remise en cause. Pire encore, je n'ai jamais voulu écouter sa version des faits et je ne suis pas allé le visiter une seule fois en prison. J'étais jeune, immature, et je voyais le monde en noir et blanc. Je me disais que s'il avait pu embrasser cette fille, il avait pu l'agresser sexuellement. Le jour où il est sorti de prison, j'ai fait exprès de ne pas être à la maison. Quand je suis rentré, tard ce soir-là, j'ai trouvé un paquet-cadeau et une note sur la table de la salle à manger.

On a découvert le corps sans vie de mon père dans sa voiture, le lendemain matin. Il l'avait garée devant l'appartement de l'étudiante qui l'avait accusé injustement et s'était tiré une balle dans la bouche avec son pistolet.

Par la suite, en mettant tous les morceaux bout à bout, j'ai compris qu'il m'avait préparé un souper d'anniversaire et attendu une partie de la soirée. La boîte-cadeau contenait un chandail autographié de Ray Lewis, le joueur étoile des Ravens de Baltimore, qu'il savait être mon idole.

La note disait simplement :

« Je t'aime, Théodore. Pardonne-moi. »

Je l'ai trahi. J'aurais pu l'empêcher de se suicider. Si seulement j'étais rentré plus tôt ! Je suis convaincu que l'amour d'un fils aurait pu le dissuader de commettre l'irréparable. Mais j'étais à cette époque un monstre d'égoïsme.

Papa, maman, Nayla, Alice et Jade…

J'ai brisé le pacte sacré qui m'unissait à ma famille. Je ne me suis pas montré digne d'eux. Mon esprit est désormais une source asséchée dont le lit craquelle sous la morsure du soleil, et ma conscience glisse et danse dans la poussière brûlante. Ils me manquent tous cruellement. Je ressens le poids et la douleur de leur absence au plus profond de ma chair.

Jour n° 8

Je suis agenouillé et mes poignets sont menottés à un poteau de métal. Les prisonniers sont réunis dans la cour. Le soleil est à son zénith, et la chaleur, suffocante. Samir est debout derrière moi. Du coin de l'œil, je vois son bras s'élever, et lorsqu'il revient vers le sol, le fouet claque sur mon dos nu. La douleur est indicible. Il ne s'agit plus de me faire parler, il s'agit de me punir.

Samir annonce les coups à voix haute :

— Un.

J'essaie de ne pas céder à la panique, mais je redoute de ne pas tenir et de me mettre à crier.

— Deux.

Je suis secoué d'un spasme violent.

— Trois.

Je grimace et bloque ma respiration pour absorber la douleur comme un homme, sans broncher. Le fouet claque de nouveau.

— Quatre.

Les prisonniers m'observent avec attention. Je les sens souffrir avec moi, et ce sentiment me donne du courage. Je fixe mon regard sur celui d'un vieil homme. Chaque coup de fouet le fait ciller. Et chaque battement de ses paupières me dit de tenir bon.

— Cinq.

Je perds la tête. Il faut que je m'accroche à une idée et que je me contrôle. Et tandis que le fouet me lacère le dos encore et encore, je disparais dans mes pensées. Je me dis que, toute ma vie, j'ai été trop occupé, trop pressé, que je n'ai tout simplement pas su prendre le temps. Je m'enfuis dans mes souvenirs et songe à mon quartier et aux gens qui y vivent à cet instant.

Si je pouvais rentrer chez moi, je prendrais le temps. Si j'avais le bonheur de revenir à Notre-Dame-de-Grâce, je passerais des heures à contempler tout ce qui m'entoure. Surtout, j'observerais les gens. J'aimerais me retrouver parmi eux, me fondre dans la masse. Mon voisin, le vieil Elmer Céré, m'invitait souvent à aller boire un café chez lui. Si j'étais à la maison aujourd'hui, j'irais le visiter et je resterais un moment en sa compagnie.

Malheureusement, je ne rentrerai pas chez moi. Je me suis toujours senti plus important et plus intelligent que les autres. Mais maintenant, je comprends et j'accepte que chaque vie se vaut, que la mienne ne vaut ni moins ni plus que celle des autres.

Combien de temps après ma mort se souviendra-t-on de moi ? Est-ce que Jade finira un jour par m'oublier ?

Cinquante coups de fouet. Cinquante lacérations dans ma chair à vif que Samir désinfecte, oint de pommade antibactérienne et panse avec soin dans ma cellule, à l'abri des regards. Nous gardons le silence.

C'est la nuit et plusieurs djihadistes entrent dans ma geôle. Ils me libèrent de mes chaînes et me forcent à enfiler une cagoule. Puis ils m'entraînent à bord d'un véhicule. Nous roulons pendant environ trente minutes. Par la suite, ils m'enferment dans une nouvelle cellule et me mettent d'autres chaînes. J'observe le mince filet de lune qui filtre par le soupirail. Je sens que la fin est proche.

Jour n° 9

— Ce n'est pas moi qui ai décidé de ta sentence. Mais tu étais sous ma responsabilité, Théodore. C'est moi qu'ils ont chargé de ton exécution.
— C'est parfait. Je préfère que ce soit vous, Samir.
— C'est pour bientôt.
— Voudriez-vous prier avec moi ?

47.

Avis de recherche

Au fond du hangar attenant à la maison sécurisée, portant un jean et un t-shirt, la jeune femme enfile une veste pare-balles en discutant avec son chauffeur.

– Il faut faire vite si on veut avoir une chance de le retrouver en vie, Ammar.

La joue gonflée par une chique de tabac, l'homme crache un jet de salive noircie sur le sol. Pour toute réponse, il se met à siffloter l'air de *Don't Worry, Be Happy.*

La jeune femme fixe un téléphone satellite à sa ceinture, puis elle vérifie le chargeur de son pistolet, qu'elle glisse contre ses reins. Elle relève la tête en entendant la porte s'ouvrir.

Trois hommes font leur apparition à l'autre bout du hangar et se dirigent d'un bon pas vers eux. Il s'agit de Paul Berthomet, le contrôleur de la jeune femme à la DGSE, et de son collègue, Milad Jaber.

Ils marchent aux côtés d'un homme dont la tenue fait penser à celle d'un djihadiste de l'État islamique. De haute taille, il a la démarche à la fois souple et menaçante des hommes de terrain.

Tandis que Jaber se tient en retrait, Berthomet se plante devant la jeune femme et désigne celui qui l'accompagne :

— Nayla, je vous présente le commandant Alain Vernes, des forces spéciales. Il est à votre disposition avec deux de ses hommes pour retrouver Seaborn.

Large d'épaules, muscles saillants, Vernes a le crâne rasé et porte une barbe. Il plante ses yeux verts dans ceux de la jeune femme et serre la main tendue.

— Enchanté.

Nayla se tourne vers son supérieur et le sonde de son regard de braise.

— Ça fait onze jours, Paul. Cette fois, jusqu'à quel point l'information que vous avez obtenue est-elle fiable ?

L'homme de la DGSE hausse les épaules.

— Pour être franc, je ne sais pas. Mais Jaber et moi partons tout à l'heure pour la Turquie vérifier une autre piste. Avec la promesse de récompense, nous avons peut-être attiré un informateur...

Il marque une pause, puis reprend d'un ton décidé :

— Nous allons le retrouver, Nayla. Vous avez ma parole.

La jeune femme plisse les lèvres. Elle en veut terriblement à son supérieur. Elle estime en effet que celui-ci aurait dû lui demander d'assurer la surveillance de Théodore dès le moment où, en plein milieu de la nuit, il avait quitté la maison sécurisée de la DGSE, et non uniquement à compter de son départ pour le laboratoire, au matin.

Vernes se balance d'une jambe à l'autre. Impatient de se mettre en route, il s'adresse à la jeune femme :

— Le jour se lève. Prête ?

Elle fait signe que oui. Berthomet leur jette à tous deux un regard.

— Bonne chance.

Nayla ne dit mot et revêt son niqab à la hâte. Elle espère que Théodore Seaborn est toujours en vie et qu'elle le retrouvera avant qu'il ne soit trop tard.

RÉSURRECTION

Jour n° 11

Samir me tend le miroir et j'éclate de rire. La ressemblance est toujours là, mais avec la barbe et les cheveux ainsi rasés, j'ai plus l'air du frère qu'il aurait pu avoir que du professeur Atallah lui-même. Comme c'est cruel.

Lorsque Samir me donne la combinaison orange et que je l'enfile, je me remémore les deux occasions où j'ai entrevu mon reflet affublé d'une vareuse orange : d'abord dans la vitrine du Second Cup, alors que je venais d'apercevoir le professeur Atallah pour la première fois ; ensuite quand j'ai franchi la porte du terminal en compagnie de Samir.

Je refuse d'y attacher une quelconque signification et n'essaie pas de comprendre s'il s'agissait de prémonitions. Je ne me demande pas non plus si je me suis imaginé ces épisodes. Je sais maintenant que l'histoire de ma mort était déjà inscrite quelque part dans un futur en mouvement, non encore réalisé. Et qu'elle résulte de mes choix.

Tout est dit. Je suis prêt.

Menotté et soutenu par un jeune soldat de califat et Samir, je marche quelques mètres vers un véhicule, en sautillant sur une jambe pour éviter de mettre du poids sur ma cheville blessée. Entièrement vêtu de noir, Samir m'aide à y monter, puis lance le moteur. Une caméra vidéo et un trépied sont posés à mes côtés sur la banquette. Nous sortons par une porte de fer que gardent des djihadistes lourdement armés.

De l'autre côté de la rue, une mitrailleuse installée à l'arrière d'un pick-up est pointée vers la cour de la prison. L'homme derrière l'engin et Samir échangent un salut de la main. J'accote ma tête sur la vitre et je regarde défiler le paysage. Nous sommes dans un coin de Racca complètement dévasté par les bombardements. Il ne s'y trouve que des squelettes d'édifices et des monticules de décombres, où jouent quelques enfants sales et dépenaillés.

C'est sur un de ces monticules que je l'aperçois. Quand le véhicule passe à sa hauteur, il lève un bras vers le ciel. Dans sa main, il tient un ballon de rugby. Je serre mon poing valide et le brandis devant la fenêtre en signe de victoire.

Lorsqu'il voit mon geste, Mohamed me renvoie un salut timide, le visage baigné de larmes. Le garçon est tiraillé entre la haine qu'il croit devoir éprouver pour moi et les véritables sentiments qui l'habitent. Je tourne la tête et regarde aussi longtemps que possible sa frêle silhouette rétrécir puis se dissoudre dans la lumière.

Aucun enfant ne devrait être forcé d'apprendre à haïr.

48.

Dernier souffle

Nous sommes dans la cour intérieure d'un édifice gouvernemental fortement endommagé par les bombardements du régime. Je suis agenouillé sur le sol sablonneux, que Samir a pris soin de tamiser du bout de sa botte afin d'en enlever les cailloux et les pierres. Comme s'ils avaient deviné ce qui allait se produire, des oiseaux de proie font des cercles concentriques au-dessus de nos têtes. Cinq mètres devant moi, Samir installe la caméra sur son trépied.

Le vent s'est levé. Un papier virevolte dans l'air et passe à quelques centimètres de mon visage. Il s'agit d'un emballage rouge et or. Je ne sais pas ce qu'il a contenu et il n'y a pas de Coffee Crisp en Syrie, mais la ressemblance est étonnante.

On pourrait croire que le fait d'avoir croisé le professeur Atallah ce jour-là et toutes les conséquences qui en ont découlé ne sont que le fruit du hasard. Après tout, je ne serais pas sorti de la maison s'il m'était resté une boîte de Coffee Crisp sous la main. Mais j'ai une autre théorie là- dessus. C'est le fil d'une vie. Un ensemble de probabilités en perpétuel mouvement. Ou, pour ceux qui croient, comme maman, le *mektoub*.

Moi qui avais justement du mal avec la vie, avec la mienne du moins, voilà que je viens de faire une grande traversée en solitaire de l'autre côté de moi-même et que je boucle ma boucle. Je ne peux m'empêcher de sourire devant ce paradoxe. Il m'a fallu incarner le professeur Atallah, mentir à Samir ainsi qu'à Imaad Masood au risque d'être tué à tout moment, et me heurter aux soldats du califat ainsi qu'aux atrocités qu'ils commettent pour finalement renouer avec mes racines musulmanes, auxquelles j'avais tourné le dos.

Je pars également avec la satisfaction d'avoir guéri mon spleen. Mes voix se sont tues, et à quelques secondes de ma mort, je n'ai jamais eu aussi furieusement envie de vivre.

Les visages d'Alice et de Jade flottent devant mes yeux. L'image créée par la force de mon imagination est si réelle que j'avance les doigts pour les toucher. Elles me sourient. Je ne rentrerai plus à la maison, mais elles danseront toujours dans mes souvenirs, et même les souvenirs d'un mort sont figés dans l'éternité.

Le témoin vert de la caméra est allumé, l'enregistrement est en cours. Samir marche lentement vers moi et vient se placer dans le champ de l'objectif. Puisque ma main droite est broyée et que ma cheville m'empêche de courir, il m'a fait la faveur de ne pas entraver mes poignets. Il sait que je n'essaierai ni de résister ni de lui échapper. Je veux partir avec fierté, sans m'humilier.

Avec les dents, je détache le bracelet de ma Rolex et la lui tends de ma main valide.

— Pour Mohamed…

Il hoche lentement la tête et l'empoche. J'ai espoir qu'il la lui donnera.

— Vous pourriez ne pas me tuer, Samir. Vous pourriez encore choisir de me libérer.

— Si ce n'est pas moi, d'autres le feront. Et dans ce cas, j'aurai failli. Et si j'échoue, ma famille sera déshonorée et je deviendrai un fardeau et une menace pour eux.

Mon souffle est court et rapide.

— Réfléchissez, Samir. Et si, plutôt que de les rapprocher de Dieu, l'État islamique éloignait les musulmans de l'islam ? Faites entendre votre voix. Un seul homme qui décide de se lever et de lutter contre la barbarie peut en convaincre des milliers d'autres…

Samir soupire et me regarde avec la compassion qu'on accorderait à un enfant malade.

— Tu viens d'un autre univers et tu ne peux pas comprendre. Tu ne comprendras jamais. Il y a trop d'infidèles et d'apostats qui dénaturent le monde. La charia ne peut être établie qu'avec les armes.

Puis il pose sa main sur ma tête avec émotion.

— Mais qu'Allah te bénisse, Théodore Seaborn.

Ainsi, Samir sera celui qui me décapitera, comme « Jihadi John » a décapité James Foley et plusieurs autres otages. Mon bourreau parle d'une voix résolue, mais je n'entends pas ses exhortations. Je sais que c'est fini et j'essaie de rester stoïque.

J'ai enduré tant de souffrances et d'humiliations. Mainte nant, je suis brisé, je n'ai pas la force d'aller plus loin. Je souhaite seulement avoir le courage de me tenir droit et de partir en homme fier, sans supplier pour ma vie.

Je regarde le ciel. Je ne regarde que le ciel. Et je pense aux miens.

Lorsque Samir se tait, qu'il touche mon épaule et que la lame de son couteau commence à entailler la chair de ma gorge et à trancher les muscles, je me mets à prier Allah à voix basse. Puis l'image et la voix de Jade se mettent à tournoyer dans ma tête.

— Repose-toi, papa. Chut, chut, chut…

49.

Nous sommes reliés

Cinquante mètres devant elle, Nayla aperçoit les deux hommes s'encadrer dans le viseur du HK416. Son bras la fait souffrir et, à cause de cette blessure, elle craint de manquer de précision et de toucher Théodore.

Toutefois, quand elle voit le couteau sur sa gorge et du sang sur son cou, la jeune femme bloque sa respiration, son index se crispe et elle appuie sur la détente. La détonation assourdie par le silencieux gomme le temps.

Et pendant la fraction de seconde où la balle quitte le canon de son arme et fend l'air en vrillant vers sa cible, un murmure s'échappe de ses lèvres :

— Nous sommes reliés, Nassim. Un seul système.

Lorsqu'elle arrive au bout de sa course, la balle pénètre dans la nuque du bourreau, fracasse ses vertèbres cervicales, tranche sa jugulaire et ressort par sa gorge.

L'homme s'effondre sur le sol comme une poupée de chiffon. Nayla recommence à respirer et entend un grondement dans le ciel.

Les paupières closes, elle dit pour elle-même :

— *Allahu akbar.*

Un hélicoptère de combat Caracal, avec à son bord des commandos des forces spéciales françaises, les survole pour les exfiltrer. Et tandis que le tourbillon causé par les pales balaie tout sur son passage, Nayla, qui est toujours en position de tir, voit que Théodore se penche sur son bourreau et qu'il essaie d'appliquer de la pression sur la blessure, même si ce sera vain.

Alors qu'elle le regarde dans un geste fraternel soutenir la tête de l'homme qui s'apprêtait à le décapiter, les larmes sur le visage de Nayla disent qu'elle croit qu'il y a peut-être encore de l'espoir pour la bête humaine.

Elle saisit le téléphone satellite à sa ceinture et compose le numéro d'un homme qui se fait appeler « le Tailleur ». Après quelques secondes, quand elle entend le déclic, elle donne une adresse à Istanbul et les détails d'une plaque d'immatriculation, puis raccroche.

Alors, seulement, elle s'autorise un sourire. Des hommes courageux pour qui elle avait de l'estime sont morts au cours de cette course folle, et d'autres mourront encore, mais elle a réussi, au péril de sa propre vie, à sauver Nassim.

Et ce qu'elle n'osait plus espérer est en voie de se réaliser : ils pourront enfin être réunis. Il y a tant de choses à dire, tant de choses à pardonner… La jeune femme est sur le point de se mettre à courir pour rejoindre l'hélicoptère lorsque sa tête explose.

Deux cent cinquante mètres en retrait, un tireur d'élite de l'État islamique éjecte la douille de la carabine de précision avec laquelle il vient d'abattre sa cible. Les djihadistes lancés à la poursuite de Nayla ont retrouvé sa trace.

Le sourire d'un enfant malade figé sur les lèvres, elle est étendue sur le sol. On dirait qu'elle se repose. Le ciel et les nuages se reflètent dans le miroir de ses yeux grands ouverts, mais ces yeux sont vides des choses de ce monde.

50.

Je sais qui je suis

Le regard de Samir patine dans le mien. J'appuie de toutes mes forces avec ma main valide sur le trou béant dans sa gorge, mais le sang continue de gicler entre mes doigts. Du sang coule aussi de sa bouche. Je sais qu'il ne s'en sortira pas.

Samir fait un effort pour parler :

— Mohamed… il…

J'entends le bourdonnement d'un hélicoptère au-dessus de nos têtes.

— Gardez vos forces, Samir. On va vous tirer de là. Accrochez-vous.

Samir se met à rire et bat des paupières. Je retire sa cagoule et prends sa main dans la mienne. Ses yeux se perdent dans le ciel. Et tandis que la mort et ses fantômes dansent autour de lui, il me semble que nos deux mains réunies ont valeur divine. Et que c'est ainsi que les hommes s'élèvent.

Le sourire de Samir s'éteint, sa bouche se crispe. Pour l'honorer, je murmure :

— *Allahu akbar.*

Alors qu'agonise dans mes bras cet homme qui, dans d'autres circonstances, dans un autre monde, aurait pu être mon ami, je ne sais toujours pas si Dieu existe.

Sauf que, maintenant, je sais qui je suis.

Je suis Nassim-Théodore Seaborn.

51.

Le Tailleur

Istanbul, Turquie, une heure plus tard

Le soleil embrase le ciel et allume les pavés d'une étroite rue de Nişantaşı, l'un des quartiers les plus chics d'Istanbul. Les deux hommes de la DGSE sortent d'un appartement sécurisé et gagnent leur voiture, garée à l'ombre d'un des arbres qui bordent l'allée parsemée de boutiques de luxe. Perchés sur les branches inférieures, des oiseaux piaillent lorsque Paul Berthomet prend un appel sur son téléphone satellite.

Paupières closes, téléphone à l'oreille, il se concentre sur la voix de son interlocuteur et ne répond que par quelques monosyllabes avant de mettre fin à la communication.

Berthomet reste un instant immobile sous le feuillage. Sa silhouette est hachurée d'ombre et de lumière tandis que son regard se perd dans la rue quasi déserte.

Cinquante mètres plus loin, une vingtaine de personnes sont attablées sous un auvent rouge surplombant la terrasse d'un café. Un chasseur en uniforme fait les cent pas devant la façade majestueuse de l'hôtel House, lequel abrite un magasin Prada. Tenant un chien en laisse, un garçon marche sur le trottoir.

Sans prononcer un mot, Berthomet ouvre la portière et s'assoit derrière le volant. Il insère la clé dans le contact. Jaber prend place sur le siège du passager. Avant de démarrer, Berthomet se tourne vers son collègue et dit d'un ton neutre :

— Le commando des forces spéciales a récupéré Seaborn.

Jaber boucle sa ceinture de sécurité. De l'appréhension se lit dans son regard.

— Et Nayla ?

Les lèvres pincées de Berthomet expriment sa douleur et son dépit pendant qu'il secoue la tête. Jaber frappe du poing à plusieurs reprises sur le tableau de bord.

— Merde, merde, merde !

Le directeur adjoint de la DGSE a tenu parole. Il a obtenu la position présumée de Théodore Seaborn et l'a transmise à Nayla ainsi qu'aux forces spéciales déployées sur le terrain. Pourtant, il sait qu'il ne pourra jamais se pardonner la mort de la jeune femme.

Il tourne la clé dans le contact, et le moteur toussote. Le garçon qui tient le chien en laisse arrive à leur hauteur. Il est vêtu d'une somptueuse veste de velours bourgogne, brodée d'un écusson doré. Berthomet l'observe du coin de l'œil tandis qu'il tente sans succès de lancer le moteur de nouveau.

Le garçon a environ quinze ans et est habillé comme ces enfants de familles fortunées qui fréquentent les collèges huppés. Machinalement, le regard de Berthomet remonte jusqu'au visage du garçon. Des gouttes de sueur ruissellent sur son front et de larges cernes violacés courent sous ses yeux écarquillés. Des yeux noyés par la peur.

L'homme de la DGSE ignore évidemment que la veste a été confectionnée par celui qu'on appelle le « Tailleur », mais lorsqu'il remarque qu'elle est trop grande pour le garçon et comprend ce qu'elle dissimule, il est déjà trop tard.

L'explosion assourdissante pulvérise la voiture. Des éclats de verre et des fragments de métal volent dans tous les sens et des vitrines se fracassent alors que le véhicule, projeté dans les airs par le souffle de la déflagration, atterrit sur le capot, quelques mètres plus loin.

À l'intérieur, rongé par le brasier, il n'y a plus que deux corps carbonisés. Des flammes orangées embrasent les bran ches de l'arbre sous lequel la voiture était garée.

Les oiseaux se sont tus.

RÉVÉLATION

Montréal, deux mois plus tard

Alice, ses parents, Jade, Peter et moi-même sommes dans la cour arrière de notre maison de Notre-Dame-de-Grâce. Il est 13 h 30 en ce beau samedi du mois de septembre, et le soleil fait flamboyer les nuages filiformes qui s'étirent dans le ciel. Si nous sommes réunis autour de la table, sur la terrasse, c'est pour souligner l'anniversaire de Jade, fête qu'Alice avait dû reporter à cause de ma disparition.

Ma femme avait initialement prévu faire des grillades sur le barbecue, mais, puisque je ne supporte plus l'odeur de la chair grillée, des pâtes composent le menu.

Quand Alice apparaît dans l'encadrement de la porte vitrée, portant un énorme gâteau au chocolat surmonté de six bougies roses, nous entonnons en chœur le *Joyeux anniversaire* de rigueur. La bonne humeur règne et la lumière baigne la nuque de ma fille coiffée de tresses lorsque, distribuant les parts, je me penche à son oreille :

— Tiens, ma cocotte, j'ai coupé le plus gros morceau pour toi.

Une détonation retentit au moment où je m'apprête à rejoindre ma place. Tressaillant, je laisse tomber mon assiette sur le sol et tire Jade contre moi. Lui faisant rempart de mon corps, je m'accroupis derrière la table. Et là, recroquevillé contre ma fille, la peur me glace.

Une main se pose sur mon épaule, puis une voix douce me ramène à la réalité.

— Ça va, Théo, n'aie pas peur.

Je tourne la tête et aperçois le visage d'Alice derrière moi. De la mousse coule du goulot de la bouteille de champagne qu'elle tient de l'autre main. Je me rends aussitôt compte de ma méprise et relâche Jade qui, après une brève hésitation, retourne s'asseoir. Je mets un moment à me ressaisir. Un lourd silence pèse sur le groupe, et tous les regards sont rivés sur moi. Des regards compatissants et inquiets.

Me relevant, j'époussette théâtralement mon épaule avec ma main plâtrée et dis d'un ton badin :

— Ne tentez pas cette manœuvre à la maison, je suis un professionnel.

Ma boutade fait naître quelques sourires timides. Puis l'atmosphère se détend peu à peu et, bientôt, les conversations reprennent.

Jade tient dans ses petits bras un lapin rose en peluche beaucoup plus grand qu'elle. Le père d'Alice sourit à pleines dents, visiblement fier de son coup :

— Wow, ma belle, c'est ton plus beau cadeau, hein ?

Ma fille le regarde, puis, se tournant vers moi, empoigne ma main :

— Non, grand-papa, mon plus beau cadeau, c'est que mon papa soit revenu.

Sous le regard attendri de tous, mon cœur se serre, je prends ma fille sous les aisselles, la soulève de terre et l'étreint dans mes bras avec le lapin rose.

Jade est ce que j'ai de plus précieux. Je saurai me montrer à la hauteur du père qu'elle mérite. Je serai là, à ses côtés, pour l'aimer et pour la guider aussi longtemps qu'elle le voudra.

J'ai adopté de saines habitudes de vie depuis mon retour à Montréal, quelques semaines plus tôt. Je n'ai pas touché à la coke, je m'alimente convenablement – la simple pensée d'engouffrer une Coffee Crisp suffit maintenant à me donner envie de vomir –, je n'écoute plus la commission Charbonneau et, chaque jour, je marche une heure dans le quartier. J'en profite pour prêter attention à ceux qui m'entourent, à la vie qui frémit autour de moi, à chaque seconde qui passe. Je me suis aussi débarrassé du pistolet de papa en le confiant à un armurier.

J'ai par ailleurs le projet de mettre mon curriculum vitæ à jour et de commencer à faire des demandes pour me trouver un nouvel emploi. Je n'ai plus envie de travailler en publicité et ne nourris pas nécessairement de grandes ambitions. J'irai peut-être un de ces jours porter un CV au Second Cup de l'avenue Monkland.

Avant d'être rapatrié, j'ai séjourné plusieurs semaines dans un hôpital militaire, en Turquie. Mes blessures physiques guérissent bien. Mes dents ont été réparées. J'ai eu droit à quelques chirurgies pour reconstruire ma main droite qui, broyée par le marteau de Samir, demeurera plâtrée encore quelques temps. D'autres chirurgies seront peut-être requises par la suite et on m'a averti que ma main ne recouvrera pas toute sa motricité. Moins gravement atteinte, ma cheville est presque complètement remise, tout comme ma pommette et mes côtes.

J'ai eu de la chance. N'ayant touché ni veine ni artère importante, la coupure à la gorge que le couteau de Samir m'a infligée, bien que sérieuse, n'a nécessité que des points de suture. J'ai également été traité pour malnutrition et déshydratation.

Infiniment plus profondes, mes blessures psychologiques seront toutefois plus difficiles à panser. En Turquie, un médecin m'a parlé de choc post-traumatique et m'a conseillé de me soumettre à un suivi psychologique dès mon retour à Montréal. Je n'ai pourtant entrepris aucune démarche en ce sens jusqu'à maintenant. Pour l'instant, je me contente de continuer de prier Allah chaque jour.

Le rituel de la prière m'apporte du réconfort et une certaine paix intérieure.

Henri Langevin, le ministre français de la Défense, est venu à mon chevet, à l'hôpital militaire, pour me féliciter de mon courage et de ma contribution à la réussite de l'opération Ulysse. Il a proposé de recommander qu'on m'octroie la médaille de chevalier de la Légion d'honneur, insistant sur le fait que, grâce à moi, des milliers de vies avaient été sauvées, mais je lui ai demandé de s'abstenir de le faire. Je refuse d'être traité comme un héros. J'ai tué un homme.

Les véritables héros de cette histoire – le professeur Atallah, Nayla, Berthomet et Jaber – sont tous morts. Aussi, quand j'aurai repris des forces et que je m'en sentirai capable, j'irai rencontrer la femme et la fille du professeur. Je le ferai à la fois pour honorer sa mémoire et pour leur présenter mes excuses.

Curieux paradoxe, Langevin m'a appris l'entrée en guerre de la Turquie contre l'État islamique à la suite de l'attentat meurtrier de Suruç où, à la fin de juillet, l'explosion d'une bombe a fait trente-deux victimes. Longtemps accusé de fermer les yeux sur les agissements de l'État islamique sur son sol – permettant à de nombreux Occidentaux de passer la frontière pour rejoindre la Syrie, comme je l'avais fait en compagnie de Samir –, le gouvernement turc a fini par céder à la pression de ses alliés.

Dans la foulée, un accord avec l'administration Obama a été conclu, faisant de la Turquie une pierre angulaire de la lutte contre l'État islamique en autorisant l'utilisation de ses bases aériennes par les avions de la coalition.

Le ministre Langevin m'a aussi confirmé que Nayla était tombée sous les balles d'un tireur embusqué de l'État islamique. Du haut des airs, dans la carlingue de l'hélicoptère des forces spéciales venu pour nous exfiltrer, j'avais vu les djihadistes se masser autour de son corps inerte et crié ma rage et mon impuissance.

Mû par une impulsion irraisonnée, j'avais essayé de sauter de l'hélicoptère pour lui porter secours, mais on m'en avait empêché. Même si, dans mon for intérieur, je savais déjà à ce moment qu'elle était morte, j'avais hurlé aux commandos qu'il fallait atterrir pour aller l'aider.

Plus tard, alors que j'étais hospitalisé, le commandant des forces spéciales m'a rendu visite pour m'expliquer que nous avions dû quitter l'espace aérien syrien le plus rapidement possible afin d'éviter d'être repérés. Malheureusement, le corps de Nayla n'avait pas été retrouvé.

Une partie de moi s'est éteinte avec elle, ce jour-là, dans les ruines de Racca. Depuis, la douleur de l'avoir perdue une seconde fois m'habite en permanence et, presque chaque nuit, son corps encerclé de djihadistes peuple mes cauchemars. J'aurais tant voulu rattraper ces années que la vie nous avait volées et connaître la femme qu'elle était devenue. Je porterai toujours son souvenir en moi.

J'ai aussi appris avec tristesse, de la bouche de Langevin, la mort des officiers Berthomet et Jaber, tués à Istanbul dans un attentat à la voiture piégée non revendiqué. Quand je l'ai questionné, il a été incapable de me donner davantage de précisions sur les circonstances et sur les commanditaires présumés de l'attentat, se bornant à dire qu'une enquête était en cours.

J'ai par ailleurs rencontré les enquêteurs Lessard et Taillon, de la police de Montréal, et j'ai répondu à toutes leurs interrogations à propos de la mort du professeur Atallah. Cependant, comme me l'avait promis Berthomet et grâce également à l'intervention du ministre Langevin, aucune accusation ne sera déposée contre moi.

La fête bat son plein, les rires semblent inextinguibles et les parts de gâteau ont été englouties à une vitesse folle. Remarquant plusieurs verres presque vides, je souffle à l'oreille d'Alice :

— Je vais chercher d'autre champagne.

J'entre dans la cuisine par la porte vitrée, j'ouvre le frigo et en sors une nouvelle bouteille. Je relève la tête et regarde par la fenêtre. Tout le monde s'amuse et, à elle seule, cette vision me remplit de bonheur.

Alice replace une mèche derrière son oreille et, dans un geste imperceptible pour ceux qui se tiennent près d'eux, elle touche le bras de Peter.

Elle croit être amoureuse de lui. Je le sais parce que nous en avons discuté. J'aime Alice, je suis convaincu qu'il subsiste quelque chose entre nous et je sais qu'elle a eu peur de me perdre. Ça me brise le cœur, mais nous avons toutefois convenu de faire une pause.

Je dépose la bouteille ruisselante sur le comptoir. Luttant contre les émotions qui me submergent, je parcours machinalement, du bout des doigts, le courrier qui s'est accumulé en mon absence. Il y a des choses que je n'ai pas encore trouvé l'énergie d'accomplir depuis que je suis revenu. Faire le tri de mon courrier en est une.

Petit à petit, mon cafard se dissipe et je reprends le dessus. J'inspire un bon coup et, rasséréné, je me prépare à rejoindre la fête lorsqu'une enveloppe de couleur crème attire mon attention. Je la remarque parce qu'elle n'est pas adressée à Théodore, mais bien à Nassim Seaborn.

Et qu'elle vient de Syrie…

Après l'avoir décachetée, j'en tire une pochette de papier bulle qui renferme une carte graphique semblable à celles utilisées dans les appareils photo numériques, que j'attrape entre le pouce et l'index, intrigué. Je jette un coup d'œil par la fenêtre. Peter a pris le lapin rose de Jade et s'amuse à le brandir près d'Alice, comme s'il le faisait parler, suscitant des éclats de rire parmi les convives. Puisque personne ne semble s'inquiéter de mon absence, je cède à la curiosité et me dirige vers mon bureau.

Là, je m'assois à ma table de travail et glisse la carte dans le lecteur graphique de mon iMac. Il n'y a qu'un fichier sauvegardé dessus. Un fichier vidéo. Je lance l'application pour la regarder. Une brèche s'ouvre dans mon cœur lorsque le visage de Nayla apparaît à l'écran.

L'image est sombre et granuleuse, comme si le film avait été tourné dans la pénombre, et sa figure y fait une tache blanche, accentuant l'impression d'une vision fantomatique. Nayla ne porte pas son hijab et ses longs cheveux noirs flottent sur ses épaules nues. Elle parle à voix basse, chuchotant presque, mais son ton est solennel.

— Nassim, mon cher Nassim… J'ai pris mes dispositions pour que, s'il m'arrivait quelque chose, ce fichier te parvienne. Si tu le reçois, c'est que je n'ai pas pu m'en tirer, mais que j'ai réussi à te garder en vie. Tu me pardonneras si des trous subsistent une fois que tu auras regardé cette vidéo, mais le temps me manque pour tout te raconter en détail. Simplement, j'ai voulu que tu comprennes qui je suis, ce que j'ai fait et pourquoi je l'ai fait… Je ne suis pas une bonne personne, Nassim. Je voulais que tu le saches…

Je recule dans mon fauteuil et porte mes mains tremblantes à ma bouche. Une vive émotion m'étreint.

— J'imagine que la première chose que tu as dû te demander quand nous nous sommes revus à Racca est celle-ci : « Comment est-il possible qu'elle soit encore en vie ? » Cette question, je me la suis moi-même souvent posée, Nassim. Vois-tu, je me suis crue morte, mais j'ai survécu à l'effondrement du mur dans le camp de réfugiés de Cana. Un groupe de secouristes m'a extirpée, inconsciente, des décombres plusieurs heures après toi. Vu la gravité de mon état, on m'a emmenée dans un centre de soins affilié à Médecins sans frontières. J'y ai été prise en charge et soignée par une chirurgienne française nommée Françoise Dicker. Après plusieurs semaines passées dans le coma et une longue convalescence, j'ai pu obtenir mon congé. Lorsque je suis enfin sortie de l'hôpital, j'ai cherché à vous retrouver, papa et toi, pour apprendre, au bord du désespoir, que vous étiez partis sans laisser d'adresse. J'ai fini par me convaincre que vous m'aviez crue morte, mais vous étiez partis sans avoir cherché mon corps. Vous étiez partis sans moi, Nassim…

Je clique sur la touche « Pause », prends une grande inspiration et refoule les larmes qui me montent aux yeux. La gorge serrée, je murmure :

— Tu te trompes, Nayla. Papa a identifié un corps affreusement mutilé. Nous ne savions pas que tu étais vivante. Je ne savais pas.

Puis je relance l'enregistrement.

— C'était le chaos au Liban. Françoise Dicker m'a aidée à faire des démarches, mais il était impossible de savoir où vous étiez partis. Alors, elle s'est battue avec les autorités pour me ramener en France avec elle et, après m'avoir adoptée, elle m'a élevée comme sa propre fille. C'était une mère aimante, une femme fantastique et compréhensive. Elle a tout fait pour que j'aie une vie lumineuse. Mais j'étais malheureuse, Nassim. Il y avait toujours cette détresse immense et froide au fond de moi. Je crois que j'ai toujours été meurtrie que vous n'ayez pas essayé de me retrouver. Tu m'as trahie. Tu ne pouvais pas m'abandonner ainsi.

Nayla marque une pause comme pour chasser les émotions qui l'envahissent.

— J'étais malheureuse, Nassim. J'avais tout ce dont on peut rêver, mais j'étais tellement malheureuse ! Puis, petit à petit, je suis devenue de plus en plus dépressive. Jusqu'à ce que la vie devienne un véritable enfer, tu comprends ? Françoise me bourrait de médicaments. Je suis devenue une loque, un véritable zombie. Je ne savais plus quoi faire. Alors, j'ai essayé de me suicider en me tranchant les poignets avec un morceau de verre. Plus tard, j'ai rencontré un imam dans le 20e arrondissement. C'est lui qui m'a sauvé la vie, qui m'a montré la voie. Et qui a été à la base de ma renaissance et de mon éveil spirituel.

Des larmes coulent à présent sur mes joues.

— Je fais un bond dans le temps, mais j'y reviendrai. La deuxième question que tu t'es assurément posée concerne la façon dont j'ai atterri dans les services secrets français. J'ai été recrutée par la DGSE alors que j'étudiais en physique, à l'Université Paris XI. C'est un de mes professeurs de l'époque qui m'a recommandée à Paul Berthomet. Comme c'était Françoise qui me soignait, j'ai réussi à leur cacher mon historique de dépression. À mon entrée à la DGSE et pendant quelques années par la suite, j'ai eu la conviction que j'avais enfin trouvé ma voie. Je consacrerais le reste de ma vie à servir le pays qui m'avait accueillie. J'ai enchaîné les missions : bande de Gaza, Iran, Tunisie, Égypte et plusieurs autres. Durant cette période, j'ai cru que j'avais trouvé le bonheur : je carburais à l'adrénaline des missions de renseignement qu'on me confiait. Mais le bonheur que je croyais avoir trouvé n'était qu'un leurre. L'excitation que je ressentais en mission s'est peu à peu dissipée et le vide est revenu m'avaler. Tu comprends, Nassim ? Oui, tu comprends. Je sais que tu comprends…

Comme si Nayla pouvait me voir, je fais signe que oui de la tête. Je connais très bien cette sensation, je connais presque tout du vide.

— Toutes ces années où j'ai travaillé à la DGSE, il aurait été facile de vous retrouver, papa et toi. Mais au début, durant cette période où je me sentais heureuse, je n'y pensais pas. Puis, quand le vide est revenu, c'est devenu non seulement une absolue nécessité, mais surtout une urgence. J'ai voulu savoir, Nassim. J'ai eu *besoin* de savoir, tu comprends ? Savoir qui tu étais devenu, où tu te trouvais. J'ai demandé à un ami analyste de compiler toute l'information disponible sur toi. C'est de cette manière que j'ai appris le décès de papa… Je sais tout de toi, Nassim. Alice, tes années comme joueur de football, ta blessure au genou, tes opérations, ta consommation de médicaments et de drogues, la naissance de Jade, ton travail de publicitaire et même ton accès de violence contre un des clients de ton agence.

J'arrête de nouveau l'enregistrement. J'ai le souffle coupé et la tête en feu. Je ne peux m'empêcher de songer que, ce vide, Nayla aurait pu le combler. Si seulement elle avait choisi de réapparaître dans ma vie au lieu de m'observer à distance ! Mais elle en avait décidé autrement. Tandis que je relance la vidéo, j'ai l'impression que je ne vais pas tarder à comprendre pourquoi.

— Pendant cette période où j'apprenais à te connaître, j'ai été pressentie pour participer à l'opération Ulysse et j'ai fait la connaissance du professeur Atallah. Tu te doutes bien entendu de ma surprise. Même si tu n'avais que treize ans la dernière fois que je t'ai vu à Cana, la ressemblance était sidérante et m'a ramenée des années en arrière. À compter du moment où je me suis jointe à l'opération, j'ai dû me rendre plusieurs fois à Montréal pour faire du repérage et pour rencontrer le professeur. Dès que j'en avais le temps, je t'épiais. Je sais tout, Nassim… Je sais que tu as été renvoyé, que tu consultes pour une dépression, que tu ranges un pistolet sous ton lit, avec lequel tu t'amuses à te faire peur, et peut-être que je vais te l'apprendre, mais je sais aussi qu'Alice a une liaison avec ton ami Peter.

Nayla esquisse un sourire sardonique avant de reprendre :

— Tu te demandes peut-être pourquoi je ne me suis pas manifestée alors que j'étais à Montréal… La vérité, c'est que j'ai toujours cru que nos routes se croiseraient de nouveau, mais autant je t'aimais, autant je te haïssais de m'avoir abandonnée, Nassim. Je t'ai dit tout à l'heure que je suis une mauvaise personne…

Les traits du visage de Nayla se durcissent ; ses yeux deviennent froids.

— J'ai menti, Nassim. J'ai menti à Paul, à Milad, au ministre Langevin et à tous ceux qui me faisaient confiance. À l'insu de la DGSE, je travaillais pour le compte d'une puissance étrangère qui finance en secret l'État islamique. Je suis ce qu'on appelle un agent double. Ne prends pas cet air surpris, Nassim. Réfléchis. Croyais-tu vraiment qu'il n'y a pas d'intérêts économiques et géopolitiques en jeu derrière cette organisation ? Le monde n'est qu'un vaste champ de bataille, un univers de paravents qui en dissimulent d'autres. Et la Syrie n'est qu'un théâtre d'opération où s'affrontent par procuration les grandes puissances, Nassim.

Un rire amer s'échappe de la gorge de Nayla.

— L'Occident et ses gouvernements sont pathétiques. Ils ont leurs petits plans, ils veulent contrôler les paramètres de leur petit monde et, de ce fait, ils sont prêts à assujettir le reste de la planète pour continuer de bénéficier de leurs privilèges. Mes employeurs se servent de l'État islamique comme d'un agent du chaos, Nassim, pour bousculer cet ordre établi. Et j'ai trouvé ça attirant.

Comme si elle se tenait devant moi en personne, le regard glacé de Nayla me transperce.

— Tu veux savoir comment j'en suis arrivée à travailler pour cette puissance étrangère ? C'est si simple et si banal : j'ai été recrutée par l'intermédiaire de cet imam dont je t'ai parlé plus tôt, celui qui m'a sauvé la vie. C'est d'ailleurs lui qui m'a initialement encouragée à me joindre à la DGSE. Je me cherchais et il m'a montré la voie. Aux yeux du monde extérieur, on pourrait croire qu'il m'a radicalisée. En fait, ce n'est pas le cas. Il m'a simplement éveillée à une autre réalité, à d'autres considérations. Mais je m'éloigne… Sache que la découverte et la destruction du laboratoire planqué sous la boulangerie étaient voulues, Nassim. Et que l'immeuble détruit par les drones ne contenait qu'une infime partie du stock. L'idée était simple : en permettant au professeur Atallah de remplir sa mission, mes employeurs donnaient l'impression à la DGSE que la menace potentielle était écartée. C'était une opération de désinformation, Nassim, destinée à dissimuler au monde occidental l'existence de stocks beaucoup plus importants d'Ebola cachés ailleurs, en lieu sûr. Et si jamais tu te poses la question, ni Samir ni Masood n'étaient au courant, tout était compartimenté. Leur mort n'est qu'un dommage collatéral, Nassim. Des pions sur un échiquier…

Ma bouche s'ouvre, je laisse échapper un cri de surprise et mes idées partent dans tous les sens.

— Crois-tu vraiment au hasard ? Il faut toujours se méfier de l'autre. De celui qui se trouve en face de toi, de celle qui partage ta vie, de ceux à qui tu crois pouvoir faire confiance. Pour peu qu'on leur en donne les motifs, ils te trahiront. Regarde Alice… Qui est-on vraiment ? Qui est l'autre ? Dès le moment où le professeur Atallah est entré dans mon orbite et que j'ai vu la ressemblance, j'ai su que tu serais impliqué, Nassim. Je ne savais ni comment ni quand tu serais mêlé à l'opération Ulysse, mais j'étais convaincue que ce serait le cas. Et quand la DGSE m'a désignée pour être l'agent de terrain qui prendrait en charge le professeur à Montréal, une idée a commencé à germer dans ma tête. D'abord diffuse, elle s'est précisée d'elle-même, petit à petit. J'allais lancer une bouteille dans le cosmos. Je savais que tu avais déjà eu tes habitudes au Second Cup de l'avenue Monkland. Amener le professeur à s'y rendre chaque jour a été un jeu d'enfant : c'était un homme d'habitudes. C'était presque aussi facile que de faire disparaître ta dernière boîte de Coffee Crisp pour t'obliger à sortir ou, à l'insu de Paul et Milad, de mettre dans le sac à ordures un billet qui indiquait l'heure et l'endroit du rendez-vous entre le professeur Atallah et l'émissaire de l'État islamique. Je n'avais aucune certitude que tu te rendrais au Second Cup, que tu découvrirais la note et que tu irais à l'entrepôt, Nassim. Je n'avais aucune assurance que vous alliez vous croiser, le professeur et toi. Mais j'étais si curieuse ! Que pouvait-il résulter de cette rencontre ? Comprends-le bien : il ne s'agissait pas d'un plan structuré. J'ai simplement voulu être un agent du chaos et mettre en place les conditions pour qu'une collision de trajectoires puisse survenir. Quand je t'ai vu entrer dans l'entrepôt où le professeur Atallah attendait le contact de l'État islamique, j'ai failli tout arrêter. Mais tu avais déjà fait tes choix. Nous ne sommes que le résultat de nos choix, Nassim. L'opération Ulysse se serait déroulée avec ou sans toi. Mais c'est bien plus drôle à ma façon, non ?

Je devrais être surpris et en colère d'avoir été ainsi trahi, mais je reste cloué à ma chaise et me sens anesthésié.

— Tu n'étais qu'une larve, Nassim, tu n'étais même plus l'ombre de toi-même. Mais tu t'es transformé. Tu as laissé ta nature profonde s'incarner et trouver la lumière. J'ai rempli ma mission, mais ta rencontre a tout bouleversé. À présent, c'est toi qui me forces à changer. Tu m'as redonné envie de croire qu'il y a une issue en dehors de la violence et du terrorisme. Ce que tu as fait demandait un courage extraordinaire. Tu as posé en Syrie des gestes profondément altruistes et humanistes. C'est une des raisons qui m'ont convaincue de risquer ma vie afin de sauver la tienne. Et c'est aussi pourquoi tu vois ceci…

Nayla écrase quelques larmes avec son pouce, puis elle reprend :

— Tu crois que ma volte-face est incohérente ? Qu'est-ce que la cohérence, Nassim ? Ce n'est que la façon de voir le monde qu'on nous enseigne. Mais n'as-tu jamais réfléchi au fait que ce qu'on nous enseigne est aussi quelque chose qu'on nous impose ? On nous apprend qu'il faut respecter les règles et l'ordre établi. C'est ce qui me répugne du monde occidental et ce qui m'attirait dans l'islamisme radical. Il faut trouver d'autres façons d'envisager le monde. C'est une guerre, Nassim. L'État islamique mène une guerre, et cette guerre se déroule entre ce radicalisme et la civilisation. Je ne crois ni à l'un ni à l'autre. Toutefois, à l'échelle de l'évolution humaine, j'ai perçu l'État islamique comme un agent de changement. Et j'ai espéré que le chaos qu'il apporte dans l'ordre établi forcerait la civilisation à évoluer vers un monde plus juste. J'ai fait les choses à ma manière. Les choses devaient changer. Maintenant que j'ai acquis la conviction de m'être trompée, je me ravise. Sauf qu'il y a toujours un prix à payer pour réparer ses erreurs. Et ce prix, c'est toi qui vas le payer pour les miennes, Nassim…

J'ai envie de reculer l'enregistrement et de réécouter ce que Nayla vient de révéler, mais je suis incapable de bouger.

— Avant que je te remette ton fardeau, il faut que tu comprennes un autre des motifs qui m'ont poussée à changer d'idée. Comme je te l'ai dit, j'ai étudié la physique à l'université avant d'entrer à la DGSE. J'ai toujours été fascinée par certains concepts de la physique quantique, en particulier une théorie voulant que deux particules intriquées se communiquent leur état plus rapidement que la vitesse de la lumière, peu importe la distance qui les sépare dans l'Univers. Je crois à cette façon d'envisager le monde que propose la physique quantique. Et je suis persuadée que ce qui s'est passé n'est pas un hasard. Le professeur Atallah était le point focal dans le cosmos vers lequel nos trajectoires, *notre* trajectoire en somme, devaient converger. Ce que j'essaie de te dire, c'est que nous sommes tous les deux dans un état intriqué, Nassim. Nous sommes les deux faces d'un seul et même système. Je suis l'ombre, la mort, et j'apporte le chaos ; même l'étoile autour de mon œil renvoie à la nuit et aux ténèbres. Mais toi, tu es la lumière, tu incarnes l'espoir et le renouveau. Rappelle-toi, nous sommes reliés, Nassim. Et cette intrication subsiste même quand l'une des deux particules disparaît…

Mon cerveau ne saisit encore que les contours de ce que Nayla avance, mais une image émerge, celle d'une jeune fille glissant la moitié d'un pendentif dans ma main.

— Je suis une mauvaise personne et j'ai fait des choses horribles. Mais toi, Nassim, tu es un homme de bien. Que feras-tu de cette information que je t'ai donnée à propos des stocks d'Ebola qui subsistent ? Là où j'ai choisi de laisser ma haine et mon dégoût orienter mes gestes, laisse ta bienveillance et ton humanité te guider. Tu as un don, Nassim. Tu as la capacité de convaincre. Utilise-le pour une grande cause plutôt que pour faire vendre des montres de luxe ou du chocolat à de grandes entreprises. Tu ne peux pas reculer. Tu ne peux pas retourner en arrière ni espérer que ta vie redevienne ce qu'elle était. Par tes choix, tu as changé l'ordre des choses. Agis en souvenir de ce que nous avons représenté l'un pour l'autre. Je t'offre une nouvelle vie, une seconde chance. Qu'en feras-tu ?

J'ai envie de crier, mais je serre les dents. Quoi qu'elle en dise, je ne peux accepter l'idée que Nayla ait été l'être abject et malveillant qu'elle décrit. Je crois plutôt qu'elle s'est abandonnée à son désespoir et que celui-ci est devenu son maître. Par chance, elle s'était rendu compte qu'elle incarnait ce qu'elle avait essayé de combattre.

Je prends ma tête entre mes mains. Quel baiser de Judas Nayla vient-elle de me donner ? Je ne suis pas à la hauteur de ce qu'elle me demande. Comme si elle avait pressenti mes objections, elle ajoute :

— Je n'ai jamais eu l'occasion de te le dire, Nassim, mais je t'aime. Et je suis fière de toi. *Allahu akbar*, mon frère.

Nayla se lève et disparaît du cadre. L'enregistrement s'interrompt. Je reste immobile un moment à fixer l'écran. Puis ma carapace se fissure et les sanglots m'étreignent. Je n'éprouve ni colère ni rancœur envers Nayla, seulement un sentiment vertigineux de perte et d'isolement. Des formes flottent devant mes yeux. Je revois son corps inerte entouré de djihadistes, le visage sans vie de maman marqué par la poussière du camp de Cana, puis j'imagine la tête éclatée de papa et les éclaboussures de sang sur les vitres de sa voiture. Je me sens seul et fragile au milieu d'un désert glacé, prisonnier des ténèbres et de mes fantômes.

— Tu es triste, papa ?

Je relève la tête. Jade se tient devant moi et avance sa petite main pour caresser mon visage baigné de larmes. Je l'aide à s'asseoir sur mes genoux et elle se blottit contre moi.

Après quelques secondes, je parviens à dire, d'une voix étranglée :

— Ça va, ma cocotte. C'est juste que je m'ennuie de quelqu'un que j'aimais beaucoup.

— Quelqu'un que tu as rencontré dans ton voyage ?

Je souris et fais signe que oui. Ma fille enlève un des bracelets élastiques roses qu'elle arbore au bras et le passe à mon poignet. Il est si petit qu'il est tendu à la limite de la rupture.

— Je veux que tu portes ce bracelet, papa. Et chaque fois que tu es triste, regarde-le et tu sauras que je t'aime plus que tout.

Cette enfant est une bénédiction. Au moment même où je me noyais dans l'idée que mon monde venait d'être anéanti, elle me montre qu'un autre m'attend et qu'il est plein de promesses. Avec Jade à mes côtés, je me sens soudain la force de me battre et de récupérer ma vie. Je me remets à pleurer en la remerciant.

— Je vais te faire un gros câlin. Après, tu ne seras plus triste.

Ma fille m'escalade et, debout sur mes cuisses, me serre contre sa poitrine. Alice arrive avec la bouteille de champagne vide. Elle m'observe d'un air empathique.

— Ça va, Théo ? Qu'est-ce qui se passe ?

J'essuie mes larmes du dos de la main. Je plonge mon regard dans le sien. Je n'ai pas besoin de lui dire que je l'aime. C'est là, dans mes yeux. Alice le sait et baisse la tête.

J'embrasse Jade, je la dépose sur ses pieds et je me lève.

— Je vais prendre l'air quelques minutes. L'autre bouteille est sur le comptoir.

Sans trop savoir où je vais, je me retrouve sur l'avenue Monkland. La lumière m'avale, la chaleur m'enveloppe et mes idées se bousculent. Mon premier réflexe est de téléphoner au ministre Langevin pour le mettre au courant des révélations de Nayla, mais est-ce bien la meilleure solution ? J'ai besoin de faire le vide et de réfléchir avant de prendre une telle décision.

Et tandis que j'avance sur le trottoir et que je croise des passants, je pense de nouveau à cette idée qui a germé alors que j'étais emprisonné en Syrie, idée que les propos de Nayla viennent confirmer : nous exerçons chaque jour une multitude de choix sans nous douter de leur résonance à l'échelle de notre vie, sans même nous rendre compte qu'ils mettent en mouvement des forces qui fluctuent dans un futur non encore réalisé.

Je songe également au fait que chacune de nos décisions ouvre un monde de possibilités et en ferme d'autres, que chaque choix a une influence sur notre trajectoire.

J'arrive à la hauteur du Second Cup, là où tout a commencé, là où j'ai vu le professeur Atallah pour la première fois, et même si je serais incapable de le traduire en mots, tout trouve sa place dans ma tête, tout s'éclaire. Je comprends que ma trajectoire résulte de mes choix plutôt que du hasard. Je sais aussi que c'est la somme de mes choix, de ceux de Nayla et du professeur Atallah qui a réuni nos trajectoires.

Je ne m'attarde pas devant le café. Ce lieu n'a pas de signification particulière. Je traverse l'avenue Girouard entre les voitures arrêtées au feu rouge et c'est là que je l'aperçois. Au parc Paul-Dorion, une jeune femme fait du taï-chi extrême. Un bandeau blanc autour de la tête, elle porte un kimono chinois rose et un cuissard de vélo jaune. Et quand elle relève la tête et me voit à son tour, un grand sourire illumine le visage luisant de sueur de Phoebe.

Je m'avance vers elle en souriant à mon tour. Et à cet instant, je me sens lucide comme je ne l'ai jamais été, j'ai parfaitement conscience que ce sont mes décisions qui me mènent à cet endroit précis, à cet instant précis. Et que d'autres traceront ma voie future.

Et pendant que je franchis la distance qui nous sépare, je me dis qu'El Matador n'est peut-être pas mort, après tout. Je me dis que, en fait, je vais le faire renaître de ses cendres. Mais cette fois-ci, j'aurai une véritable mission.

Celle que m'a confiée Nayla.

Bien que je ne comprenne encore que confusément quel rôle je pourrai jouer, j'ai le sentiment qu'il me faut devenir une passerelle entre deux univers, comme ce trait d'union qui unit mon prénom arabe à mon prénom occidental. Je ne sais pas comment je m'y prendrai ni quel sera le message précis que je véhiculerai, mais ce que j'ai dit à Samir me revient en mémoire et me semble plus pertinent que jamais. Je ferai entendre ma voix. Un seul homme a le pouvoir d'en convaincre des milliers d'autres.

On ne peut présumer de rien en ce bas monde et j'ignore si j'y arriverai, mais une chose m'apparaît tout à coup certaine : je vais m'y employer jusqu'à mon dernier souffle.

Phoebe arrête ses mouvements frénétiques et s'avance vers moi. Son visage déborde de lumière et fait reculer toute chose. Et ce moment me rend heureux.

Je suis Nassim-Théodore Seaborn.

Ce n'est que le début. C'est comme ça.

C'est ma vie.

NOTES ET REMERCIEMENTS

J'ai voulu ce roman profondément respectueux des différences. Et même si son propos n'est pas politique, je souhaite qu'il pose sa pierre dans l'édifice permettant d'éviter l'amalgame qui consiste à associer la communauté musulmane et les islamistes radicaux.

Au moment où j'écris ces lignes, la crise des migrants syriens bat son plein. J'espère de tout cœur que le Canada leur ouvre ses portes d'une façon qui soit commensurable avec l'extrême gravité de la situation.

Écrire un roman se déroulant dans un pays qu'on n'a jamais visité n'est pas une chose simple et nécessite des recherches d'une ampleur considérable, d'autant que je voulais éviter le piège du manichéisme concernant les personnages qui, dans l'intrigue, œuvrent au service de l'État islamique.

Plusieurs documents audiovisuels m'ont été à cet égard d'une aide précieuse, et en particulier un reportage de *Vice News* intitulé *Islamic State*, tourné par Medyan Dairieh, un journaliste qui a passé trois semaines en immersion à Racca en compagnie de l'attaché de presse de l'État islamique. Je tiens à préciser que les répliques des personnages qui concernent les vues et les objectifs de ce groupe armé sont le reflet fidèle des propos prononcés par les combattants du califat interrogés dans le cadre du reportage.

Seaborn est (déjà) mon septième roman !

Chaque fois, j'essaie de me faire croire que, l'expérience aidant, ce sera plus facile que le roman précédent. En vérité, la montagne est toujours aussi difficile à franchir, mais elle le serait encore bien davantage si je ne pouvais compter sur l'appui indéfectible des personnes qui m'entourent et que j'aimerais ici remercier chaleureusement.

Tout d'abord, merci à mon éditrice hors pair Ingrid, ainsi qu'à Alain, Marilou, Laurence, Bérénice, Katia et tous les membres de la prodigieuse équipe des Éditions Goélette, où je me sens chez moi.

Je considère Benoît Bouthillette comme un frère et un ami cher, et c'est sans compter que, à la direction littéraire, il m'aide à avoir l'air plus intelligent que je ne le suis. Je t'aime, *bro*…

En plus de m'ouvrir avec brio la porte des médias, Natalie Dion fait partie de ces personnes avec qui je prends plaisir à « jaser de la vie ». Café, Nat ?

Patricia Juste s'investit chaque fois dans la révision de mes manuscrits comme si c'était une question de vie ou de mort tandis que Martin Duclos met sa sensibilité de « gars » à mon service avec justesse et application. Vous êtes les meilleurs !

Je l'ai connue il y a longtemps, dans une vie antérieure, alors que nous n'étions encore que de grands adolescents, mais Anny Fortin, titulaire d'un doctorat en biochimie, m'a été d'une aide inestimable dans l'élaboration des aspects touchant à la cinquième mutation et aux travaux du professeur Atallah. Merci, *miss* !

Pour ses conseils concernant le passage de Théodore en Turquie, les opérations de la DGSE ainsi que son œil avisé, je dois une fière chandelle à Stéphane Berthomet, chercheur et analyste en affaires policières, en terrorisme et en sécurité intérieure. Toute ma reconnaissance, *mister* !

Dr. François Audet, professeur à l'UQAM et Directeur de l'Observatoire canadien sur les crises et l'action humanitaire, ainsi que mon fabuleux voisin, Driss Akrab, m'ont aidé à revoir certains aspects touchant la culture musulmane. Coup de chapeau, messieurs !

M-e-r-c-i au réalisateur Patrice Sauvé de m'avoir raconté l'anecdote à l'origine de la réplique où Théodore prononce son fameux : c-r-é-t-i-n.

Ma conjointe et mes enfants sont extraordinaires, et pas seulement parce qu'ils m'appuient et tolèrent mon drôle de mode de vie. Je vous aime !

Je le souligne chaque fois dans mes remerciements parce que j'y crois fermement : les libraires, blogueurs, journalistes, chroniqueurs et autres passeurs qui parlent de livres sont une courroie de transmission fondamentale avec les lecteurs. Merci de jouer ce rôle pour mes romans !

Et… il y a aussi vous, mes amis lecteurs… Je vous garde pour la fin parce que sans vous, rien de tout ceci n'aurait de sens. Merci d'être là, de me suivre, de me renouveler votre confiance à chaque nouveau roman. Je me sens privilégié et humble de vous savoir derrière moi.

Amitiés,
M

www.facebook/martinmichaudauteur
www.michaudmartin.com

P.-S. Évidemment, toute erreur qui pourrait subsister dans le texte serait de mon fait.

Quand j'étais Martin Michaud

Taillon : Eille, c'est quoi ton crisse de problème, Martin Michaud ?

Lessard : Calme-toi, Jacinthe. Un peu de respect quand même…

Taillon : Toi, on sait ben, t'es ben trop *chicken* pour mordre la main qui te pourrit !

Lessard : (Soupir.) Vraiment aucun rapport… Et en passant, on dit la main qui te « nourrit »…

Taillon : Bon, bon, bon… Tu commenceras pas à couper les cheveux sur le sens de la longueur, Lessard ! Pis toi, l'écrivain… réponds !

Michaud : Je ne suis pas certain de te suivre, Jacinthe. Quel est le problème ?

Taillon : Le problème ? T'es drôle, chose… Eille, d'habitude, on a une série, Lessard pis moi ! C'est nous, les vedettes ! Pis là, monsieur nous plogue dans un hors série où on a juste deux scènes ! C'est quoi l'idée ?

Michaud : La vérité, c'est que je vous aime et que je m'ennuyais de vous. Et j'avais besoin d'enquêteurs des crimes majeurs pour les besoins de l'intrigue. Je me suis dit que plutôt que d'en inventer de nouveaux, je pourrais vous utiliser…

Lessard : Qu'est-ce que tu sous-entends par « inventer » et « utiliser » ? On dirait que tu parles de nous comme si on était fictifs…

Taillon : Arrête de faire ton *deep*, Lessard. Pis à part de ça, c'est quoi l'affaire, Michaud ? T'es rendu trop *big* pour mettre ton prénom sur la couverture ?

Michaud : C'est du graphisme, Jacinthe. Ils ont essayé de l'insérer, mais c'était beaucoup moins réussi esthétiquement…

Lessard : Je dois effectivement avouer que cette absence est paradoxale dans le contexte où Théodore se questionnait lui-même sur l'importance de son prénom arabe dans la construction de son identité…

Michaud : Euh, oui mais…

Taillon : Dans ta face, hein Michaud ? T'es pas mieux que Seaborn !

Michaud : …

Lessard : Au fait… On revient quand ?

MUSIQUE

Il m'est impossible d'écrire sans écouter de musique. Voici quelques pièces significatives parmi celles que j'ai le plus écoutées durant l'écriture de *Seaborn* et sa révision :

Gettysburg (Ratatat), *Spanish Sahara* (Foals), *Goner* (twenty one pilots), *Coattails* (Broods), *Weight of Love* (The Black Keys), *If Only* (Dave Matthews Band), *Oceans* (New Navy), *The Gaul* (Beak), *I'll let you have your day* (Destructives Tendencies), *Get off My Land* (The Honourable Woman Soundtrack), *Violet* (Hole), *Waiting Game* (Goddess), *Mr. Nice Guy* (The Kooks), *Of Course We Know* (Modest Mouse), *Stichère à la croix* (Chœurs de la cathédrale orthodoxe russe de Paris), *The Last Stand* (Koda), *Arrival in Nara* (alt-J), *Awake* (Tycho), *Be Yourself* (Audioslave).

SOUS LA SURFACE

La veille du Super Tuesday, jour crucial des élections primaires américaines, l'écrivaine et ancienne top-modèle Leah Hammett débarque à Lowell avec son mari, Patrick Adams, candidat favori à l'investiture démocrate.

Vingt-cinq ans après avoir quitté sa ville natale sans y être jamais revenue, Leah voit son passé ressurgir avec violence. Une violence d'autant plus insoutenable que vont se réveiller en elle des sentiments qu'elle croyait morts à jamais...

Commence alors un jeu de miroir où les apparences tissent une toile complexe qui dissimule une vérité oppressante et noire. Drames, histoires d'amour tragiques et trahisons deviennent l'épicentre d'un ouragan, celui qui dévaste l'existence de chaque personnage et remue, sous la surface, les arcanes du pouvoir, à Washington…

S.A.S.H.A.

Elias et le petit Sasha errent dans l'aéroport Trudeau. Ils vont y accueillir Luana, la maman du garçon, qui revient d'un long séjour à l'étranger. Mais est-ce bien là toute l'histoire? Trois jours plus tôt, un incendie a ravagé la cabane où ils habitaient, au fond des bois. Est-ce pour cette raison qu'Elias se tient sans cesse sur ses gardes? Ou cela a-t-il plutôt à voir avec l'aura de mystère qui entoure l'enfant? Avec *S.A.S.H.A.*, récit à la fois touchant, sombre et inquiétant, Martin Michaud ajoute une facette à son répertoire en proposant une intrigue au confluent du roman noir et de la science-fiction.

IL NE FAUT PAS PALER DANS L'ASCENSEUR

Une jeune femme s'éveille après vingt-quatre heures passées dans le coma et se lance à la recherche d'un homme qui semble ne pas exister.

Un meurtrier sans merci décide que chacun doit payer pour ses fautes et applique sa propre justice. Des meurtres commis à une journée d'intervalle dans des circonstances identiques tourmentent le responsable de l'enquête, le sergent-détective Victor Lessard, de la police de la Ville de Montréal.

LA CHORALE DU DIABLE

Dans ce qui a tout l'air d'être un drame familial, une femme et ses trois enfants sont sauvagement tués à coups de hache. L'auteur présumé du carnage, le mari, s'est suicidé après s'être tranché la langue. Mais est-ce bien ce qui s'est passé?

Deux jours après, une alerte enlèvement est déclenchée à l'échelle de la province de Québec: une jeune fille dévoilant ses charmes sur Internet a été kidnappée. Par qui? Pourquoi?

Deux énigmes que vont s'attacher à résoudre en parallèle deux policiers au style rentre-dedans: Victor Lessard qui, sans compter les cadavres laissés derrière lui, en voit d'autres surgir de son passé, enlaidis par le temps; et Jacinthe Taillon, son ancienne coéquipière à la Section des crimes majeurs, qui lui voue une haine infernale.

Naviguant à travers le fanatisme religieux et la perversité de démons ordinaires, ils vont s'engager dans une valse à quatre temps diabolique entre Montréal, Sherbrooke, Val-d'Or et... le Vatican.

Jusqu'à découvrir le secret terrifiant de la chorale du diable.

JE ME SOUVIENS

À Montréal, juste avant Noël, un homme et une femme meurent le cou transpercé par ce qui semble être un instrument de torture sorti tout droit du Moyen Âge. Auparavant, ils ont entendu la voix de Lee Harvey Oswald, l'assassin présumé du président Kennedy.

Un sans-abri se jette du haut d'un édifice de la place d'Armes. Ayant séjourné à plusieurs reprises en psychiatrie, il prétendait avoir participé, avec le FLQ, à l'assassinat de Pierre Laporte. Sur le toit, avant de sauter, il laisse deux portefeuilles, ceux des victimes.

La série de meurtres se poursuit, les cadavres s'empilent…

De retour à la section des crimes majeurs, le sergent-détective Victor Lessard mène l'enquête avec, pour le meilleur et pour le pire, la colorée Jacinthe Taillon.

Je me souviens parle d'identité à bâtir, de mémoire à reconstituer et de soif d'honneur.

VIOLENCE À L'ORIGINE

Responsable de la section des crimes majeurs en l'absence de son supérieur, le sergent-détective Victor Lessard se voit confier la mission d'enquêter sur la mort d'un haut gradé du SPVM dont on a retrouvé la tête dans un conteneur à déchets. Formé du jeune Loïc Blouin-Dubois, de l'inimitable Jacinthe Taillon et de Nadja Fernandez, avec qui Victor partage sa vie, le groupe d'enquête qu'il dirige doit faire vite, car l'assassin a laissé un message qui annonce de nouvelles victimes. Confronté à un tueur particulièrement retors, qui peint de lugubres graffitis sur le lieu de ses meurtres et évoque un curieux personnage surnommé le «père Noël», pressé d'obtenir des résultats rapides par sa hiérarchie sans pour autant recevoir l'appui nécessaire, Victor Lessard s'entête envers et contre tout à résoudre «l'affaire du Graffiteur», dédale inextricable d'une noirceur absolue qui ravivera les meurtrissures de son âme, ébranlera ses convictions les plus profondes et le mènera au bord du gouffre.